〔爱尔兰〕塔娜·法兰奇 著　穆卓芸 译

Faithful Place

带我回去

图书在版编目（CIP）数据

带我回去 /（爱尔兰）法兰奇（French，T.）著；穆卓芸译.
—长沙：湖南文艺出版社，2011.1
书名原文：Faithful Place
ISBN 978-7-5404-4775-5

Ⅰ.①带…　Ⅱ.①法…②穆…　Ⅲ.①长篇小说－爱尔兰－现代
Ⅳ.①I562.45

中国版本图书馆 CIP 数据核字（2010）第 258824 号

著作权合同登记号：图字 18-2010-316
上架建议：外国流行小说

带我回去

作　　者：［爱尔兰］塔娜·法兰奇
译　　者：穆卓芸
出 版 人：刘清华
责任编辑：傅　伊
策划编辑：孙淑慧
特约编辑：郑紫燕
版权支持：辛　艳
营销支持：闫　硕
装帧设计：崔振江
出版发行：湖南文艺出版社
（长沙市雨花区东二环一段 508 号　邮编：410014）
网　　址：www.hnwy.net
印　　刷：北京盛兰兄弟印刷装订有限公司
经　　销：新华书店
开　　本：880 × 1230　1/32
字　　数：300 千字
印　　张：12.5
版　　次：2011 年 1 月第 1 版
印　　次：2012 年 5 月第 3 次印刷
书　　号：ISBN 978-7-5404-4775-5
定　　价：29.00 元
（若有质量问题，请致电质量监督电话：010-84409925）

目录

Contents 

普通人的爱恨情仇，我们共同的青春遥望

慧木丫头

塔娜·法兰奇是一个非常有意思的作家，她的作品不多，但是每一本都获得了相当大的成功，也让人印象深刻。处女作《神秘森林》（in the woods）以敏锐、细腻、优雅的叙事手法，配合人物心理的精准掌握，使英国和爱尔兰的出版社为之惊艳，立即以六位数英镑的高价抢下版权。出版后也果然赢得全球各地评论的一致赞誉，不仅荣获爱伦·坡奖、安东尼奖、麦可维提奖、巴瑞奖等奖项，更跃登《纽约时报》《出版商周刊》《今日美国》《旧金山纪事》《洛杉矶时报》《丹佛邮报》《波士顿环球报》、BookSense，以及北卡罗莱纳独立书商协会等全美九大畅销书排行榜，并入选亚马逊网络书店“年度编辑推荐选书”。其续作《the likeliness》（台版译为《神秘化身》）同样立刻登上当年亚马逊畅销总榜，并成为年度编辑选书。而这第三本《带我回去》（faithful place）又再一次掀起了畅销旋风，继续横扫全美各大畅销书排行榜，再一次被亚马逊的编辑列为年度选书。

一个爱尔兰作家，写的都是爱尔兰小国（小城）中的那点事儿，她的书居然在美国如此受欢迎，颇可玩味。

法兰奇的小说有以下特点

1. 每一本的人物都有关联。这一本中的次要角色，很可能就是下一部的主角了。比如《神秘化身》中的凯西，在《神秘森林》中是男主角的搭档；《带我回去》中的弗朗科，其实就是《神秘化身》中凯西的前上司，一个仅仅出现了几处的人物。知道这一点的读者对法兰奇的下一本书都非常好奇：到底这第四本书中，会用谁来做主人公呢？（他们都从《带我回去》中寻找，据说看好那个毛头小警察的人最多。）

2. 描写普通人的情感纠葛，尤其牵涉到天伦之情。在法兰奇的小说中，没有连环杀手，没有变态狂，没有恋童癖，没有吸毒、滥交、乱伦、恐怖分子……没有妓女、毒品贩子、中情局、这样那样的专家等等非常"美国"的角色和因素，没有复杂的历史、文化、政治背景。故事的缘起，可能就是一个普普通通的年轻人，或孩子，死了，然后开始了调查。相比于其他悬疑侦探小说中以"谁杀了人"这种谜题式的结构吸引人，法兰奇的小说中更多的是写主人公在调查案件中性格的变化、心理的纠结，和调查人、受害者、被调查人各自因事件引起的生活的波澜。所有的人物都没有什么了不起，不是公众人物，是和生活中的你我一样的普通人，包括作为主角的警探，也往往是性格热情但鲁莽，有着不愿意提及的过去，和上司关系不太好，有树敌的同事，婚姻或爱情不顺利。可是，通过事件的调查，跟这件事发生了关联的每一个人都或多或少经历了情感和心智上的动荡。——死了的人只是死了，活下来的人通过经历别人的死亡，才能更明白"活着"的意义。到结尾，往往"凶手是谁"已经不是那么重要，读者早就从猜测解密的兴趣中抽离出来，而是跟着书中的人物们同呼吸，共悲喜，欷歔慨叹人世苍凉。

3. 小城风情和活生生的人物。法兰奇的小说，故事都发生在城市的边角处。对于这些生活在边缘的人们来说，都柏林已经是大都市了，伦敦更是国际大都市，是他们从小就觉得光明坦荡想要逃往的地方。故事总是从现在说起，通过主人公的回忆，回溯到七八十年代的童年光影。彼时爱尔兰宁静、缓慢，甚至是贫穷，城中的俗世百姓们为自己家的柴米油盐操劳，交往、吼叫、笑、吵架、骂孩子、打老婆、团聚、做客、关起门来说人闲话……像地球上任何国家任何一个地方居住的普通人。三十年前的浮光碎影和点滴喧哗要么汹涌要么温柔地飘进主人公的回忆里，飘进其他人的回忆里，也飘进我们的回忆和慨叹中。由于法兰奇受过专业的演员训练，加上突出的天赋，她一旦写某个角色能立刻产生代入感，进入情境。我们读她的小说，几乎像在看喋喋不休声色犬马的港剧，看小人物的爱恨情仇，看一个地方三十年间的沧海桑田。这种亲切的认同感无论对哪一国的读者来说都是一样的。

4. 普通人的“不幸”。到底要多么不幸才能叫做“不幸”？死人算不算？非要天崩地裂吗？除了死人，我们生活中还有那么多小小的愁和怨愤，好比你因为我的一句埋怨就躲到一边去哭，好比我因为爸爸一个莫名其妙的巴掌就跑到家外面去一整天不回来，好比老妈辛辛苦苦站在厨房一个下午，弄出一桌子菜却没人来吃，好比我们激动地相约要一起离开家，去往异国他乡开始新生活，但你始终没有来……这些点滴的不幸，难以启齿，无法启齿，事情发生的时候我们气啊、激动啊、不平啊，然而过去了就是过去了，轻笑一下，不再提。而生活就是这样的，许多的哭声都是低沉的，许多的呐喊都是无声的，许多的翻涌和蜕变都是孤独的。一个人、一个家庭的不幸在时间的长河里算得了什么呢？一天、一段时间的哀伤在“人生”这样的大字眼中又能占到多少分量？然而谁说我们不在乎！在法兰奇的小说中，洋溢、蔓延着这种普通点滴的哀伤，我们终于欣慰地感受到原来普通人的哀伤也是有人在乎的，也是可以被书写的，原来我们经历过的，人家也经历过！而当我们读过故事起伏过呼吸迷蒙过眼睛后，反倒可以更加坦荡地看待生活了。

5. 语言犀利有趣。这个“有趣”，绝对不是“滑稽”的意思，而是贴近人物，有个性特点。法兰奇毕竟是学过表演甚至做过演员的，深知何为“对白”。她的人物，说话都有一种难以形容的利落和狠重，叫人展颜或者怅惘。比如《带我回去》中主人公那个啰唆、坏脾气又好心肠的老妈，说出来的话那么不中听但又那么真切——有多少我们在生活中遇到的母亲，也是那样子把孩子们给“咒”“骂”大的啊。

回到《带我回去》这本小说本身。故事是纠结的：十九岁的弗朗科和萝西，彼此的家庭都伤痕累累，破碎，不幸福。他们在这样一个喧嚣而贫瘠的小地方（忠诚之地）再也过不下去了，便相约着一起离开，去往英国，去打拼属于自己的新生活。然而约好的那个夜晚，萝西却没有来。弗朗科痴痴地一直等到天色变成浅灰，最后只得失望地孤身上路。萝西此后杳无音讯，弗朗科一直以为她是临时转变注意，决定丢下他，自己出去奋斗了。弗朗科后来成为了都柏林特警组的一名卧底警探，在死生契阔中跌宕人生。二十二年来，他总是在隐隐地寻访着萝西的下落，翻阅各种犯案记录，渴望找到她的名字。他想象她的奋斗或飘零，幸福或落拓，美丽或憔悴，他想象总有一天能与她再相逢，让她见识到他的重生，报复她。萝西青春曼妙的身影成为了魅影一般的存在，时刻缠绕他心头。直到妹妹洁琪的一个电话告诉他：就在他和萝西当年相约的十六号老屋，发现了萝西的手提箱，箱子里还有两张过期了的船票（往英格兰的），以及一系列身份证明之类的材料。弗朗科跌跌撞撞地几乎是飞速还家，摆脱掉同侪的种种阻挠想要一探究竟，却最终发现了萝西的尸骨！——原来，她从来没有背弃他！那么，是谁，做出这么残忍的事，那么美丽而美好的萝西到底惹怒了谁，要终止她十九岁年轻美好的生命？而就在发现萝西的遗体后不久，弗朗科的弟弟凯文在十六号旧屋坠楼身亡，这又是怎么回事？凯文的死和萝西的死之间有关联吗？

发誓再也不回家的弗朗科，不得不在忠诚之地长久地盘桓。他任何物证都没有，也找不到，只能凭对这里每一个人的印象和跟他们的关系，不断的寻访、交谈，去点滴拼凑、再现案件发生时的情境。很多烦扰、喧嚣、愤懑、不甘、嫉妒都被翻腾了出来，很多当年和再早年的往事又突然浮现，相互交缠。成长的苦痛、青春的幻灭、面对市井人生的无奈或从容，茕茕徘徊，猎猎不息。

真相的揭开让人惊愕同时又叹惋，也是让弗朗科心碎的。此时的他面对家人和旧友，还有自己心爱的女儿，将何去何从？我想，作者法兰奇写到此处，肯定在对一个作家的一部作品是念念不忘的，即托马斯·沃尔夫的《你不能再回家》（You Can't Go Home）。这个“家”代表的不仅仅是一个人成长的地方，他来自的地方，更代表着一个人的过去和往事，我们只能说，你想逃离什么，与其逃离，不如回去真诚地面对和解决。只有从往事的羁绊中痛快拔出，才能更傲然地继续今后的人生。

“过去的从未死去，甚至都还没有过去。”（The past is never dead, it's even not past。——威廉·福克纳）《带我回去》，其实描述的是通过对离家和回家的纠结，展现人对“过往”的战争。故事中每一个人物都想要努力寻找、实现“新生”，要逃离过往，却总是被过往找到。塔娜·法兰奇用她的细腻和深刻，刻画出了一个人与家庭最深痛的关系，这恰是人与周边关系中最难言说的关系之一。很难说弗朗科对他自小长大的家到底是恨、害怕、依恋还是别的什么。很难说他的回归到底是要去寻找萝西，还是寻找他一直又怀疑又渴望的什么。他和家人的情感互动纠结、苦痛而绵长；他与旧邻和故地的关系尴尬、仓皇又有他并未发现的坦然。在这些盘桓的日子里，他对萝西的怀念显得那样轻柔和苍凉，演绎也调节着整本书的悲剧调子。悬疑的案情与沉重的心情，在法兰奇的笔下散发忧郁的美感。正如本书台版名字“神秘回声”一样，无以抵挡的事件，对人的生命与内心造成永恒铭印；再怎么刻意掩藏或遗忘的过去，最终仍从遥远的心底荡出回声。

最后一提的是，虽然法兰奇的小说中都以警探作为主人公，但并没有刻意强调警探的身份以及“探员办案”这件事情，而是将警探视为普通人，写其最日常最柔软的一面。弗朗科不是硬汉更不是铁血警探，那个十九岁的忧郁少年时刻与如今的他重合，倒反而显得比中年的资深警探形象更加清晰。无论时光如何变迁、城市如何演进、世事如何沧海桑田，在弗朗科内心最安静的角落里，他永远都会停留在十九岁那年寒冬温暖灯影中，牵着萝西的手说一起走，一直好，一起老。

这是少年人才有的执念。《带我回去》就是这样一本遥望青春的小说。回去，找寻过往，找回初恋，找到家。

序　曲

人一生重要的时刻不多，通常在早已事过境迁之后，才能好好回顾。要不要和那个女孩说话、前面的隐蔽弯道该不该煞车、要不要停下来戴安全套，等等。

不过我很幸运，我想各位可以这么说，因为我曾经和关键时刻狭路相逢，而且一眼就把它认了出来。那天，冬日的某个夜晚，当我在“忠诚之地”尽头等待，感觉生命的浪涛正汹涌而来。

那年我十九岁，成熟得足以应付世界，却又幼稚得经常干出各种蠢事。那天夜里，哥哥和弟弟一开始打鼾，我便扛起背包，一手拎着马丁大夫鞋溜出卧房。地板吱嘎一声，姐妹房里传来说梦话的声音，那天我神得很，高高踩在生命的浪头上，谁都无法抵挡。

我走过客厅，离沙发床上的爸妈距离如此之近，几乎都能摸到他们，但他们连身体都没翻一下。柴火燃烧殆尽，只剩几点红光喃喃细语。背包里装了我所有的重要物品：牛仔裤、T恤、二手收音机、一百英镑和出生证明。那时你只需要这些就进得了英国了。船票在萝西身上。

我在路口等她，躲在昏黄的路灯光晕之外。空气冷冽有如玻璃，带着健力士黑啤酒的辛辣酒花焦味。

我在马丁大夫鞋里套了三双袜子，双手深深插进德国军大衣的口袋，最后一次倾听我家这条街的扰攘随着漫漫长夜流过。一个女人在笑，**啊，是谁说你可以的？**

一扇窗砰地关上，一只老鼠沙沙爬过砖块，一个男人咳嗽，一辆自行车呼啸转过街角，还有疯子强尼·马龙的低声咆哮从十四号地下室传来，他正自言自语地准备上床。夫妻吵吵嚷嚷、压低的呜咽，还有间歇的鹭鸶叫，除此之外，夜晚很静。

我想起萝西颈间的香气，忍不住对着天空微笑。我听见城里的钟声在宣告午夜来到。耶稣教会、圣派兹和圣米肯里那，浑圆雄厚的音律悠悠从天而降，有如庆典，庆祝我和萝西的秘密新年。

钟敲午夜一点，我开始怕了。后院传来细微的窸窣与沉重的脚步声，我直起身子，但萝西没有从尾墙翻过来。也许是某人深夜迟归心里愧疚，从窗户爬回家。家住七号的莎莉·荷恩的新生儿哭了，纤细挫折的呜咽一直持续，直到莎莉好不容易起来，对她唱歌：**我知道自己要去何方……上了漆的房间真漂亮……**

钟敲两点钟，我心里一片混乱，像是屁眼被人踹了一脚。我弹弓似的翻过尾墙，跳进十六号的后院。那地方从我出生就受人诅咒，但我们这群小孩还是占领了它，无视于可怕的警告。院子里到处是啤酒罐、烟屁股与失去的童贞。我一步四级，跳上毁坏的台阶，不怕别人听见。我非常确定，仿佛已经见到她张狂的红铜色鬈发，双手握拳放在臀上，**妈的，你跑到哪里去了？**

地板碎裂，灰泥墙面坑坑洞洞，瓦砾散落一地，寒风幽幽，没有人在。我在客厅发现一张字条，从小孩学校作业本上撕下来的。光线从破窗进来，在没铺毯子的地板上画出一块块光斑。字条随光飞舞，仿佛已经放了一百年。

就在那一刻，我察觉生命的浪潮变了，它就这样硬生生转了九十度，猛烈得无法抵挡。

我没有带走字条。离开十六号之前，我已经将内容牢牢记在心上，再用一辈子的时间试着相信它。我将字条留在原地，回到路口站在暗处守候，注视自己呼出的缕缕白雾飘向路灯，听钟声响过了三点、四点、五点钟。深夜淡去，化成忧伤的浅灰，街角一台牛奶车喀喀沿着石子路走向酪农店，我依然在“忠诚之地”的尽头等待萝西·戴利。

Chapter 1 蓝色手提箱

父亲曾经告诉我，人生在世，最重要的就是知道自己愿意为何牺牲。他说，要是不晓得，活着还有什么意义？完全没有，人也根本不算人了。我当时十三岁，而他刚灌完四分之三瓶尊美醇精酿威士忌。不过，嘿，说得真好。就我记忆所及，他愿意为了一、爱尔兰，二、他过世十年的母亲和三、干掉撒切尔那臭婆娘而死。

总之，从那一天起，我随时都能说出自己愿意为何牺牲。起初很简单：家人、女友和房子。后来有一阵子事情复杂一点，但现在又稳定了。我喜欢这样，感觉一个男人可以依此自豪。我愿意为了居住的城市、工作和孩子而死（顺序不分先后）。

我的小孩目前还算听话，我居住的城市是都柏林，工作是卧底。这三样东西哪一个最可能取走我的性命，感觉似乎很明显。不过，除了狗屁文书作业，工作已经很久没给我什么恐怖的遭遇了。爱尔兰就这么丁点大，干外勤的寿命很短，两次任务，顶多四次，被人认出来的风险就高得厉害。我很久以前就将九条命用完了，因此目前暂时退居幕后，负责指挥卧底任务。

在卧底组，不管上工下工，真正的危险只有一个：你创造幻象的时间太久，就会以为一切都在你的掌握中。你很容易相信自己是催眠家、幻象大师和聪明鬼，你知道什么是真实的，也清楚所有诡计。其实，你也是看得张口结舌的观众之一。不管你有多能耐，这世界总是技高一筹，比你狡猾、比你快，而且比你无情几百倍。你只能试着跟上，明白自己的弱点，永远提防着对手使出的贱招。

我这辈子第二次遇到贱招，是十二月初一个周五下午。那天，我一早就开始进行维修工作，整顿手头的几个幻象。我手下有个小朋友（他今年是拿不到弗朗科叔叔送的圣诞袜了）不晓得怎么回事，竟然要找一个老太太充当他祖母，介绍给几名下等毒贩认识。当时，我正要去前妻家接小孩度周末。

奥莉薇亚和荷莉住在一栋任谁看了都会目瞪口呆的高雅别墅里。房子是奥莉薇亚的父亲给我们的结婚礼物，位于戴齐一条被人悉心照料的死巷底。我们搬进去的时候，别墅只有门牌，没有号码。没多久我就把门牌扔了。我当时应该立刻察觉这段婚姻不可能维持。我妈要是知道我结婚，绝对会不惜在信用银行欠下一屁股债，给我们弄一套有花朵图案的客厅家具，要是我们把椅垫的塑料套拆掉，她肯定会火冒三丈。

奥莉薇亚整个人横在门口，以防我突然想进去。“荷莉差不多好了。”她说。

奥莉薇亚是永远那样令人赞叹。坦白说，我是一半得意、一半遗憾地说这句话。她身材窈窕，有优雅的鹅蛋脸，浓密的灰金色的秀发，还有隐而不显，起初不会注意，一旦发现就令人目不转睛的曼妙曲线。

那天傍晚，她将美丽身躯滑进昂贵的黑洋装与精致裤袜里，系着祖母给的、只有盛大场合才会佩戴的钻石项链，就连教皇看了眉毛都会掉下来。我没教皇那么文雅，直接狼嚎一声：“是大约会？”

“我们要去晚餐。”

“你说的‘我们’又包括德莫？”

奥莉薇亚精明得很，没那么容易上钩。“对，没错。还有，他的名字是德莫特。”

我很是惊讶。“已经四个周末了，对吧？告诉我，今晚是大日子吗？”

奥莉薇亚朝楼上大喊：“荷莉！你爸来了。”

我趁她转头之际，直接从她身旁走过，踏进大门。她喷了香奈儿五号，从我们相遇那天，她就只用这一种香水。

楼上传来声音：“爸！我来了我来了我来了！我只是要……”说完就是一段长长的独白，荷莉拼命讲出她小脑袋里的复杂想法，不管别人听不听得见。

我一边大吼：“你慢慢来，宝贝！”一边走向厨房。

奥莉薇亚跟了进来，“德莫特随时会到。”她说。我不晓得这是威胁，还是求饶。

我打开冰箱瞄了一眼，“我不喜欢那家伙的身材，他没有下巴，我不信任没有下巴的男人。”

“啧啧，幸好你对男人的偏好跟我无关。”

“怎么没关？你要是认真的，他就会有不少时间跟荷莉在一起。你说他姓什么？”

离婚之前，奥莉薇亚曾经用冰箱门夹我脑袋，看得出来她现在很想故技重施。我保持身体弯着，给她充分的机会，但她没有失控。“你为什么要知道？”

“我得在电脑里搜搜他的资料。”我拿出一罐柳橙汁摇了一下，“这是什么鬼东西？你不再买好喝点的饮料了吗？”

奥莉薇亚涂了自然淡色唇膏的双唇抿了起来：“弗朗科，你不准用任何电脑搜德莫特的资料。”

“没办法，”我开心答道，“我得确定他不是个喜欢小女孩的‘萝莉控’，是吧？”

“天老爷，弗朗科，他不是——”

“也许不是，”我承认，“或许不是，但你怎么晓得，莉儿？难道你想以后再后悔吗？那就来不及了。”我打开果汁罐豪饮一口。

“荷莉！”奥莉薇亚又喊一次，音量变大，“快点！”

“我找不到我的小马！”重重的跺步声，从楼上传来。

我对奥莉薇亚说：“他们专挑有可爱小孩的单亲妈妈下手。这些家伙没有下巴的比例之高，简直令人难以置信，你难道没有察觉？”

“没有，弗朗科，我没发现。我不会让你用工作来吓唬——”

“下回电视出现恋童癖的时候，记得看仔细。白色厢型车、没有下巴，我跟你保证。德莫开什么车？”

“荷莉！”

我又喝了一大口柳橙汁，抹去溅到袖子上的水珠，将罐子放回冰箱。“喝起来跟猫尿一样，要是我提高赡养费金额的话，你会买好一点的果汁吗？”

“你肯提高三倍的话。”奥莉薇亚看了看表，用甜甜的语气冷冷说道，“但假如真的提高三倍，或许够我每周买一罐吧。”假如你一直拉猫的尾巴，千万别忘了它是有爪子的。

就在这时候，救兵来了。荷莉冲出房间，一路扯开喉咙大喊：“爸爸爸爸！”我及时走到楼梯底下，让她像支小爆竹似的飞扑到我怀里。她的金发张开有如蛛网，全身粉红闪闪，双腿夹着我的腰，书包和毛发凌乱的小马重重甩在我背上。小马叫克拉拉，已经又破又旧。“嗨，蜘蛛猴，”我在她头顶印上一吻说，“这星期好吗？”

“很忙，还有我才不是蜘蛛猴，”她厉声说，和我鼻子贴鼻子，“什么是蜘蛛猴？”

荷莉九岁，长得纤细单薄，和她母亲家的人一个样。我们麦奇家个个虎背熊腰，皮厚发粗，专为都柏林的天气和苦工而打造。不过，荷莉什么都像她妈妈，除了眼睛。我头一回见到她，她抬头望着我，我仿佛见到自己的眼眸，又大又蓝又亮，让我触电一般。直到现在，每回见到还是心头一震。奥莉薇亚可以像擦掉过期的地址一样擦掉我的姓氏，在冰箱装满我不喜欢的果汁，让德莫那个恋童癖上她的床，但对那双眼睛，她永远无可奈何。

我对荷莉说："蜘蛛猴是有魔法的精灵猴子，住在施了魔法的大树里。"说完，她看着我的眼神像是在说"哇哦，我知道你对我好"。"你在忙什么？"我问她。

荷莉从我身上滑下来，重重踩在地上。"克柔依、我和莎拉要组一个乐团，还有我在学校画了一张画给你。因为我们编了一支舞，所以我想要一双白靴子，可以吗？莎拉写了一首歌，还有……"隔着荷莉，我和奥莉薇亚差点相视微笑，但她及时煞车，又看了看表。

我们在车道遇上老友德莫，他是个奉公守法的家伙（我很清楚，因为他头一回和奥莉薇亚出去吃晚餐，我就偷偷记下了他的车牌），从来不会将奥迪停在双黄线上，老是一副随时就要打个轰天大嗝的模样。"晚安。"他说，一边像是触电般的朝我点点头。我想德莫可能怕我。

"你都叫他什么？"我将荷莉放上儿童安全椅，一边问她。只见奥莉薇亚有如完美的格蕾丝·凯莉，在门口吻了德莫的脸颊。

荷莉理了理克拉拉的鬃毛，耸耸肩说："妈妈要我喊他德莫叔叔。"

"你喊了吗？"

"没有。我对他说话的时候，什么也不喊。在脑袋里，我都叫他乌贼脸。"她瞄了一眼后照镜，看我会不会骂她。她下巴微收，心里的倔犟呼之欲出。

我哈哈大笑。"好极了，"我对荷莉说，"这才是我的女儿。"说完来个手煞过弯，把奥莉薇亚和乌贼脸吓了一跳。

自从奥莉薇亚恢复理智，将我一脚踢开以后，我就住在码头边一栋上世经九十年代盖的大型集合公寓里。我想，建筑师绝对是大卫·林奇。地毯厚得从来听不见脚步声，但在半夜四点，你却听得见五百个心灵的齐声低鸣，来自四面八方。有的做梦，有的期盼，有的担心、计划或思考。

我小时候住在廉价公寓，各位一定以为我很习惯这种养鸡场似的生活，但这里不同，我不认识他们，从来没见过这些家伙，不知道他们如何出入这栋公寓，或者何时进出。我只晓得他们从不离开，整天锁在公寓里想事情。就算睡着，我也会竖起一只耳朵留意嗡嗡轰鸣，随时预备下床捍卫疆土。

在这栋“双峰”公寓，我的小窝走的是时髦鳏居风，意思是四年过去，家里还像等待搬家货车到来的混乱现场，只有荷莉的房间例外，塞满你能想象得到的各式各样浅色毛茸茸的玩意儿。我和荷莉一起挑家具那天（我好不容易向奥莉薇亚要到每个月一周的相处时间），来到三层楼的购物中心，我每到一层都想买下所有东西给荷莉，因为我深信自己再也见不到她了。

“我们明天要做什么？”荷莉想知道。我们走过长廊，她让克拉拉一脚拖在地毯上。上一回见面的时候，她光想到小马碰到地板就会大叫谋杀。才这么一眨眼，你就错过了什么。

“记得我帮你买的风筝吗？你晚上把功课写完，要是明天没有下雨，我就带你到凤凰公园，教你放风筝。”

“莎拉可以去吗？”

“吃完晚饭，我们打电话给她妈妈。”荷莉朋友的家长都很喜欢我，没什么比警探带你小孩到公园更保险的事了。

“晚餐！我们能吃披萨吗？”

“当然。”我说。奥莉薇亚住在无添加物、高纤有机的世界里，要是我不平衡一下，这孩子长大会比同伴健康两倍，被他们排斥。“有什么不可以？”但当我打开房门，突然得到一个暗示，我和荷莉晚上不能吃披萨了。

电话的留言灯拼命地闪，有五个未接来电。工作的话是一个手机响，卧底干员和秘密线人是另一个手机响，我的手下会到酒吧找我，奥莉薇亚到万不得已时才会发短信。因此只剩我的家人，也就是小妹洁琪。过去二十年来，我只跟这么一个家人说过话。五通来电可能表示我爸或我妈快死了。

我对荷莉说：“拿去。”接着将手提电脑递给她。“拿到房间用即时联系你的朋友，我过几分钟就去找你。”

荷莉很清楚自己二十一岁之前不准偷偷上网，于是带着怀疑的目光看我一眼。“爸，假如你想抽烟，”她对我说，语气非常成熟，“你可以去阳台，我估计你肯定要抽烟。”

我一手推着女儿的背，将她送向房间。“哦，是吗？你为什么觉得我想抽烟？”换成其他时候，我一定会很好奇。我从来不曾在荷莉面前抽烟，奥莉薇亚也没开口。她的心灵是我们塑造的，我们两个。即使现在，想到荷莉心里装了我们没放进去的东西，还是让我非常震撼。

“我就是知道，”荷莉说着将克拉拉和书包扔到床上，满眼骄傲。这孩子以后当得成警探。“可是你不应该抽，德兰修女说抽烟会让身体里面全部变黑。”

“德兰修女已经死了，聪明小乖乖，”我打开手提电脑，接上宽带说，“喏，好了。我得打个电话，你别在eBay买钻石。”

荷莉问：“你要打电话给女朋友吗？”

她看起来好小，又太过机灵，穿着白色垫肩外套，遮了细长双腿的一半，大大的眼睛努力不透出惊恐。“不是，”我说，“不是，亲爱的，我没有女朋友。”

“你发誓？”

“我发誓，而且我短期内不打算交任何女朋友。说不定过几年，你可以替我挑一个，你说如何？”

“我要妈咪当你的女朋友。”

“嗯，”我说，“我知道。”我按着荷莉的头，感觉她的头发有如花瓣。之后，我将门关上，回到客厅去看看是谁死了。

留言的人是洁琪，她说话的速度像快车一样，这不是好兆头。假如是好消息，洁琪会煞车（“你一定不晓得发生了什么事，快点，猜猜看。”），坏消息才会踩油门。这肯定是最高等级的坏消息。

“哎，天老爷，弗朗科，你到底要不要接电话？我得跟你谈谈。我打来不是为了开玩笑，我有打过那种电话吗？但在你惊慌之前，我要先说不是老妈，谢天谢地，她好得很。她有一点吓到了，大家都被吓到了，她起初惊魂未定，不过坐下来之后，卡梅尔给了她一杯白兰地，现在就没事了。对吧，妈？幸好有卡梅尔在，她买完东西就四处打电话，要我和凯文过去。谢伊说不用打给你，‘打去干吗’，他说，但我叫他去死。去死也还不足以让我泄愤。所以，要是你在家，能不能马上接起电话？弗朗科！我发誓——”她话没说完，就被留言已满的哔声切断了。

卡梅尔、凯文和谢伊，天哪，感觉所有亲戚都到我家集合了。一定是我爸，绝对是。“爸爸！”荷莉从房间大喊，“你每天都抽几根香烟？”

录音机里的女人要我按按钮，我乖乖照做。“谁说我有抽烟？”

“我要知道！二十根吗？”

慢慢来。“可能吧。”

又是洁琪：“该死的机器，我还没说完！你快点回来。哦，我刚才应该马上说，也不是老爸，他还是老样子。没有人死，也没有人受伤，我们都很好。凯文有点不安，但我想那是因为他不晓得你会有什么反应。他非常喜欢你，你知道，现在还是。一切可能只是虚惊一场，弗朗科，但我不想让你慌张过头。没错，这可能是玩笑，有人恶作剧，我们起初也这么想，虽然我觉得是个烂到家的玩笑，请原谅我说话——”

“爸爸！你每天做多少运动？”荷莉问。

搞什么？“我是地下芭蕾舞者。”我说。

“不是，说真的！多少？”

“不多。”

“当然，我们都不晓得该怎么办。总之，你接到留言能不能立刻回电？求求你，弗朗科，我现在随时带着手机。”洁琪继续说道。

喀嚓，哔，录音机里的小妞。现在想来，我当时就该想到的，起码也应该猜出个大概才对。“爸，你每天吃多少水果和蔬菜？”荷莉又接着问。

“一大堆。”

“才怪！”

“吃一些。”

接下来三则留言都和之前差不多，间隔半个小时。到了最后一通，洁琪的声音已经弱得只有小狗才听得见。

“爸爸？”荷莉又问。

“等一下，亲爱的。”

我走到阳台掏出手机，俯瞰漆黑的河水、油黄的灯光与咆哮的车群，然后拨了洁琪的号码。电话才响一声，她就接起来：“弗朗科？老天爷啊，我都快疯了！你到底跑哪里去了？”

她已经慢到时速一百三十公里了。“去接荷莉了。到底怎么了，洁琪？”

电话里有杂音。事隔多年，我还是一下就认出谢伊急促的嗓音，而我母亲的一个声响让我喉头一紧。

“洁琪，你再不告诉我出了什么事，我发誓一定过去把你绞死。”

“哦，老天，弗朗科……可不可以拜托你找地方坐下来？要不就去倒一杯白兰地之类的？”“别急，慢一点……”关门声。“好了，”洁琪说，四周忽然安静下来，“是这样，你还记不记得我前不久跟你说过，有个家伙想买这条路尽头的三间房子，翻建成公寓？”

“记得。”

“结果他没有建公寓。最近人人都在担心房价，所以他打算让房子多撑一阵子，观望一下局势。他找工人去拆壁炉，还有线脚之类的去卖，那些东西价钱好得很，你知道吗？真是疯了。他们今天动工，从角落那间开始。你还有印象吗，那间废房子？”

“十六号。”

“就是那间。他们拆除壁炉，在其中一个壁炉后面发现了一只手提箱。”洁琪故意停在这里。毒品？枪？现金？还是吉米·霍法[①]？

“天杀的，洁琪，到底是什么？”

“是萝西·戴利的箱子，弗朗科，是她的箱子。”

各式各样的车声戛然而止。天空的橘光变得和森林大火一样野蛮饥渴，令人目眩，失去控制。“不对，”我说，“不是。我不晓得你是怎么拿到的，但里面他妈的是我的东西。”

“哎，好了，弗朗科——”

洁琪的同情和关心溢于言表。我想要是她人在这里，我一定会一拳打昏她。“什么‘哎，好了，弗朗科’。你和妈老是这样大惊小怪，歇斯底里，现在还要我跟着你们一起紧张兮兮——”

“听着，我知道你很——”

“你搞这套是为了骗我回去，是不是，洁琪？你打算来场家族大和解吗？我可警告你，这不是他妈的亲情伦理剧，玩这种游戏没有好下场。”

“你啊，你这个混蛋，”洁琪火了，“克制一点。你以为我是谁啊？提箱里有一件衬衫，紫色的，螺纹图案，卡梅尔认得——”

我起码看萝西穿过一百次，还知道手指触摸钮扣的感觉。“是啊，八十年代镇上每个女孩都有一件。卡梅尔爱八卦，连猫王走在葛拉夫顿街这样扯蛋的事都敢说。我以为你好一点，但显然——”

“——衬衫里裹了一张出生证明，萝西·博纳黛特·戴利。”

杠抬不下去了。我找出香烟，手肘支着栏杆，吸了这辈子最长的一口烟。

“抱歉，”洁琪说，语气放柔下来，“刚才发你脾气。弗朗科？”

“怎么？”

“你还好吗？”

“嗯。听着，洁琪，戴利家知道了吗？”

---

① Jimmy Hoffa，一九一三年生，美国运输工人工会会长。当时黑手党严重渗透美国工会组织，一九七五年失踪，始终下落不明，于一九八二年正式宣告死亡。 ——译者注

“他们不在。诺拉搬到布兰查斯顿了，应该已经几年了吧。戴利夫妇周五晚上会去女儿那里看小宝宝。老妈说她有她电话，可是——”

“你打电话给警察了没？”

“我就打给你了，那还用说。”

“还有谁知道这件事？”

“只有建筑工人，两个年轻的波兰佬知道。那天工程做完，他们到十五号问可以把提箱交给谁，但十五号现在只住学生，他们叫两个波兰佬来找咱爸妈。”

“妈没有嚷嚷得整条街都知道吧？你确定？”

“忠诚之地已经不是你记得的样子了。这阵子有一半住户是学生或雅痞[①]，我们连他们姓什么都不晓得。库伦家还在这住，还有诺兰家，赫恩家也剩几个。不过，通知戴利家之前，老妈不想跟他们说。这么做不对。”

“很好。提箱这会儿在哪里？”

“在客厅。建筑工人是不是不应该移动它？但他们有工作要做——”

“非常好，除非必要，否则千万不要动它，我会尽快赶过去。”

半晌沉默，接着她说：“弗朗科，老天保佑，我不愿意胡思乱想，但这难道不表示萝西……”

“现在还不晓得，”我说，“镇静一点，什么都不要说，等我过去。”

我挂掉手机，回头瞥了公寓一眼。荷莉的门依然关着，我又长吸一口烟，把它抽完，将烟屁股扔出栏杆，接着又点了一根，然后打给奥莉薇亚。

她连招呼都没打就说：“不行，弗朗科，这回不行，绝对不行。”

“我这回没办法，莉儿。”

“你每个周末都求我，用求的。既然你明明不想——”

---

① 原指从美国新兴都会区兴起的新族群，他们年轻，不是世袭贵族，在工作和生活之余，也有能力居住在都市里。或简单来说，是有强烈文化的“痞子”。 ——编者注

“我想，这次是紧急状况。”

“每次都是紧急状况。组里的人少你两天不会怎么样，弗朗科。不管你怎么认为，这地球离了你还是照样转的。”

奥莉薇亚虽轻声细语，但她其实气坏了。我听见电话那头餐具碰撞声、笑语喧哗，还有人好像在说，*天哪，是喷泉*。“这回不是工作，”我说，“是家人。”

“当然，是家人。难道和我第四次跟德莫特约会有关？”

“莉儿，我很乐意搞砸你和德莫特的第四次约会，但我不会放弃和荷莉相处的时间，你应该比我还清楚。”

带着怀疑的短暂沉默。“你家人出了什么紧急事？”

“我还不晓得。洁琪歇斯底里地从我爸妈家打电话来，我还不清楚细节，但必须赶过去一趟。”

又是短暂沉默。之后，奥莉薇亚疲惫地长叹一口气说：“好吧，我们在卡特丽，把荷莉送过来。”

卡特丽餐馆的主厨上过电视，周末总是人满为患，热闹得很。“谢谢你，奥莉薇亚，真的。可以的话，我晚上会回来接她，或是明天早上。我会再打电话给你。”

“你会回来，”奥莉薇亚说，“好吧，可以的话。”说完便挂断了。我将香烟扔了，走回屋里准备惹恼下一个女人。

荷莉盘腿坐在床上，手提电脑放在腿间，脸上挂着担忧的表情。“小甜心，”我说，“我们有麻烦了。”

荷莉指着电脑：“爸，你看。”

屏幕上用紫色大字写着“你会死于五十二岁”，恐怖的图案在大字周围一闪一闪。这孩子一脸不安。我在她背后坐下，将她和电脑抱进怀里。“这是怎么回事？”

“莎拉找到这个网络测验，我帮你做了问卷，结果就是这样。你已经四十一岁了。”

哦，老天，别是现在。“小乖宝，这是网络，怎么写都行，不表示上头有的就是真的。”

“它是这么说的！他们全算出来了。”

要是我让荷莉哭着回去，奥莉薇亚肯定会爱死我。“你看好了，”我一边说着，一边环抱着她，关掉我的死亡宣告书，打开一个Word文档，输入“你是外星人，你在邦哥星球上读到这段文字”。对荷莉说，“好，这是真的吗？”

荷莉噙着泪水，勉强笑了出来：“当然不是。”

我将文字转成紫色，改成花哨的字体：“这样呢？”

她摇头。

“要是我让电脑先问你一堆问题，再显示这段文字呢？”

我差点以为自己就要蒙过了，但那双小肩膀忽然僵住：“你说有麻烦了。”

“没错，我们恐怕得改变一下计划了。”

“我必须回妈妈家，”荷莉对着手提电脑说，“对吧？”

“对，小甜心。我真的、真的很抱歉，我一忙完就去接你。”

“又是工作需要你吗？”

那个“又”字比奥莉薇亚能说的任何话都糟。“不是，”我侧向一边，好看着荷莉的脸说，“跟工作没关系。让工作去死吧！”这句话换来微弱一笑。“你记得洁琪姑姑吧？她有大麻烦了，需要我现在去帮她解决。”

“我不能跟你去吗？”

洁琪和奥莉薇亚曾经不止一次向我暗示，荷莉应该多认识她爸爸的家人。不过，除非我死了，否则荷莉别想沾上麦奇家的独家疯狂因子，门都没有，就算没有那只该死的手提箱也一样。“这回不行。等我搞定所有事情，再找洁琪姑姑去吃冰淇淋，三个人开心开心，好不好？”

“好吧，”荷莉说，无力的轻叹就和奥莉薇亚一模一样，“一定很好玩。”说完她便挣脱我的怀抱，开始将东西放回书包。

车上，荷莉不停和克拉拉对话，声音压得很低，我完全听不清楚。一遇到红灯，我就从后视镜望着荷莉，心里发誓一定要补偿她。我想查出戴利家的电话，将该死的提箱放在他们家门口，然后赶在睡前将荷莉带回我住的地方。但我当时就知道这不太可能。那条路和那只手提箱一直在等我回去，已经等了很久，一旦伸出爪子，绝对不可能一个晚上就放过我。

字条的语气非常夸张，典型的少女作风，这点她最擅长，我是说萝西。

“对不起，我知道这件事一定让人非常意外，但千万别以为我是故意要整人，我不会那么做。只是我想了很久，要过我想过的生活，这是我唯一的机会。真希望我能找到办法，不让我身边的人受伤、不安、失望。假如你能祝我在英国的新生活顺利，那就太好了！但就算不能，我也能理解。我发誓我一定会回来，在那之前，献上我好多、好多的爱。萝西。”

从她踏进我们初吻的十六号空屋，在地板上留下字条，到她将手提箱扔过围墙，准备远走高飞，离开道奇镇之间，肯定发生了什么。

Chapter 2　二十二年后的故乡

不熟悉位置的人，是找不到忠诚之地的。自由区自生自灭了几个世纪，完全不曾得到都市计划者的庇荫，而忠诚之地是条拥挤的死巷，卡在这一区正中央，有如迷宫中的错误小径。这里离三一学院和葛拉夫顿街的时髦店面步行只要十分钟，但小时候，我们从来不去三一学院，三一学院的人也不会来这里。

这一带并不危险，只是很分散，住的都是工人、泥水匠，无业游民，再来就是那些走狗屎运的，在健力士啤酒厂上班，有健保，还能上夜校。这里之所以叫这个名字，是因为几百年前的居民开始自定规矩，自行其是。我家那条路的规矩是：就算一文不名，只要上酒吧就得喝酒；同伴和别人动粗，一见血光就要把他带开，免得有人丢脸；海洛因要留在公寓和大家分享；即便你是信奉无政府主义的摇滚庞克族，周日也要做弥撒；还有，无论如何都不能对人大吼大叫。

我将车子停在几分钟路程外的地方，徒步过去。不需要让家人知道我开什么车，也不需要让他们见到后座上的儿童安全椅。自由区夜晚的空气依然如故，温暖骚动，薯片包装袋和公车票根随风旋转，酒馆涌出粗鲁的喧腾。街头混混在运动服外头加上晶亮的首饰，宣告自己新潮得很。其中两个瞅了我一眼，开始朝我晃来，但被我鲨鱼似的龇牙一笑，就立刻改变了先前脑子里的念头。

忠诚之地有两排各八间的房子，红砖建筑，门口有台阶让人拾级而上。上世纪八十年代，这里每栋房子都住了三四户，甚至更多。什么人都有，从参加过一次大战，逢人就展示伊颇[①]刺青的疯子强尼·马龙，到不算妓女，但不晓得靠什么将所有孩子拉扯大的莎莉·荷恩。领失业救济的人可以住地下室，那里很容易导致人维生素D缺乏。有工作的起码能住一楼，住了几代之后就算资深住户，可以获得顶楼的房间，这样便没有人走在你上头。

照理说，回家应该会觉得故乡变小才对，但我家那条路感觉却像精神分裂似的在前方延伸，其中两三栋房子稍微精心打扮了一番，比如换上了双层玻璃和有趣的仿古粉彩漆等，不过多数还是原封不动。从外表看，十六号仿佛已经走到生命的尽头，这二十年来，屋顶已残破不堪，前门台阶堆着砖块和一台废弃的手推车，门仿佛被人放火烧过。八号一楼有一扇窗亮着，灯光昏黄柔和，却危险到了极点[②]。

爸妈结婚之后，卡梅尔、谢伊和我接连出生，彼此相隔一年。这在安全套得靠走私得来的区域可不是什么新鲜事。五年后，他们的生活稍有喘息，凯文也随之出生，洁琪则又隔了五年，老妈应该是在他们稍微不恨对方的那一段时间怀孕的，不过那段时间很短。我们住在八号一楼，有四个房间：男孩房间、女孩房间、厨房和客厅。厕所是后院底的一个小棚子，洗澡用的锡浴缸摆在厨房。这几年，整间房子只剩下老爸和老妈。

我每隔几周会和洁琪见面，帮我掌握进度。至于什么算进度，就看个人定义了。洁琪认为我需要知道家人的大小细节，我却觉得只要知道有没有人死了就好。因此，我们花了一点时间才找出皆大欢喜的中间点。

我回忠诚之地以前，已经晓得卡梅尔有四个孩子，屁股和77A路公交车

---

① Ypres，比利时城市，二战期间，德军在这里首度使用毒气攻击。——译者注

② 作者在此故意影射这个地方因为住了他家人，所以非常可怕。——译者注

一样大。谢伊住在爸妈楼上，还在他毕业后就去的那家自行车店工作。凯文在卖平板电视，每个月都换女朋友。老爸不晓得把自己的背怎么了，而老妈还是老妈。还有一个人也不能漏掉：洁琪。她做了美发师，目前和一个叫加文的家伙同居，未来或许会和他结婚。要是她遵守协议（这一点我很怀疑），大家肯定也知道他妈的我在干吗。

楼下大门没锁，公寓的门也是。可这年头，都柏林人再也不让大门开着了。洁琪安排得很有技巧，让我可以看情况进门。客厅传来声音，简短的对话，漫长的沉默。

“嘿！”我站在门口说。

一阵杯子碰桌声，所有人转头。我妈那双易怒的黑眼睛和五双和我一模一样的蓝眼睛全都盯着我瞧。

“海洛因藏好，”谢伊说。他手插口袋靠在窗边，看我一路走过来。“条子来了。”

房东总算添了地毯，粉红和绿色相间的花样。房间依然飘着吐司、湿气与家具亮光蜡的味道，还有一股不知从哪传来的淡淡的脏味。桌上一个盘子摆满杯垫和消化饼，老爸和凯文坐扶手椅，老妈坐沙发，卡梅尔和洁琪坐在她两边，感觉就像沙场将军炫耀两名头号俘虏一样。

我妈是典型的都柏林母亲，身高一米五，满头鬈发，一副招惹不起的水桶身材，里头装着源源不绝的不满。她欢迎爱子回家的方式是这样的：

“弗朗科，”老妈说着靠回沙发，双手交叉在曾经是她腰部的地方，上下打量我，“难道你连穿件像样的衬衫都不会吗，啊？”

我说：“嗨，老妈。”

“妈妈，不是老妈。看你这副德行，邻居会以为我生了个流浪汉。”

忘了什么时候，我的服装从军大衣换成棕色皮衣，但除此之外，我的服装品位还是和当年离家时差不多。要是我穿西装，她又会嫌我自以为是了。在我老妈面前，你别想赢。“洁琪的语气听起来很紧急，”我说，

“嗨，老爸。”

爸的气色比我想象的好。从前我是最像他的，一样的棕发和粗犷的轮廓，但这份相似随着时间消逝许多，这样真好。他已经开始变成老头了，头发花白，裤腿高过脚踝，不过身上的肌肉还是会让人在惹他之前迟疑片刻。他看起来清醒得很，但面对我爸，你永远也不知道他是不是真的清醒。

“真高兴你能光耀门楣。”爸说，声音比以前粗，也更低沉。抽太多骆驼烟了。“你这小子还是拽得二五八万似的。”

“大家都这么说。嗨，卡梅尔、小凯、谢伊。”

谢伊连话都懒得接。“嗨，弗朗科，”凯文说，他的眼神仿佛见到鬼似的。凯文已经长成大个儿了，满头金发，身材结实，容貌俊俏，个头比我还高。“靠。”

“嘴巴干净点！”老妈火了。

“你看来很好。”卡梅尔果然这么说。就算有一天早上耶稣复生在她面前，她也会说他看来很好。老姐的臀部实在惊人，而且学了优雅的鼻音，我是一点也不意外。这一家子比从前还像从前。“谢谢你，”我说，“你也是。”

“你这家伙，快过来，”洁琪说。她用双氧水烫了一个复杂发型，穿着白色五分裤和红色圆点上衣，褶边位置很诡异，简直像美国歌手汤姆·威兹派对上的女客人。“坐下来喝杯茶，我再去拿一个杯子。”说完便起身朝厨房走去，还不忘鼓励似的对我眨眼，捏我一下。

“不用了，”我拦住她。一想到坐在老妈身边，就让我寒毛直竖。“咱们先瞧瞧那个传说中的手提箱再说。”

“干吗这么急？”老妈反问道，“坐下来。”

“工作第一，玩乐第二。手提箱呢？”

谢伊朝脚边地上撇了撇头，说：“请便。”洁琪一屁股坐回原位。我在众目睽睽之下绕过咖啡桌、沙发和椅子。

手提箱在窗边，浅蓝色，圆弧边，表面爬满一块块黑色霉斑，还敞着口，有人硬是毁了可怜的扣锁。然而，最让我惊讶的是箱子竟然这么小。奥莉薇亚光是周末度假就几乎把整个家都带去了，还包括电热壶，而萝西为了追求新人生，带的东西却一手就能提完。

我问：“谁碰过箱子？”

谢伊笑了，从喉咙深处冒出来的声音。“老天，各位，科伦坡探长来了。难道你还要我们按指纹？”

谢伊黝黑精瘦，个性浮躁不安，我都忘了太接近他是什么感觉了。就像站在高压电塔旁边，让人浑身紧张。这几年，他的人中变得非常深，眉间也出现一道深沟。

“假如你求我，我可以考虑考虑，”我说，“你们全都碰过了？”

“我才不敢靠近，”卡梅尔立即回嘴，还微微颤抖一下，“那么多灰尘。”我和凯文相视一眼。那一瞬间，我感觉自己根本没离开过这个家。

“我和你爸想打开，”老妈说，“可是它锁住了，所以我就喊谢伊下来，要他用螺丝起子对付它。我们实在别无选择，箱子外头又没说它是谁的。”

她看我一眼，露出没办法的表情。“一点也没错。”我说。

“我们见到里头的东西……告诉你，我这辈子从来没这么吃惊过，心脏都跳出来了，差点以为自己心脏病发作了。我跟卡梅尔说，幸好你来了，还开车，不然我要去医院都没车坐。”老妈的眼神显示她认为是我的错，即使她还搞不清楚为什么。

卡梅尔对我说：“虽然有紧急事件，崔弗还是帮孩子弄了点心，他这点很棒。”

“我和凯文到了之后，都看过箱子，”洁琪说，“我们碰过一些东西，但不记得摸了什么——”

“要去拿指纹采样粉吗？”谢伊问。他懒洋洋倚着窗框，眼睛半闭地望着我。

“改天吧，假如你肯当个乖宝宝的话。”我从皮衣口袋摸出手术手套戴上，爸爸放声大笑，声音低沉刺耳充满轻蔑，随即变成压不住的咳嗽，整张椅子都在摇晃。

谢伊的螺丝起子搁在提箱旁的地板上，我屈膝用它掀起箱盖。鉴证科有两个小伙子欠我人情，还有两三位女士迷恋我，他们都愿意私下帮我测试证物，但还是希望我不去破坏证物，除非有必要。

手提箱里纤维纠结，发霉与长年置放让它脏污发黑，几近半毁，湿土般的味道又浓又烈，就是我踏进家门闻到的那股异味。

我缓缓取出手提箱里的东西，一件件堆在箱盖上，免得破坏证物。一条松垮的蓝色牛仔裤，膝盖上有两个方格花呢补丁；一件绿色套头毛衣，一条紧身牛仔裤，脚踝那装了拉链。老天，我认得这条裤子，想起它包着萝西臀部摇晃的样子，我胃部仿佛被人揍了一拳。我继续将东西取出来，没有停下。一件男人的无领法兰绒衬衫，蓝色细条纹，底色原本应该是奶油黄。六条白色纯棉内裤，还有一件已经碎掉、紫蓝色相间长下摆的螺纹衬衫。我挑起衬衫，出生证明掉了出来。

“喏，”洁琪说。她靠着沙发扶手，紧张地瞪着我。“看到没有？我们本来以为没什么，直到发现这个。我不晓得，也许是小孩胡搞或有人抢了东西需要藏起来，甚至某个可怜女人被男人欺负，把家当收拾好，等自己鼓起勇气远走高飞。你知道，杂志都是这么写的，对吧？”她又开始大惊小怪了。

萝西·博纳黛特·戴利，一九六六年七月三十日生。这纸张就快解体了。“没错，”我说，“如果是小孩胡搞，那他们做得真是非常彻底。”

一件U2T恤，要不是烂成坑坑疤疤，可能价值几百镑。一件蓝白条纹T恤，一件男装黑色背心，那时正流行安妮·霍尔风。一串浅蓝塑料玫瑰念珠，两件白色纯棉胸罩，一台杂牌随身听，是我存了几个月的钱买给她的。我那时帮毕克·莫瑞在艾维市场卖盗版录像带，到她十八岁生日前一周才凑齐最后两英镑。一罐苏尔除臭喷剂，一打自己录的音乐卡带，有些依然看得出她圆嫩的字迹：REM《呢喃》、U2《男孩》，还有瘦李奇乐团、新城之鼠、行刑者乐团和尼克·凯夫与坏种子。萝西什么都能留下来，就是非带走她的音乐收藏不可。

提箱底部有一个棕色信封，二十二年的湿气已经让里头的信纸黏成一团。我小心翼翼扯动边缘，信纸立刻像湿香烟一样散成碎片。又得靠鉴证科帮忙了。不过，隔着信封塑料开口还是能看出几个打字机打的模糊字迹。

“莱里！霍利黑德（英）……时间：早上……三十分……”无论萝西去了哪里，肯定没用我们的船票。

所有人都盯着我，凯文似乎很是不安。“嗯，”我说，“看来确实是萝西的手提箱没错。”我开始将东西从箱盖摆回箱里，将纸张留到最后，免得碎掉。

“要打电话报警吗？”卡梅尔问。老爸大声清了清喉咙，仿佛想啐人似的，老妈狠狠瞪他一眼。

我问：“打去说什么？”

显然没人想过这一点。“有人二十多年前在壁炉后方塞了手提箱吗？”我说，“这种事距离世纪刑案还差得远。戴利夫妇要打电话，那是他们家的事，但我警告你们，我不认为警察会为了这种鸡毛蒜皮的小事大费周章。”

“但萝西，”洁琪一手抓着头发看着我，露出两颗兔牙，睁大的蓝眼睛里写满担忧。“她确实失踪了，而那个东西是线索也好，是证据也好，我们难道不该……”

“她有被报成失踪人口吗？”

面面相觑，没有人知道。我很怀疑这一点。在自由区，警察就像电玩“小精灵”里的水母鬼，是游戏的一部分，最好离他们远远的，千万别自己送上门。“万一没有，”我用指尖关上手提箱说，“现在报案也有点迟了。”

“可是，”洁琪说，“等一下，难道这看起来不像……你知道，她其实没去英国，或许有人……”

“洁琪想说的是，”谢伊对我说，“似乎有人将萝西打昏，装进垃圾袋，运到养猪场扔了，将手提箱塞在壁炉后面毁尸灭迹。”

“谢伊·麦奇！老天爷！”说话的是老妈。卡梅尔在胸前画了个十字。

我已经想过这一点了。

“有可能，”我说，“她也可能被外星人误绑，扔到美国肯塔基州去了。我个人会选择最简单的解释，就是她自己将手提箱塞到烟囱里，却没有机会回来拿，来不及换好内裤再去英格兰。但要是你喜欢把生活想得刺激一点，我也不反对。”

“有道理，”谢伊说。他这个人也许出过很多差错，但绝对不笨。“难怪你需要那个蠢玩意儿——”他指的是手套，我正把它们塞回外套口袋。“因为你根本不认为有人犯罪。”

“放轻松，”我朝他咧嘴微笑说，“猪长到二十七岁还是猪，听懂我在说什么吗？”谢伊轻蔑地哼了一声。

老妈开口了，语气完美结合了敬畏、嫉妒与嗜血的欲望：“泰瑞莎·戴利一定会疯掉，会疯掉！”

出于各种理由，我必须赶在任何人之前去找戴利夫妇。“我会去找她和戴利先生谈，看他们有什么打算。他们星期六什么时候回来？”

谢伊耸耸肩说：“不一定。有时午饭之后，有时一大早，看诺拉什么时候方便载他们回来。”

真惨。我一看老妈的神情，就晓得她打算在戴利夫妇还没开门之前，拿这个消息狠狠重击他们。我考虑要不要睡车上，好在走道堵她，但这附近在监视范围内没有停车的地方。谢伊看着我，一脸幸灾乐祸。

忽然间，老妈胸脯一挺说：“你愿意的话，晚上可以睡这里，弗朗科，沙发还是拉得出来的。”

我不认为老妈这是因为家族团聚才会大发慈悲，她就是喜欢别人亏欠她。

在家里过夜从来不是什么好主意，但我眼下没有更好的办法了。这时，她又补上一句，免得我以为她变善良了。“除非你现在过不惯这种苦日子了。”

“完全不会，”我说着朝谢伊笑笑，“真是太好了，老妈，谢谢你。”

“妈妈，不是老妈。我想你应该也需要早餐之类的吧。”

“我也可以留下来吗？”凯文没头没脑地冒出一句。

老妈怀疑地看了他一眼，似乎和我一样惊讶。“我阻止不了你，”最后她说，“家里床单好好的，别弄坏了。”说完便从沙发起身，开始收拾茶杯。

谢伊笑了，笑得不怀好意。“合家团圆[①]啰，”他用靴子前端踢了踢手提箱说，“正好赶上圣诞节。”

老妈不准任何人在家里抽烟，于是谢伊、洁琪和我便到屋外过烟瘾，而卡梅尔和凯文也跟着晃了出来。我们坐在门前台阶上，感觉就像小时候吃完点心，吸着冰棍等待好玩的事情发生一样。我过了一会儿才发觉自己在等，等小孩踢足球、夫妻咆哮、妇人匆匆横越马路用闲言闲语交换茶包，但一切毫无动静。十一号有两三个头发乱糟糟的学生在煮东西，一边放着吉音乐团的曲子；七号的莎莉·荷恩在烫衣服；还有人在看电视。这些显然就是忠诚之地这阵子的全部活动了。

我们自动坐回老位置：谢伊和卡梅尔在最上头，两人对坐两边，我和凯文在下一阶，洁琪坐最下面，介于我和凯文之间，台阶上已经有我们的臀印。“老天爷，真温暖，还是没变，”卡梅尔说，“根本不像十二月，对吧？感觉完全不对。”

“全球变暖，”凯文说，“谁有烟可以给我们？”

洁琪递上烟盒。“别抽，这个习惯不好。”

“特殊场合才抽。”

---

① 此处原文为“Peace on Walton’ Mountain”，是一个老影集的名称，在此仅作意译。

——译者注

我弹开打火机，凯文凑近身子，火光将他睫毛的影子打在脸上，仿佛睡着的孩子白里泛红，天真烂漫。他以前把我当成偶像，老是跟在我后头。有一次奇皮·荷恩抢走了他的水果软糖，我把奇皮打得鼻子流血。但现在，他身上已经飘着须后水的味道了。

“莎莉，”我朝洁琪撇了撇头问，“她到底生了几个小孩？”

洁琪伸手到背后把烟从凯文手里拿回来说：“十四个，我光想到屁股就疼。”我暗笑一声，和凯文目光交会，他也咧嘴笑笑。

接着，卡梅尔对我说：“我生了四个，戴伦、路意丝、多娜和艾舍丽。”

“洁琪跟我说了，真厉害。他们长得像谁？”

“路意丝像我，老天保佑，戴伦像他爸。”

“多娜是洁琪的翻版，”凯文说，“又龅牙又什么的。”

洁琪捶了他一拳：“你闭嘴。”

“他们现在一定很大了。”我说。

“哎，是啊。戴伦今年高中毕业，他想去都柏林的爱尔兰国立大学读工程，假如能考上的话。”

没人问起荷莉，也许我小看洁琪了，也许她真的知道如何闭上嘴巴保守秘密。“喏，”卡梅尔翻找袋子，捞出手机鼓捣一阵，之后递给我，“你想看看他们吗？”

我浏览手机里的相片，只见四个长相平凡、长满雀斑的孩子。崔弗还是老样子，只有发线变了。他们家那栋圆石墙面双拼公寓是上世纪七十年代盖的，不晓得位于哪个悲惨地段，我忘了。卡梅尔完全实现了自己的梦想，很少人能这么自夸。即使她的梦想让我想要割喉自杀，我还是得夸赞一声厉害。

“他们看起来都很乖，”我将手机还给她说，“恭喜你了，梅儿。”

我背后上方传来一声轻喘。“梅儿，天哪……几百年没听过了。”

那一刻，所有人都恢复原本的模样，磨去了皱纹与白发，抹去了凯文下巴的沉重线条和洁琪的浓妆，只剩下我们五个天真的孩子，在黑暗中活力充沛，蠢蠢欲动，眼神像猫一样，编织自己的梦想。莎莉·荷恩只要探头就会见到我们：麦奇家的小孩，坐在她家台阶上。也许我是疯了，但那一刻，我真的高兴自己回家了。

“哎哟，”卡梅尔说，身体动了一下。她向来不习惯沉默。“我屁股疼死了。弗朗科，你确定事情就是那样，像你刚才在屋里说的？萝西原本打算回去拿箱子？”

谢伊低吁一声，从齿缝挤出一口烟，可能是窃笑。“根本是胡扯，他自己清楚得很，和我一样。”

卡梅尔猛捶他膝盖说：“说话客气点。”但谢伊不为所动。“你干什么，为什么说那是胡扯？”

“我什么都不敢说，”我说，“但没错，我是觉得她很有可能跑到英格兰，从此过着幸福快乐的日子。”

谢伊说：“不带船票，也没有身份证？”

“她存了钱，就算没拿到船票，顶多再买一张，而且那时候到英国还不用身份证。”是啊，我们之所以带着身份证，是因为知道找工作可能需要登记失业补助，还有就是那时我们打算结婚了。

洁琪悄声问：“那我打电话给你是对的吗？还是其实只要……”

气氛瞬间紧绷。“当作没事。”谢伊说。

“不是，”我说，“你做得对极了，宝贝。你的直觉价值连城，知道吗？”

洁琪伸直双腿，打量自己的高跟鞋。我只看得见她的后脑勺。“也许吧。”她说。

我们抽着烟，又坐了一会儿。这里不再有麦芽和焚烧蛇麻草花的味道，这是健力士酒厂上世纪九十年代做出合乎环保的选择，因此自由区现在改飘柴油废气的味道了，显然算是个突破。马路尽头，飞蛾兜着街灯绕圈，以前缠在上头让小孩荡秋千的绳子已被人拆去。

有件事我想知道。“老爸看起来不错。”我说。

沉默。凯文耸耸肩。

“他的背不好，”卡梅尔说，“洁琪没有……”

“她跟我说老爸有点问题，但他看起来比我想象的好。”

卡梅尔叹息一声。“他状况时好时坏，今天还算不错，状况坏的时候……”

谢伊吸了一口烟。他依然用拇指和食指夹烟，像老电影里的黑帮一样。他淡淡地说：“状况坏的时候，我得扶他上厕所。”

我问：“医生知道他哪里出了毛病吗？”

“不晓得。可能是工作，也可能是……他们查不出来。反正情况越来越糟。”

“他戒酒了吗？”

谢伊说：“这关你什么事？”

我说：“老爸戒酒了吗？”

卡梅尔动了一下说：“唉，他没事。”

谢伊笑了，听起来有如尖锐的咆哮。

“他对老妈还好吗？”我问。

谢伊说：“这关你屁事。”

其他三个屏住呼吸，等着看我们会不会打起来。我十二岁那年，谢伊害我摔破脑袋，就在这几个台阶上，那道疤痕现在还在。但不久我就长得比他壮了，所以他也有了疤。

我缓缓转身，不疾不徐地面对他。“我在好好问你问题。”

“都二十年了，你从来不闻不问。”

“他有问我，”洁琪轻声说，“问过很多次。”

“所以嘛，你也不住在这里了，知道的跟他一样少。”

“所以我现在问你，”我说，“老爸最近对老妈好吗？”

四周半明半暗，我们狠狠地瞪视对方，我随时准备把烟扔了动手。

“就算我说不好又怎样，”谢伊说，“你们会放下温暖的单身小窝，搬回来照顾她吗？”

“搬到你楼下？哎，谢伊，你有这么想我吗？”

楼上窗户啪地推开，老妈朝底下大喊：“弗朗科！凯文！你们到底要不要进来？”

“马上来！”我们一起吼了回去。洁琪笑了，声音尖细慌乱：“瞧我们几个……”

老妈甩上窗户。紧接着，谢伊靠回台阶，朝栏杆之间啐了一口，目光从我身上离开，其他几个立刻放松下来。

“我得走了，”卡梅尔说，“艾舍丽喜欢我陪她上床睡觉，不喜欢爸爸。她见到崔弗只会闹他，觉得很好玩。”

凯文问：“你怎么回家？”

“我车子停在转角，那部起亚是我的。”她向我解释，“路虎给崔弗开。”

崔弗那个可悲的浑球，知道他日子过成这样感觉真不赖。“太好了。”我说。

“能载我们一程吗？”洁琪问，“我下班之后直接过来，今天车子又换加文开了。”

卡梅尔收紧下巴啧了一声，神情不悦。“他不过来接你？”

“绝对不会。车子这会儿应该在家里，而他正在酒吧里和死党厮混吧。”

卡梅尔拉着扶手站起来，规规矩矩地拉直裙摆。“那我就送你回去。告诉加文那家伙，既然他要你工作，就该帮你买辆车，让你开去上班。你们笑什么？”

“女性解放运动方兴未艾啊！”我说。

“我从来不需要什么运动，我喜欢好穿又牢固的胸罩。这位太太，该走了，再笑我就让你留在这里淋雨。”

“来了来了，等一下——”洁琪将烟塞回包包，袋子朝肩上一抛。“我明天再过来。你会在吧，弗朗科？”

“看你运气啰，要是遇上了再聊。”

她抓住我的手，使劲摁了一下。“无论如何，我很高兴打电话给你，”她用不服气的半悄悄话的语气对我说，“也很高兴你过来。你真好，真的。保重自己，好吗？”

“你也是个好女孩。拜拜，洁琪。”

卡梅尔欲言又止：“弗朗科，我们还会……你还会过来吗？既然……”

“我们先解决这件事，”我笑着对她说，“再看接下来如何，好吗？”

卡梅尔走下台阶，我们三人目送她们走上忠诚之地。洁琪的高跟鞋声在房子间回荡，卡梅尔蹒跚走在一旁，努力跟上。就算扣掉头发和鞋子，洁琪也比卡梅尔高出一截，但假如换比周长，卡梅尔是洁琪的好几倍。两人差异之大，好比卡通里的愚蠢搭档，准备迎向一连串可怜又好笑的意外，直到逮捕坏人，喜剧收场。

“她们是好女人。”我轻声说道。

“是啊，”凯文说，“的确。”

谢伊说：“你们两个想帮她们的话，最好再也别出现。”

我想他说得或许没错，但我最终还是没有理会他。老妈又在玩她的开窗游戏了：“弗朗科！凯文！我要关门了，你们要么现在进来，要么自己找地方睡。”

“去吧，”谢伊说，“免得她吵醒整条街上的人。”凯文站起来伸了伸懒腰，扭扭脖子。“你不进去？”

“不了，”谢伊说，“我还想再抽根烟。”我关上大门，只见他依然坐在台阶上背对我们，弹开打火机凝视火焰。

老妈扔了一床褥垫、两个枕头和几条棉被在沙发上，就自己睡觉去了，还抗议我们两个在屋外闲晃。她和老爸改睡我们以前的房间，从可爱的酪梨绿装饰看来，女孩的房间应该是在上世纪八十年代改装成了浴室。凯文在客厅忙着铺床，我乘机溜到楼梯转角（老妈的听力和蝙蝠一样好）打电话给奥莉薇亚。

当时已经十一点多了。“荷莉睡了，”奥莉薇亚说，“她很失望。”

“我知道，我只是想再跟你说声谢谢，还有抱歉。我是不是彻底搞砸了你的约会？”

“没错，不然你以为呢？卡特丽会多搬一张椅子来，荷莉会一边吃酥皮鲑鱼，一边和我们讨论布克奖名单吗？”

“我明天还得在这儿处理一些事情，但会尽量在晚饭前去接她。或许你和德莫特可以再安排一次约会。”

她叹了口气。“你们家发生什么事了？大家都好吗？”

“我还不晓得，”我说，“还在想办法搞清楚，明天应该会明朗一点。”

沉默。我答得这么谨慎，我想莉儿一定气炸了，但她却说：“那你呢，弗朗科？你还好吗？”

她语气柔和下来。那天晚上我怎样都行，就是不要奥莉薇亚对我好。我全身骨头仿佛被水渗透，感觉安慰却又不可靠。“好得很，”我回答，“我得挂了，明天早上替我亲荷莉一下，会再打电话给你。”

凯文和我将沙发床弄好，两人刻意头脚相对，像是夜店玩疯了似的倒头就睡。我们倒在沙发上，对着蕾丝窗帘筛出的光纹倾听彼此的呼吸。老妈的圣心雕像在角落血红发亮，我想象着奥莉薇亚看见雕像的表情。

“看到你真好，”过了一会儿，凯文悄声说，“你知道吗？”

他的脸被阴影遮住，我只看到他双手摆在褥垫上，拇指漫不经心地搓揉着指关节。“彼此彼此，”我说，“你看起来很好，个头比我还高，我简直不敢相信。”

凯文嗤笑一声。“但还是不敢和你单挑。”

我也笑了。“没错，我最近可是徒手搏击高手。”

“真的？”

“假的。我是公文高手，专门帮自己解围。”

凯文转身侧躺，脑袋枕着手臂，好看到我。“我可以问一件事吗？你为什么选择干警察？”

生在这种地方，只有干警察才能摆脱出身。说得更精确一点，和我一起长大的人几乎都是小罪犯。但他们并非生性邪恶，而是不得不然。忠诚之地有一半的人领失业救济金，所有人都在打黑工，尤其在开学前，小孩需要课本和制服的时候。有一年冬天，凯文和洁琪得了支气管炎，卡梅尔从她打工的邓恩餐厅拿了肉回来，给他们补充体力，没有人问她怎么付得出钱。七岁那年，我已经知道如何操弄瓦斯表，好让老妈煮晚餐。你遇到的求职顾问也绝不会把你当成未来的官员看。

“听起来很刺激，”我说，“就这么简单。有机会动手动脚，还有人付钱，何乐而不为？”

“真的吗？真的很刺激？”

“偶尔。”

凯文默默看着我，见我不打算继续，便说：“洁琪通知我们的时候，老爸吓坏了。”

老爸原本是泥水匠，但到我们出生那时，他已经成了全职酒鬼，兼卖各式来路不明的东西。我想他连我和同性恋男妓上床都不会反对。“嗯，是啊，”我说，“那只是小意思。不过我倒要问你，我走的第二天，家里怎么样？”

凯文翻身仰躺，双臂枕在头下。“你从来没问过洁琪？”

“洁琪才九岁，分不清哪些是她记得的，哪些又是她想象的，例如穿着白袍子的医师把戴利太太接走了之类的。”

凯文望着天花板，窗外进来的灯光让他眼睛闪烁有如两池深潭。“我还记得萝西，”他说，“我知道自己当时很小，可是……印象却非常强烈，你知道吗？那头发、笑声，还有她走路的样子……萝西很可爱。”

我说："她确实是。"当时的都柏林又棕又灰又米黄，萝西却是五彩缤纷，爆炸似的红棕鬈发披到腰间，眼睛有如灯光下的绿色玻璃，还有她的红唇、白皮肤和金色的雀斑。自由区一半的人都迷恋萝西，她却毫不在意，这反而让她更加迷人。萝西从不觉得自己很特别。她成天挺着诱人的曲线跑来跑去不以为意，仿佛自己的身材和身上的补丁牛仔裤一样平凡。

让我再多说一点萝西。

当时修女告诫那些只有她一半美丽的女孩，她们的身体是通往粪坑与金库的十字路口，而男孩全是肮脏下流的小偷。十二岁左右的那年夏天，我们还不懂得彼此相爱，有天傍晚，我和她玩起"你看我，我看你"的游戏。

在此之前，我看过最接近裸女的东西，就是黑白相片里的女人的乳沟。然而，萝西却将脱下的衣服扔到角落，仿佛它们很碍事。就着微光，她在十六号张开双手旋转身体，笑着、闪耀着，近得几乎伸手可及。直到现在，我想起那天依然会无法呼吸。

我当时太年轻，不晓得自己想和她做什么，只知道世界上没有任何东西比萝西更美，即使是蒙娜丽莎一手拿着圣杯，一手拿着得奖的乐透彩券穿越大峡谷也比不上那时的她。

凯文轻轻对着天花板说："我们起初根本搞不清楚状况。我和谢伊醒来发现你不在，以为你只是出去了。到早餐时间，戴利太太大声进来说要找你，我们说你不在，这才发现她近乎崩溃。萝西的东西都不见了，戴利太太尖叫咆哮，说你带她跑了，还是绑架了她，我不晓得她说的是哪个。老爸开始和她对骂，老妈努力想叫两人闭嘴，免得让邻居听见——"

"怎么可能听不见？"我说。戴利太太和我妈一个样，只是吃的药多了三倍。

"是啊，我知道，怎么可能？我们听见有人在对面大喊，于是我和洁琪便往外看。只见戴利先生将萝西剩下的东西扔出窗子，整条街都出来看怎么回事……我老实告诉你，我当时觉得真是帅呆了。"

凯文咧嘴微笑，我也忍不住笑了出来。“这种好戏要我砸钱去看，我也愿意。”

“对啊，他们差点吵翻天了。戴利太太骂你是小坏坯，老妈骂萝西是小贱人，有其母必有其女，戴利太太听得火冒三丈。”

“嗯，好吧，我赌老妈赢，她的体重占优势。”

“你别让她听见。”

“她只需要坐在戴利太太身上等她投降就好了。”

我们都笑了，仿佛两个小孩在黑夜压低嗓门在笑。“不过，戴利太太有武器，”凯文说，“她那些指甲——”

“天，她现在还留着？”

“更长了。她是真人——那个东西叫什么？”

“耙子？”

“不对，忍者钳，还有飞星镖。”

“那到底谁赢了？”

“老妈，但没胜多少。她将戴利太太推到楼梯间把门关上，戴利太太又吼又叫，猛踹房门，不过最后还是放弃了，反而回家和戴利先生大吵一架，骂他乱扔萝西的东西。邻居们都开始卖票了，比‘豪门恩怨’[①]还精彩。”

这时，我们以前的卧房传来老爸的咳嗽声，床铺摇得连墙壁都在晃动。我们立刻僵住不动，竖起耳朵。老爸长喘几回，呼吸再度恢复正常。

“总之，”凯文更小声说，“事情差不多就这样结束了。这则头条八卦维持了两个星期左右，后来大伙儿多多少少就忘记了。老妈和戴利太太几年没说话，反正她们本来就不交谈，所以也没什么区别。老妈每年都会发飙，

---

① 美国广播公司1978年推出的描写豪门家族命运的连续剧。剧中反映了美国著名石油富豪家族命运变迁，几代人之间恩恩怨怨剪不断、理还乱的关系。由于满足了大众的好奇心，以及扣人心弦的故事情节，上映时就达到了万人空巷的轰动效果。该剧从1978年播到1987年，在欧美影响深广。

——编者注

气你没寄卡片，不过……”

不过当时是八十年代，移民是三大谋生方法之一，另外两个要么是去有钱老爸的公司，要么领取失业救济。老妈那时一定期望我们有谁能挣到单程船票。

“她不认为我死在水沟里了？”

凯文哼了一声。“哪会，她说谁都有可能受伤，只有我们家的弗朗科不会。我们没有报警，也没有报失踪人口，但不表示……我们不在乎似的。我们只是觉得……”垫子随着他耸肩动了一下。

“我和萝西私奔了。”

“对。我是说，大家都知道你们在热恋，不是吗？大家也都晓得戴利先生对这件事的看法。所以大家当然这么想，你懂吧？”

“是啊，”我说，“当然这么想了。”

“再说，还有那张字条。我想就是字条让戴利太太暴跳如雷的：有人在十六号乱搞，结果他们发现了这张字条。萝西写的。我不晓得洁琪有没有告诉你——”

“我看过字条。”我说。

凯文转头看我：“真的？你看过？”

“对。”

他等我开口，但我没有多说。“什么时候……你是说在她留下字条之前？她先给你看过？”

“之后，那天深夜。”

“所以——什么？字条是留给你的，不是她的家人？”

“我是这么想的。我们约定那晚碰面，可是她没有出现。我发现字条，就心想一定是给我的。”

等我明白她是认真的，已经走了不再出现，我便扛起背包开始步行。周

一清晨，天刚破晓，镇上浓雾弥漫，空空荡荡，只有我和清洁工，还有几名疲惫的夜班工人顶着犹暗似明的寒风回家。我看见三一学院大钟上的时间，第一班渡轮正要驶离邓莱里。

最后，我躲到一处无人住宅，在巴格街边，一群臭气熏天的摇滚乐手和一个名叫凯斯·穆恩的酒鬼住在那里，藏了一堆大麻，数量多得吓人。他们算是我参加音乐会时认识的，那天谁都以为我是他们其中一人邀去的。

其中一名乐手有个妹妹住在哈内拉，她身上倒是不臭，只要她喜欢你，就会出借地址让你申请失业津贴。她非常喜欢我。我后来用她家地址申请警察学校，事实上我也确实住在那里。我拿到入学许可进入天普默受训的时候，心里着实松了一口气，因为她一直吵着要跟我结婚。

你瞧，萝西有多么可恶。我曾那样相信她，相信她说的每一个字。萝西从来不玩把戏，只会张开嘴巴坦白告诉你，即使话很伤人。这也是我爱她的原因之一。

从小活在我家那种环境里，遇到一个人竟然毫不掩藏自己，对我而言简直是最难解的谜题。所以当她说“我发誓我一定会回来”时，我就相信了，信了二十二年。这二十多年，我和恶臭乐手的妹妹上床，和奥莉薇亚结婚，哄骗自己以戴齐为家，其实一直在等萝西·戴利推门进来。

“现在呢？”凯文问，“过了今天之后，你有什么看法？”

“别问我，萝西当时到底在想什么，我现在是一点概念也没有了。”我说。

凯文低声说：“你知道，谢伊认为她死了，洁琪也这么想。”

“嗯，”我说，“看得出来。”我听见凯文吸气，似乎想说些什么，但过了一会儿，他将气吐出来。我问：“怎么？”

他摇摇头。

“什么，小凯？”

“没什么。”

我等他开口。

“只是……唉，我不晓得，”他在床上不安地蠕动，“你离家出走，谢伊很痛苦。”

“因为我们感情非常好——你意思是这？”

“我知道你们成天打架，但私底下……我是说，你们还是兄弟，知道吗？”

凯文根本在胡扯（提起谢伊，我马上想到小时候有一天醒来，发现他正用铅笔想穿破我的耳膜），而且他胡扯是为了让我忘记问他原本想说什么。我确实差点就问了。我现在依然会想，当时我要是问了，结果又会是怎样。但我还没来得及开口，就听见正门喀哒一声关上，声音又轻又谨慎。谢伊进来了。

凯文和我静止不动，竖耳倾听。脚步很轻，在外头的楼梯转角暂停，接着爬完另一层阶梯，另一扇门喀哒一声，我们头上的地板开始吱吱嘎嘎。

我说：“小凯。”

凯文假装睡了。不久，他嘴巴张开，发出轻微的鼾声。

谢伊在自己屋里轻声移动许久，整栋房子才彻底寂静下来。我又等了十五分钟，方才小心翼翼坐起身子（耶稣在角落闪闪发亮，给我一个“我就知道你会这样”的眼神）往窗外看。下雨了。忠诚之地一片漆黑，只剩一盏灯光从我的头上方洒下湿黄的光线，打在圆石上。

Chapter 3　瞬间颠覆的记忆

我这个人睡觉和骆驼一样：能睡的时候尽量睡，没工夫睡的时候也能长时间熬夜。那天晚上，我整夜没有阖眼，望着窗户下浓黑一团的手提箱，一边听老爸打呼，一边整理思绪，准备迎接新的一天。

可能性太多，像意大利面一样纠结不清，但有两个特别突出。第一个是我喂给家人的版本，算是老调重弹。萝西决定一个人走，因此很早便藏好手提箱，以便快速脱身，不被家人和我发现。她回去拿了箱子，放好字条之后，被迫改走后院，因为我在路上盯着。将箱子扔过围墙会发出太多声音，于是她将箱子放回之前的藏匿处，然后拔腿离开（就是我听见后院里的和重击声响），迎向闪亮的新生活。

这个说法几近完美，解释了所有事情，除了一点：船票。即使萝西计划跳过不搭晨班渡轮，暂避风头一两天，免得我像《欲望街车》里的斯坦利杀到码头，她也会想办法处理那张票，不是更换，就是卖了。那两张票差不多花了我们一周的薪水，她绝不会让它们在壁炉后方腐烂，除非她别无选择。

另外一个版本是谢伊和洁琪提的，不过两人角度不同。有人半路拦住萝西，她当时要么是去执行版本一，要么是准备和我碰面。

我选择向版本一妥协。它在我心里待了大半辈子，早已占据一个舒服的小角落，有如深得难以拔出的子弹，只要不去碰，几乎感觉不到它的尖锐。版本二却将我的整颗心彻底炸开。

那是星期六的傍晚，“约定日”前一天，我最后一次见到萝西。我正要去工作。我有个朋友叫威吉，是停车场夜班警卫，他有个朋友叫史蒂分，是夜总会保镖。只要史蒂分休假，威吉就代他班，而我代威吉的班。于是大家都有钱拿，大家都开心。

萝西头发蓬松，双唇水润光泽，身上飘着让人会傻笑的花香，靠在四号门前的扶手上，和伊美达·提尼和曼蒂·库伦一起等茱莉·诺兰下来。

天气很冷，薄雾模糊了空气，萝西双手缩进袖子里，不停朝手呵气，伊美达不停地跺脚，三个小孩在马路尽头的路灯下荡秋千。茱莉房里大声飘出《堕落的爱》，空气弥漫着周六夜晚的刺激，有如苹果酒嘶嘶作响，散发香气，令人沉醉。

“弗朗科·麦奇来了，”曼蒂戳了戳两个女孩的肋骨，对着空气说，“那头发，他还以为自己多帅呢，对吧？”

“嗨，姑娘们。”我朝她们咧嘴微笑。

曼蒂个子小皮肤黑，身上只看得到穗饰和石洗牛仔布。她完全不埋我。“还好他不是冰淇淋，否则一定把自己舔死。”她对两位女同伴说。

“我比较希望有人舔我。”我挑着眉毛说，三个女孩立刻尖叫。

“弗朗科，过来，”伊美达撩动她烫过的头发，大声喊我，“曼蒂想知道——”

曼蒂尖叫一声，伸手去捂伊美达的嘴巴。伊美达身子一闪说：“曼蒂要问你——”

“你闭嘴！”

萝西笑了，伊美达抓住曼蒂的双手往旁边拉。“她想问你家的那个家伙想不想去看电影。”

伊美达和萝西咯咯笑，曼蒂双手贴着脸颊：“伊美达，你可恶！我脸都红了！”

“你是应该脸红，”我对她说，“老牛吃嫩草，他才刚开始刮胡子，你知不知道？”

萝西笑弯了腰。“不是他！不是凯文！”

“她是说谢伊！”伊美达喘着气说，“谢伊想不想——”她笑得说不下去。曼蒂高声尖叫，又将脸埋进手里。

“我很怀疑，”我遗憾摇头说。麦奇家的男人向来对女人很有一套，而谢伊更是出类拔萃。由于从小看着他，因此当我年纪稍长，渐通人事，还以为喜欢的女孩都会自己投怀送抱。萝西曾说，谢伊只要瞄女孩一眼，女孩胸罩就会自动弹开。“我想我们家谢伊可能比较喜欢男人，你知道我的意思吧？”

三个女孩又放声尖叫。老天，我真是爱死刚出门的姐妹淘了，简直像包好的礼物一样完美，缤纷得有如彩虹，你只需要用力一挤，看看哪一个是送给你的。我知道三人之中最棒的女孩肯定属于我，一想到这个我就感觉自己变成了史提夫·麦昆，身旁有辆机车，能够载着萝西飞越屋顶。曼蒂大喊：“我要告诉谢伊，说你这样讲！”

萝西攫住我的目光，偷偷瞧我一眼。等曼蒂告诉谢伊的时候，我们两个早就远渡重洋了。“随便你，”我说，“别告诉我妈就好，要说最好谨慎一点。”

“曼蒂会让他转性的，对吧？”

“我向老天爷发誓，伊美达——”

这时，三号的门开了，戴利先生走出来。他卷起裤腿，交叉双臂靠着门框。

我说：“晚安，戴利先生。”他置之不理。

曼蒂和伊美达转头看着萝西。萝西说：“我们在等茱莉。”

“很好，”戴利先生说，“我和你们一起等。”他从衬衫口袋掏出一根压扁的香烟，开始小心翼翼地抚平。曼蒂捻起套头衫的毛球仔细打量，伊美达将裙子拉直。

那一晚，就连戴利先生都让我满心欢喜。想到他周日醒来的表情是原因之一，但不只如此。我说："戴利先生，你今晚似乎盛装打扮，难道也要去迪斯科？"

戴利先生下巴一抽，但目光还是粘着三个女孩。"妈的希特勒！"萝西双手插进外套口袋，暗暗骂了一句。

伊美达说："我们去看茱莉为什么拖这么久，好不好？"

萝西耸耸肩说："也好。"

"拜拜，弗朗科，"曼蒂露出酒窝，朝我大胆一笑，"代我问候谢伊。"

萝西转身离开之前，抿起嘴唇朝我眯了一眼，只有短短一秒，表示眨眼和亲吻，接着跑上四号的台阶，奔进漆黑的走道消失不见，从此离开了我的生命。

接下来有无数的夜，我睁大双眼裹着睡袋，置身凯斯·穆恩与发臭的摇滚乐手之间，将那最后五分钟切成碎片，寻找蛛丝马迹。我觉得自己就要疯了。其中一定有什么，绝对有，但我敢对着日历上的所有圣人起誓，我没有漏掉一丝一毫。而现在，我忽然觉得自己并没有疯，也不是全天下最容易上当的笨蛋。我甚至觉得自己从头到尾都是对的。疯狂和睿智只有一线之隔。

字条里没有半句话是对我说的，完全没有。我一直自以为是，毕竟她甩掉的人是我。但我们原本的计划就得甩掉许多人，在那天晚上。字条可能留给她的家人或姐妹淘，甚至整个忠诚之地。

我们以前的房间传来老爸的声音，像是被人勒死的水牛。凯文翻了个身，在梦中喃喃自语，伸直手臂猛捶我的脚踝。雨势变大了，丝毫没有停下的意思，雨水渗入了黑夜。

我说过，我喜欢赶在意外的前面。因此，我必须设法摆脱萝西没能活着离开忠诚之地的想法，努力撑过这个周末。

第二天一早，等我说服戴利家将手提箱交到我手上，而且不需要报警后，我就得找曼蒂、伊美达和茱莉谈谈。

老妈大约七点起床。虽然下着雨，但她起来时，我还是听见床垫弹簧吱嘎几声。走进厨房之前，老妈绕到客厅门口待了好一会儿，看着我和凯文，也不知道她在想什么。我闭着眼睛。后来她哼了一声，微微带着嫌恶，接着便走开了。

早餐多得吓人：鸡蛋、咸肉片、香肠、血肠、炸面包和炸西红柿。这样的阵仗绝对意有所指，但我不晓得那意思是"你看，我们没有你也过得很好"或"虽然你不值得，但我还是为你做牛做马"，还是"假如你吃到心脏病发，咱们就算扯平了"。

没有人提起手提箱，大伙儿显然都在扮演一家和乐。我无所谓。凯文将手边食物统统扫进嘴里，不时隔桌偷瞄我几眼，像个见到陌生人的小孩。老爸默默吃着，要添食物的时候才会嘟囔几声。我一眼盯着窗外，开始朝老妈下手。

直接问她只会让我罪孽深重：你对我们不闻不问了二十二年，现在竟然想知道诺兰家的事，就这样反复跳针。想进入老妈的数据库，必须靠否定法。前一天晚上，我发现五号漆成特别可爱的粉红色，这肯定能让不少人抓狂。"五号粉刷得不错。"我说，让她有东西反驳。

凯文满脸惊讶，用"你疯了吗"的眼神看我。"感觉像天线宝宝吐在墙上。"他咬着炸面包说。

老妈的嘴唇抿到看不见了。

"雅痞，"她说了一句，仿佛那是某种病。"他们是做信息产业的，我说那一对，谁晓得什么意思。我说了你一定不信，他们找了个安亲保母①，你听过没有？一个年轻女孩，俄国还是哪里来的，反正就是那一带。我这辈子

---

① aupair，法文互助互惠之意，让年轻人住在寄宿家庭，以照顾家庭里小明友的方式交换宿，亦有爱培、安亲天使的说法。——译者注

都念不出她的名字。小孩才一岁，可爱得很，但只有周末才能见到爹地或妈咪。我不晓得他们干吗要生孩子，实在不懂。”

我适时出声表示诧异：“霍利家的人呢？他们去哪儿了？还有穆里根太太？”

“房东把房子卖了，霍利家只好搬去塔拉。我在这间房子把你们五个拉扯大，从来没请过保母。我敢用性命打赌，那小孩一定是靠无痛分娩生的。”

老爸放下手边的香肠问我：“你以为现在是公元几年？穆里根太太十五年前就死了，那老太婆都他妈的八十九了。”

听到这句话，老妈立刻忘了那对无痛分娩的雅痞。她最喜欢死亡。“来吧，猜猜还有谁死了。”凯文翻了翻白眼。

“谁？”我立刻顺水推舟。

“诺兰先生。一辈子没生过病，结果有一天望完弥撒，从教会回家就挂了。心脏病，非常猛。你觉得怎么样？”

诺兰先生，很好。开场白来了。“真惨，”我说，“愿神让他安息。我以前常和茱莉一起玩，很久以前了。她后来怎么样了？”

“去思力哥了，”老妈说，语气阴沉满足，仿佛她讲的是西伯利亚。她挖了一大块炸的餐点到盘子里，坐到餐桌边。她的话匣子打开了。“跟工厂一起搬了。她回来参加葬礼，整张脸像个大象屁股，被助晒器搞的。你现在都去哪里望弥撒，弗朗科？”

老爸哼了一声。“不一定，”我回答，“曼蒂·库伦呢？她还在这里吗？那个黑黑的小不点，喜欢过谢伊的？”

“哪个女孩子不喜欢谢伊？”凯文咧嘴笑着说，“我长大想交女友，全靠当年追不到谢伊的女孩子练习。”

老爸说：“色胚，你们几个都是。”我想他是赞许的意思。

“结果他现在变成这副德行，”老妈说，“曼蒂嫁给一个住在新街的好男人，现在是布洛菲太太了。他们有两个小孩，还有一辆车。假如他肯动一下手指，这些现在都是他的。还有你，小子——”她用叉子指着凯文，“你要是不小心一点，也会变得和你老哥一样。”

凯文埋头吃饭。“我很好。”

“你迟早得定下来，不可能开心一辈子。你都几岁了？”

没被这波炮火波及，让我有些不安。不是觉得被冷落，而是又开始担心洁琪的嘴巴。“曼蒂还住在这里吗？我应该趁我在这里的时候去看看她。”

“她还住九号，”老妈立刻搭腔，“库伦夫妇住一楼，其他两层给曼蒂和她家人住，方便她照顾爸爸和妈妈。我说曼蒂可是个好女孩，每周三都带她妈妈到诊所看病，检查骨头。还有星期五——”

起初，我只在大雨规律的窸窣声中听见微微的噼啪声。我不再听老妈说什么。涉水的脚步声越来越近，而且不止一人。说话声。我放下刀叉，朝窗边走去（“弗朗科·麦奇，你到底在干什么？”）。事隔多年，诺拉·戴利走路的样子还是和她姐姐一模一样。

我说：“我需要垃圾袋。”

“我煮的东西，你都没吃，”老妈火冒三丈，拿刀指着我的盘子。“你给我坐下来，把饭吃完。”

“我晚点再吃。你把垃圾袋收在哪了？”

老妈收起双下巴，准备大吵一架。“我不晓得你平常怎么过日子，但只要和我在一个屋檐下，就不准浪费好粮食。把东西吃完，有事之后再问。”

“老妈，我没时间抬杠，戴利家回来了。”我打开以前放垃圾袋的抽屉，结果塞满了折好的不知道什么东西，全都是蕾丝。

“把抽屉关上！你以为你还住在这里——”

凯文那机灵鬼，把头压得低低的。“你凭什么认为戴利家想见到你这张丑脸？”老爸插嘴道，“说不定他们认为都是你的错。”

“像贵族一样大摇大摆——”

“是有可能，”我同意，一边拉开其他抽屉，“但我还是要拿手提箱给他们看看，而且不想让它被雨淋到。妈的，到底在哪里——”我找来找去，只看到家具亮光蜡，多得可以开工厂了。

“嘴巴干净点！怎么，瞧不起炸西红柿——”

老爸说：“等一下，等我穿好鞋子，我和你一起去。我想看看麦特·戴利的表情。”

奥莉薇亚竟然要我介绍家人给荷莉认识？“不了，谢谢。”我说。

“你自己在家里都吃什么早餐？鱼子酱吗？”

“弗朗科，”凯文受不了了，“在水槽底下。”

我打开橱柜，谢天谢地，宝物就在里头：一卷垃圾袋。我撕了一个走向客厅，一边问凯文说：“想跟我一起去吗？”老爸说得对，戴利家不大可能欢迎我，但一般情况下没有人讨厌凯文。

凯文马上将椅子往后一推说：“靠，谢了。”

到了客厅，我用垃圾袋包住手提箱，尽可能小心。老妈还在唠叨：“凯文·文森·麦奇，你屁股给我立刻坐回椅子上……”我说：“天哪，我不记得家里这么疯狂。”

凯文耸耸肩，套上夹克说：“我们一走，他们就会静下来了。”

“我有说你们可以下桌了吗？弗朗科？凯文？你们有没有在听我说话？”

“妈的闭嘴！”老爸对老妈说，“我正在吃饭。”

老爸没有提高音量，暂时还没，但我听了还是下颚一紧，同时看见凯文不由自主闭上眼睛。

“我们走吧，”我说，“我想在诺拉离开之前和她聊聊。”

我双臂捧着箱子轻轻下楼，努力不让证物受损，凯文替我扶着门。街上空空荡荡，戴利全家已经消失在三号里。强风扫过路面，有如巨手抵住我的胸口，阻挡我的去向。

打从我有记忆开始，我父母亲就和戴利夫妇彼此憎恨，理由成千上百，外人想要了解结果只会让他们全都血管爆炸。我和萝西交往之初曾经刺探过，想了解戴利先生为什么听了大动肝火。但我只是抓到了一点皮毛。

戴利家的男人在健力士工作，这是一个原因。这份差事让他们高人一等：工作稳定，福利优渥，还有机会往上爬。萝西的老爸晚上修课，说他要在生产线力争上游。我听洁琪说他最近当上小主管，还向房东买下他们住的房子。我爸妈不喜欢有想法的人，戴利家讨厌失业酗酒的废物。据我妈的说法，嫉妒也脱不了关系。她大气不喘就生了五个孩子，泰瑞莎·戴利再怎么努力却只生了两个女儿，一男未得。不过你要是让她讲下去，她就会开始提起戴利太太多次流产的故事。

老妈和戴利太太平常会聊天。女人喜欢贴身憎恨对方，这样攻击的力道才强。我从来没见过老爸和戴利先生对话超过两字。两人最紧密的联系（是因为工作，还是生育方面的嫉妒，我不清楚）也就是每年对话一两回，就是当老爸喝得太醉，摇摇晃晃过门不入，跑到三号去的时候。他会在路上颠颠倒倒，猛踹栏杆，吼着要麦特·戴利像个男人出来和他打一架，直到老妈和谢伊（要是老妈去办公室当清洁工，就由卡梅尔、谢伊和我）出去说服他回家。遇到这种情况，你可以感觉整条街都竖起耳朵窃窃私语，幸灾乐祸。但戴利家从来不开窗，也不开灯，最困难的就是扶老爸绕过楼梯的转角。

我们冒雨跑到三号门口。“待会儿进去之后，”凯文敲门时，我对他说，“由你负责开口。”

他吓了一跳。“我？为什么是我？”

“帮个忙，就跟他们说箱子是怎么找到的，之后再由我接手。”

他看来不大高兴，但我们家小凯一向喜欢讨人欢心，而且他还来不及想出不伤和气的办法要我有事自理，这时候房门就开了，戴利太太探头出来。

“凯文，”她说，“你好——”她认出我，双眼圆睁，打嗝似的喘息一声。

我柔声细气说：“戴利太太，很抱歉打扰您，我们方便进去吗？”

她一手捣住胸口，小凯之前提到她的指甲，果然没错。“我不……”

只要是警察，都晓得怎么进犹豫不决的人家里。“我只是不想让箱子淋雨，”我假装拿不稳手提箱说，“我觉得您和戴利先生应该看一下这个箱子，这东西很重要。”

凯文在我后头，神情局促不安。戴利太太朝楼梯上方张口大喊：“麦特！”眼睛始终盯着我们。

“妈？”诺拉从客厅出来说。她已经长大了，身上那件洋装就是证明。“是谁——天哪，弗朗科？”

“如假包换。嗨，诺拉。”

“老天。”诺拉说了一句，眼神越过我的肩头向楼梯瞄去。

在我印象中，戴利先生是穿着开襟毛衣的阿诺·施瓦辛格。没想到他个子不高，纤瘦结实，腰杆笔直，头发剪得很短，下颚线条刚硬。他打量我，下颚收得更紧，接着对我说：“我们跟你没什么好说的。”

我朝凯文瞟了一眼。“戴利先生，”他急忙接口，“我们真的、真的需要给您看一样东西。”

“你想拿什么东西给我们看都行，但你哥哥必须滚出我家。”

“我知道他不该来，但我对天发誓，我们没有别的选择。这事很重要，真的，我们能不能……拜托？”

凯文太棒了，双脚左右踮步，挤出疲惫的眼神，看来尴尬、笨拙又焦急，赶走他就像赶走毛茸茸的大牧羊犬一样残忍。难怪这小子会做业务。“我们并不想打扰两位，”他低声下气加了一句，加强效果。“但实在不晓得该怎么办。五分钟就好？”

过了半晌，戴利先生神情僵硬，百般不愿点了点头。要是有凯文充气娃娃，我一定会花钱买一个放在后车厢，随时应付紧急状况。

他们带我们走进客厅，感觉比老妈家的客厅明亮，东西也少。素色哔叽地毯，墙壁没贴壁纸，只用乳白色油漆粉刷过，墙上挂着一张约翰·保罗二世肖像和一张裱框工会海报，房里看不到花边盘垫或石膏鸭。

我们小时候常在左邻右舍跑进跑出，但我从来没有到过这个房子。我一直希望他们邀我进来，就像你极度渴望一样东西，别人却告诉你你不够资格一样，让你更加心痒难熬。然而，这不是我心目中的场景。我想象的是自己一手搂着萝西，她手戴戒指，身上一件昂贵外套，肚子里怀了孩子，脸上笑容灿烂。

诺拉要我们坐在咖啡桌旁，我发现她想去拿茶和饼干，但又打消念头。我将提箱放在桌上，刻意装模作样戴上手套（戴利先生一家可能宁愿见到警察，也不要见到麦奇家的人），将垃圾袋拆开。“你们之前看过这个箱子吗？”我问。

沉默了一秒。接着，戴利太太轻叹一声，既像喘息又像呻吟，同时去抓提箱。我即时伸手阻止：“我得请您别碰这个箱子。”

戴利先生哑着嗓子：“哪里……”他从齿缝吸一口气说，“你是从哪里拿到的？”

我问：“你们认得这个箱子吗？”

“是我的，”戴利太太紧握着关节说，“蜜月旅行买的。”

“你是在哪里拿到的？”戴利先生说，音量稍微提高，脸庞涨成不健康的红色。

我眉毛一挑，向凯文使了个眼色。整体而言，他说得很好，讲了建筑工人、出生证明和电话。我像讲解救生衣的空姐一样一边出示箱里的东西，一边观察戴利家的反应。

我离开那年，诺拉大约十三四岁，还是个肩膀浑圆、矮矮胖胖的小女孩，头发又鬈又曲，对自己过早发育的身材一点也不满意。不过，结局倒是皆大欢喜。如今她身材和萝西一样让人眼睛发直，虽然不再丰腴，但性感依旧。

在这个少女刻意不吃不喝，永远暴躁易怒的时代，这样的身材已经不复见了。她比萝西矮了三五公分，深棕色头发和灰眼眸，不像萝西那样色彩缤纷，但两人还是颇为神似。仔细看不觉得，乍看就会搞混。不是一眼就看得到的雷同，而是肩膀的角度与脖子的弧线，还有她听人说话的姿态：完全静止，手掌包着另一只手的手肘，眼睛直直盯着凯文。这些都和萝西太像了。很少人能坐着不动听人说话。萝西是第一名。

戴利太太也变了。

我还记得她脾气火爆，时常在门前的台阶抽烟，翘起一边臀部坐上栏杆，用双关语让我们男孩子听得面红耳赤，在她嘶哑的笑声中落荒而逃。或许因为萝西离开，或许因为戴利先生和二十二年的岁月，让她整个人泄了气，弯腰驼背，眼窝下垂，感觉很需要抗焦虑药振奋一下。

然而，最让我在意的，是我青少年时期没从年轻的戴利太太身上看出来的一件事：除去蓝色眼影、爆炸头和轻微的疯狂，她就是萝西的倒影。而我一旦看出两人的相似，便再也无法视若无睹，就像闪过眼前的全息相片，怎么瞄都看得见。假如萝西没死，多年下来可能变得和她母亲一样，想到这点我的神经不禁紧了一下。

不过，我越看戴利先生，就越觉得他像他自己。他身上那件格格不入的毛背心换过一两枚扣子，耳鬓毛发修剪整齐，胡子刚刮完。他昨晚一定带着刮胡刀到诺拉家，在她载他们回家之前刮好胡子。

戴利太太身体抽搐，呜咽一声咬住自己的手，看我翻动手提箱。诺拉深呼吸了两次，仰头用力眨眼。戴利先生表情完全不变，只有脸色越来越白。当我举起出生证明时，他脸颊的肌肉抽动一下，仅此而已。

凯文交代完毕瞄了我一眼，想确定做对没有。我将萝西的螺纹衬衫收进箱子，将盖子合上。屋里彻底沉寂了几秒。

之后，戴利太太呼吸困难地说："但箱子怎么会跑到十六号？萝西不是带着它到英国去了吗？"

她语气里的确定让我心跳暂停。我问："你怎么知道？"

她瞪大眼睛："因为箱子在她离开之后就不见了。"

"你怎么确定她去了英国？"

“当然，因为她留了字条给我们，向我们道别。莎娜西家的年轻人和莎莉·荷恩家的一个小孩拿来的，在她离开后第二天。他们在十六号发现的，上头清楚写着她去英国了。我们起先以为你和她……”戴利先生微微一晃，动作气愤僵硬。戴利太太匆匆眨了眨眼睛，没往下说。

我假装没注意。“嗯，我想大家都这么认为，”我语气轻松地说，“你们什么时候发现我们没在一起？”

没人回答，于是诺拉说：“好久了，可能有十五年吧，在我结婚之前。我有天在店里遇见洁琪，她说她又和你联系上了，你住在都柏林。她说萝西自己一个人走了，没有跟你同行，”她目光从我身上飘向手提箱，又飘回我身上，眼睛忽然睁大，“你认为……你觉得她去哪里了？”

“我还没有任何想法，”我用最和悦的官腔回答，仿佛萝西是一般失踪女孩。“除非多知道一点信息。萝西离家之后，有给你们任何音讯吗？电话、信件或遇到某人于是托他向你们传话？”

这时，戴利太太脱口而出：“当然没有。我们当时还没有电话，她怎么可能打过来？后来装了电话，我就去找你妈咪、洁琪和卡梅尔，我说，要是你们家的弗朗科和你们联系，记得来找我，告诉他这个号码，要他叫萝西打电话回家，就算讲个一分钟也好，不管是圣诞节或——不过，我一听说她没有和你一起走，就知道她不会打来了，因为她根本不晓得这个号码，不是吗？她可以写信，但萝西，她做事总是按照自己的步调。不过，我二月就要六十五岁了，她会寄卡片来的，她不会错过的——”

她的语气变得又尖又急，带着一丝不悦。戴利先生握住她的手，握了一会儿，她咬紧双唇，而凯文似乎想融进沙发座垫里，希望消失不见。

诺拉轻声说：“没有，一个字也没有。我们起初以为……”她匆匆瞄了一眼父亲。她应该觉得萝西和我私奔之后，她家一定会和萝西断绝关系。“但即使当我们知道你没有和她在一起，还是认为她在英国。”戴利太太微微仰头，抹去一滴泪水。

所以，就这样，我没办法速战速决，和我家人挥手道别，将昨晚从我心里抹去，回到我个人的“近正常”状态；我也没机会灌醉诺拉，哄出萝西的电话号码。戴利先生没有看着任何人，语气沉重说：“我们必须报警。”

我想藏住自己眼神里的怀疑，可惜差了一点。“对，是可以报警。我家人的第一直觉也是如此，但我想你们更应该想清楚，到底要不要这么做。”

他狐疑看我一眼，问：“为什么不？”

我叹息一声，伸手拂过头发。“听我说，”我说，“我也很想告诉你们警方会非常重视这件事，但没办法。可以的话，我也很希望箱子能够接受指纹和血迹鉴证，这还是最起码的——”戴利太太将脸埋在手里惊声尖叫。“但这么一来，得先有案件编号，好让案子分派给某位警察，而警察必须提出申请才会进行鉴证。但我现在可以告诉各位，这是不可能的。没有人会投入大量资源，去办一个或许连犯罪都算不上的案子。悬案组、失踪人口组和一般勤务组肯定会互踢皮球，踢上好几个月，直到他们觉得无聊为止。他们会双手一摊，将它扔到地下室某处的档案柜里。你们必须有心理准备。”

诺拉问：“但你呢？你难道不能申请鉴证？”

我遗憾地摇头说：“照规定不行，没办法。这件事再怎么牵，也不可能由我组里负责。只要进入警察系统，我就无能为力了。”

“可是，”诺拉坐直身子，一脸机敏看着我说，“万一不走警察系统，只交给你呢？你能不能……有没有办法可以……”

“你说靠关系，私下进行？”我扬起眉毛，作势思考。“嗯，我想应该可以，但你们必须确定想要这么做才行。”

“我想。”诺拉说得毫不犹豫。当机立断，和萝西一样。“除非你不愿意帮忙，弗朗科。但假如你有办法，那就拜托了。”

戴利太太点点头，从袖口摸出纸巾擤了擤鼻子。“难道她不在英国？真的吗？”

她在求我，语气令人心痛。凯文身体一颤。“有可能，”我柔声回答，“没错。假如你们将这件事交给我，我想我应该可以顺便调查。”

“哦，天哪，”戴利太太悄声说，“哦，天哪……”

我问：“戴利先生？”

漫长的沉默。戴利先生双手交握夹在两膝之间，静静注视着提箱，仿佛没有听见。

最后他终于开口，对我说：“我不喜欢你，讨厌你和你家人，这点不用掩藏。”

“嗯，”我说，“我发现了。但我今天来，不是以麦奇家的身份，而是以警官的身份，或许我能协助您找到您的女儿。”

“暗中、台面下、走后门，真是狗改不了吃屎。”

“是啊，”我说，对他温和一笑，“人不会变，但情况会变，这一回我们站在同一边。”

“是吗？”

“您最好这么想，”我说，“因为我是您手上最好的牌了，要不要随您。”

他抬头和我四目交会，用探寻的眼神看了我许久。我挺直腰杆，挤出参加家长会时的正经面孔。最后，他用力点了点头，用不是那么感激的语气说道：“好吧，尽你所能去调查吧。麻烦你。”

“好，”我掏出记事本说，“我需要你们说明萝西离开时的情形，从她走的前一天开始，请描述得越详细越好。”

与所有孩子走失的家庭一样，一切往事都牢记在他们心里——曾经有一个男的死于吸毒过量，他母亲拿儿子当天早上喝水用的杯子给我看。那一天是降临节，星期日，早晨寒气逼人，天空灰白一片，呼出来的空气像雾一样浮着。

萝西前一天晚上很早回家，因此和家人一起参加早上九点的弥撒。如果她周六玩得很晚，就会睡到中午才去参加礼拜。回家之后，他们炸了点东西当早餐。那年头要是在弥撒之前吃饭，下回就得向神父告解个没完。萝西从后院拿衣服进来烫，她母亲洗碗盘，两人讨论什么时候该买圣诞晚餐要吃的火腿。听到这里，想到她冷静讨论一顿她不打算吃的晚餐，心里其实想着与我共度两人圣诞，让我不禁屏息。

接近中午，姐妹俩走到新街去接奶奶来吃周日大餐，之后全家看了一会儿电视。戴利家比我们这些老粗高出一截，这就又是一个例子：他们有自己的电视。反向观察有钱人家很有意思，许多细微的差异我几乎都忘了，这会儿却又重新发现。

那天剩下的时间并没有什么特别，女孩送奶奶回家，诺拉去找她的同伴玩，萝西回房间读书，也许是打包行李和写字条，也可能坐在床边不停深呼吸。之后是下午茶、继续做家务、看电视，还有教诺拉写数学作业。

那一整天没有任何迹象显示萝西心怀计谋。

“天使，”戴利太太黯然说道，“一整个星期，她就像天使一样，我早该看出来的。”

诺拉十点半左右上床，其他人十一点过后。萝西和她老爸第二天一早还得工作。姐妹俩共用后面的卧房，父母亲睡另一间。戴利家没有沙发床。

诺拉记得听见萝西换睡衣的窸窣声，还有她上床前说的一句“晚安”，之后就印象全无了。她没听见萝西下床，也没听见她换衣服、溜出房间走出公寓。

“我睡得像个死人似的，那几年，”诺拉语带反驳，仿佛这些年承受了许多责难，“我还是个十几岁的孩子，你也知道青少年是什么样子……”第二天早上，戴利太太去喊女儿起床时，萝西已经不见了。

他们起初并不担心，和马路对面的我家差不多。我认为戴利先生对于现代年轻人毫不体贴颇有微词，但他也仅是如此而已。上世纪八十年代的都柏林安全得跟家里一样。他们以为萝西有事提早出门，为了女孩子才有的神秘理由去和其他女孩见面。就在萝西刚刚错过早餐之后，莎娜西家的两个男孩和贝利·荷恩带着字条出现了。

大冷天的星期一清晨，他们三个一早跑到十六号做什么没有人知道，但我敢说不是大麻，就是黄色书刊。那里藏了两三本珍贵的杂志让大家轮流分享，是一年前某人的表哥去英国弄回来的。总之，事情就是那时暴露的。戴利家的说法没有凯文的生动，他们描述期间，凯文瞄了我一两眼，但大致内容是一样的。

我朝手提箱努了努下巴：“手提箱放在哪里？”

“女孩的房间，”戴利太太捣着脸说，“萝西拿来放她多余的衣服和旧玩具之类的，我们那时还没有壁橱，没有人有——”

“你们回想一下，有谁记得自己最后一次看到箱子是什么时候？”

没有人记得。诺拉说：“可能是好几个月前，萝西将手提箱放在她床底下，只有她把箱子拖出来拿东西的时候我才会看到它。”

“箱子里的东西呢？你们还记得最后一次看到萝西使用箱里的东西是什么时候？例如放那些录音带，或是穿那些衣服。”

一片沉默。接着，诺拉突然脊背一直，音调拉高一截说：“随身听。我星期四看到，就在她离开三天前。我放学回家会从她床头柜拿出那台随身听，放她的录音带，直到她下班回来。要是被她抓到，她会拍我耳朵，不过还是很值得。最好听的音乐都在她的……”

“你非常肯定是星期四看到的，为什么？”

“因为我是那天向她借的。每周四和周五，萝西会和伊美达·提尼一起走路上下班——你还记得伊美达吗？她在工厂做缝纫，和萝西一样——因此不用随身听。其他几天，伊美达和萝西不同班，萝西自己走路去，所以会带着随身听。”

戴利先生漠然地说：“她当然记得，因为萝西跑掉之后，我隔了很久才允许诺拉出去闲晃。我们管得太松，结果失去一个女儿，我可不想冒险失去第二个。”

“有道理，”我点头同意，仿佛这么做再正常也不过。“星期四下午之后，你们都不记得再看到箱子里的东西了？”

全部摇头。假如萝西星期四下午还没打包，那要亲自去藏手提箱就有点难度了，尤其她老爸又像只杜宾犬。虽然差别不大，但有人替她藏匿箱子的几率似乎越来越高。

我问：“你们有没有察觉谁在她身边出没，会去骚扰她的？有谁让你们担心的？”

戴利先生的眼神说：*除了你还有谁*？但他没有讲出口，而是平平地说：“我要是发现有谁骚扰她，早就处理了。”

“有和谁起过争执或闹出问题吗？”

“她没跟我们说过。这种事，你应该比我们清楚。谁不晓得那个年纪的女孩子对父母亲向来三缄其口。”

我说：“最后一件事，”接着伸手从外套捞出一叠大小刚好装得下快照的封套，递了三封给他们：“你们有谁认得这个女人吗？”

戴利一家瞪大眼睛，但没有“啊”的反应，或许因为相片里的女人是内布拉斯加州的高中代数老师，而相片是我从网上下载的。我到哪里都带着菲菲（相片里的女人），相片白边很宽，不用小心翼翼捏着边缘，加上她是地球上容貌最模糊的人，让人非得仔细看（或许还得用上拇指与食指）才能确定不认识她。我一直没给菲菲一个确定的身份，而她今天要帮我查出戴利一家是不是碰过那只手提箱。

虽然几率微乎其微，但我的侦探嗅觉告诉我，萝西还是可能决定和我一起离开。要是她信守我们的计划，不用躲我，她的行动路线应该和我一样：踏出家门，走下楼梯，直奔忠诚之地。但是那一整晚，路上的每一寸我都看得清清楚楚，却始终不曾看到那扇门打开。

那时，戴利家住在三号一楼，顶楼是哈里森姐妹，三个很容易激动的老处女，只要帮她们按摩就能拿到糖和面包。还有薇若妮卡·克洛帝，这个又病又可怜的小女人和又病又可怜的儿子住在地下室，她丈夫是业务员，经常出差。也就是说，要是有人能在萝西出门和我碰面之前拦下她，这人此刻一定坐在我和凯文对面。

戴利一家三口看来确实非常惊讶不安，但这也有许多种可能。诺拉个头不小，又正是难相处的年纪；戴利太太已经有点疯癫；戴利先生有百分百的火爆脾气，和我百分百不合，而且浑身肌肉。萝西块头不小，而她老爸就算不像阿尼那样是个大力士，却也是家里唯一有办法处置萝西尸体的人。

戴利太太神色紧张，抬头问我说：“呃，这女人是谁？我从来没见过她。你认为伤害我们家萝西的人可能是她？她看起来好小，不是吗？萝西很强壮，不可能——”

“我相信她和萝西没有关联，”我老实告诉她，同时将相片收进封套塞回口袋摆好，“只是不想错过任何可能。”

诺拉说：“但你还是觉得是有人伤害她。”

“现在还言之过早，我会找人调查，随时通知你们最新进展。我想我已经有足够的数据可以着手，谢谢你们的抽空回答。”凯文听了立刻像脚下装了弹簧似的，从椅子上跳起来。

我脱下手套，和他们握手告别。我没问电话号码——没必要逼得太紧——也没问他们是不是还留着字条。想起再见到字条就让我下颚一紧。

戴利先生送我们出门。到了门边，他忽然对我说：“她从来没写信回家，我们还以为是你不让她写。”

这么说可能是道歉，也可能是最后一击。“萝西从来不让任何人阻止她想做的事，”我说，“我一有新消息，就会来找你们。”戴利先生将门关上，我听见一个女人开始哭泣。

Chapter 4　昔日老朋友

大雨成了毛毛细雨，云层却变得更厚更黑，说明雨还会下。老妈整个人贴在客厅的窗户上，好奇的目光差点烧光我的眉毛。她一发现我在看她，立刻拿起抹布开始猛擦玻璃。

“做得好，”我对凯文说，“谢谢你。”

他匆匆瞥我一眼，说：“感觉很怪。”

从前到店里帮他偷薯片的哥哥，如今却是如假包换的警察。“看不出来，”我称许他说，“简直像个专家。你很有天份知道吗？”

他耸耸肩：“接下来呢？”

“我要趁麦特·戴利改变心意之前，将这玩意儿放到我车上，”我一手托着手提箱，一边朝老妈挥手，咧嘴微笑。“然后，我要去找过去认识的一个人聊聊，而你要帮我搞定老爸和老妈。”

凯文吓得瞪大眼睛：“啊，天哪，不要，绝对不行。她一定还在生早餐的气。”

“好嘛，小凯，为了伙伴勒紧裤头，上吧。”

“伙伴个屁啊。是你先惹毛她的，现在却要我回去挡炮火？”

他气得头发直竖。“没错，”我说，“我不想让她骚扰戴利家，也不希

望她四处去张扬，最起码不是现在。在她搅局之前，我只需要一小时左右，你做得到吗？”

“万一她决心出门，我该怎么办？擒拿她吗？”

“你手机多少？”我捞出联系手下和网民的那个手机，给小凯发了个短信，就一个“嗨”字。“喏，”我说，“要是老妈跑了，给我回复短信，由我亲自擒拿她，这样总行了吧？”

“妈的！”凯文嘟囔一声，抬头瞄向窗户。

“很好，”我朝他背上拍了一下说，“真是条好汉。我一小时后回来找你，晚上请你小酌几杯，如何？”

“我看几杯肯定不够。”小凯丧气地说，随即挺直肩膀朝炮火前进。

我将手提箱安安稳稳藏在后车厢，准备拿给鉴证科一位可爱女士——我正好知道她家地址。一群头发稀疏、没有眉毛的十岁小鬼无精打采地靠在墙边，仔细打量四周车辆，想用衣架下手。等我回来，手提箱肯定会不翼而飞。

我屁股靠着后车厢，整理指认用的菲菲相片，抽了根烟，思索国家前途。最后那群小鬼总算跑了，他们跑去打劫那些不会事后找他们麻烦的人去了。

戴利家的格局和我家左右相反，没有地方藏匿尸体，起码不可能久藏。要是萝西死在屋里，戴利家只有两个选择。假设戴利先生非常有种，这点我不排除，他可以将尸体包好，从前门离开，扔到河里、废弃工地或谢伊热心建议的养猪场。不过，自由区毕竟是自由区，这么做很可能被人看见、记在心里或告诉给别人，而戴利先生看起来不像喜欢赌运气的人。

比较不冒险的选择是后院。这年头的后院大多会种上灌木，加装铺板和各式各样的铸铁小玩意儿，但在当时，后院往往荒凉破烂，乏人问津，不是短草皮和泥土，就是木板、破家具和歪七扭八的破自行车。除了上厕所或夏天晾衣服，没有人会去那里。所有活动都在前面，在街上。

当时很冷，但土壤还不至于结冻。晚上挖一小时墓穴，隔晚再花一小时完成，第三天晚上弃尸填平，没有人会看见。后院没有灯，夜黑时上厕所只需要一把手电筒。也没有人会听见，哈里森姐妹睡觉时就跟聋子一样，薇若妮卡·克洛帝住在地下室，后窗架了木板防止热气流失。其他人的窗户一定关得很紧，阻挡十二月的严寒。完工之后，白天在土堆上盖一块铁皮或旧桌子之类的东西，没有人会多看一眼。

没有搜索令，我就进不了后院，而我得有类似犯罪迹象的证据才能申请搜索令。我将烟随手一扔，回到忠诚之地去找曼蒂·布洛菲。

曼蒂是第一个毫不掩饰、毫不假装、真正开心见到我的人。她的尖叫声简直快把屋顶给掀了。我知道老妈一定又会贴到窗边。“弗朗科·麦奇！天哪，老天爷！”她重重捶我一拳，用力拥抱我，抱得我都瘀青了。“你差点让我心脏病发，我以为再也不会在这一带见到你了。你来这里做什么？”

曼蒂已经变成妈妈身材，头发也是妈妈头，但一对酒窝还在。“随便晃晃，”我报以微笑，说，“现在回来看看大家过得怎么样，似乎不错。”

“我得说，来得正是时候。快进来。嘿，你们两个——”两个黑发圆眼的小女孩趴在客厅地板上。“上楼回自己的房间玩，让我和叔叔安静说话。快去！”她挥手嘘赶女孩离开。

“她们长得和你一模一样。”我脑袋朝两个女孩撇了撇。

“她们是一对火战车，真是，把我累坏了，不骗你。我妈说这是我的报应，谁教我小时候老是让她提心吊胆呢。”她将衣服穿了一半的洋娃娃、甜点包装纸和断掉的蜡笔从沙发上扫开。“过来坐，我听说你去当警察了。很稳重的工作，真没想到。”

她怀里捧着玩具，抬头对我微笑，但那双黑色眼眸既锐利又警戒。她在试探。“还用你说，”我低头给她一个最“坏男孩”的笑容。“人都会长大的，就这么简单，跟你一样。”

曼蒂耸耸肩说：“是啊，我是始终如一，看看四周就晓得。”

“我也是。你可以让人离开忠诚之地……”

“却不能让忠诚之地离开心里，”她谨慎的眼神又多留了一秒，接着她点点头，脑袋微微一低，用她的娃娃腿指着沙发说，“去那里坐着，你要喝杯茶吧？”

我过关了，没有什么密码比“过去”更有用。“哦，天哪，不了，我才刚在家里吃完早餐。”

曼蒂将玩具扔进粉红色的塑料玩具箱，猛地合上盖子。“你确定吗？那你介不介意我一边聊天一边叠衣服？免得晚点两个小夫人下来，又把这里搞得天翻地覆。”她说完一屁股在我身旁坐下，将洗衣篮拉近。“你知道我嫁给葛尔·布洛菲了吗？他现在是大厨。葛尔从小就喜欢吃的东西，真的。”

“葛登·兰赛是吧？”我朝她邪恶一笑。“告诉我，你要是不听话，他会不会拿锅铲回家处罚你？”

曼蒂尖叫一声，捶我手腕说：“你这个下流鬼。你还是跟以前一样，是吧？哎，葛尔不是葛登·兰赛，他在机场其中一家新旅馆工作。他说顾客多半是错过班机的一家或想找乐子又不想被抓到的生意人，他们在乎的不是食物。有天早上，我发誓他真的是无聊透了，他在早餐里加了炸香蕉，看他们会有什么反应。结果根本没人说话，连半个字都没有。”

“他们一定以为是新菜色。干得好，葛尔。”

“我不晓得他们怎么想，但所有人都吃掉了。鸡蛋、香肠和香蕉。”

我说：“葛尔是个好人，你们过得不错。”

曼蒂啪的一声，抖开一件粉红色小运动衫。“哎，是啊，他还可以，人很好笑。总而言之，一切都是命中注定。我们跟老妈说我们订婚了，她说打从我们包着尿布，她就知道了。就跟……”她匆匆抬头瞄了一眼，“就跟这里大部分婚礼一样。”

换作从前，曼蒂这时一定已经听说提箱的事，外加巨细靡遗的血腥传言。不过，小道消息的管道早已凋零，家里又有伙伴凯文堵住老妈的嘴，因此她既不紧张，也不战战兢兢，只是有一点谨慎，不想挑起我往日的心伤。我轻松地靠着沙发，享受难得的此刻。我喜欢杂乱的家，每一寸地方看得到女人和小孩的痕迹：墙上的指印、壁炉台上杂七杂八的粉染发蜡和美发用具，还有花香与烫衣服的味道。

我们闲聊了一会儿：她爸妈、我爸妈、邻居谁结了婚、谁搬到郊区，还有谁得了什么莫名其妙的怪病。伊美达还住在附近，哈洛斯巷，从这里走路两分钟，但曼蒂嘴角的变化显示她们已经很少见面了，因此我也没多问。我只是一直逗她笑。如果能让女人笑，那么要她开口就不难了。她笑起来依然像泡泡破掉一样咯咯咯咯，让你忍不住也跟着笑。

大约过了十分钟，曼蒂才随口提起："那么，告诉我，你有没有萝西的消息？"

"一个屁也没有，"我用一样轻松的语气说，"你呢？"

"没有，我还以为……"她又瞄我一眼，"我还以为你可能有呢。"

我问："你知道吗？"

她眼睛盯着手上卷的袜子，睫毛眨了一下。"知道什么？"

"你和萝西很亲近，我以为她也许会跟你说。"

"说你们想逃跑？还是她……"

"什么都说。"

她耸耸肩。"哦，拜托，曼蒂，"我说，语气里加了一点幽默，"都过了二十多年，我跟你保证，我绝不会因为女孩子之间的悄悄话而大动肝火，我只是好奇。"

"我完全不晓得她打算分手，我对天发誓，真的一点概念都没有。老实告诉你，弗朗科，我后来听到你们两个不在一起，除了惊讶还是惊讶。我以为你们一定会结婚，生了半打小孩，逼你们把脚步放慢下来。"

"所以你知道我们计划一起离开。"

“你们两个是同一晚消失的，谁都猜得出来。”

我朝她咧嘴微笑，摇摇头说：“你说‘分手’，你知道我们还在幽会。我们的秘密保守了将近两年，起码我是这么认为。”

曼蒂沉默片刻，接着朝我做了一个鬼脸，将袜子扔进洗衣篮说：“机灵鬼。她并没有向我们掏心掏肺。她始终没有吐露半个字，直到……你和萝西离家出走之前的一个星期是不是碰面喝了几杯？我想在镇上，是吧？”

皮尔斯街的欧尼尔酒吧。萝西两手各拿一大杯啤酒走回桌边，所有大学男生全都转头看她。我认识的女孩只有她喝大酒杯，而且一定喝干。“对，”我说，“没错。”

“就是这个。你瞧，萝西跟她老爸说她和我和伊美达出去，但却没跟我们说让我们帮她圆谎，你懂了吗？我说过，她对你的事三缄其口，我们都一无所知。但那天晚上我和伊美达没有很晚回家，被戴利先生在窗边看到，发现我们走进家门，萝西不在。她直到很晚才回家。”曼蒂朝我露出酒窝，“你们一定有很多话聊，对吧？”

“嗯。”我说。贴着三一学院围墙亲吻告别，我攫住她的双臂将她拉进怀里。

“总之，戴利先生等她回家。萝西第二天来找我，就是星期六，说他抓狂了。”

事情又回到大坏蛋戴利先生这边。“一定的。”我说。

“我和伊美达问她去哪里，但她怎么也不肯说，只说她老爸火冒三丈，所以我们猜她一定是和你见面。”

“我一直很好奇，”我说，“麦特·戴利到底讨厌我什么？”

曼蒂眨了眨眼。“哎，我完全没概念。他和你家的老头子处不来，我猜或许是这点。不过，这很重要吗？你已经不住这里了，再也不用见到他……”

我说：“萝西甩了我，曼蒂，断得干净利落，毫无预兆，我到现在都不晓得为什么。要是有原因，无论什么，我都想知道。我想知道有没有什么事，如果当初我做了，会让现在的一切都不同。”

我挤出一堆“坚强又痛苦”的表情，曼蒂面露同情，嘴角线条柔和下来。“唉，弗朗科……你很清楚，萝西从来都不在乎她老爸对你有什么看法。”

“也许吧，但要是她担心什么或有什么瞒着我，甚至害怕什么……他对她到底会发多大脾气？”

曼蒂的神情是困惑还是谨慎，我无法判断。“什么意思？”

“戴利先生非常火爆，”我说，“他头一回发现萝西和我约会，整个忠诚之地都听见他的吼声。我一直在想他只有冲她吼吗，还是……呃，还是他会打她？”

曼蒂伸手捂住嘴巴。“天哪，弗朗科！她跟你说过什么吗？”

“没有，萝西不会说的，除非她希望我把她老爸揍昏。我只是觉得她或许会跟你或伊美达说。”

“哦，老天，没有，她一个字也没提。有的话，我想她应该会说，不过……你也没法保证，对吧？”曼蒂陷入沉思，一边抚平怀间的蓝色制服长外衣。

“我想他没有动过萝西一根指头，”最后她说，“我这么说不是为了安慰你，戴利先生的问题一半来自他始终无法适应萝西长大的事实，你懂我的意思吗？萝西来找我的那个星期六，就是她被老爸抓到深夜晚归的第二天，我们那天晚上本来要去公寓区，结果萝西不能去，因为，我不骗你，因为她老爸没收了她的钥匙，仿佛她还是小孩，而不是每周拿薪水回家的大人。他说他十一点一定关门，要是她赶不回来，就睡在街上。但你也晓得，公寓区十一点才开始热闹。这样你懂了吧？他生气不会甩她耳光，而是叫她到角落里坐着，就像我家小孩胡闹，我也会让他们罚站一样。”

就这样，戴利先生不再是聚光灯下的焦点，拿搜索令搜查他家后院不再要紧，而窝在曼蒂家温馨舒服的小角落也不再有趣。

萝西那天没从前门出现，不一定是因为她想躲我，或是被老爸逮个正着，然后发生使用钝器的伦理大悲剧，而是因为她别无选择，如此而已。前门被锁了，后门用门闩，上厕所不需要钥匙，也不怕被锁在门外。没了钥匙，萝西无论想躲我或找我，都得从后门出去，翻墙踩过别家院子。嫌疑就此向外蔓延，远离三号公寓。

从手提箱上取得指纹的几率也开始变低。假如萝西知道必须翻墙，一定会事先将箱子藏好，离开镇上之前再拿。要是有人中途拦她，他或许根本不晓得手提箱的事。

曼蒂略微担心地望着我，想知道我听懂她说的话没有。“有道理，”我说，“但我实在很难想象萝西会乖乖受罚。她有没有试着做点什么，例如将钥匙从她老爸身边偷回来之类的？”

“没有。就是因为这样，我们才觉得她一定有什么事情。我和伊美达都跟她说，操他妈的，你就和我们出门，要是他把你锁在外头，你就睡我们家。但她说不行，她不想让他发火。我们说，你干吗在乎？就像你说的，这不是她的风格。萝西说，没关系，反正也不会太久。我们注意到这句话，两人立刻放下其他话题缠着她，想知道她究竟在搞什么，但她不肯说。萝西的样子好像她老爸很快就会还她钥匙似的，但我们晓得不只如此。我们不清楚什么事，只晓得一定不是小事。”

“你们没有多问细节吗？例如她在计划什么，什么时候执行，是不是跟我有关？”

“哦，当然。我们追问了很久，我戳她手臂，伊美达用枕头打她，想让她开口，但她完全不理我们，逼得我们只好放弃，乖乖打扮出门。她……老天！”曼蒂笑了，笑得很轻很低，带着一丝诧异，整理衣服的轻快双手停了下来，“我们坐在那儿，我家的饭厅，从前是我的房间。我是唯一有自己房间的人，所以我们三个总是在我这碰面。我和伊美达在弄头发，向后反梳——哎，我们那副模样，还有青绿色眼影，你还记得吗？我们以为自己是手镯合唱团、辛迪·克劳弗和香蕉女皇芭娜娜·拉玛的混合版呢。”

“你们很美，”我说，而且是真心的，“你们三个，没见过更美的了。”

曼蒂朝我皱了皱鼻头，“奉承我没好处，”但她的眼神可不是这么说的。“我们臭骂萝西，问她是不是想当修女，说她穿修女服一定很好看，问她是不是爱上了麦葛瑞斯神父……萝西躺在我床上，抬头凝视天花板，咬她的指甲。你应该知道她怎么咬吧？永远只咬那一只。”

右手食指。萝西努力想事情的时候，就会咬指甲。离家前的那几个月，我们碰面拟定计划，她有几回咬到流血。“我记得。”我说。

“我从梳妆台的镜子里看着她。是萝西没错，我还是小婴儿的时候就认识她了，但刹那间，她却像变了一个人，仿佛比我们还要年长，一半的她已经离开这里，去了别的地方。我觉得我应该给她什么，也许一张告别卡或圣克里斯多福徽章，保佑她旅途平安。”

我问：“你跟别人提过这件事吗？”

“不可能，”曼蒂立刻回答，语气参着一丝不悦。“你应该比谁都清楚，我绝对不会出卖她。”她身体坐直，神情愠怒。

“我知道，宝贝，”我朝她微笑说，“我只是想确定一下，这是职业病，别理我。”

“我和伊美达谈过，我们都认为你们打算私奔，觉得真是浪漫到了极点。你也知道，青少年嘛……但我绝对没有跟别人说，从那之后。我们跟你们站在一边，弗朗科，都希望你们幸福。”

那一刻，我感觉只要转身就会见到她们，在隔壁房间：三个女孩蓄势待发，仿佛一切即将展开、闪耀着青绿色的光芒，充满了刺激与可能。“谢谢你，亲爱的，”我说，“我很感激。”

“我不晓得她为什么改变心意，真的不晓得。知道的话，我一定会告诉你。你们俩是天生一对，我以为……”她话声渐弱。

“的确，”我说，“我也是。”

曼蒂柔声说：“老天，弗朗科……”她双手依然抓着那件制服长外衣，一动不动，语气里带着难以磨灭的哀伤。“唉，真是好久、好久以前了，不是吗？”

马路安安静静，只有阵风扫来细雨拍打窗户，以及一个小女孩和另一个小女孩乐音般的对话从楼上传来。“是啊，”我说，“不晓得为什么要这么久。”

我没有告诉她。让我老妈去告诉她吧，她肯定乐于享受那过程里的每一秒钟。我们在门口拥抱告别，我亲吻曼蒂的脸颊，答应很快再来找她。她身上有股甜蜜安详的味道，我已经不知道多少年没有闻过。梨子香皂、廉价香水，还有卡士达酱。

Chapter 5　埋葬在地下室的初恋

凯文懒懒地靠着栏杆，望着他小时候因为年纪太小被抛下，只能痴痴看着我们离去的方向，只是他手上多了手机，正用飞快的速度发着短信。“女朋友？”我朝手机努了努下巴，这么问他。

他耸耸肩说：“算吧可能，但也不是。我还不想定下来。”

“这表示你对象不只一个。小凯，你这贱狗。”

他咧嘴微笑。“那又怎样？她们都晓得情况，而且她们也不想定下来。大家只是找找乐子，又不犯法。”

“没错，”我同意，“只是我以为你应该帮我搞定老妈，而不是用爱的手指找今晚的乐子。你干得怎么样？”

“我正在这里帮你搞定老妈。她弄得我快疯了。只要她想出门去找戴利一家人，绝对会被我逮个正着。”

“我可不希望她打电话给全世界，还有戴利他老婆。”

“她不会打的，得等她亲自拜访戴利太太，掌握所有消息才会行动。她正在洗碗消耗体力，我想帮忙，结果被她训了一顿，说我叉子摆的方向不对，万一有人走到沥水器附近摔倒戳瞎眼睛怎么办，所以我就闪了。你去哪里了？去找曼蒂·布洛菲吗？”

我说："假设你想从三号公寓到忠诚之地尽头，但无法从前门去，你会怎么做？"

"从后门，"凯文不假思索，答完又继续打短信。"翻过后院围墙，我都不知道翻过几百回了。"

"我也是，"我手指对准房子，从三号延伸到尽头的十五号，"六个后院。"七个，还得加上戴利家的院子。萝西可能正在其中一个院子等我。

"等等，"凯文放下手机抬头说，"你是指现在，还是从前？"

"有区别吗？"

"当然有，霍利家的死狗蓝波，那个小混球曾经把我屁股给咬了，还记得吗？"

"老天，"我说，"我都忘了那个贱坯，我踹过它一回。"蓝波是只带有㹴犬血统的杂种狗，全身浸湿了也只有两公斤多。取这个名字让它有了拿破仑情结，外加强烈的地域观念。

"现在五号住着那群白痴，加上天线宝宝漆，我会走你说的路线，"凯文指着我比的同一条线。"但换作从前，有蓝波躲着虎视眈眈，门都没有。我会走这里。"他说完转身，我顺着他的指尖望去：经过一号，沿着忠诚之地入口的高墙一路走到十一号，翻过十六号的围墙到路灯那里。

我问："你为什么不直接从入口绕到马路上？干吗费劲走我们这一边的后院？"

凯文咧嘴微笑说："我真不敢相信，你竟然不知道这条路？你难道从来没有拿石头扔过萝西的窗户？"

"戴利先生在隔壁房间住的时候没有，我还想保住小命。"

"我有一阵子在追琳达·朵耶，十六岁左右吧。你还记得住在一号的朵耶家吗？我们通常夜里在她家后院碰面，这样她就可以随时止住我要摸她胸部的手。那道墙——"他指着马路起点说，"那道墙的另一面很滑，没有踏脚的地方，只能从角落翻过去，靠另一道墙往上攀，这样就能进到后院了。"

“你真是百科全书，”我说，“那你有闯进琳达·朵耶的胸罩里吗？”

凯文白眼一翻，开始解释琳达和圣母军错综复杂的关系，我则陷入沉思。我很难想象周日晚上会有心理变态或性侵犯者躲在后院里，孤零零等待被害者出现。要是有人抓走萝西，他一定认识她，知道她会来，而且有起码的下手计划。

翻过后墙就是卡波巷，那里跟忠诚之地很像，但规模更大，也更热闹。假如我要沿着凯文指出的路线安排秘密碰面或突袭，尤其是涉及打斗和弃尸的碰面，那么我会选择十六号。

那天我听到的声音。我为了祛寒不停踏脚，在路灯下等待，忽然听见男人低吼，女孩闷声尖叫，还有碰撞声。恋爱中的少年精虫冲脑，看什么都戴着玫瑰色的眼镜。我以为男欢女爱无所不在。我想我当时一定认为自己和萝西如此迷恋对方，那一种氛围会像春药弥漫在空中。

那一晚，一切都聚在一起，在自由区盘旋，让每个吸到的人陷入疯狂：疲惫的工人在睡梦中互相拥抱，街上的青少年忽然彼此接吻，仿佛不吻就活不下去。老夫妻吐掉假牙，撕扯对方的法兰绒睡衣。我以为自己听见的声音一定是情侣在做那档事，其实并不一定。

我费了好大力气才说服自己，萝西或许是要和我碰面的。倘若如此，那字条表示她很可能沿着凯文的路线来到十六号，而箱子则表示她再也没有离开。

“走吧，”我打断凯文，他还在发短信（“……才不在乎，只是她奶大得……”）。“我们去妈妈不准我们去的地方玩吧。”

十六号比我想象的还要残破，大洞一路延伸到屋外台阶，因为建筑工人从这里将壁炉拖走，两侧铸铁栏杆也被人偷了，要不然就是那住屋王连栏杆也卖了。写着“莱瓦瑞工程公司”的大招牌坏了，从天井落到地下室窗边，所有人都懒得捡。

凯文问："我们来这里做什么？"

"还不确定，"我说，这是实话。我只知道我们跟着萝西，一步一步看她带我们前往哪里。"找到就晓得了，对吧？"

凯文用手指将门推开，小心翼翼往前窥探。

"假如没先受伤送医的话。"他说。

大门里，阴影交错纠结、层层叠叠，微弱的光线从四面八方渗了进来。从房门半拆的空房间和楼梯转角的肮脏窗户，或随冷风从高高的楼梯井洒落玄关。我拿出手电筒，这么做或许离谱，但我还是喜欢防范于未然。

我爱穿皮外套，除了因为它很舒服，几乎永远不会坏，还因为它口袋颇多，装得下所有基本必备品：采指纹用的菲菲相片、三个塑料小证物袋、笔和记事本、瑞士刀、手铐和一个迷你美格光手电筒。我的点三八左轮手枪收在特制枪套里，安安稳稳插在我背后牛仔裤腰带下，没有人看见。

"我不是开玩笑，"凯文抬头眯眼看着漆黑的楼梯。"我讨厌这样，只要一个喷嚏，整栋房子就会压到我们头上。"

"组里在我脖子上装了全球定位系统，他们会把我们挖出来的。"

"真的？"

"假的。有点男子气概，小凯，不会有事的。"我说着打开手电筒走进十六号，感觉空气中飘着几十年的尘埃，不停移动、翻搅，在我们四周螺旋向上，有如小而冰冷的漩涡。

楼梯因为我们的重量而弯曲，吱嘎作响，但却挺住了。我从楼上客厅开始。这里是我发现萝西字条的地方，而根据老爸和老妈的说法，也是两个波兰小子发现手提箱的地点。他们拆卸壁炉留下一个参差不齐的大洞，洞周围的墙壁满是褪色的涂鸦，写着谁爱谁、谁是同性恋，还有谁去死。壁炉正要送往某人在勃斯布里吉的宅邸，而我和萝西的缩写还留在上头。

地板上东西扔得到处都是，想也知道是哪些玩意儿。罐子、烟蒂和包装纸，全都覆着厚厚的灰尘——现在小孩有了更好的去处，也有钱去那些地方——用过的安全套也在其中，这给这儿增添了不少魅力。在我那个年代，安全套还是不合法的。要是运气好，有机会用得上（但却拿不到）。要不然就得指望运气，如坐针毡几个星期。天花板所有角落都是蜘蛛网，微弱的冷风钻入上开窗户边缘的缝隙，吁吁作响。这些窗户随时可能消失，被人卖给不肖商人，只因他老婆想让家里多一点迷人的古典气氛。我说（这地方让我忍不住轻声细语）：“我是在这里失去童贞的。”

我感觉凯文瞥我一眼，想问我什么却欲言又止，只说：“我随便就能想出一堆地方，比这里舒服得多。”

“我们有毯子，而且舒服又不是重点。就算能去都柏林高级住宅区谢尔本的阁楼，我也不要。”

过了一会儿，凯文抖了一下：“老天，这地方真阴郁。”

“就当成气氛吧，走入回忆巷。”

“去你的，我要离回忆巷远远的。你刚才没听戴利家说吗？八十年代的星期天他妈的有多悲惨？先是弥撒，然后是什么狗屁周日大餐，我说一定是煮培根、烤马铃薯和卷心菜，你敢不敢赌？”

“别忘了布丁。”我拿手电筒照地板，几个小洞和几块碎片，没有修补的痕迹。这里要是有地方补过，肯定明显得像受伤的拇指。“还有天使糖，每次都有，吃起来就像草莓口味的粉笔，但你敢不吃，就会害黑人宝宝饿死。”

“天哪，没错。再来就是整天没事做，只能窝在角落发呆，除非有办法溜去看电影或受得了老爸和老妈。也没有电视节目，只有某某神父讲道，说避孕会让人瞎掉。就算看神父讲道，也得花上几小时调整该死的天线，信号才正常一点……我发誓，有几个星期天，我真的无聊到觉得还不如去上学。”

壁炉前面的位置没有东西，烟囱里也没有，只有顶端一个鸟巢和许多年来涓滴汇集的白色鸟粪粘着内壁。烟囱要塞手提箱就很勉强了，更别说成年女子的尸体，就算暂时藏匿也不可能。我说：“老弟，我跟你说，你应该来这里才对，这里什么都有，性、毒品、爽翻天。”

“我大到可以爽的时候，已经没人来这里了，除了老鼠。”

“老鼠永远都有，增加气氛。走吧。”我走向另一个房间。

凯文跟在我后头说：“是增加病菌。你当时不在，应该是有人在这里下毒了。我猜是疯子强尼，你知道他最讨厌老鼠，因为以前战壕的经验吧。总之，一堆老鼠爬到墙里死了。老天，我不骗你，那味道真是。比养猪场还糟。要是在这儿，我们很可能死于伤寒的。”

“味道对我来说还好。”我又用手电筒搜索四周，一边心想自己是不是在做天下最没用的调查。和家人耗了一整晚，我的一时冲动这会儿全都消退了。

“嗯，也对，味道一阵子就散了。但等味道散了，我们已经移到卡波巷转角那块空地去鬼混了。你知道那里吗？那块空地也很烂，冬天冷到老二都会掉下来，而且到处是荨麻和刺铁丝网。不过，卡波巷和史密斯路的小孩也去那里，所以更有机会混到酒、接吻、拥抱，看你想要什么。因此，我们后来几乎再也不回这里了。”

“你错过了。”

“是啊，”凯文环顾一眼，不大买帐。他手插口袋，让外套紧贴身体，免得碰到任何东西。“但我挺得住。就是这种东西，让我受不了居然有人怀念八十年代。那时小孩不是无聊到死、在刺铁丝网旁边玩，就是在天杀的老鼠窝打炮……这有什么好怀念的？”

我看着凯文，看他一身拉夫·劳伦、时髦手表、昂贵的拉风发型和理所当然的愤怒，和这里完全不搭，相差十万八千里。在我眼中，他还是那个瘦巴巴的毛头小子，穿着我穿过、补过的旧衣服，头发怎么也梳不齐，在这间屋子跑进跑出，完全不晓得这里没什么了不起。我说：“这里有的远远不只如此。”

“比方说？在这种狗屎地方失去童贞有那么了不起？”

“我不是说我希望时光重回八十年代，但也不用一竿子打翻一船人。你怎么样我是不晓得，但我从来不觉得无聊。从来没有过。你或许可以想想这一点。”

凯文耸耸肩，嘀咕几句，感觉像是：*你在说什么，我根本听不懂*。

“继续想，会想起来的。”我丢下他，径自朝后面房间走去——假如他踏上阴影里的腐烂地板，那就是他自找的。过了不久，只见他满脸不悦地跟了过来。

后面没什么，一楼房间也没什么，除了一大堆伏特加空酒瓶，显然有人不方便将它们收在自己家的垃圾袋里。我们走到地下室的楼梯前，凯文突然停住：“不行，我绝对不下去，真的，弗朗科。”

“你每回对哥哥说不，神就会杀掉一只小猫。走吧。”

凯文说：“谢伊把我们关在底下过一次，你和我——我那时还很小，你记得吗？”

“不记得。所以你才怕得冒泡吗？”

“妈的，我才没有怕得冒泡。我只是不晓得为什么无缘无故要害自己被活埋。”

我说：“那就到外头等我。”

过了半晌，他摇摇头，决定跟着我，理由就和我为什么找他来一样：老习惯难改。

前前后后，我只去过地下室三次。地方上传言，有一个名叫“大刀希金斯”的人割断聋哑弟弟的喉咙，将他埋在这里。只要闯进瘸子希金斯的地盘，他就会找上你，挥舞腐烂的手，发出可怕的咕噜声，拿杆子打人。希金斯兄弟应该是担心小孩的家长捏造的故事，我们根本不信，但还是对这里敬而远之。谢伊和他朋友偶尔会下去，想逞男子气概。想上床却没房间打炮的情侣可能也会来，但好事集中在楼上：十包装万宝路、便宜的两公升装苹果酒、细得像火柴棒的大麻烟和永远只玩到一半的脱衣扑克。我和奇皮·荷恩九岁左右，曾经比赛谁敢碰地下室的后墙。另外，我模糊记得几年之后，我曾经带米歇尔·纽金特下去过，希望她怕得抱紧我，甚至让我赚到一吻。不过我没那么好运，因为我在年纪还那么小的时候，就已经开始喜欢胆大的女生了。

最后一次是谢伊将我和凯文锁在地下室，关了大约一小时，感觉却像待了几天。凯文当时才两三岁，吓得叫不出声音，还尿湿了裤子。我安抚他，试着将门踹开，手指猛扳封住窗户的木板，同时暗暗发誓，有一天一定要打得谢伊屁滚尿流。

我缓缓移动手电筒，地下室和我记得的差不多，只是我现在可以明白，家长当年为何讨厌我们过来鬼混。窗户依然用木板封着，封得不严，一道道微光穿透薄板。天花板凹凸变形的样子令人担心，石膏大量剥落，梁柱外露，全都弯曲龟裂。墙壁变形倾倒殆尽，感觉地下室成了一个大房间。不少处地板坍塌，直接压在地基上。

或许是地层下陷，而连栋屋的边角没有东西好支撑房子。很久以前有人勉强试过，最后前功尽弃，只塞了混凝土板填住大洞，祈求老天保佑。这里的味道和我印象中类似，依然是霉味、灰尘和尿臊味，只是变得更浓了。

“哦，拜托，”凯文在楼梯边踌躇不前，嘴里恨恨嘀咕，“哦，天哪。”他的声音打在墙上以奇怪的角度反射回来，消失在远处的角落，仿佛有人在暗处低语。他打了个冷颤，不再开口。

其中两块混凝土板有一个人大小，放的人还在土板边缘堆满水泥，显然很满意自己的成果。第三块随便得多，大约四尺乘三尺，斜斜卡着，至于水泥，那就省了吧。

“好了，”凯文在我背后说，声音大了点，“看到了吧？东西都在，依然乱七八糟，我们可以走了吗，嗯？”

我小心翼翼走到地板中央，用靴尖踩了一下混凝土板边角，多年灰尘让它纹丝不动。但当我用上全身重量，我感觉微微一晃，板子动了。只要找到充当杠杆的东西，例如铁条或角落残骸里的金属棒，就能举起混凝土板。

“小凯，”我说，“帮我回想一下，老鼠死在墙里是在我离开的那一年冬天吗？”

凯文双眼缓缓睁大，微弱的灰蒙光束照着他，让他仿佛透明，像屏幕上晃动的投影。“哦，老天，弗朗科，不会吧。”

“我在问你问题，我走之后，老鼠死在墙里，对还是不对？”

“弗朗科……”

“对或错？”

“只是老鼠而已，弗朗科，这里到处都是。我们亲眼看见了，有好几回。”

如此一来，等到天气变暖，已经不会有东西发出恶臭，让居民向房东或市政府申诉。“而且还闻到它们，有腐臭味。”

凯文沉默半晌才说：“对。”

我说：“走吧。”同时一把抓住他的胳膊（非常用力，但我实在松不开），将他匆匆推上楼梯，我感到木板在我们脚下扭曲、断裂。一走出屋外来到台阶，迎向湿冷的微风和细雨，我就拿出手机拨号，打给鉴证科。

被我逮到的鉴证人员不大开心，要么因为周末还来上班，要么因为被我拖出了他温暖舒服的宅男小窝。我跟他说我得到线索，有人弃尸在忠诚之地十六号地下室的混凝土板下。我没有多说细节，例如弃尸时间，只说我需要一组鉴证队和两三名警察，还告诉他他们抵达时，我可能不一定在现场。鉴证人员嘀嘀咕咕，说什么需要搜索令，但我跟他说无论嫌犯是谁，一定是个闯入者，所以也不在乎隐私。但他还是不停埋怨，于是我说大家使用这间屋子起码三十年，根据土地保有权法已经“实质”算是公共场所，不用搜索令，这才让他闭嘴。我在心里将他归类成没用的混蛋，供未来参考。

我和凯文坐在变成学生宿舍的十一号门口台阶，等鉴证人员和他的伙伴过来。在这里足以让我观察各种动向，又不至于让居民将我和将要发生的事情联系在一起。假如事情的发展如我预期，我希望忠诚之地的人将我视为返乡子弟，而不是警察。

我点了一根烟，将烟盒递到凯文面前，他摇摇头问：“我们在干吗？”

“保持距离。”

“你不需要在场吗？”

“鉴证人员都是大人了，”我说，“不需要我牵着他们的手才能把事情办好。”

他依然一脸犹疑。“我们不是应该……你知道，先确定那里到底有没有东西，然后才报警吗？”

我早就想掀开板子了。之前在地下室，我是极力克制才没有掀起来。我捺住性子，没有对他发火。“鉴证人员有适当的挖掘设备，我们没有。万一里头真有东西，他们最不希望的，就是我们胡整乱弄。”

凯文挪动身子，检查自己的臀部。台阶很湿，而他还穿着前一天上班穿的上好衣服。他说：“但你在电话里讲得斩钉截铁。”

我眼角一瞥，发现小凯斜眼看我，困惑中夹杂着一丝戒慎。之后他不再开口，低着头将裤子上的灰尘与蜘蛛网拍掉。我无所谓。这份工作会让人磨出耐性，我又一向自认很有天赋，但我等呀等，感觉仿佛过了一星期，让我简直想杀到鉴证科，抓着鉴证人员发育不全的卵蛋，将他从“魔兽世界”抓过来。

谢伊走到台阶上，一边剔牙一边朝我们遛达过来。“有消息吗？”他问。

凯文想说什么，但被我制止了。“没什么。”

“我看你们去了库伦家。”

“有可能。”

谢伊上下打量马路，我发现他注意到十六号的屋门半开着。“在等什么吗？”

“待着嘛，”我朝他咧嘴微笑，拍拍身旁的台阶。“说不定一会儿就晓得了。”

谢伊嗤之以鼻，但不久还是走上台阶坐在顶端，双脚对着我的脸。“老妈在找你。”他对凯文说。凯文哀号一声，谢伊笑了，拉直领子抵御寒风。

这时，我听见街角传来轮胎压过石子路的声音。我点了一根烟，身体仰靠台阶，掩饰自己的身份，加上一点“不是善类”的感觉。这方面要感激谢伊，他什么也不用做，只要人在就够了。不过，我是多此一举，无论是走下巡逻车的两名警察还是跳下厢型车的三名鉴证人员，我都不认识。“老天，”凯文低声说道，语气不安，“来了好多人，是不是每回都……”

“这还算少的，待会儿或许人更多，看情况。”

谢伊长长一声口哨，一副好大阵仗的表情。

我已经一段时间没有站在封锁线外，以卧底或小市民的身份观看犯罪现场了，几乎忘了鉴证作业是什么景象。鉴证科的小伙子从头到脚包得一身雪白，摇晃着装有邪恶伎俩的沉重箱子，啪哒放下口罩走上台阶，消失在十六号屋里，让我寒毛直竖，看起来像狗一样。

谢伊低声唱起：“三名壮汉来敲门，哇啦哇啦呼拉喂，两名警察加干员，来到塞尔河岸边……”

警察才刚沿着台阶扶手拉起胶带，还没完全封锁现场，居民已经风闻而至，想来一尝鲜血的滋味。满头发卷、包着头巾的老妇人涌出门口，凑在一起议论纷纷，加油添醋（“有个年轻女孩生下孩子，把婴儿扔了。”“老大，真可怕！说到这个，费欧娜·莫利后来胖了好多，你们想会不会是……”）。

男人忽然发现自己需要到门前台阶来一根烟，看看天气如何。满脸青春痘的小伙子和不良少女靠着尾墙，假装满不在乎。五六个庞克小子踩着滑板溜来溜去，嘴巴张开盯着十六号，直到其中一个小鬼撞到莎莉·荷恩，腿后被她狠狠打了一下，他们才回过神来。戴利一家三口走到台阶上，戴利先生伸手不让他太太继续往前。整个场景让我心神不宁，我不喜欢这种搞不清身边有多少人的感觉。

自由区听到流言，就像食人鱼发现猎物一样。在戴齐，侦办小组未经许可莽莽撞撞闯进当地，你在街上不会看到有谁好奇打探，做出这么低俗的举动，顶多是一两个稍具冒险精神的妇人忽然想到前院修剪花木，之后一边啜饮花草茶，一边和朋友分享见闻，大部分居民都是第二天早上从报纸得知来龙去脉。但在忠诚之地，所有人都立刻冲往事发现场。诺兰老太太牢牢抓住一名警察的衣袖，要他解释清楚。从警察脸上的表情看来，他的基本训练显然不包括这一项。

“弗朗科，”凯文说，“那里可能什么也没有。”

“也许。”

“真的，可能是我的幻想。不会太迟吗？现在才……”

谢伊问：“什么幻想？”

“没事。”

“小凯？”

“没事，我要说的就是这个，可能只是我幻想——”

“他们想找什么？”

“我的老二。”我对他说。

“希望他们有带显微镜。”

“去死啦，”凯文语气不悦，揉动一边眉毛看着警察说，“我不想再玩游戏了，我真希望……”

“小心，”谢伊忽然说，“老妈。”

我们三个立刻溜下台阶，动作迅速一致，将头压低，远低于人群的视线。我在居民间瞥见老妈的身影，她交抱双臂抱在胸前站在台阶上，用钻子般的眼神扫视街道，仿佛知道一切混乱都是因我而起，她要我付出代价。老爸站在她身后，掏出一根烟，面无表情看着眼前的纷纷扰扰。

屋里一阵骚动。一名鉴证人员走了出来，举起拇指朝背后一比，说了几句，警察低低窃笑。他打开厢型车，在车里翻翻找找，抓了一把铁橇跑上台阶。

谢伊说：“要是用那个，整栋房子都会垮下来。”

凯文依然坐立不安，仿佛台阶让他屁股发疼。“万一他们毫无所获怎么办？”

“这样的话，咱们的弗朗科就上黑名单了，”谢伊说，“浪费大家的时间。这不是很可怜吗？”

“多谢关心，不会有事的。”

“是啊，是不会，你永远不会有事。他们在找什么？”

“你为什么不问他们？”

一名满头乱发、穿着林普·巴兹提特T恤的学生踅出十一号公寓，一脸宿醉未醒的样子搔搔头问：“出了什么事？”

我说：“回屋里去。”

“这是我们的台阶。”

我掏出警察证，他只说了一声：“哦，可恶！”便拖着脚步走回屋里，难以接受天下竟然有这么不公平的事。

“没错，”谢伊说，“用警徽吓人。”但这只是反射动作，他的眼睛对着消逝的阳光微微眯起，仍然盯着十六号。

这时，一声炮火般的轰然巨响摇撼了整条街道和房子，回荡在幽暗的自由区之上。是那块混凝土板，是它落在了地上。诺拉打了一个哆嗦，低声尖叫，莎莉·荷恩将开襟毛衣的领子拉高，在胸前画个十字。

就是那一刻，我感觉空气一股颤动，电流从十六号的底部窜出，由内向外爆开。鉴证人员声音变大又减弱，警察转头注视，人群推挤向前，乌云汇聚在屋顶上空。

凯文在我背后说了什么，我听见他提到我，忽然发觉我们已经站了起来，他一手抓着我的手臂。我说：“放手。”

“弗朗科……”

屋里有人厉声咆哮，急切下令。我再也顾不得别人知道我是警察，对凯文说：“待在这里。”

挡住栏杆的警察矮矮胖胖，长得一副姑婆脸。“孩子，站旁边去，”他对我说，口音浑浊得像泥浆一样，“没什么好看的。”

我掏出警察证，他蠕动嘴唇读着。屋里楼梯有人上上下下，一张脸从转角窗边闪过，戴利先生高声大吼，但感觉很远，而且越来越缓，仿佛来自长长的铁管彼端。

“证件上说，”警察将证件还给我说，“你是卧底，但我没听说有卧底要来。”

“你现在知道了。”

“你必须找承办警官谈，可能是我们的小队长，也可能是重案组，要看——”

我说：“别挡路，让开。”

警察翘起嘴巴说：“你没必要用这种语气跟我说话。你可以在这里等，待在你现在的位置，等取得许可——”

我说：“滚开，不然我就打得你满地找牙。”

他瞪大眼睛，发现我不是开玩笑，便退到一边。我三两步跳上台阶，撞开他一脸惊诧站在门口的同事，而他还在不停嘀咕，说要向上级检举我。

各位尽管笑吧：其实内心深处，我根本不认为他们会找到什么。我这个机灵又愤世的卧底大王，时常对菜鸟吹嘘自己的真知灼见，说这个世界比他们想的还要邪恶两倍，却没想到自己也有这么一天。在我打开那只手提箱，在我感觉幽暗地下室的混凝土板微微摇动和电流在傍晚空气中流窜之前，我从来没有想过。

无论我之前之后知道什么，内心深处，在我心底最深的角落，我仍然相信萝西。即使当我从摇摇欲坠的楼梯跑到地下室，看见一群口罩转头看我，白色强光朝我射来，板子被人掘起，角度夸张地卡在线路与铁撬之间，当我闻到来自地底的恶臭，明白大事不妙时，我依然相信她。我相信萝西，直到我推开蹲着的鉴证人员，发现他们在看什么。

不规则的大洞、一簇发黑的纠结头发、应该是牛仔裤的碎片和带着细小齿痕的棕色光滑骨骸。当我看见一只化成白骨的微弯手掌，立刻明白他们在层层泥土、死虫与腐水之间发现指甲的时候，右手食指应该咬到指肉。

我咬紧下颚，咬得牙齿都要碎了，但我不在乎，碎了也好。洞里的她像个睡着的孩子缩成一团，脸庞埋在双臂里。或许是这一点救了我的心。我听见萝西说，*弗朗科*，清清楚楚在我耳边，在我们第一次缠绵时。

有人突然冒出一句感染什么的，接着一只手递了口罩到我面前。我往后退，举起手腕用力捂住我的嘴。天花板的裂痕跑跑跳跳，有如坏掉的电视屏幕。我记得我听见自己轻轻说了一声："哦，妈的。"

一名鉴证人员问："你还好吗？"他站着，离我太近了点，说话的口气仿佛已经问了两三次。

我说："嗯。"

"第一眼很恐怖，对吧？"他一名同事洋洋得意说，"我们看过更惨的。"

"是你打电话来的吗？"那名鉴证人员问。

"对，我是弗朗科·麦奇警探。"

"你是重案组的？"

我顿了一秒才明白他问什么，我的脑袋几乎停止了。"不是。"我说。

鉴证人员神情怪异地看我一眼。他长得一脸宅男样，年纪和身材都比我小一半，应该是之前那个没用的混蛋。"我们已经联系重案组，"他说，"还有法医。"

"我敢打赌，"他的助手开心地说，"她不是自己一个人下来的。"

他拎着一个证物袋。要是他们任何一个在我面前碰她，我知道自己一定会将对方打得脑袋开花。"做得好，"我说，"我想他们应该快来了，我去帮警察一把。"

我爬上楼梯，听见宅男说居民闲不下来，几名助手嘶嘶窃笑，感觉像一群少年。那一瞬间，我真的以为地下室里的人是谢伊和他死党，一边抽大麻烟一边讲低级笑话，我以为走出屋门就会回到原本的生活，这一切都没有发生过。

屋外，围观的人群更多、更挤，所有人拉长脖子，离我当看门狗的警察朋友只有几步之远。他的同伴已经从门口下到栏杆，站在他身边。屋顶上的云层压得更低，光线也不同了，变成瘀青般的紫白，令人不安。

人群后方出现动静，戴利先生长驱直入，挥臂将居民推开，眼睛盯着我，仿佛其他人都不存在。

“麦奇——”他想大喊，但喉咙忽然一哑，只发出粗嘎的声音，“里面是什么？”

泥浆怪兽气冲冲说：“这里由我负责，站开。”

我只想让他们揍我，不管是怪兽或是他同事也好。“你连自己老二都抓不牢。”我对着那张又大又软的布丁脸说。他避开我的视线，我将他推开，走向戴利先生。

我一踏出大门，他就抓住我的领子狠狠抵住我，下巴贴到我的脸上，我体内顿时涌上一股狂喜般的热血。他要么比警察有种，要么就是不肯向麦奇家的人低头，无论哪个我都很爽。“里面有什么？你们发现什么？”

一个老人兴奋尖叫，穿着连帽运动衫的青少年开始鼓噪。我用大伙儿都听得见的音量警告他说：“老兄，你最好把手拿开。”

“你休想，你这个小杂种，你别想命令我——我的萝西在里面，是吗？”

“我的萝西，老兄，我的女孩，我的。我再跟你说一次：把手拿开。”

“是你的错，你这个龌龊小子。要是她在里面，都是因为你。”他前额抵着我的头，手掌力道惊人，我感觉衬衫像刀一样切过我的脖子后根。那群青少年大喊：“打！打！打！”

我牢牢抓住他的手腕，正准备用力扭断，鼻子里闻到他的气味，那汗水与呼吸，又热又臭的兽腥味，我永远都记得。这家伙吓坏了，几乎失去理智。那一刻，我看见荷莉在我面前。我肌肉里的狂躁瞬间消退，胸膛深处啪的一声，仿佛有东西绷裂了。“戴利先生，”我尽可能放轻语气，对他说，“他们一有发现就会通知您，但在此之前，您必须回家等候。”

两名警察想将他从我身上拉开，叽哩呼噜说了一堆，但我们谁也没有理睬。戴利先生眼眶四周泛出几近疯狂的白光，仿佛在说：*是我的萝西吗？*

我拇指压着他手腕神经用力一摁，他喘息一声，双手松开我的领子。但警察还来不及将他拖走，他已经用下颚顶着我的脸，有如情侣一般紧贴我耳边说：“是你的错。”

戴利太太不知从哪里冒了出来，发出难以形容的呜咽声，扑向戴利先生和警察。戴利先生身体一软，两人将他拖走，回到交头接耳的居民之间。

泥浆怪兽莫名其妙粘在我背后，贴着我的皮衣。我狠狠一肘将他推开，接着靠回栏杆整理衬衫，按摩脖子。我呼吸急促。

“事情还没完，小子，”泥浆怪兽脸庞胀成不健康的紫色，威胁我说，“我告诉你，我要向上级检举你。”

我说：“我叫弗朗科·麦奇，奇怪的奇。别忘了叫他们排队。”

警察像生气的老女佣一样哼了一声，随即转头将怒气发在探头探脑的群众身上，猛力挥舞双手，大声叫他们后退。我瞥见曼蒂怀里和手边各一个小女孩，三个人眼睛睁得又大又圆。戴利夫妇牵着手蹒跚走上三号台阶，消失在屋里。诺拉靠在门边墙上，一手捂着嘴巴。

我走回十一号，这里看来也好不到哪里去。谢伊在卷第二根烟，凯文一脸病容。

“他们找到什么了，”他说，“对吧？”

法医和殡仪车随时会来。“嗯，”我说，“没错。”

“是……”沉默良久，“是什么？”

我掏出烟，谢伊或许出于同情，递了打火机给我。不久，凯文说：“你还好吧？”

我说：“我很好。”

我们三人安静了很久。凯文抽了我一根烟，群众缓缓平静下来，开始分享警察滥用暴力的传闻，讨论戴利先生能不能提告。不少人聚在一起窃窃私语，偶尔瞄我一眼，我发现了就瞪回去，但人数很快多得让我应接不暇。

“小心，”谢伊抬头对着阴沉的天空低声说，“麦奇小子回来了。”

Chapter 6 船票上的约定

法医库柏最早到。他是个脾气暴躁、自比为上帝的家伙。他将那辆黑色大奔驰停在路边，目光严厉扫过众人头上，直到居民像海水一样向两边退开，让他大步向前。他戴上手套走入屋内，静下来的群众再度议论纷纷。两个小伙子晃到他的车旁，但泥浆怪兽不知道朝他们吼了什么，只见两人神色不动地默默离开。忠诚之地太拥挤、太专注，闹哄哄的，仿佛暴动蓄势待发。

殡葬人员接着抵达，他们走下肮脏的白色厢型车，蓝色帆布担架随意挂在肩上朝屋里走去。所有人顿时明白，这可不是电视演的虚假实境秀，而是真有其事，刚才的担架迟早会抬人出来。他们不再晃动身体，低低的嘘声有如一道微风沿街飘去，慢慢化为寂静。这时，重案组警探出现了，时间永远抓得刚刚好。

重案组和卧底组差别不少，处理细节的态度是其中之一。卧底对细节的在乎远远超出人们的想象，我们每回想找些乐子，就会去看重案组抵达现场的招摇样。眼前这两个家伙驾着没有车牌也无需车牌的银色宝马甩过街角，紧急煞车，随便将车一横，两人一起甩上车门（他们可能练过），脑袋里用环场音效大声放着“檀岛警骑”主题曲，大摇大摆走向十六号。

其中一名警探年纪很轻，满头金发，长相酷似白鼬，还在练习走路姿势，赶上前辈的步伐。老的那个和我年龄相仿，一手拎着亮皮公文包前后摇晃，昂首阔步的姿态就像身上的名牌西装一样耀眼。骑士大驾光临，原来是“球王”肯耐迪。

我和球王在警察学校就认识了。受训期间，他是我最亲近的伙伴，但不表示我们彼此喜欢。大部分同学来自我没听过也不想知道的地方，最大的心愿是未来不用穿威灵顿橡胶靴上班，以及有机会认识不是亲戚的女孩们。

我和球王都是都柏林人，根本不想干制服工作。我们头一天碰面就盯上对方，之后三年从体能测验到斯诺克，什么事都要争个高下。

球王其实叫米克，绰号是我取的，我认为这样算便宜他了。米克这家伙喜欢赢，我也喜欢，但我起码懂得收敛。他有个差劲的小习惯，每回搞定什么，就会握拳振臂低吼一声“得分！”，虽然压得很低，但不一定没有声音。

我忍了几个星期，终于忍不住了。我对他说，米奇，你把床铺好，这也算得分吗？这样很厉害吗？真的很爽吗？你射门破网了吗？还是延长赛后来居上？

比起他，我和其他乡下小子处得还不错，他们很快也开始喊他球王，口气有时不太和善。他很不高兴，但掩饰得很好。我刚才就说了，我可以做得更绝，而他也知道。我本来要叫他米歇尔的。

回到险恶的社会之后，我们没怎么保持联系，但每回碰头都会去喝上一杯，看看现在是谁占上风。他比我早五个月调升警探，但我早他一年半进特勤单位，遥遥领先。他比我早结婚，却也比我早离异。加加减减，我们算是打成平手。他选金发小子当跟班，我一点也不意外，大多数重案组警探喜欢找跟自己实力相当的搭档，他却专挑小跟班。

球王身高将近一米八，差不多比我高了三公分，却像小个子一样抬头挺胸，拉长脖子，生怕别人把他看矮了。他发色偏黑，身材细瘦，下颚线条严肃，专门吸引那种长大后想要攀龙附凤，却又上不到橄榄球员的女人。

我只凭看也知道，他爸妈只用餐巾，不用餐纸，家里宁愿没有吃的，也一定要装蕾丝窗帘。球王说话是雕琢过的中上阶层口音，不过穿着西装的方式还是让他露了馅。

站在十六号台阶上，他又回头打量忠诚之地一眼，感受现场的热度。他看到我，却像从来没见过这个人似的，目光没有半秒停留。干卧底的乐趣不少，其中之一就是其他同事永远搞不清你是在干活，还是（比方说）在和伙伴厮混，因此通常对你不理不睬，以策安全。要是他们搞错状况，戳破卧底的身份，到时吃上司的排头事小，在酒吧里才是吃不完兜着走。

球王和他的小跟班消失在阴暗的门口之后，我说："待在这里。"

谢伊说："我是你的女人吗？"

"只有嘴巴像。我马上就回来。"

"别闹他，"凯文头也没抬对谢伊说，"他在工作。"

"妈的，他说话跟警察一样。"

"嘿，他是警察，"凯文终于失去耐性。他这一天和兄弟相处太久了："观察力真好，操。"他跳下台阶，顶开荷恩家的人，走到马路尽头离开了。谢伊耸耸肩膀，我没理他，径自去拿那只手提箱。

凯文不见了，我的车完好无缺，等我回到台阶，谢伊也闪了，去他会去的地方。老妈踮脚站在我们家门口朝我挥手，嘴里嘎嘎说了什么，好像很紧急，不过老妈一直是这样。我假装没看到她。

球王站在十六号台阶上，看来和我最爱的看门警察聊得不大有收获，我挟着手提箱大步走到两人之间。"球王，"我朝他背上一拍说，"真高兴见到你。"

"弗朗科！"他像个大男人和我双手交握说，"哇哦、哇哦，好久不见。听说你在我之前就到了，是吗？"

"抱歉，"我说，转头朝警察灿烂一笑，"我只是想看一眼，而且我可能有一点内幕消息。"

“拜托，别卖关子。这种陈年旧案，你要是能指点迷津，我哪怕欠你一份大人情都愿意。”

“正合我意。”我说着将他拉到一旁，避开张嘴偷听的泥浆怪兽。“我或许知道是谁遇害。根据我手边的消息，死者可能是萝西·戴利，家住这里的三号，已经失踪一段时间。”

球王低嘘一声，眉毛一挑说：“漂亮。长相特征呢？”

“十九岁，一米七三，身材婀娜，大约六十三公斤，红色长鬈发，绿色眼眸。我不确定她最后被人看到时的装扮，但很可能穿着牛仔夹克和十四孔牛津皮靴。”萝西几乎都住在那双靴子里了。“这符合你的发现吗？”

球王答得谨慎：“没有不一致的地方。”

“少来了，球王，你才没那么逊。”

球王叹了口气，伸手拢拢头发，将头发拍回原位说：“根据库柏的说法，死者是年轻成年女性，可能在那里待了五年或五十年。在她被送上解剖桌之前，他只能说这么多。鉴证科发现一些不明的破烂物品、一枚牛仔裤钮扣和五六个金属环，可能是靴子的鞋带孔。头发也许是红色，但很难说。”

那一坨不晓得沾满什么的黑色。我说：“可能的死因呢？”

“天知道。库柏那死家伙——你认识他吗？他只要看谁不顺眼，就会给谁难看，偏偏他就是不喜欢我。除了她死了，其他什么都不肯明说，不骗你，福尔摩斯。就我看来，很像有人用砖头重击她头部数次，头骨都开花了——但谁晓得，我只是个警探。库柏还在喃喃自语，说什么死后侵害和受压骨折……”忽然间，球王眼睛不再瞟向马路，紧紧瞪着我说，“你干吗这么感兴趣？该不会是哪个线民为你死在这里吧？”

这么欠揍的人还能活到现在，我实在百思不解。“我的线民没有被人用砖头敲过头，球王，从来没有。每个人都过得幸福美满，长命百岁。”

“哇哦，”球王双手一摊说，“小的该死。既然她不是你的手下，你何必在乎她出了什么事？而且，我不是挑毛病，但你又怎么会刚巧出现在这里？”

我把他该知道的告诉他，反正他也会从别人嘴里听到：年少的爱情、午夜约会、被人抛弃的英雄独自迈向冷酷的世界、聪明的抽丝剥茧。等我说完，球王睁大眼睛，神情敬畏带着一丝同情，我看了就讨厌。

“靠。”他说了一句，其实这个结论下得不错。

“深呼吸，球王，那已经是二十二年前的往事了，爱火早烧完了。我会来这里，只是因为亲爱的老妹在电话里像是犯了心脏病一样，把我整个周末搞砸了而已。”

“不过，兄弟，你还是快了一步。”

“我想哭的时候，一定会找你。”

他耸耸肩：“我只是说说。我不晓得你的办事方法，但我可不喜欢向我老板解释。”

“我老板非常体谅下属。对我好一点，球王，我有圣诞礼物给你。”

我将手提箱和装着菲菲相片的封套交给他——这件事给他办一定比我还快，也比较少阻碍，反正戴利先生似乎不再是头号嫌犯。球王检查提箱和封套，仿佛上头沾了传染病菌似的。“你打算怎么处置这两样东西，”他问，“假如你不介意我问的话？”

“请几位下边的伙伴检查检查，只要研究个大概就好。”

球王眉毛一挑，但没说什么。他翻翻封套，读出上头的标签：麦特·戴利、泰瑞莎·戴利和诺拉·戴利。“你觉得是家人干的？”

我耸耸肩：“近水楼台嘛。调查的好起点。”

球王抬头瞄了一眼。天空黑得像是傍晚一样，几滴大雨点掉下来，仿佛是下定决心真要下了。人群逐渐散去，继续做刚才的事情，只有几名小混混依然徘徊逗留。他说：“我这里还有两三件事要做，接着我想找女孩的家属简单谈谈，然后我们应该去喝几杯，就你和我，如何？聊聊现况。那小子可以留着看住现场，算是磨练，对他有好处。”

他背后的声响变了，在屋子的底层：一道长长的摩擦声，有人嘟囔的声音，靴子踩踏中空的木板的声音。几个模糊的白色身影闪过，带着阴影层层叠叠。光线从地下室窜出，有如炼狱的火光。殡葬人员将猎物抬上来了。

老人猛吸一口气，低声祷告，享受这一刻。殡葬人员低头躲避渐大的雨势，走过我和球王身边，其中一个已经开始抱怨交通。他们离得很近，我只要伸手就能摸到尸袋。袋子摆在担架上看不出形状，薄得像是没装尸体，轻得像是没有东西。

球王看着他们将担架送入厢型车后座。“我去去就回来，”他说，“别跑开。”

我们去了几条街以外的黑鸟酒吧。由于这里较远又都是男人，所以消息还没传来。我第一次喝酒，就是在黑鸟酒吧。那年我十五岁，头一天到工地打工搬砖。对酒保乔伊来说，只要做大人的工作，就可以喝大人的饮料。乔伊离职之后，换了一个戴着同款假发的男人。酒吧里不再烟雾弥漫，却布满发酸的酒臭与体味，浓得化不开，除此之外没什么改变。墙上依然是不知名球队的龟裂黑白相片，吧台后方的镜子还是斑痕点点，假皮坐椅开膛破肚，五六个老家伙占着高脚椅，几个男的穿着工作靴，大多是波兰人，好几个一看就是未成年。

球王还没忙完，于是我让他坐在隐密的角落，自己到吧台去。等我拿酒回来，他已经拿起一支时髦的名牌钢笔，在记事本上奋笔疾书——重案组的家伙显然看不上便宜的毕罗圆珠笔。“所以，”他一手阖上记事本，一手接过酒杯说，“这里就是你的老家，还有谁知道你老家在这？”

我对他咧嘴微笑，笑中参了一点警告。“你一定以为我家在狐岩的别墅区，对吧？”

球王笑了。“那倒没有。你一向表明自己是，呃，小康出身。但你从来不说细节，因此我以为你应该住在高楼大厦，没想到是这么，怎么说呢？多彩多姿的地方。”

“说得好。”

“根据麦特和泰瑞莎的说法，你和萝西私奔之后，就再也没回这里了。”

我耸耸肩说：“一个人能够承受的家乡是有限的。”

球王用啤酒泡沫画出一个漂亮的笑脸。“回家感觉很好，对吧？即使和你想象的不大一样。”

“前提是家乡有好东西，”我说，“但我很怀疑这一点。”

他用痛苦的眼神看我，仿佛我在教堂放了个屁。“我觉得，”他向我解释，“你应该用正面的角度看。”

我瞪着他。

“我是说真的，将事情由负转正。”他说完将啤酒杯垫一翻，表示就像这样。

换作平常，我一定直接告诉他这个建议有多烂，但因为我有求于他，只好压在心里。“教教我吧。”我说。

球王仰头喝酒，摧毁泡沫上的笑脸，朝我摇摇手指。喝完一大口之后，他说：“相由心生，只要你相信事情对你有利，事情就会对你有利，懂吗？”

“不是很懂。”我说。球王只要肾上腺素分泌就会开始说教，就像有人喝了鸡尾酒就会流泪一样。我真希望刚才多点一杯烈酒。

“重点是信念。这个国家能够成功，靠的就是信念。都柏林的房地产真的价值每平方英尺一千英镑？放屁。但房价就是一千英镑，因为大家相信它是。你和我，弗朗科，我们都踩在浪头前端。八十年代的爱尔兰就是一团狗屎，半点希望都没有。但我们相信自己，你和我，所以才有今天的成就。”

我说：“我有今天的成就，是因为我对自己的工作很擅长。老天保佑，希望你也是，兄弟，因为我想破这个案子。”

球王瞪着我，似乎想打架。“操，我对自己的工作在行得很。”他对我说，“他妈的在行到极点。你知道重案组的平均破案率是多少？百分之七十二。你知道我的破案率又是多少？”

他等我摇头。“百分之八十六，小子，八十再加六。今天我来算你好运。”

我点点头，勉强挤出敬佩的微笑，让他赢这一局。“嗯，应该吧。”

“妈的，当然是。”得胜之后，球王靠回长椅，忽然身体一缩，随即狠狠瞪着坏了的坐垫弹簧。

“也许吧，”我举起酒杯对着灯光，眯起眼睛若有所思，一边说，“也许今天对你、对我都是幸运日。”

“怎么说？”球王狐疑地问。他这家伙够了解我，知道不能大意。

我说：“你想想看，你每回遇到一个案子，最想要的是什么？”

“有人俯首认罪，外加目击证人和鉴证迹证。”

“不对不对，你没领会到我的意思，球王，你想偏了，我要你想得普通一点。简单说，身为警探，什么是你最大的资产？全世界你最喜欢什么？”

“愚蠢，让我和蠢蛋相处五分钟——”

“消息，是消息。有用没用，量多量少都好。消息是你的军火，球王，消息是燃料。没有愚蠢，我们还是找得到办法，没有消息，我们哪儿都去不了。”

球王想了一下。“所以呢？”他小心翼翼地问。

我张开双臂，朝他微笑：“看你祈求什么啰，老兄。”

“穿丁字裤的凯莉·米洛？”

“工作上的祈求。所有你想要的消息，你自己挖不到的消息，这里不会有任何人告诉你，但都好好收藏在你最喜欢的老到观察家的脑袋里。这个观察家就是我。”

球王说：“拜托你帮帮忙，用我听得懂的话讲，弗朗科。说清楚一点，你要什么？”

我摇头说：“重点不是我。这是个双赢的局面，既然想把案子转成正面，最好的办法就是一起来。”

“你想办这个案子？”

“别管我想干什么，只管什么对你我都好，对案子就更不用说了。我们都想找出答案，对吧？这不就是最重要的吗？”

球王假装考虑片刻，接着遗憾地缓缓摇头：“不行，老兄，抱歉。”

是谁说不行的？我露出挑衅的微笑说：“你在担心吗？你依然是承办警探，球王，破案了也是记你的功。我们卧底组不搞破案率那一套。”

“唔，算你运气好，”球王答得平心静气，没有上钩。这些年下来，他比较懂得收敛了。“你知道我很乐意找你搭档，弗朗科，但我老板不会同意。”

重案组老大其实是我的头号粉丝，但我想球王不晓得。我眉毛一挑，做出兴味盎然的表情：“你们的老板这么不信任你们？竟然不让你们自己挑人？”

“除非我有理由。给我明确一点的消息，让我说服他，弗朗科。告诉我一点传说中的重要线索。萝西·戴利有跟谁树敌吗？”

我不能挑明了说我知道不少消息，这点我们两个都清楚。“就我所知，没有。所以我才一直没想到她可能死了。”

他一脸不可置信：“什么？她是白痴吗？”

我用快活的语气回答，让他去猜我是不是开玩笑：“她比你聪明多了。”

“很无趣？”

“完全不会。”

“丑八怪？”

“这一带最美的，你以为我对女人是什么品位？”

“那我敢向你保证，她一定有敌人。无趣或长得丑或许有办法不惹人怨，但要是一个女孩有脑袋、有长相又有个性，迟早会惹人不爽，”他抓着酒杯，用好奇的眼神看着我说，“天真浪漫不是你的调调，弗朗科。你一定非常迷恋她，对吧？”

危险。“初恋嘛，”我耸耸肩说，“很久以前了。的确，我可能美化了她，但她真的是个好女孩。我不晓得谁曾经和她相处不好。”

“没有怀恨在心的前男友？没有和谁大吵过？”

“我和萝西交往了好多年，球王，从我们十六岁开始。我想她在我之前交过两三个男朋友吧，但都是小孩子把戏：在戏院玩牵手、课桌上写对方的名字、三周后因为交往太累而分手。”

“有名字吗？”

他已经掏出亮闪闪的警探钢笔，看来有些可怜的混球得等不速之客上门了。“马丁·荷恩，从前绰号‘多动儿’，但现在这样喊他可能不会有人应。他家住七号，十五岁那年曾经短暂地自称萝西的男朋友。在这之前是一个叫科姆的小鬼，原本是我们同学，后来举家搬到乡下。再来是八岁左右，她受不了激将法，就亲了住在史密斯路的那个赖利·史威尼一下。我很怀疑他们三个是不是还记得她。”

“没有女孩嫉妒她？”

“嫉妒什么？萝西不是蛇蝎美人，从不挑逗其他女孩的男伴。我或许长得不赖，但没有人知道我和萝西交往，就算知道，我也不认为会有女孩为了不让萝西触碰我的性感身体而对付她。”

球王嗤之以鼻。“这一点我倒是同意。不过，弗朗科，请你帮帮忙，你刚才告诉我的这些事情，哪一样我不能从附近的多嘴老太婆身上问出来？要我说服上级让你加入，得有更明确的事证。给我两三个可能的犯罪动机，或是死者不可告人的秘密，还有——啊，对了，”他手指一弹，指着我说，“不如说说你们预定碰面的那一晚，给点目击线索，我们再看能怎么办。”

换句话说就是，小子，你十五日晚上人在哪里。我不晓得球王是不是真的以为我笨得听不出他话语中的暗示。

“有道理，”我说，“一九八五年十二月十五日到十六日，也就是星期日到星期一之间，深夜大约十一点四十分，我离开忠诚之地八号的我家，走到马路尽头。我和萝西约好十二点左右碰面，不过得看家人几点就寝，以及什么时候有机会离家不被发现而定。我一直在那里待到清晨五、六点之间，我不太肯定具体是几点。其中我只离开过一次，刚过两点之后，大约五分钟。我到十六号去看是不是我搞错了碰面地点，看萝西是不是在那里等我。”

“有什么理由让你觉得她可能改在十六号和你碰面？”球王边问边用他自己发明的速写记号作笔记。

“在决定约在路口之前我们讨论过。这里的人常在十六号碰面，尤其是小孩。不管是喝酒、抽烟或接吻，还是任何家长不准你做或你年纪不到还不能做的事情，十六号都是唯一的选择。”

球王点点头。“所以你才会去那里找萝西。你经过哪些房间？”

“我看了一楼所有房间。我不想惊动外人，所以没有喊她。一楼没有人在，我没看到手提箱，也没看见或听见不寻常的动静。于是我走到二楼，在右手边第一个房间发现萝西·戴利署名的字条。从内容看，她决定独自前往英格兰。我将字条留在原处。”

“我看过那张字条，没有注明写给谁，你怎么会认为是写给你的？”

想到他垂涎欲滴读完字条，小心放进证物袋里，就让我想揍他，更别说他竟然明示萝西可能反悔了，更让我火冒三丈。我很好奇戴利夫妇到底跟他说了我什么。“当时这么推断感觉很合理，”我说，“预定和她碰面的人是我，假如她留下字条，就应该是给我的。”

“她没有泄漏任何征兆，让你感觉她犹豫了？”

“完全没有，”我露出灿烂的微笑，对他说，“即使现在也不晓得，不是吗，球王？”

“也许吧，”球王说。他在记事本上草草写了几句，眯眼细看。“你没到地下室吗？”

“没有，谁都不会去。那里很暗，而且摇摇欲坠，又潮湿又有老鼠，臭得跟地狱一样，我们一向敬而远之。我没有理由认为萝西会在那里。”

球王拿笔敲牙，低头审视笔记。我灌了三分之一杯啤酒，心里匆匆思考着当时的情景：我在楼上怅然若失，萝西会不会就在地下室，离我只有数尺之遥。

“所以，”球王说，“尽管你认为萝西的字条是分手信，你还是回到路口继续等她，为什么？”

他问得轻松平淡，我却逮到他目光凌厉一闪。这贱坯可是乐在其中。“谁都期望春天常在，”我耸耸肩说，“况且女人总是善变，我想我得给她时间让她再回心转意。”

球王大男人似的轻哼一声：“女人嘛，是吧？所以你又给了她三四个小时，之后便远走高飞了。你去了哪里？”

我按照事情先后，告诉他空屋、恶臭摇滚乐手和慷慨妹妹的事，不过没提名字，免得他去骚扰人家。球王边听边记，听完问我：“你为什么不干脆回家？”

“冲动，还有自尊。我本来就想搬出去，不管萝西如何，我都不会动摇。英格兰对我一个人来说没什么意思，但夹着尾巴回家也好不到哪儿去。既然我已经准备好离家的一切，那就继续往前。”

“嗯，”球王说，“让我们回到那六小时——这确实是爱情没错，尤其在十二月——就是你在路口等待的六小时。你记得有人经过或谁进出某一栋房子之类的吗？”

我说：“有一两件事。子夜左右，精确时间我不晓得，我听见窸窣声，以为是情侣在附近办事。但事后回想起来，声音有两种可能：做爱或挣扎。之后，大约一点十五分到三十分之间，有人走过门牌号码偶数那一排房子的后院。事隔多年，我不晓得这些线索对你有多大帮助，不过请尽量用。”

“有线索就是好线索，”球王抄抄写写，不予点评，“这点你应该知道。所有的人声动静就这些？在这样的小区？一整个晚上？少来了，这里又不是高级住宅区。”

他开始惹毛我了，但我想生气只会正中他的下怀，因此故意放松肩膀，慢慢喝酒：“那天是周日晚上，我到路口的时候，所有人几乎都睡了，该关的也都关了，否则我一定会更晚出门。忠诚之地没有半点动静。有人还醒着，也有人说话，但没人走在马路上，也没人出门或回家。我听见有人绕过街角朝新街走，还有两三回声音特别近，害我躲到灯光之外，免得被人发现，但我没遇到认识的人。”

球王把玩钢笔，若有所思望着表面的光泽晃动。“所以你没被人发现，”他重复道，“没有人知道你们在一起，你要说的是这个意思？”

“没错。”

“你们搞得这么神秘兮兮，有什么特别的理由吗？”

“萝西的父亲不喜欢我。他头一回发现我们约会，气得七窍生烟，所以我们之后才会转为地下。要是我们告诉他，说我想带他的宝贝女儿到伦敦，肯定会掀起大战。就我当时的想法，请求原谅应该比请求允许来得容易。”

“有些事情永远不会改变，”球王有点恨恨地说，“他为什么不喜欢你？”

“因为他没品位，”我咧嘴笑说，“有谁不会爱上我这张脸？”

他没有笑。“说正经的。”

“这你得问他才行，他可没和我分享他是怎么想的。”

“我会问他。还有谁知道你们两人的计划？”

“我没跟任何人说，就我所知，萝西也没有。”曼蒂是我的。球王可以自己去问她，能问出什么算他运气，我一定会等着看好戏。

球王不疾不徐啜饮啤酒，浏览刚才的笔记，看完喀哒一声套上梦幻名笔说：“好了，目前差不多就这样。”

“看你老板有什么想法，”我说。他才不会去找老板，但我要是太快缩手，他可能会怀疑我是不是另有计划。“刚才那些线索或许能打动他，让他觉得联手办案不错。”

球王和我四目交会，有那么一秒忘了眨眼。他这会儿心里肯定在想我一听说手提箱出现便领悟到的事：头号嫌犯就是人在现场，有动机也有机会，但没有不在场证明的家伙。默默等待萝西·戴利，但很可能被她当晚甩掉的家伙。向警察说他对天发誓，萝西整夜没有现身的家伙。

我和球王都不打算先提这一点。“我会尽力，”他说着将记事本塞进西装口袋，没有看我，“谢了，弗朗科，之后我可能还需要找你和我重看一遍。”

“没问题，”我说，“你知道上哪儿找我。”

他一口气将剩下的啤酒喝完：“记得我刚才说的，正面思考，转个角度看。”

“球王，”我说，“你同事刚才挖出来的那一坨东西是我女朋友。我以为她已经飘洋过海，过着幸福快乐的生活。要是我很难看出光明面，还请你多多包涵。”

球王叹息一声。“好吧，”他说，“有道理，你想听听我的猜测吗？”

“乐意之至。”

“你在工作方面名声很好，弗朗科，非常好，除了一个小地方。道上传闻，你这个人很独特，喜欢——怎么说呢——喜欢照自己的意思改变游戏规则。手提箱就是最好的例子。老板喜欢合群的人远胜于独行侠，除非你是梅尔·吉布森[1]。调查这样的案子，要是处理得当，哪怕承受巨大的压力，只要你能证明自己可以为了团队坐冷板凳，你的评价就会大大提升。想远一点。

① 梅尔·吉布森，澳大利亚著名导演、演员。曾执导并主演《勇敢的心》。——编者注

你听懂我在说什么吗？”

我给他一个特大号的微笑，免得忍不住揍他。“你叽里呱啦讲了这么一堆陈腔烂调，得给我一点时间消化。”

他盯着我，发现读不出我的思绪，便耸耸肩膀说：“随便，只是建议。”他起身拉直西装翻领。“我会和你保持联系。”语气暗藏一丝丝警告，接着便拿起他过度招摇的公文包，大步走出酒吧。

我不打算马上离开，因为我周末不用上班。头一个理由是球王。之后两三天，他和他的重案组同事会像发狂的罗素犬，在忠诚之地跑进跑出，闯进居民的隐私天地东闻西嗅，到处刺探。我必须让这里的人搞清楚，我和他们完全无关。

另一个理由还是球王，只是角度不同。我感觉他似乎有一点太过担心，放他自由二十四小时可能让他就此脱离我的掌握。遇到年少认识的人，我们总看到当年的他，而不是现在的模样。在球王眼中，我依然是那个冲动小子，做起事来永远十万火急。他自己这些年学会了控制自我，却没想到我也可能学会了有耐心。同样是追捕猎物，假如你喜欢像气喘吁吁的狗儿一样，松开链条就全速冲刺，那就进重案组，但假如你和我一样想干卧底，就得和狮子学习：策划突袭、贴近地面、匍匐靠近，无论需要多久。

第三个理由在戴齐，她应该正在发火，对我摩拳擦掌。我很快就得面对她，还有（老天保佑）奥莉薇亚，但男人是有极限的。我没有喝醉，不过一天折腾下来，我觉得自己有权消磨一晚，在倒地前测试自己能麻痹到什么程度。我和酒保对看一眼，对他说：“再来一杯。”

酒吧几乎空了，可能是球王害的。酒保在柜台后方擦拭酒杯，一边不疾不徐打量我。过了一会儿，他用头比了比门口说：“你朋友？”

我说：“我不会用这个词。”

“之前没见过你。”

“应该没有。”

“你和忠诚之地的麦奇家有什么关系?

我的眼睛。“说来话长。”我说。

“哈，”酒保说了一句，仿佛已经摸透我的底细。“谁不是这样？”说完将酒杯利落一甩，放到水龙头底下。

我和萝西·戴利最后一次约会是星期五，“启程时刻”前九天。那天傍晚，镇上寒风刺骨，人潮汹涌，圣诞灯火全都点燃，购物民众匆匆忙忙，路旁小贩兜售着五张一镑的包装纸。我对圣诞节没什么好感——老妈的疯狂每年都在圣诞晚餐达到最高潮，老爸的酒瘾也是，最后总有东西砸碎，总有不止一个人落泪。

但那一年，一切感觉沉闷又不真实，在迷人与不祥的边缘摆荡。头发闪亮的私立学校女学生慈善演唱《普世欢腾》，感觉太过沉静，表情太过茫然；小孩鼻子贴着史威兹糖果店的橱窗，注视橱窗里的童话场景，感觉太沉迷于缤纷的颜色与旋律。我一手插在德国军大衣口袋穿越人群。那一天，是我最不希望被抢劫的一天。

我和萝西总是约在皮尔斯街的欧尼尔酒吧。它是三一学院的学生酒吧，这意味着混蛋密度偏高，但我们很低调，也不可能遇到熟人。戴利夫妇以为萝西和她朋友出门了，我家人也根本不管我的死活。欧尼尔很大，但那天很快便被人挤满了，漫布着热气、香烟与笑声。不过，凭着那一头奔放的红发，我一眼就找到了萝西。她正靠着吧台和酒保说话，逗得他咧嘴直笑。等她付钱买好啤酒，我已经在隐密的角落找到一张空桌。

“色坯，”她将两杯酒放在桌上，脑袋朝后比了比聚在吧台窃笑的一群学生。“趁我弯腰时偷看我的胸部。”

“是哪一个？”

我已经起身，但萝西瞪我一眼，将酒杯推到我面前。“给我坐好，喝你的酒。我自己会解决他，”她说，随即绕过来坐在我身边，和我大腿贴着大腿，“那边那个家伙，你看。”

那小子穿着橄榄球衣，看不到脖子，两手摇摇晃晃抓满酒杯离开吧台。萝西挥手招回他的注意，接着倾身向前，将舌尖卷成小圈凑到酒杯边。橄榄球小子看得瞠目结舌，双脚一不留神绊到高脚凳，手里一半的酒杯砸到某人背上。萝西朝他一比中指，之后便将他抛在脑后，对我说：“搞定。你买到了吗？”

我伸手到椅背上的外套里捞出信封（挂在那儿我才能时刻盯着），抽出两张票放在破破烂烂的木桌上说：“喏，在这里。”邓莱里往霍利黑德，出发时间早上六点三十分，十二月十六日星期日。请于出发前三十分钟上船。

看到船票，我的肾上腺素又开始急遽分泌。萝西轻笑一声，有点喘不过气。

我说：“我觉得搭早班船比较好。我们可以坐夜船，但晚上比较难打包行李，也比较难走人。搭早班船的话，只要有机会，我们周日晚上就能先到码头，在那里等船来，对吧？”

“天哪，”萝西过了半晌才说，仍然呼吸困难。“老天，我觉得我们应该——”她用手臂遮住船票，不让隔壁桌的人看见。“你知道吗？”

我和她十指交缠。“我们在这里不用怕，从来没见到认识的人，不是吗？”

“这里还是都柏林，除非离开邓莱里，否则我不会放心的。把票收起来，好吗？”

我做了个鬼脸。“可以给你保管吗？我老妈会搜我们的东西。”

萝西咧嘴微笑。“我想也是。要是我爸搜我东西，我也一点不意外。不过，他不会碰内衣抽屉。把票给我。”她小心翼翼拿起船票，仿佛那是蕾丝做的，然后收进信封，塞到牛仔外套口袋里。她手指停在胸前片刻。“哇，再过九天就……”

“再过九天，”我举起酒杯说，“敬你和我和我们的新生活。”

我们碰杯，各自喝了一口啤酒，我吻她。酒很棒，酒吧里的温暖让我走过镇上的双脚不再冰冷，墙上裱框相片挂着亮片，邻桌一票学生曝出微醺的哄笑。我应该是酒吧里最幸福的人，但我依然感觉那个夜晚夹带着一丝不祥，有如转眼就会化成灾厄的闪亮美梦。我放开萝西，生怕自己太过用力，反而伤了她。

“我们必须得很晚才能碰面，”萝西又喝了一口啤酒，膝盖搭上我的膝盖说，“半夜，甚至更晚。我老爸十一点才会上床，我必须再待一会儿，等他睡着。”

“星期天的话，我家十点半就躺平了。谢伊偶尔会晚归，不过只要别碰巧撞上他进门就好，没问题的。就算撞上了，他也不会拦我，反而更乐。”萝西眉毛一挑，又喝了一口啤酒。我说：“我半夜左右出门，你可以晚一点再出来，没关系。”

萝西点点头说：“不会太晚，但到时就没末班公交车了，你打算走到邓莱里？”

“扛着行李不可能。就算真的走到，双脚也都废了。我们得搭出租车。”

萝西露出“了不起”的眼神，但只有一半是装出来的。“哦啦啦！”

我咧嘴微笑，手指勾着她一绺鬈发。“我这星期还有两三份工可打，钱不是问题。我的女人一定要享受最好的。我很想租豪华礼车，不过还得等一等。或许挑你生日，如何？”

她对我微笑，但笑得漫不经心。她没心情胡闹。“约在十六号？”

我摇摇头。“莎娜西兄弟最近常去那里闲晃，我可不想撞上他们，”莎娜西兄弟没有威胁性，但又蠢又闹，几乎整天烂醉如泥。我得费上好一番唇舌才能说服他们闭嘴，假装没看见我们。“约在路口如何？”

“路口会被人看到。”

“星期日半夜之后不会。那种时间除了我们和莎娜西家的蠢蛋，还有谁会出来？”

“但我们只要被一个人看到就完了，而且要是下雨怎么办？”

这不像萝西，太紧张了。她这个人平常连神经在哪里都搞不清楚。我说：“我们不用现在决定，可以先看下周天气如何，之后再做打算。”

萝西摇头说：“我们不应该再见面了，在离开之前。我不想让老爸起疑。”

“要是他到现在都还……”

“我知道，我知道，我只是——老天，弗朗科，那两张票……”她将手伸回口袋。“眼看就要实现了，我不希望我们松懈下来，一秒钟也不行，免得出差错。”

“什么差错？”

“我不晓得，某人半路阻止我们。”

“不会有人阻止我们。”

“是啊，”萝西咬着指甲回答，目光从我身上移开半秒，“我知道，不会有事的。”

我说：“怎么了？”

“没事。就照你说的，我们在路口碰面，万一下大雨就改到十六号。天气太差，那些家伙不会出来，对吧？”

“对，”我说，“萝西，看着我，你是不是觉得这么做有罪恶感？”

她嘴角不悦地一撇。“有个屁。我们又不是为了好玩。要不是我老爸搞不懂状况又爱管闲事，反对我们交往，我们根本不用这么干。干吗？你有罪恶感？”

“怎么可能？家里只有凯文和洁琪会想念我。等我拿到第一份薪水，一定要寄好东西给他们，让他们开心。你会想念家人是吗？还是姐妹淘？”

萝西沉思片刻。“姐妹淘嘛，是会想念，还有我家人，一点点。可是，嗯……我早就知道自己想赶紧搬出去。我和伊美达还没毕业就讨论过溜到伦敦，直到……”她转头朝我匆匆一笑说，“直到你和我想出更棒的计划。无论如何，我迟早都会离开，你不也是吗？”

她知道问这个比问我是否会想念家人要好些。

“是啊，”我说。我不晓得是对是错，但这个回答是我们都想听到的。“不管怎么样，我都会离开，不过我更喜欢咱们现在这样的离开方式。”

她又嫣然一笑，却依然有点保留。“我也是。”

我问：“那么到底是什么？你从刚才坐下来就一直如坐针毡。”

这下让萝西紧张起来了。她说：“你还好意思说我？你自己今天晚上才可笑呢，你就是。我感觉自己好像跟《芝麻街》的奥斯卡出去……”

“我会这样是因为你这样，我还以为你拿到船票会飞上天，结果——”

“少来，你进酒吧就这样了。你只是想找机会捶掉那个变态的头——”

“你还不是一样？你反悔了吗？到底是怎么回事？”

“弗朗科·麦奇，想和我分手的话，就像个男人自己开口，不要让我代替你做这种下流事。”

我们互瞪对方，只要一个不小心就会大吵一架。但萝西忽然长吁一口气，靠回坐垫，双手梳拢头发说：“我就告诉你，弗朗科。我们很紧张，因为我们太自大了。”

我说：“别扯到我。”

“我没有。我们两个想去伦敦搞音乐，工厂不必了，谢谢，不是我们的菜，我们打算为摇滚乐团工作。要是你老妈知道了，她会怎么说？”

“她会说天杀的，我以为自己是谁，接着赏我一个耳光，骂我是没脑袋的蠢蛋，要我安分一点。绝对热闹滚滚。”

“这个，”萝西举起酒杯，对我说，“这就是我们紧张的原因，弗朗科。我们从小认识的每个人都会这么说，说我们太自以为是，假如我们相信这一套，最后只会伤害彼此，让对方过着悲惨的日子，所以我们最好乖乖认命。对吧？”

在我心底，我和萝西当年相爱的方式依然让我自豪。我们没有榜样，双方父母都不是美好伴侣的典范，因此我们只能从对方身上学习。只要是你爱的人开口，你就能控制自己的火爆脾气，压抑让你怕得不知所措的无名恐惧，表现得像个大人，而不是原始人一样的青少年。你可以做到一百万件意想不到的事情。

我说："过来。"我双手滑上她的手臂，捧着她的双颊，她倾身向前，和我额头相贴，让全世界消失在那一团纠结闪亮的浓浓秀发之外。"你说得对极了。抱歉，我刚才很混蛋。"

"我们也许会一败涂地，但没有理由不尽力尝试。"

我说："你很聪明，你知道吗？"

萝西看着我，近得我能看见她绿色眼眸中的金黄、她微笑前眼角浮现的细纹。"我的男人应该得到最好的。"她说。

这一回，我好好吻了她。我感觉船票夹在我和她狂乱的心跳之间嘶嘶作响，仿佛随时就要爆炸，射出满天的金黄火花。就在那一刻，夜晚不再模糊，也不再危险。我体内泛起一阵晕眩，骨头深处微微颤抖。从那一刻起，我只能让这股力量拖着，相信它会带领我们走上正确的方向，双脚穿越诡谲暗流与险恶斜坡，踩到安全的踏脚石。

半晌，我们松开彼此，萝西说："忙的人不止你一个，我到伊森书店看了英国报纸的所有求职广告。"

"有看到什么工作吗？"

"只有几个，大部分我们都不能做，像是堆高机驾驶或代课老师，不过也有几个地方在征侍者和酒保。我们可以谎报经验，反正他们从来不查。没有人想找灯光师或乐团经理人，但这一点咱们早就知道了。我们一到就可以找工作，而且那里一大堆房子，弗朗科，几百间。"

"我们付得起吗？"

"嗯，可以。就算没有马上找到工作也无所谓，我们存的钱够付订金，而且可以先靠救济金租一个烂地方。很烂的那种，必须和别人共享卫生间，但起码不必多浪费钱在青年旅馆。”

我说：“我可以和别人共享厕所和厨房之类的地方，没问题。我只是想尽快搬离青年旅馆，但我们没必要分住两个寝室，因为明明可以——”

萝西对我微笑，眼神里的光彩几乎让我心跳暂停。她说：“明明可以有自己的窝。”

“没错，”我说，“自己的窝。”

我只要一张床，让我和萝西整夜依偎对方臂弯，早晨在彼此怀中醒来。为此，我愿意付出一切，一切，其他都不算什么。现代人谈起爱情，总让我目瞪口呆。

我和组里的小伙子到酒吧，常听他们巨细靡遗描述女人要有什么身材、哪里的毛该刮、怎么刮、什么日子该做什么，一定得说什么、要什么，还有一定不能说什么、要什么。我也听女人在咖啡馆闲聊，列出男人应该做的工作、该有的车款和服装品牌，还有哪种花、哪家餐厅和哪种宝石符合标准。

我只想大叫：你们这些人疯了吗？我从来没有买花给萝西（她回家之后会很难解释），也没想过她脚踝长得好不好。我要她，要她只属于我，而我相信她也要我，就这么简单。直到荷莉出生前，我的生活里再也没什么比这一点更简单。

萝西说：“有些房子不租给爱尔兰人。”

我说：“他们真该死。”潮水不停上涨，越来越汹涌。我知道我们走进的第一间房子一定会很完美，这股吸力会将我们直直带向我们的家。“我们就跟他们说我们是蒙古来的，你的蒙古口音怎么样？”

萝西咧嘴微笑：“谁需要口音？我们只要说爱尔兰文，跟他们说是蒙古话就好。你想他们分得出来吗？”

我对她夸张地鞠了一躬，说：“‘Pógmo thóin’意思是‘去你的’”，还带着百分之九十的爱尔兰口音。“古蒙古的问候语。”

萝西说：“不过说真的，我会这么说，是因为我很清楚你这人有几分耐性。就算我们第一天没找到房子，那也没什么大不了，不是吗？我们多得是时间。”

“我知道。有些房东不租给我们，因为他们觉得我们是醉鬼或恐怖分子。至于其他……”我抓起她握着酒杯的双手，拇指抚摩她的手指。结实的手指，因为缝纫而结了茧，还戴着路边地摊买的廉价银戒指，有的像居尔特图腾，有的像猫头。“其他的房东不要我们，因为我们要活在罪恶里。”

萝西耸耸肩说：“这些人也去死。”

“你想的话，”我说，“我们可以假装。去买镀金戒指，彼此称呼先生和太太，直到——”

她马上用力摇头：“不要，才不要。”

“只要一下下，等我们有钱买真的金戒指。这么做会让我们日子好过许多。”

“无所谓，我不想假装。结婚了就结婚了，没结就没结，跟别人怎么想无关。”

“萝西，”我握紧她的手说，“你知道我们会结婚，对吧？你知道我要娶你，这是我最想、最想做的事情。”

微笑又浮现了。“最好是。我们刚开始约会的时候，我还是好女孩，完全听从修女的教诲，现在却准备做你的情妇——”

“我是认真的。看着我，很多人听到这件事会说你疯了，他们会说麦奇家都是人渣，我会对你予取予求，之后一走了之，留下孩子，让你的人生冲进马桶。”

“不可能，我们在英国，那里有安全套。”

我说：“我只是想跟你说，你不会后悔的，我绝不会让这种事发生，我对天发誓。”

萝西柔声说：“我知道，弗朗科。”

“我不是我老爸。”

“我要是认为你是，现在就不会在这儿了。好了，起来去帮我买一包薯片，我快饿死了。”

那天，我们在欧尼尔酒吧待到学生走光，酒保用吸尘器吸我们的脚才离开。我们慢慢喝酒，聊些无关痛痒的事，逗彼此开心。回家前（我们分开走，免得被看见，我跟在萝西后面盯着她，以策安全），我们靠着三一学院的后墙亲吻告别，吻了很久，接着静静拥着彼此，从脸颊到脚趾贴在一起。

寒风刺骨，在几公里的上空发出清脆如铃的声响，有如破碎的水晶。她粗嘎的呼息暖暖拂过我的喉咙，头发飘着有如柠檬眼泪的香气，我感觉她心跳匆匆拍打我的肋骨。之后我放开她，看她离开，最后一次目送她离开我身旁。

我当然找过她。我头一回单独使用警用电脑，就输入她的名字和出生日期查过：她在爱尔兰共和国没有任何被捕纪录。这很正常，我不认为她会变成黑帮女老大。但我非常亢奋查了一天，从她和我道别之后踏出的第一步开始。随着我的人脉越来越广，搜查范围也越来越大：她没有在北爱尔兰被捕，也没有在英格兰、苏格兰、韦尔斯和美国被捕。她没有在任何地方申请救济金，没有申请护照，也没有死亡或结婚。我每两年就从头搜查一次，找欠我人情的人脉帮忙，他们从来不问原因。

不过，这些年（荷莉出生让我沉稳许多）我只希望萝西自己出现在侦测范围里，过着简单满足的生活，没有和警方扯上关系，偶尔想起我曾是她的真爱，心头微微一痛。有时我会想象她找到我：半夜电话响起或敲我办公室的门。我想象两人在绿草如茵的公园里，并肩坐着长椅，带着五味杂陈的心情默默看荷莉和两个红发小男孩在攀缘架爬上爬下。或者在幽暗的酒吧消磨漫漫长夜，两人说说笑笑，脸庞越来越近，手指沿着老旧桌面滑向对方。

我巨细靡遗想象她现在的模样：过去没有的鱼尾纹、生过不是我的小孩的松弛腹部，所有我错过的岁月在她身上留下的印记，都如盲人点字等待我去阅读。我想象她给我出乎意料的答案，解开了所有谜团，让全部断片轻轻归位。我甚至想象我们重新开始。

至于其他时候，即使事隔多年，我依然抱着二十岁那年的怨恨，希望见到萝西出现在家暴组的记录或艾滋病妓女档案，不然就是伦敦治安败坏区的停尸间，因为吸毒过量而死。这些年来，我读了几百个这样的案例。

但现在，我为萝西设置的路标全都轰然一声，湮灭在刺眼晕眩的爆炸之中：我的重新开始、我的复仇，还有和家人势不两立的马其顿防线。萝西·戴利甩了我是我这辈子的分水岭，多年来岿然不动，如今却像幻影瞬间消失，让我天动地摇，上下颠倒，眼前一切竟是如此陌生。

我又点了一杯啤酒，外加一杯双份威士忌。我想，只有这样才能让我撑到早上。除此之外，我找不出任何办法抹去我刚才见到的景象，一场由尸骨谱成的梦魇。棕色细长的骨骸蜷曲在凹洞里，沙土轻轻滑落，窸窣有如疾走的步伐。

Chapter 7　你愿意为何而死

他们等了两小时才出来找人，我没想到他们这么细心。凯文先到，像玩捉迷藏的孩子探头进来，趁酒保倒酒时急忙发条短信，接着开始在我桌旁打转，到我决定救他一命，示意要他坐下为止。我们没有交谈。两个姑娘捱了三分钟才出现，甩掉外套的雨水，一边咯咯低笑，一边斜眼打量酒吧。

“老天，”洁琪拿下围巾，用自以为已经压低的音量说道，“我还记得以前好想来这里，因为那时女生不准进来。时代真是变了。”

卡梅尔疑心地瞄了坐椅一眼，用面纸匆匆擦拭之后才坐下来。“谢天谢地，妈没有来，否则一定心脏病发。”

“不会吧？”凯文猛然抬头，说，“老妈要来？”

“她很担心弗朗科。”

“想挖消息吧，我猜。她该不会决定跟踪你吧？”

“你躲不过她的，”洁琪说，“老妈情报员。”

“她不会来，我跟她说你回家了，”卡梅尔说完用指尖按着嘴巴，露出自责又淘气的神情。“罪过罪过。”

“你真是太聪明了。”凯文说得真心诚意，松了口气靠回座椅。

“他说得对，老妈只会把咱们的脑袋弄得爆炸，”洁琪转头试着引起酒保注意，“有人会来招呼我吧？”

“我去，”凯文说，“你们想喝什么？”

“帮我们点杯高杯鸡尾酒。”

卡梅尔将椅子拉近桌边说：“你觉得他们有没有小鹿斑比卖？”

“哦，卡梅尔，拜托。”

“我没办法喝太烈的饮料，你应该知道。”

“不用怕，”我说，“这里还是一九八〇年，吧台后面可能有一整箱小鹿斑比。”

“还有棒球棒等着伺候讨打的人。”

“我去点酒。”

“谢伊来了，”洁琪略微起身，让他注意到我们，“他去就好，他已经在那里了。”

凯文说：“谁找他来的？”

“是我，”卡梅尔对他说，“你们两个最好成熟一点，像个文明人，今晚是为了弗朗科，不是你们两个。”

“干杯。”我说。我很气，但气得很乐，因为我已经喝到世界一片祥和，多彩多姿，什么都无所谓了，就算见到谢伊也不会令我心烦。通常亲情温暖只会让我立刻改喝咖啡，但那天晚上我打算好好享受，一秒都不放过。

谢伊悠哉晃到我们桌前，一手拂去头发上的雨水。“没想到你的品位竟然这么低，”他说，“你刚才带你警察朋友来过？”

“场面很感人的，大家对他就像兄弟一样。”

“真想看，要我付钱都可以。你们喝什么？”

“你要请客吗？”

“请就请。”

“太好了，”我说，“我和凯文要健力士，洁琪要高杯鸡尾酒，卡梅尔想喝小鹿斑比。”

洁琪说：“我们刚才正想请你过去点。”

“没问题。看好了，学着点。”谢伊走到吧台，轻轻松松引来酒保招呼，显示这里是他的地盘，随即胜利地朝我挥动一瓶小鹿斑比。洁琪说：“真爱现。”

谢伊稳稳拿着所有杯子回来，那副身手肯定身经百战。“那么，”他将酒杯放在桌上对我说，“老实讲，弗朗科，是你马子吗？搞得这么大阵仗。”他发现所有人僵住不动，就说，“少来了，你们明明想问又不敢问。到底是不是，弗朗科？”

卡梅尔挤出最像老妈的语气说：“别烦弗朗科，我刚才跟凯文说过了，现在再对你说一次，你们两个今晚安分一点。”

谢伊笑了，伸手拉过一张椅子。过去两小时，虽然我脑袋依旧迟钝，但还是有充裕的空档思考到底要让忠诚之地知道多少，或让家人知道多少其实两个是同一件事。“没关系，梅儿，”我说，“目前什么都不确定，但看起来的确像萝西。”

洁琪倒抽一口气，所有人沉默不语，谢伊低低长吁一声。

“愿她安息。”卡梅尔柔声说道，和洁琪一起在胸前画了十字。

“你同伴是这么对戴利家说的，”洁琪说，“就是和你讲话的那个家伙。但不用说，没有人知道他的话能不能信……警察嘛，你也知道。他们什么话——不是你，是其他警察。他或许只是想让我们以为是她。”

“他们怎么知道？”凯文问。他看起来有点不舒服。

我说：“他们不知道，还不知道。他们会做鉴证。”

“像是DNA？”

“我不晓得，小凯，这不是我的专长。”

“你的专长，”谢伊手指夹着酒杯旋转说，“我一直很好奇，你到底有什么专长？”

我说：“就是这啊那的呗。”不用说，卧底面对民众，通常会说自己在做智慧财产权或随便什么工作，只要能让话题到此为止就好。比如洁琪，她就认为我负责执行策略人力运用方案。

凯文问：“他们能不能判断……她出了什么事？”

我张开嘴巴，然后闭上，耸耸肩膀，喝了一大口啤酒。“肯耐迪没跟戴利夫妇说？”

卡梅尔抿起嘴巴说：“一个字也没提。他们求他，求他说她到底出了什么事，真的，但他一个字都不肯说，直接走人，让他们自己去想。”

洁琪气得身体挺直，连头发似乎都竖了起来。“这是他们的亲生女儿，他却说她是否遭人谋杀不关他们的事。我不管他是不是你的同伴，弗朗科，这么做简直下流，我是说真的。”

球王留下的第一印象竟然这么好，真是令人意外。我说：“肯耐迪不是我同伴，那个家伙我偶尔才会遇到。”

谢伊说：“我敢打赌你们交情一定不错，他肯定跟你说了萝西出了什么事。”

我环顾酒吧一眼。交谈声变多了，音量没有提高，但更快，也更专注：消息终于传到这里来了。没有人看我们，一方面因为谢伊，一方面是会来这种酒吧的人，通常都有自己的麻烦，因此懂得尊重别人的隐私。我身体往前，手肘撑着桌子压低声音回答：“好吧，我说出来可能会被开除，但戴利夫妇有权知道警方知道的。我要你们保证，我讲的话绝对不会传回肯耐迪耳中。”

谢伊露出一千瓦的怀疑目光，但其他三人立刻点头附和，像布偶庞奇一样骄傲：经过这么多年，咱们家的弗朗科始终是那个社区男孩，而其次才是警察，大伙儿都是一家人，这种场面多么好。这就是左邻右舍会从两姐妹嘴里听到的，加上我个人附送的一点小讯息：弗朗科是站在我们这边的。

我说：“看起来她被谋杀的可能性很大。”

卡梅尔倒抽一口气，又在胸前画了个十字。洁琪说：“愿神保佑与救赎。”

凯文依然一脸苍白，问：“怎么杀的？”

“这目前还不知道。”

“但他们会查出来的，对吧？”

“也许。经过这么多年，可能很难，但鉴证科很有本事。”

“就像《CSI犯罪现场》里的一样？”卡梅尔瞪大眼睛。

“嗯，”我说。没用的鉴证人员听我这么说肯定会得动脉瘤——鉴证科所有人都讨厌《CSI犯罪现场》，因为漏洞百出——但一定会让老太太们乐翻天。“差不多。”

“只是没那么神。”谢伊对着酒杯冷冷地说。

“那你要吃惊了，因为那些家伙不管去哪里，几乎什么都辨认得出来：旧血迹、微量DNA、几百种不同的伤势，只有你想不到的，没有他们辨不出的。他们在查到底出了什么事的同时，肯耐迪和他同事会查是谁做了这些事。他们会调查之前住在这里的所有人，问清楚她和谁要好，和谁吵过架，谁喜欢她，谁不喜欢她，为什么，她生前最后几天在做什么。她失踪的那天晚上，有没有谁察觉什么异状，有没有人察觉谁在事发前后形迹诡异……他们会查得非常彻底，无论要花多少时间。任何事，再小、再琐碎也可能是关键。”

“哇哦，”卡梅尔吁了一口气，说，“就像电视演的，对吧？真夸张。”

此时此刻，这一带每一家酒吧、每一间厨房和客厅，大家都在议论纷纷、努力回想、挖掘记忆，交叉比对，综合拼凑出百万种说法。我们住的这一带，嚼舌就像奥运比赛一样，而我也从不介意八卦。如同我对球王说的那样，消息是我们的弹药。现在一定有许多活灵活现的弹药冒出来，夹杂不少空包弹。我期待八卦能集中火力，挖出实弹，而且务必送到我这里，不管用什么方法。球王一旦惹毛戴利家，就很难从方圆一公里内的任何人身上问出什么。但我希望确定一件事，假如这一带有人正在害怕什么，那他可有的提心吊胆了。

我说：“只要我得知任何消息是戴利夫妇应该知道的，绝不会让他们蒙在鼓里。”

洁琪伸手按着我的手腕，说，“很遗憾，弗朗科，我真希望事情不是这样——感觉很复杂，我不晓得，只要不是……”

“可怜的小姑娘，”卡梅尔柔声说，“她才多大？十八岁？”

我说：“十九岁出头。”

“哦，天哪，几乎和我家的戴伦一样大。这些年竟然孤零零待在那间可怕的屋子里，她爸妈一定急坏了，不晓得她去哪里，结果……”

洁琪说：“虽然我不想这么说，但还真要谢谢莱瓦瑞整顿那间屋子。”

“希望如此，”凯文说完将酒一饮而尽，“谁要再点一杯？”

“我要，”洁琪说，“你是什么意思，希望如此？”

凯文耸耸肩说：“希望会没事，就这个意思。”

“拜托，凯文，什么叫做没事？那个可怜的女孩死了！对不起，弗朗科。”

谢伊说：“他的意思是，希望警察不会找出什么东西，否则我们宁可莱瓦瑞的工人当初把手提箱扔了，一切让它随着时间悄悄消逝，也不要像现在这样。”

“小凯，”洁琪问，“你意思是？”

凯文将椅子往后一推，忽然信誓旦旦地说：“别再说了，我受够了，我想弗朗科可能也受够了。我现在要去吧台，要是我回来发现你们还在胡扯这些东西，我就当场把酒一放，走人回家。”

“各位听听，”谢伊嘴角上扬说，“小老鼠发飙了。干得好，小凯，你说得对死了。我们来聊现场秀节目《生存者》吧，快去帮我们买酒。”

我们又喝了一轮，然后再一轮。大雨击打窗户，而酒保将暖气开得很大，只有门开的时候才有冷风窜入。卡梅尔鼓起勇气到吧台点了六个烤三明治，我忽然发觉自己上回吃的东西，是老妈的煎培根，而我早就肌肠辘辘，那种让你只想大口吃肉的饥饿。

我和谢伊轮流说笑，让洁琪喝高杯鸡尾酒的时候呛了鼻子，卡梅尔虽然常常有听不懂的地方，可是她一旦听懂了就会尖叫打我们手腕。凯文模仿圣诞晚餐的老妈，学得维妙维肖，让我们忍不住捧腹大笑，笑得全身发疼。“停，”洁琪笑得上气不接下气，朝他挥手说，“真的，我的肾脏快受不了了，你要是不停下来，我就要尿裤子了。”

“她一定会的，”我说，试着让呼吸恢复正常。“到时你就得拿抹布清理了。”

“我不晓得你在得意什么，”谢伊对我说，“今年圣诞你也会和我们一起受难。”

“去你的，我会舒舒服服待在家里，喝着单一纯麦威士忌，一边想着你们几个可怜虫，一边哈哈大笑。”

“等着吧，小子。老妈的魔爪又伸向你了，你以为她会放过马上要来的圣诞节？错过一次让所有小孩痛苦的机会？等着瞧吧。”

“想打赌吗？”

谢伊伸出一只手。“五十镑，赌你会和我坐在同一张桌子过圣诞。”

“一言为定。”我说着和他握手约定。他的手掌很干很壮，长满粗茧，握手瞬间窜起一道静电，但我们都不动声色。

卡梅尔说：“你知道吗，弗朗科，我们说好不问你，但我实在忍不住了——洁琪，你能不能住手，不要再捏我了？”

洁琪总算还能自持，末日恶魔似的狠狠瞪着卡梅尔。卡梅尔很有威严地说：“他要是不想讲，可以自己跟我说。弗朗科，你之前为什么都不回来？”

我说：“我很怕老妈会拿木汤匙把我打得只剩半条性命，你能怪我吗？”

谢伊哼了一声。卡梅尔说：“哎，说真的，弗朗科，到底为什么？”

她和凯文，就连洁琪（她之前问过好几次，从来没得到过答案）都盯着我，表情微醺、困惑，甚至有一点受伤。只有谢伊看着酒杯，想挑出酒里的细渣。

我说：“请让我先问你们一件事，你们愿意为什么而死？”

“老天，”凯文说，“你真是玩笑大王，实在是。”

“哎，别这样，”洁琪说，“这一天已经够他受了。”

我说：“老爸曾经跟我说他愿意为爱尔兰而死，你们会吗？”

凯文翻了个白眼。“老爸还活在七十年代，这年头已经没人这么想了。”

“试试看，算是测验。你会吗？”

他一脸困惑望着我：“为什么要为爱尔兰而死？”

“比方说英国再次侵略我们。”

“他们才懒得这么做。”

“打比方，小凯，只是要你想想看。”

“不晓得，我从来没想过。”

“这个，”谢伊拿起酒杯指着凯文，声音里并没有挑衅的意思，“听好了，这就是我们国家毁灭的原因。”

“我？我做了什么？”

“你以及像你一样的人，还有你们这该死的一代人。除了劳力士和波士，你们还关心什么？还想些什么？弗朗科说得没错，他这辈子总算说对了一次。人应该愿为某件事牺牲性命，小子。”

“他妈的，”凯文说，“那你愿意为什么而死？健力士？爽一炮？”

谢伊耸耸肩说：“家人。”

“你在胡扯什么？”洁琪问，“你明明恨透老爸和老妈了。”

我们五个全都哈哈大笑，卡梅尔笑得头往后仰，揩去眼角的泪水。“我是恨他们，”谢伊承认，“很恨，但那不是重点。”

“那你会为了爱尔兰而死吗，嗯？”凯文问我，语气依然有些气恼。

“我会才怪，”我说，所有人又捧腹大笑。“我曾经被派驻到梅约一阵子，你们去过梅约吗？那里除了景色、羊群和混蛋，什么都没有。我才不会为了这些东西而死。”

“那你愿意为什么死？”

“就像我的弟兄谢伊说的，”我对凯文说，一边朝着谢伊摇了摇酒杯，“为什么牺牲不是重点。重点是我知道我为什么牺牲。”

“我愿意为小孩而死，”卡梅尔说，“呸呸，上帝保佑。”

洁琪说：“我会说我愿意为了老加而死，但得是真有必要的时候。这太变态了吧，弗朗科？你不想聊点别的？”

我说：“当年我愿意为萝西·戴利而死，我想跟你们说的就是这个。”

一阵沉默。接着，谢伊举杯说：“敬我们愿意为之而死的一切，干杯。”

我们互相碰杯，喝了一大口酒，然后放松地靠回坐椅。我真高兴，我知道应该是我已经喝到近乎烂醉的缘故，但我真他妈高兴他们来了，包括谢伊。而且，我很感激。他们或许是一群乱七八糟的家伙，谁晓得他们心里怎么看我，但这四人却放下可以自在消磨的夜晚，牺牲自己的生活，过来陪我一起度过。我们就像拼图一样契合，这种感觉包围着我，仿佛一道温暖金黄的光晕，又像一场完美的意外，让我摔到正确的位置。幸好我还足够清醒，没有让心里的感受脱口而出。

卡梅尔凑到我面前，近乎羞怯地说：“多娜还是小婴儿的时候，肾脏出了毛病。医生认为她可能需要做移植手术，我马上对他们说，没有半点犹豫，说可以用我的肾脏，两个都行。我连想都没想。多娜后来没事了，而且本来就只需要一颗肾脏，但我永远忘不了那时候。你们知道我的意思吗？”

“嗯，”我对她微笑，说，“我知道。”

洁琪说：“唉，多娜好可爱，真的，小乖乖一个，总是笑嘻嘻的。你一定要看看她，弗朗科。”

卡梅尔对我说："你知道吗？我每回看着戴伦，就好像看着你一样。一直都是，从他还是小不点开始。"

"老天保佑他。"洁琪和我异口同声。

"嗯，到现在都是，不过是好的方面。比如上大学，他完全不靠我或崔弗出钱。要是他肯继承他水管工老爸的事业，我们会很高兴的。但没有，戴伦自己打定主意，一个字也没有对我们说。他自己搜集课程表，自己决定念什么，疯狂打工挣钱去上毕业考试相关课程，像头蛮牛一味往前冲，跟你一样。我一直希望自己也能这样。"

那一瞬间，我似乎看到她脸上涌出一股哀伤。"我记得你想要什么通常都要得到，"我说，"崔弗不就是吗？"

哀伤消失了，我让她咯咯娇笑，笑里带着淘气，仿佛回到少女时光。"对哦，是吧？那支舞，那是我第一次见到他的场景，我只看了一眼，就对路意丝·蕾西说：'他是我的菜。'他身上那条风行一时的喇叭裤——"洁琪开始笑了。

"别取笑我，"卡梅尔对她说，"你的加文老是穿那条破破烂烂的旧牛仔裤，我喜欢比较用心的男人。崔弗穿喇叭裤屁股满翘的，真的，而且身上味道好好闻，你们两个在笑什么？"

"你真是花痴啊你。"我说。

卡梅尔拘谨地喝了一口小鹿斑比，说："才不是。以前和现在不一样，你要是迷上一个男的，宁可死掉也不能让他知道，你必须让他追你。"

洁琪说："老天，你以为你在演傲慢与该死的偏见啊？我是主动约加文的，不骗你。"

"我告诉你，真的有用，比现在那些狗屁方法还棒。什么女孩不穿内裤泡夜店，胡说八道。我不是把想要的男人弄到手了？二十一岁就订婚，你那时不是还在这里吗，弗朗科？"

"嗯，"我说，"三个星期后，我就走了。"

我还记得那场订婚派对：两家人挤进我家前门，两个老妈像是两只过胖的斗牛犬彼此怒视，谢伊展现大哥风范，猛骂崔弗脏话，吓得崔弗目瞪口呆，直吞口水。卡梅尔满脸通红，却又得意洋洋，硬是将自己塞进一件可怕的粉红绉折婚纱，活像肚子翻上来的死鱼。那时的我还很自大，崔弗的胖弟弟和我坐在窗台上，但我完全不理他，心里暗自庆幸很快就能离开这个鬼地方，再也不用忍受有鸡蛋三明治的订婚宴会。我发现自己这样的愿望是错误的，看着他们四个，我感觉自己这一晚似乎错过了什么，或许是一场订婚派对，至少是某样值得拥有的东西。

“我穿那件粉红婚纱，”卡梅尔心满意足地说，“所有人都说我美呆了。”

“真的，是那样，”我朝她眨眨眼说，“可惜你是我姐姐，不然我一定会爱上你。”

她和洁琪大声尖叫：“恶心，住嘴！”但我不再注意她们。谢伊和凯文坐在桌边一角窃窃私语，凯文话里带着明显的反驳，让我不禁竖起耳朵。“那是工作，工作有什么不对？”

“拼命舔雅痞屁眼，这就叫工作？是，先生。不，先生。三袋装满，先生。这些赚得脑满肠肥的公司只要时局一坏，就把你们扔去喂狼。你每周帮他们赚几千英镑，结果得到什么？”

“我拿到薪水。有了这份工作，明年夏天我就可以去澳洲，潜水环绕大堡礁，在邦迪海滩吃汉堡，和漂亮的澳洲辣妹喝到烂醉。有什么不好的？”

谢伊笑了，声音刺耳急促。“最好把钱存着。”

凯文耸耸肩：“反正还会赚更多。”

“更多个屁，他们就希望你这么以为。”

“谁？你在说谁？”

“时代变了，小子，不然你觉得莱瓦瑞干吗——”

“你他妈白痴，”我们异口同声，由于卡梅尔已身为人母了，所以她只说了句：“你这个白痴。”

“不然你觉得莱瓦瑞干吗要拆房子？”

“管他呢。”凯文火了。

“你当然要管。莱瓦瑞那家伙是贱坯，很懂得观望形势。他去年高价买下这三间房子，发了一大堆漂亮传单，表示要改装成豪华公寓，现在却突然打消念头，把房子统统拆了？”

“那又怎样？也许他离婚了或被人查税之类的，这关我什么事？”

谢伊倾身向前，手肘撑着桌子瞪了凯文好一会儿，接着又笑着摇头。“你根本不懂，对吧？”他伸手拿酒，“他妈的一点概念都没有。人家喂你什么垃圾，你都吞下去，你以为未来一片光明美好是吧？我真想看你到时候的表情。”

洁琪说：“你生气了。”

凯文和谢伊一向处不来，但刚才的对话里有许多我显然不晓得。感觉就像隔着强烈的静电干扰听广播，抓得到大概，但搞不懂究竟怎么回事。我无法判断“干扰”来自过去二十二年，还是刚才的八杯酒。我闭起嘴巴，睁大眼睛，静观其变。

谢伊将酒杯猛地放到桌上。“我告诉你莱瓦瑞为什么不把钱浪费在豪华公寓上，因为等他盖好，没有人有钱买。这个国家已经快完蛋了，这会儿正在悬崖边上，随时会以百米速度往下坠。”

“没公寓就没公寓，”凯文耸耸肩说，“那又怎么样？反正盖公寓只会带来更多雅痞让老妈抱怨而已。”

“雅痞是你的衣食父母，小子。他们要是绝迹，你也玩完了。万一他们开始靠救济金过日子，谁来买大屏幕电视？客人破产了，小弟又能过得多好？”

洁琪打了谢伊手臂一掌。“哎，我说你啊，你真差劲。”卡梅尔一手遮脸，对我做了个“他醉了”的口型，神情夸张，又充满歉意，但她自己也喝了三杯小鹿斑比，而且遮脸用错手了。谢伊完全不理会她们俩。

“这个国家的根基就是狗屁，还有好公关，一踢就垮，而这一脚就快来了。”

“我不晓得你在爽什么，”凯文郁郁地说。他也有点醉了，但不是变得更咄咄逼人，而是更内向。他无精打采地靠着桌子，闷闷地望着酒杯，“假如真的垮了，你也会跟我们大家一起死。”

谢伊摇摇头，咧嘴笑说：“不不不，老兄，很抱歉，没那么惨。我已经有计划了。”

“你总是有计划，但有哪一次真的实施成功了？”

洁琪大声叹了一口气。“气氛真好。”她对我说。

谢伊对凯文说：“这次不一样。”

“确实不一样啊。”

“等着看吧，小子，等着瞧。”

“听起来很有意思，”卡梅尔语气坚决，宛如想要挽回晚宴场面的女主人。她将椅子往前拉，身体坐得笔直，淑女般的用莲花指轻举杯子，说，“何不告诉我们呢？”

过了半晌，谢伊转头看她，靠回坐椅开始哈哈大笑。

“哦，梅儿，”他说，“只有你才能让我守规矩。你们几个知道吗，我十几岁的时候，卡梅尔有一回狂打我的小腿肚，打得我抱头鼠窜，就因为我骂崔西·隆恩是个荡妇。”

“你是罪有应得，”卡梅尔正儿八经地说，“不能这样谈论女孩子。”

“没错。这几个家伙都不知感激，只有我感激你。老姐，跟着我准没错。”

“跟你去哪里？”凯文说，“失业救济处？”

谢伊将目光移回凯文身上，但有些吃力。“他们没告诉你这个，”他说，“景气好的时候，大机会都在大鱼身上。工人可以过日子，但只有富人才会变得更有钱。”

洁琪问：“难道工人就不能好好喝酒，和兄弟姐妹开心聊天吗？”

“情况开始变糟的时候，就得看有脑袋又有计划的人大显身手了，那就是我。”

“晚上和辣妹约会”，谢伊经常对着镜子梳头一边说道，却从来不肯透露是谁。要么就说“我今天多赚了几块钱，梅儿，给你和洁琪买冰淇淋吃”，但你永远不晓得钱从哪里来。

我说：“你说来说去，到底要不要讲清楚？还是打算整晚吊我们胃口？”

谢伊盯着我，我露出天真无邪的微笑。“弗朗科，”他说，“你这个内奸，体制内的人，干吗关心我这样的叛徒怎么过日子？”

“兄弟情谊。”

“我看你是等着看好戏吧，想看自己又赢我一回，满足虚荣感。那你听好了：我打算买下自行车店。”

光是说出口，就让他颧骨泛起淡淡的红潮。凯文嗤之以鼻，洁琪本来就高的眉毛挑得更高。“真有你的，”她说，“咱们家的谢伊是个生意人了，对吧？”

“漂亮，”我说，“等你变成自行车界的唐纳·川普，我一定来找你拿极限自行车。”

“柯纳奇明年就退休了，他儿子不想继承父业。那小子喜欢卖高档车，看不上自行车，所以柯纳奇决定给我优先承购权。”

凯文总算摆脱郁闷，放下手中的酒杯抬头问：“你的钱从哪里来？”

谢伊眼神中的炙热光芒让我看见姐妹对他的期望。

“我为这事存钱存了很久，我已经有一半了，再向银行借另一半。他们正在紧缩贷款——他们知道麻烦来了，和莱瓦瑞一样——但我正好抢先一步。明年这个时候，各位，我就能自食其力了。”

卡梅尔说：“做得好。”但她话里有某样东西引起了我的注意，让我竖起耳朵。她似乎有所保留。“啊，真是太棒了，做得好。”

谢伊喝了一口酒，想要装酷，但嘴角不禁扬起微笑。“就像我跟小凯说的，没有必要卖命工作填饱别人的口袋。唯一的方法就是自己当老板，赚多少是多少。”

“那又怎样？”凯文问，“就算你是对的，国家真的垮了，你还是会跟着完蛋。”

“这就是你搞错的地方了，老兄。要是那些有钱混蛋这星期发现自己麻烦大了，我的机会就来了。八十年代，我们身边认识的人都买不起汽车，大伙儿是怎么撑过去的？骑自行车。只要经济泡沫一破，有钱老爸就买不起宝马给亲爱的小鬼开车上学了，他们就会出现在我店门口，我真等不及想看这些小杂碎脸上的表情。”

“随便，”凯文说，“很好，真的，太好了。”他继续低头盯着酒杯。

卡梅尔说：“这样你不是得住在自行车店的楼上了？”

谢伊目光移向她，两人交换了一个复杂的眼神。“嗯，是啊。”

“而且必须全职工作，时间不再自由了。”

“梅儿，”谢伊说，语气温柔许多，“没问题的，柯纳奇还有几个月才退休，到时候……”

卡梅尔轻吸一口气，点点头，仿佛准备好迎接什么。“是啊。”她说，几乎像是自言自语，接着将酒杯举到唇边。

“我说了，不用担心。”

“哦，不是，你很棒，这是你应得的机会。你前一阵子那样，呃，我就知道你心里在盘算什么。我只是没……我很为你高兴，恭喜。”

“卡梅尔，”谢伊说，“看着我。我会那样对你吗？”

“嘿，”洁琪说，“怎么回事？”

谢伊伸出一只手推开卡梅尔的酒杯，好看清楚她的脸。我从来没见过他这么温柔，而且比卡梅尔还温柔。

“听着，所有的博士都说只剩几个月了，最多半年，等我买下店面，他已经在家或坐轮椅，反正虚弱得很，不会惹什么麻烦。”

“愿神宽恕，”卡梅尔轻声说，“希望……”

我说：“到底是怎么回事？”

他们转头看我，两双同样毫无表情的蓝色眼眸。这是我头一回觉得他们长得很像。我说：“你们的意思是老爸还在打老妈？”

桌子像是电击似的微微一颤，有人轻轻屏息。“你管好自己的事情就好，”谢伊说，“我们的事情我们会处理。”

“谁选你当狗屁代言人了？”

卡梅尔说：“我们希望家里随时有人在，以防老爸昏头。”

我说：“洁琪跟我说老爸已经停手了，许多年前。”

谢伊说：“我早就跟你说了，洁琪根本不晓得，你们几个都不晓得，所以他妈的别管闲事。”

我说：“你知道吗？我已经受够你这样了，好像家里只有你忍受老爸似的。”

没有人呼吸，谢伊笑了，声音低沉又难听。他说：“你觉得你也被他欺压过？”

“我有伤疤作证。老兄，我和你住在同一个屋檐下，还记得吗？唯一的差别是我现在长大了，能够控制自己，不会三两句就拿出来说道。”

“你根本什么鸟都没遇到，小子，什么鸟都没有。我们才没住在同一个屋檐下，一天都没有。你过得可享受了，比起我和卡梅尔的遭遇，你、洁琪和凯文舒服得很。”

我说：“你不要再说我过得很爽。”

卡梅尔想用眼神制止谢伊，但他没注意，目光死盯着我。

“你们三个被宠坏的小子，你们以为自己很惨？那是因为我们拼命不让你们知道什么才叫惨。”

“你要是能向酒保借到卷尺，”我说，“我们就来比比疤的大小、鸡巴的大小，看你到底不爽什么。否则的话，你最好将自己的殉道情结收起来，别再指教我的生活，让大家今晚过得愉快一点。”

“很好，你老是以为自己比我们都要聪明，对吧？”

“只比你聪明，亲爱的，我向来凭证据说话。”

“你为什么比较聪明？因为我和卡梅尔十六岁就离开学校吗？你以为我们是太笨念不下去？”谢伊身体向前，双手紧握桌缘，发烧似的颧骨泛红，斑斑点点。“那是因为老爸不赚钱，而我们得赚钱养家，让你们三个有东西吃，有钱买课本、买校服，拿到毕业证书。”

“老天，”凯文对着酒杯喃喃自语，“又开始了。”

“没有我，你现在什么也不是，当什么警察？我说我愿意为家人而死，你以为我只是随口说说？妈的，我就是这样做的。我放弃了教育，放弃了所有的机会。”

我挑起一边眉毛。“不然你现在就是大学教授了？别逗了，你什么屁也没损失。”

“我永远不会知道自己失去多少。那你又放弃了什么？这个家从你身上得到过什么？给我举个例子，一个就够。”

我说：“这个家让我他妈的失去了萝西·戴利。”

沉默，彻底僵住的沉默。他们四人全都看着我，洁琪拿着酒杯喝到一半。我过了半晌才发觉自己站了起来，身体微微摇晃，说话的声音接近嘶吼。我说：“离开学校不算什么，被打几个巴掌也不算什么，我宁可辍学宁可被打，也不要失去萝西。但她却不在了。”

卡梅尔语气充满惊诧：“你觉得她是因为我们而离开你的？”

我知道刚才说的有些地方不对，意思偏了，但是无法控制。我一站起来，酒精就让我双脚发软。

我说：“不然怎样，卡梅尔？我们前一天还浓情蜜意，彼此相爱到永远，甚至打算结婚。我们连船票都买了，我发誓我们什么都做了，梅儿，所有事，所有让我们能够厮守的事情。但第二天，他妈的第二天，她却甩了我。”

酒吧常客开始瞟向这边，交谈声也少了，但我无法放低音量。不管在任何打斗场面或在任何酒吧里，我都是头脑最冷静、血液酒精含量最少的人。但今晚远非如此，要挽回也已经太迟了。

“这期间唯一的差别是什么？老爸喝得烂醉，半夜两点闯进戴利家，而你们这群好样的在街上大吼大叫，表演推搡拉扯。你一定记得那天晚上，梅儿，整个忠诚之地都记得。经过这样的事情，萝西怎么不退缩？谁要和这种家人成为姻亲？谁希望自己小孩拥有这样的血统？”

卡梅尔轻声细语，依然不带情绪地说：“所以你才始终不回家？因为你心里一直这样认为？”

“要是老爸规矩一点，”我说，“假如他不是醉鬼，哪怕他不要这么招摇也好，如果老妈不是老妈，谢伊不会每周每天惹出各种各样的麻烦，也许事情就会不一样。”

凯文困惑地说：“但要是萝西根本哪里都没去——”

我听不懂他的意思。这一天的辛劳忽然压在我身上，我累得感觉双腿就要融进脚下的破地毯里。我说：“萝西甩了我，因为我家人是一群禽兽，而我一点也不怪她。”

洁琪开口了，我听出她受伤的语气：“哎，不是这样，弗朗科，这么说不公平。”

谢伊说：“萝西·戴利一点也不讨厌我，小子，相信我。”

他已经恢复镇定，轻松靠回座椅，颧骨的红潮也褪了。不变的是他说话的样子、眼里闪耀的傲慢与嘴角慵懒的讪笑。我说：“你这话是什么意思？”

“她是个很可爱的女孩子，我说萝西。非常友善，喜欢交际，这样的形容没错吧？”

我的疲惫顿时消失。我说：“你要是想趁女孩子不在说她坏话，起码摊开来说，有点男人的样子。假如没胆，就闭上你的鸟嘴。”

酒保砰的一声将酒杯放在吧台上。“嘿！你们几个！够了，马上给我安静，不然统统滚出去。”

谢伊说：“我只是赞许你的品味，奶子大、屁股翘、态度又好，应该很好上，对吧？直接让你全垒打。”

我脑中有人厉声要我立刻走开，但隔着重重酒精只剩模糊不清的呢喃。我说：“萝西连你一根指头都不会碰。”

“想清楚一点，小子，她可不只碰碰我而已。你扒光她衣服之后，难道没有一次闻到我的味道？”

我一把抓住谢伊的衬衫领子，将他从椅子上拉起来，准备朝他挥拳。其他人立刻采取行动，只有酒鬼的孩子反应才会这么利落：卡梅尔挡在我们之间，凯文攫住我挥出的拳头，洁琪将酒拿开免得碰倒。

谢伊将我抓住领子的手扳开（我听见撕裂声），我们各自向后踉跄几步。卡梅尔抓着谢伊的肩膀将他压回座位，按住他不动，不让他看到我，一边说话安抚他。

凯文和洁琪架住我的胳膊，带我转身朝门口走。走到一半，我恢复了平衡，同时意识到刚才发生的事情。

我说：“放开，放开我！”但他们还是拖着我走。我想要挣脱，可是洁琪紧缠着我，我稍微用力就会弄伤她，而我还没醉到那个程度。

谢伊越过卡梅尔肩头咒骂了几句，卡梅尔大声嘘斥，凯文和洁琪带我灵巧闪过桌子、椅子、还有一脸茫然的常客，然后走出酒吧，刺骨冷风从街角迎面扑来，店门啪地关上。

我说：“干什么？”

洁琪语气平静，仿佛在和小孩说话：“哎，弗朗科，拜托，你应该知道不能在那里打架的。”

“洁琪，是那个混球自己讨打，求我揍他。你都听见了，你敢说我不应该打得他屁滚尿流吗？”

“他是欠打，但你不能砸了那个地方啊。我们去散散步，好吗？”

“那你们干吗拉着我？明明是谢伊——”

他们勾住我的胳膊开始往前走。“出来透透气，你会舒服一点。”洁琪向我保证。

“才怪，才不会。我一个人喝酒喝得好好的，没妨碍任何人，是那个讨厌鬼进来之后开始胡闹。你们听到他说什么了吗？”

凯文说：“他喝醉了，而且整个晚上都很白痴。怎么，难道你没发现？”

“那为什么是我被拖出来？”我知道自己像个大吵大闹“是他先动手”的小孩，但我实在控制不住。

凯文说：“这里是谢伊的地盘，他每两天就会来一次。”

“放屁，这地方又不是他的，我和他一样有资格——”我想摆脱他们折回酒吧，但差点没站住。冷风一点也没有让我清醒，反而从四面八方甩我巴掌，阻挠我，让我耳朵嗡嗡作响。

“你当然有资格，”洁琪说，一边使劲拖着我往其他地方走，“但你要是留在那里，他只会继续烦你。你没必要继续和他耗，完全没必要。我们去别的地方，好吗？”

意识有如冰冷的针尖，戳穿我体内的酒精迷雾。我停下脚步，摇头将醉意甩去几分。“不，”我说，“不要，洁琪，我不想去别的地方。”

洁琪转头一脸焦虑看着我：“你还好吗？你该不会想吐吧？”

“没有，离吐还早得很。但你要我跟着你走，最好慢慢等吧。”

“哦，弗朗科，别这么——”

我说：“你还记得事情是怎么开始的吗，洁琪？你打电话给我，说服我回到这个罪恶深渊。我发誓自己一定是被车门打了，否则绝对跟你说门都没有。你看看现在这样，洁琪，你自己看。你满意了吗，嗯？是不是觉得任务圆满达成？你开心了吧？”

我身体摇摇晃晃，凯文想用肩膀撑住我，但我将他们两人推开，身体沉沉靠在墙上，双手捂住脸庞。几万个光点在我眼皮底下飞舞。“我早该知道的，”我说，“妈的我早该知道。”

三人沉默片刻。我感觉凯文和洁琪眼神交会，想靠着挤眉弄眼商讨对策。后来，洁琪开口说：“嘿，我不晓得你们两个怎么样，但我冷到奶子都冰了。我想回去拿外套，你们愿意在这里等我吗？”

凯文说：“顺便拿我的。”

“好，你们别乱跑哦。弗朗科？”

她试探似的捏了我手肘一下，我不理她。过了半晌，我听见她轻叹一声，之后便大步踩着高跟鞋喀喀沿原路回去了。

我说：“真是天杀的、混蛋的一天。”

凯文靠在墙上，和我并肩站着，我听见他的呼吸轻轻推着冷风。他说：“这其实不是洁琪的错。”

“我知道，小凯，我知道我不该不理会她的感受。但现在你得原谅我。”

小巷飘着尿臊味与油味。一两条街外，两个男的开始对吼，声音不成句子，只有沙哑的谩骂。凯文挪了挪身子说：“无论如何，我很高兴你回来了。一起厮混的感觉很好，当然不是指萝西的事，还有……你知道，我真的很高兴再见到你。”

“我说了，我知道，但事情不一定总是照我们想的方向走。”

凯文说：“因为，我的意思是，家人对我确实很重要，一直都是。我不是说我不会为家人而死——你知道，就像谢伊说的那样。我只是不喜欢由他告诉我应该怎么想。”

我说：“谁不是这样呢？”我放下双手，脑袋离开墙壁几公分，看地球是不是稳了一点。摇晃得不太厉害。

“我们小时候，”凯文说，“事情简单多了。”

“我印象中完全不是这样。”

“呃，我是说，老天，是不简单，可是……你知道吗？起码我们晓得该做什么，哪怕事情有多糟糕，但至少我们知道。我想我很怀念这一点，你知

道我说的意思吗？”

我说：“凯文，兄弟，我必须告诉你，我真的、真的不知道。”

凯文转头看我，冷风和酒精让他双颊泛红，眼神朦胧，身体微微颤抖，时髦的发型被弄得乱七八糟，看起来就像旧式圣诞卡上的小男孩。“嗯，”他叹了一口气说，“好吧，你也许不懂，但无所谓。”

我小心翼翼离开墙边，虽然我的膝盖很稳，但还是一手扶着以防万一。我说：“洁琪不该一个人在街上走，你去找她。”

他朝我眨眨眼说：“你该不会……我是说，你会在这里等我们吧？我很快就回来。”

“不会。”

“哦，”他似乎犹豫不决，“那么，嗯，明天呢？”

“明天怎样？”

“你会过来吗？”

“应该不会。”

“那……以后呢？”

他看起来是他妈的那么年轻，那么迷茫，让我心头一痛。“去找洁琪。”

我找回平衡感，开始往前走。不久，我听见凯文的脚步声在我背后响起，缓缓朝另一头走去。

Chapter 8　让我再看一眼你的笑脸

我在车上睡了几个小时——我身上酒气冲天，没有出租车司机想碰我，但又没醉到觉得去敲老妈的门是个好主意。醒来之后，我嘴巴里的味道像是有脏东西死在里头。清晨凛冽阴沉，湿气渗入骨髓，我花了二十分钟才松开扭着的脖子。

街上湿漉漉的，空空荡荡。教堂钟声预告晨间弥撒，但没有人理它。我找到一间坐满沮丧的东欧人的沮丧的咖啡馆，给自己弄了一份营养早餐：潮掉的玛芬饼，五六颗镇痛药和一大壶咖啡。等我觉得应该不会超过酒测上限时，我开车回家，将星期五早上穿到现在的衣服扔进洗衣机，洗了一个滚烫的热水澡，思索下一步行动。

对我来说，这个案子已经结束了，写着一个大大的“完”字。球王想自己办案就让他办吧，随便。他或许是个讨人厌的家伙，但这回他的好胜心倒是符合我的意愿。球王迟早会还萝西一个公道，假如还有公道可言的话。他甚至会主动告诉我最新进展，不一定出于好意，不过我才懒得在乎。

短短不到一天半的时间，我已经受够我的家人，够我再撑个二十二年了。那天早上我一边洗澡，心里拿灵魂和撒旦打赌，世界上没有任何东西能让我再踏上忠诚之地一步。

在我将这一团混乱扔回该死的十八层地狱之前，只剩几件琐事要办。我一向认为所谓“结束”是中产阶级发明的狗屁概念，只为了满足变态的心理医师。不过，我还是得确定地下室的尸体确实是萝西，需要知道她怎么死的，还有球王和他手下是不是找到什么蛛丝马迹表明萝西那天晚上被人拦下之前原本要去哪里。

萝西·戴利的消失在我生命划下一道伤痕，让长大的我挥之不去。想到伤疤消逝就让我头重脚轻，失去平衡，以致做出天大的蠢事，和兄弟姐妹喝酒买醉。两天前，光是想象这幅景象就会让我一路尖叫冲到山上。我想最好还是快点醒过来，免得做出更傻的蠢事，把自己弄得半身不遂。

我找出干净衣物换上，走到阳台点一根烟，打电话给球王。“弗朗科，”他说，语气带着适度的礼貌，让我知道他不太想接到我电话。“有何贵干？”

我在话中加上一点难为情的笑声：“球王，我知道你是大忙人，但我希望你可以帮我一个忙。”

“乐意之至，老弟，但我现在有一点——”

老弟？“那我就直说了，”我说，“我在组里有个死党叫叶慈，你认识他吗？”

“见过。”

“那家伙很有意思，对吧？我们昨晚喝了几杯，我跟他说了发生的事情，他竟然笑我被女朋友甩了。总之，姑且不论同事瞧不起我的性魅力对我伤害有多深，我和他打赌一百英镑，赌萝西其实不想抛弃我。你要是有什么线索能让我占上风，赢的钱就分你一半。”叶慈一脸凶神恶煞，看起来好像连小猫都吃，为人又不友善，球王不会找他查证的。

球王答得中规中矩：“所有和调查相关的讯息都必须保密。”

“我又不是要卖给《每日星报》。根据我上回的印象，叶慈还是警察，和你我一样，只是个头更大，长得更丑而已。”

“但他不是我队里的人，你也一样。”

“拜托，球王，至少告诉我地下室的尸体是不是萝西？假如是维多利亚时代的死人，我就乖乖付钱给叶慈，了结一桩事情。”

“弗朗科、弗朗科、弗朗科，”球王话里多了一分同情。“兄弟，我知道你不好受，好吗？但你还记得我们之前说了什么吗？”

“清清楚楚。说到底就是你要我少管闲事，所以我才给你这么好的提议，兄弟。只要回答刚才的小问题，你下回见到我，就是我请你痛快喝几杯，庆祝破案了。”

球王沉吟不答，等他觉得我应该明白他有多不赞同之后，才开口说：“弗朗科，我们不是在菜市场，我没兴趣和你讨价还价，帮你搞定赌局。这是凶杀案，我和我的手下必须专心工作，不受干扰。我还以为你知道不能插手，老实说，我对你真有点失望。”

我脑海中突然浮现一天晚上，在天普墨警察学校，球王不知道哪一根神经不对，回家途中竟然问我敢不敢和他较量，看谁尿在墙上的高度最高。我心想他什么时候变成了中年自大狂，还是他内心深处一直是这样，只是被青春期的睾酮暂时盖过了？

“你说得没错，”我一脸惭愧说，“只是我实在不想让叶慈那个大块头以为我好欺负，你晓得我意思吗？”

“嗯，”球王说，“你知道，弗朗科，好胜心是好东西，但弄巧成拙就不好了。”

我敢说这句话一点意义也没有，但球王的语气显示他在和我分享人生智慧。“我有点不太理解你这句话，老兄，”我说，“但我保证会好好思考一番，再聊啰。”我说完就挂了。

我又点了一根烟，看周日购物的大批人潮在码头来来去去。我喜欢移民。比起二十年以前，现在小孩的来源多了好几个洲。爱尔兰女人忙着将自己变成恐怖的橘色棒棒糖，全球其他地方的女人忙着填补她们留下的空缺。其中一两个女的，我一眼就想娶回家，给荷莉生十几个弟弟妹妹，十几个我

妈口中的“杂种”小孩。

鉴证人员没有用，我毁了他流连色情网站的美好下午，他绝对不会理睬我。不过，库柏喜欢我，而且他周末上班，除非案子太多，否则现在一定验尸完毕了。那些骨头很有可能跟他说了一些我想知道的事。

反正荷莉和奥莉薇亚已经火冒三丈，多等一小时也没太大差别。我扔了香烟，开始行动。

库柏几乎谁都讨厌，这些人都觉得他喜恶无常。其实他们一直搞不清楚，库柏只是不喜欢无聊，而且忍受值极低。只要让他无聊一次（球王显然能让他无聊至极），你就永远出局。只要让他感兴趣，他就随你使唤。很多人嫌我这个那个，就是没有人说我无聊。

市立殡仪馆离码头不远，从我家走几步路就到，在公车站后方一栋年过百岁的美丽红砖建筑里。我很少有机会进去，但只要想到那里就很开心，就像我想到重案组使用都柏林堡办公一样。我们的工作就像一条河流贯穿市中心，理应享用城市历史与建筑最美好的部分。然而，那一天感觉不同。库柏正在红砖建筑里秤重、测量、检视她的遗骸，一个可能是萝西的女孩。

我请柜台找库柏，他亲自出来见我。不过，和那个周末的其他人一样，他并不大高兴看到我。“肯耐迪警探，”他念得格外小心，仿佛那个名字味道很糟似的，“他特别知会我，你不属于他的办案小组，也不需要案子的任何信息。”

亏我还请他喝了一杯酒，这个不知感恩的混球。“肯耐迪警探应该放轻松点，”我对库柏说，“谁都可以对案子感兴趣，不必非属于他的小组不可。这件案子很有意思，而且……呃，我不希望消息传出去，但要是死者真如我们所推测的，那我和她是从小一起长大的邻居。”

库柏小圆珠般的眼睛一亮，我就知道他一定会好奇。“是吗？”

我低头装出欲言又止的模样，挑逗他的好奇。“其实，”我看着拇指指甲说，“我们还是青少年的时候，我曾经和她交往过。”

他上钩了。他眉毛撞到发线，眼睛也更亮。要不是他找到这么合适的工作，我一定会担心这家伙平常都在做些什么。“所以，”我说，“你可以了解我非常想知道她到底怎么了——当然要你正巧有空，愿意从头告诉我的时候。至于肯耐迪，不知者不痛。”

库柏嘴角一抽，差点笑了出来。他说：“请进来。”

狭长走廊、优雅的阶梯、墙上老旧但不坏的粉刷——有人挂了假松针装饰，让节庆与肃穆悄悄平衡。若不是那些小细节，例如凛冽凝重的空气、味道、发黑地砖和靠墙的成排不锈钢冰柜，这个拥有高窗与天花板装饰的长形停尸间也是同样动人。一块板子镶在冰柜拉格之间，用工整的字体刻着：双脚先入，名牌挂于头部。

库柏对着冰柜抿嘴沉思，手指拂过边缘，一只眼睛半闭着。“咱们新来的客人，”他说，“嗯，对了。”接着便向前一步，一口气将其中一个停尸格拉出来。

干卧底的，入行不久就得学习开开关。时间越久越容易，后来甚至太过容易了。只要心里喀嚓一声，整个场景就会浮现在远方的小屏幕上，栩栩如生，让你看着画面拟定策略，不时推推这个角色、动动那个人物，像是运筹帷幄的将军一样警觉专注，而且安全。学得慢的人最后都会调组，不然就改坐办公室。我打开开关，开始注视。

铁板上的骨头排列得完美无缺，简直像艺术品，有如最后的拼图。库柏和他手下稍微清理过，但骸骨依然呈棕色，泛着油光，只有两排整齐的牙齿例外，像用高露洁牙膏刷过似的。遗骨看起来好小、好脆弱，不可能是萝西。那一瞬间，我真的这么期望。

马路上一群女孩嘻嘻笑笑，难以抑制地娇声尖叫，隔着厚玻璃淡淡传来。我感觉房间太亮，库柏站得太近，看我看得太仔细了些。

他说：“骨骸属于年轻白人女性，身高介于一七〇到一八〇之间，体格中等略壮，从智齿发育与骨骺不完全愈合的程度分析，年纪应该在十八到二十二岁之间。”

他停在这里，等我忍不住问他：“你能确定她是或不是萝西·戴利吗？”

“我没有齿列X光片，但病历记载萝西·戴利补过牙，在右下方的臼齿。死者也补过一次牙，在同一颗牙齿上。”

他用拇指和食指拈起颚骨，让它朝下，伸手指向口腔。

我说：“很多人也是。”

库柏耸耸肩说：“的确，巧合虽然不大可能，但还是会有。幸好，辨识身份的方法也不只是补牙一种，”他翻动长桌上堆得整整齐齐的一叠档案，抽出两张投影片，啪嚓夹上灯箱，彼此重叠。“你看。”他点亮灯光说。

是萝西，一张脸亮着笑着，背对红砖与灰蒙的天空，扬起下巴，头发迎风飞舞。那一瞬间，我的视线里只有她。接着，我发现她脸上布满白色小叉，这才见到她脸庞底下的空洞头骨。

“从我标示的记号可以看出，”库柏说，“死者头骨的解剖特征，包括眼窝、鼻子、牙齿、下颚等等的尺寸、角度与间隔，都和萝西·戴利完全吻合。虽然尚不足以盖棺定论，但能合理推断两者是同一人，加上补牙及其他因素之后更是如此。我已经通知肯耐迪警探，请他择期通知家属。即使在法庭上，我也敢指出眼前的骸骨就是萝西·戴利。”

我说：“她是怎么死的？”

“麦奇警探，”库柏朝骨骸大手一挥，说，“你看到的就是我知道的。遗体一旦化成骨骸，死因就几乎难以确定把握。她显然遭人攻击，然而我无法彻底排除某些可能，例如她在遇袭时正巧心脏病发作等等。”

我说：“肯耐迪警探好像提到颅骨有骨折。”

库柏极为轻蔑看我一眼。“除非我搞错，”他说，“否则据我所知，肯耐迪警探并非专业法医。”

我勉强朝他咧嘴微笑，说：“他也不是专业蠢蛋，但办案倒是还不错。”

库柏又是嘴角一抽。“嗯，”他说，“虽然凑巧，但肯耐迪警探说得没错，头骨确实有骨折。”

他伸出一根指头，将萝西的头骨翻向一侧。“这里。”他说。

白色薄手套让库柏的手看来潮湿，没有生气，像是覆了一层蜕皮。萝西头骨后侧仿佛被人拿高尔夫球杆敲碎的挡风玻璃，而且敲得不止一次，裂痕有如蜘蛛网向四面八方蔓延开来，彼此弹跳交叉。她的头发几乎都掉了，扔在旁边纠成一团，但还有寥寥几撮依附在碎裂的头骨上。

“只要细看，”库柏用指尖轻敲裂缝，“就会发现骨折边缘有碎片，裂口并不完整，这表示头骨受创当时是湿软的，而非干燥易碎。换句话说：骨折不是死后形成，而是死亡当时或不久前造成的。原因是数次重击，我推测起码三次，凶器表面平坦，宽约十公分以上，没有边缘或尖角。”

我强自压下咽口水的冲动，他一定会看见的。“嗯，”我说，“我也不是法医，但我感觉这样的重击很有可能致死。”

“啧，”库柏冷笑一声说，“是有可能，但这件案子我们没办法百分之百肯定。你看这里。”

他在萝西喉头摸索，捞出两块小骨片，排成完整的马蹄形说：“这是舌骨，位于喉咙顶端，颚骨下方，用来支撑舌头与保护呼吸道。如你所见，比较大的两端有一端完全截断。就诊断而言，舌骨折裂几乎可以确定不是出车祸，就是人为勒毙。”

我说：“所以，除非她被开进地下室的隐形车撞到，否则就是被人勒死了。”

“这个案子非常有意思，”库柏朝我挥挥舌骨，提醒我说，“这只是其中之一。我们之前提到，被害人年龄估计为十九岁。青少年的舌骨不容易断裂，因为骨骼还很软，但这个骨折和死者其他伤处一样，显然是死亡当时造成的。唯一可能的解释是她被人猛力勒毙，凶手很有力量。”

我说：“是男性。”

“男性比较可能，但不排除情绪激动的强壮女性犯案。根据所有伤处推断，最可能的假设是攻击者抓住她的喉咙，让她头部反复撞墙。墙壁的冲击和攻击者的力道，两股力量方向相反，共同造成舌骨断裂与呼吸道压挤。”

“于是无法呼吸。”

“窒息，”库柏纠正似的看我一眼，“这是我个人浅见。肯耐迪警探确实有理，头部重伤造成的颅内出血与脑部受损会导致死亡，然而时间可能长达数小时。在此之前，她可能已经缺氧而死，原因不是人为勒绞或勒绞导致的迷走神经抑制，就是舌骨断裂造成呼吸道阻凝。”

我不停压动开关，狠狠地压。那一秒钟，我眼前浮现萝西笑起来时脖子上的细纹。

为了彻底击沉我的理智，库柏对我说：“除此之外，死者骨骼没有其他致死伤。不过尸体分解到这个程度，不可能判断软组织有没有受伤，例如死者是否遭受性侵犯等。”

我说：“我记得肯耐迪警探好像说死者穿着衣服，不晓得这一点有没有用。”

他抿起嘴唇说：“纤维残留得很少，鉴证人员确实在骨骸上或骨骸附近发现类似衣物的人造物质，像是拉链、金属扣和胸罩常用的钩环等等，显示她和一整套或接近一整套衣服一起掩埋。然而，这不代表衣服在该在的位置。尸体分解和啮齿动物肆虐都会使衣物移位，无法判断到底穿在她身上，还是只是在她旁边。”

我问：“拉链是开着或拉上的？”

“拉上的，胸罩钩环也是。这不算证据，因为她可能在攻击后自行拉好，但我想起码有参考价值。”

“指甲，”我说，“指甲是断的吗？”萝西绝对会反击，拼命反击。

库柏叹了口气。我已经开始让他无聊了，光问球王一定问过的制式问题。我必须引起他的兴趣，不然就得滚了。“指甲，”他朝萝西手骨旁的刮除物意兴阑珊地点了点头，“分解了。本案中的指甲和头发一样，都因为环境中的碱性而有部分保留下来，不过已经严重毁坏，况且本人不是魔术师，无法猜出指甲分解前的状况。”

我说：“假如你还有时间，我想再问一两件事，之后就不打扰你了。你知道除了衣物残余之外，鉴证人员还在她身上找到什么吗？像是钥匙？”

“我想，”库柏冷冷地回答，“鉴证科应该比我还清楚。”他一手扶着冰柜，已经准备关上。假如萝西身上有钥匙，要么是她老爸还她了，要么是她偷的，无论如何，这表示她那晚可以走前门，却没有做。那么我只想得到一个理由，就是她在躲我。

我说：“那是当然，大夫，这根本不算你的工作。但他们很多是训练有素的狗，一半都是，我连他们知不知道我在讲哪个案子都没把握，更别说提供我正确的答复。而你应该了解我为什么对这件案子不想瞎碰运气。”

库柏眉毛微微一挑，神情讽刺，仿佛他知道我在做什么，但却不在乎。他说：“鉴证人员的初步报告列了两枚银戒指和三个银耳环，经戴利夫妇指认，和他们女儿拥有的首饰相符。还有一把小钥匙，显然符合稍早在命案现场发现的手提箱的锁，那种大量制造的粗糙锁头。报告里没有提到其他钥匙，也没有配件和其他东西。”

就这样，我又回到初次见到提箱时的状态：晕无线索，被抛进无重力的黑暗中，把握不住任何东西。这时，我才发现自己可能永远找不到答案了，这是有可能的。

库柏问：“问完了吗？”

停尸间非常安静，只有温控器兀自嗡鸣。我从不会后悔，就像我从不会喝醉，但那周是个例外。我看着棕色骨骸暴露在库柏的日光灯下，毫无遮掩，我从心底希望自己收手，让沉睡的女孩安息。不是为了我，是为了她。她现在是大家的了。库柏的、球王的、忠诚之地的，任他们触碰指点，随他们所用。

忠诚之地应该已经启动悠闲愉快的消化程序，将她变成地方传奇：既是鬼故事，也是警世寓言与都会神话，告诉我们“生命就是如此”。她的回忆将会被吞噬殆尽，就像她身下的土壤将她吞没。她留在地下室比较好，起码只有爱她的人才会触碰关于她的回忆。

“嗯，”我说，“问完了。”

库柏关上停尸格，发出长长的金属刮擦声。骨骸消失了，回到蜂窝状的冰柜里，和库柏手中其他充满问号的尸体在一起。

踏出停尸间之前，我看了最后一眼。我看见灯箱上萝西依然明亮的脸。发光而透明，晶莹眼眸与无懈可击的笑靥细薄如纸，盖在腐朽的骨骸上。

库柏送我离开，我搬出最动人的谄媚口吻再三道谢，答应圣诞节送他一瓶他最喜欢的红酒。他在门口向我挥手道别，随即走回停尸间做他独处时会做的事，天晓得是哪些怪花样。我转过墙角猛捶墙壁，关节顿时擦伤瘀青。我弯身紧握拳头，痛楚只有短短几秒，却已经足以将我的心烧成空白。

Chapter 9 错过电话 错过一生

我开车朝戴齐出发。车上充满醉鬼穿着汗臭衣服睡觉的味道，好闻极了。我按了奥莉薇亚家的门铃，立刻听见有人低声说话，椅子用力往后刮地的声音，接着就是重重踏步上楼的声响——心情无敌恶劣的荷莉——和核子爆炸般的关门声。

奥莉薇亚铁青着脸来开门。“我希望你最好有非常充分的理由。她很不安、很生气，也很失望，而我认为她一点都没有冤枉你。另外，我是不晓得你会不会在乎，但我的周末也毁了，我不是很高兴。”

我通常很识相，不会设法溜进去攻击奥莉薇亚家的冰箱。我站在原地，任凭残留的雨水从屋檐滴到我的头发。“对不起，”我说，“真的很抱歉，莉儿。相信我，这是紧急状况，我实在别无选择。”

奥莉薇亚眉毛微微一挑，带着讥讽：“哦，是吗？那告诉我，谁死了？”

“我认识的人，很久以前，在我离家之前。”

她吓了一跳，但随即恢复镇定。“换句话说，一个你二十多年都懒得联系的家伙忽然变得比你女儿还重要。我是不是应该和德莫特更改约会时间？还是你曾经遇到的人发生了什么事情？”

“不是这样。这个女孩过去和我很亲近，她在我离家那天被杀了，尸体这个周末被人发现。”

奥莉薇亚竖起耳朵了。“这个女孩，”她盯着我看了好一会儿才说，“你说你们曾经很‘亲近’，意思是女朋友，对吧？初恋情人？”

“嗯，差不多吧。”

莉儿沉默了，想着什么。她表情没变，但我看见她迟疑了，在脑中思索着。她说：“很遗憾知道这个消息。我想你应该向荷莉解释清楚，起码讲个大概。她在房间。”

我敲荷莉的门，她大吼：“走开！”这栋屋子里只有荷莉的房间还看得到我存在过的痕迹：在满满的粉红与褶边之间，有我买给她的玩偶、为她画的难看漫画，还有没什么特别理由写给她的逗趣明信片。她脸蛋朝下趴在床上，用枕头压着头。

我说：“嗨，宝贝。”

她生气地扭动身子，将枕头压得更紧罩住耳朵。我说：“我要向你道歉。”

过了一会儿，枕头下传来模糊的声音：“三个道歉。”

“为什么？”

“你把我送回妈妈这里；你说你晚一点会来接我走，可是没有；还有你说你昨天会来找我，结果也没有。”

直接命中要害。“你说得对，一点也没错，”我说，“你如果愿意从枕头底下出来，我就看着你向你道歉三次。我不要对枕头说对不起。”

我感觉到她在考虑要不要继续惩罚我，但荷莉不是生气鬼。五分钟大约是她的极限。“而且，我还欠你一个解释。”我补上一句，以示善意。

好奇心果然有用。不一会儿，只见枕头往后几公分，一张怀疑的小脸露了出来。我说：“我道歉一次、道歉两次、道歉三次，从心底道歉，上面再放一颗樱桃。”

荷莉叹息一声，坐起来拨开脸上的头发，但还是不看我。“发生了什么事？”

“你还记得我跟你说洁琪姑姑遇到麻烦了吗？”

“记得。”

“有人死了，小宝贝，我和她很久以前认识的人。”

“谁？”

“一个名叫萝西的女孩子。”

“她为什么死了？”

“我们不晓得。她在你出生之前很久就死了，但我们上周五晚上才发现。所有人都很不安。你可以了解我为什么要去找洁琪姑姑了吗？”

一边肩膀微微一耸。“应该吧。”

“这表示我们可以继续周末没能享受的美好时光了吗？”

荷莉说：“我决定改去莎拉家。”

“小姑娘，”我说，“我这是在求你。假如这周末能重来，对我真的意义非凡。回到一开始，星期五傍晚，在我今晚带你回家之前尽量玩，能玩多少玩多少。让我们假装之前这些事情都没发生，”我看她眨眨睫毛，匆匆瞄我一眼，但没说什么。“我知道这样要求很多，也知道自己或许没资格，但人偶尔也该让别人喘一口气，这样所有人才活得下去。你愿意为我做这件事吗？”

荷莉想了一会儿。“假如又有事情，你是不是又得回去？”

“不会，甜心，现在有两三名警探在处理。无论发生什么状况，都是他们被叫回去，再也和我没关系，好吗？”

不久，荷莉像猫一样用头在我胳膊磨蹭一下。“爸爸，”她说，“你朋友死了，我很遗憾。”

我伸手摸摸她的头发。“谢了，宝贝。我不想骗你，我周末过得烂透了，但现在开始变好了。”

楼下门铃响起，我问：“你们在等人吗？”

荷莉耸耸肩膀，我调整表情，准备吓唬德莫，结果是女人的声音。洁

琪。“嘿，你好啊，奥莉薇亚，外面真是冷毙了，对吧？”莉儿低声匆忙打断她，沉默片刻，接着厨房的门轻轻关上，再来便是两人分享最新消息的窃窃私语。

“是洁琪姑姑！她可以跟我们一起去吗？”

“当然。”我说。我想把荷莉抱下床，但她从我手肘底下闪过，冲向衣橱开始在几叠粉色衣服里东翻西弄，寻找她想到的那件开襟羊毛衫。

洁琪和荷莉好得就像房子遇到火一样。我没想到洁琪和莉儿也是一样，让我有点不知所措——男人都不希望自己身边的女人走得太近，免得她们交换情报。我和莉儿认识很久之后，才介绍她和洁琪认识。

我不晓得自己应该觉得丢脸，还是害怕，因为我确实想过要是洁琪反对我的中产阶级朋友，从此走出我的生命，我肯定会放心许多。我很喜欢洁琪，非常喜欢，但我天生就会察觉人的弱点，包含我自己的。

离家后的前八年，我绝不踏近危险区半步，每年大概只会想起家人一次，就是在路上看到很像老妈的妇人，让我立刻想找掩护的时候。我就这样过着，而且过得还不错。但镇上这么丁点大，这种好事不会维持太久。

我和洁琪能够重逢，得感谢一个不合格的暴露狂，感谢他挑错了对象。这蠢蛋从巷子里蹦出来，掏出家伙开始掏弄，没想到洁琪不但哈哈大笑，还踹了他那里一脚，让他从此抬不起头来。洁琪当时十七岁，刚搬离我们家，而我正靠着侦办性犯罪想挤进卧底组。由于我老家一带发生了两起强奸案，上级便叫人给洁琪做笔录。

这件事不需要我做，事实上也不该由我做：警察不碰自己家人的案子，我一看到诉状写着“洁琪·麦奇”就晓得了。都柏林有一半的人叫洁琪，另一半叫麦奇，但除了我父母之外，我很怀疑有谁会天才到将两个名字合在一起成为“洁琪·麦奇”。

我大可以诚实禀报上级，让别人去做笔录，听她怎么描述那个傻蛋的自卑情结，让我这辈子再也不用想到我的家人，想到忠诚之地，想到玄之又玄的案子。

但我很好奇。我离家出走那年，洁琪才九岁，一切不是她的错，而且她那时是个乖孩子，我很想看她现在变成如何。简单说，我当时的想法是：嘿，这么做对我有什么坏处？错就错在我认为答案显而易见。

“走吧，”我找到荷莉另一只鞋子扔给她，对她说，“我们带你的洁琪姑姑去兜风，再去吃我星期五晚上答应过你的披萨。”

离婚有许多好处，其中一项就是我周日再也不用在戴齐散步，和一身哔叽装扮的邻居夫妇点头答礼，心里知道对方觉得我的口音只会拉低小区房价。荷莉喜欢赫伯公园的秋千——就我从她边荡边嘀咕的内容判断，秋千是马，而且和罗宾汉有关——因此我们便带她去了那里。

天气变得清朗寒冷，带着适度的霜气，许多单亲爸爸显然和我想法一样，有的还带女朋友出来炫耀。有洁琪在我身旁，加上她的假豹皮外套，我立刻融入环境。

荷莉开始荡秋千，我和洁琪找了一张可以看着她的长椅坐下。看荷莉荡秋千是我知道世界上最好的治疗办法。这孩子很强壮，以她这么小的身材，却可以连荡几小时不会累，而我也可以一直看着她，开心地沉醉在她的摆荡中。我感觉肩膀放松了，这才发觉先前有多紧绷。我深呼吸几口气，心想荷莉大到不能来游乐场的时候，我该怎么控制自己的血压。

洁琪说：“天哪，从我上回看到她，她是不是又长高了一英尺？她很快就会比我还要高了。”

“只要她提到男生的名字开始害羞，没有咯咯笑，我就要把她关进房里直到十八岁。我已经准备好了，随时可以做。”我两腿伸直，双手抱头，脸庞朝向微弱的阳光，希望整个下午都这样过。我肩膀又松了几寸。

“等着吧，这年头的小孩开始得可早了。”

“荷莉例外。我跟她说过，男生要到二十岁才会控制大小便。”

洁琪笑了。“所以她只会找大一点的。”

“大的知道她老爸有左轮手枪。”

洁琪说：“老实说，弗朗科，你还好吗？”

“只要宿醉过去就没事。你有阿司匹林吗？”

她在皮包里翻找。“没有，轻微头痛对你有好处，这样你下回喝酒才会小心。这不是我要问的，我想问……你知道，经过昨天的事，你还好吗？还有昨晚。”

“身为男人，我这会儿和两位可爱女士待在公园里，怎么可能不开心？”

“你说得没错，谢伊是大混蛋，他再怎样都不应该那么说萝西。”

“反正现在也伤不了她了。”

“我想他从来没有接近或接触过她，肯定没有，不会是那样。他只是想激怒你。”

“是啊，福尔摩斯，只是狗改不了吃屎。”

“他通常不会这样。我不是说他最近变圣人了，但比起你认得的那时候，他现在稳定许多。他只是……他只是不晓得怎么面对你回来，你懂我的意思吗？”

我说：“别担心，宝贝，真的。帮我一个忙，别管了，好好享受阳光，欣赏我小孩的可爱模样，好吗？”

洁琪笑了。“行，”她说，“就这么办。”

荷莉很尽责，要多美有多美，我夫复何求：几绺头发从她马尾松脱，被阳光照得火红金黄，而她兀自哼着快乐的曲子。她身体利落摆荡，双腿熟练弯曲、伸直。我看着她，感觉阳光缓缓渗入我的体内，放松我的肌肉，简直和高级大麻一样好用。“她功课已经写完了，”过了一会儿，我说，“晚饭之后要不要一起去看电影？”

“不行，我得回家。”

他们四个还是乖乖忍受了每周的噩梦：周日晚上和老爸、老妈一起度过，吃烤牛肉和三色冰淇淋。好有趣、好好玩，直到有人发疯为止。我对洁琪说：“那就晚点回去，叛逆一点。”

“我跟他们说我要进城，在老加和死党碰面之前先和他喝一杯。要是我不花一点时间陪他，他就会以为我在养小白脸。我只是来看你是不是还好。”

“叫他一起来。”

“去看卡通片？”

“程度刚刚好。”

“闭嘴吧你，”洁琪平心静气说，“你不欣赏加文。”

“绝对比不上你。不过，我很怀疑他会希望我用你的方式欣赏他。”

“你实在恶心透了，真的。我是想问你，你的手怎么了？”

“我去拯救惊声尖叫的处女，结果被恶魔纳粹机车骑士伤了。”

“哦，我是说真的。你该不会摔倒了吧？在你和我们分开之后？你那时有点——呃，我不是说你醉到腿软，可是——”

这时，我的手机响了，是我手下小鬼用的专线。“帮我看着荷莉，”我说着从口袋里捞出手机：没有显示姓名，我也不认得号码。“我得接电话。喂？”

我才刚站起来，就听见凯文吞吞吐吐说：“呃，弗朗科吗？”

我说：“抱歉，小凯，现在时间不对。”说完我就挂了，将手机塞回口袋重新坐下。

洁琪问：“是凯文打来的？”

“嗯。”

“你没心情和他说话，是吗？”

“对，是没有。”

她睁大眼睛同情地看着我：“会好转的，弗朗科，一定会。”

我没回答。“我跟你说，”洁琪说，忽然福至心灵，“你送荷莉回家之后，和我一起回老爸老妈家，谢伊那时一定清醒过来了，他肯定很想向你道歉，卡梅尔要带孩子——”

我说："我不这么认为。"

"唉，弗朗科，为什么？"

"爸爸爸爸爸爸！"荷莉最会挑时间。她跳下秋千，大步朝我们走来，膝盖伸在前头像骑马一样。她满脸通红，气喘吁吁。"我刚刚想到，为了怕等一下忘记，我可以买白靴子吗？边缘有鬃毛，有两条拉链，皮很软很软，高度到这里的那种？"

"你已经有很多鞋子了。我上回数过，你有三千零十二双鞋子。"

"错了，不是这样！这双不一样。"

我说："那要看情况，哪里不同？"每回荷莉想要一样东西，但不是必需品，也不是重大节日，我就会让她解释理由，希望她学会分辨需要、想要和乱要的不同。虽然我这么对她，但荷莉通常还是会来问我的意见，而不是问莉儿，让我很高兴。

"西莉亚·贝利有一双。"

"谁是西莉亚？是和你一起上舞蹈课的小女生吗？"

荷莉瞪我一眼，露出"不会吧"的眼神。"西莉亚·贝利，她很有名。"

"恭喜她，她是做什么的？"

她眼神更茫然了。"她是名人。"

"我想也是。她是演员？"

"不是。"

"歌手？"

"不是！"我显然越来越白痴了。洁琪嘴角浮起微笑，等着看好戏。

"航天员？撑竿跳选手？法国抗德女英雄？"

"爸爸，停！她在电视上。"

"航天员、歌手和用胳肢窝发出动物叫声的人也会上电视啊。这位女士到底是做什么的？"

荷莉双手遮住嘴唇，气得想要大叫。

“西莉亚·贝利是模特儿，”洁琪决定伸出援手拯救我们两个，“你一定认识她。金发美女，两三年前和拥有几间夜店的家伙交往，后来他滥情，被她找出所有的电邮卖给《每日星报》，于是就红了。”

我说：“哦，是她啊。”洁琪说对了，我确实认识她。老家那一带的骚货，专长就是和玩信托基金的混球上床，经常上日间节目讲自己怎么战胜古柯碱，说得哀痛恳切，眼球眯得和针头一样。这年头，爱尔兰的明星就是这种人。“荷莉，亲爱的，她不是名人，是衣服太小、脑袋空空的蠢蛋。她做过什么值得做的事情？”

耸肩。

“她有什么专长？”

气炸了的耸肩。

“那她到底是做什么的？你为什么想要模仿她？”

白眼。“她很漂亮。”

“老天爷，”我真是完全吓呆了。“那女人全身上下没有一个地方颜色和以前一样，更别说身材了，她看起来根本不像人。”

荷莉气坏了，既痛苦又手足无措。“洁琪姑姑说的！她是模特儿！”

“她连模特儿都算不上，只在该死的优格饮料海报露过脸，那不一样。”

“她是明星！”

“才不是。凯瑟琳·赫本是明星，布鲁斯·史普林斯汀是明星，这个叫西莉亚的小妞就是个屁。一直跟别人说自己是明星，搞到小镇几个白痴相信她是，不代表她真的就是，也不代表你得跟着变白痴。”

荷莉面红耳赤，扬起下巴准备吵架，但硬是按住脾气。“我不管，我就是要白靴子，不行吗？”

我知道自己气过头了，但就是克制不了。

“不行，只要你开始崇拜真的有在做事情的名人，你考虑考虑，我保证她衣柜里有什么，我都买给你。但除非我死了，否则别想要我花钱、花时间把你变成脑残的大草包，以为人生的最高价值就是卖自己的婚纱照给杂志。”

“我讨厌你！”荷莉大吼说，“你是笨蛋，什么都不懂，我讨厌你！”她朝我腿边的椅侧猛踹一脚，转头冲回秋千那里，气得没有注意脚会不会疼。有人占了她的秋千，荷莉气冲冲交叉双腿，猛力跺脚。

过了半晌，洁琪说：“天哪，弗朗科，我不打算告诉你怎么养育小孩，我一点概念都没有，但你有必要这样吗？”

“废话，当然有。难道你以为我毁了女儿的下午纯粹为了好玩？”

“她只不过想要一双靴子，在哪里看到的有什么差别？那个西莉亚·贝利是有点蠢，愿神保佑她，但这又伤不了人。”

“才怪。这个世界出了什么毛病，你在西莉亚·贝利身上都找得到。如果她不伤人，那氰化物三明治也不会伤人。”

“哦，少来了，警察大人。这有什么大不了的？不到一个月，荷莉就会将她忘得一干二净，开始疯某个女子乐团——”

“这不是什么鸡毛蒜皮的小事，洁琪。我希望荷莉能够明白，真理和废话或胡言乱语是不一样的。她身边的人每天都在给她灌输真实是百分之百主观：只要相信自己是明星，就算五音不全也应该出唱片；只要相信有大规模毁灭性武器，武器是不是存在就一点也不重要；名声就是一切，因为没有大家的注意，你就等于不存在。而我希望自己的女儿学会一件事，世上不是所有东西的价值都由你有多常听到它、多希望它是真的或有多少人注意它来决定。在这个世界上，一个东西要是真实的，就他妈的必须要有内容。我敢说她绝不会从其他地方学到这点，所以我只好亲自出马。就算她偶尔反抗，我也不管。”

洁琪扬起眉毛，嘴唇一抿。“你说得对极了，”她说，“我看我还是闭嘴吧。”

我们两个都闭上嘴巴。荷莉踏上另一个秋千，开始吃力地转圈将铁链扭成麻花。

“谢伊说对一件事，”我说，“会崇拜西莉亚·贝利的国家绝对快完蛋了。”

洁琪啧了一声：“别又来了。”

“我没有。假如你问我，我会说完蛋或许不是坏事。”

“老天，弗朗科！”

“我在养育小孩，洁琪，光是这点就可以把任何正常人吓昏，何况她身处的环境每天都有人告诉她，除了流行、名声和脂肪什么都不重要，别管操控你的家伙，尽情去买漂亮东西……我简直胆战心惊，一直都是。她小的时候，我还掌握得了，但她每一天都在长大，而我越来越怕。也许我疯了，但我真的很希望她生在不一样的国家，人们偶尔只会在乎最重要的事，而不是‘没有大　开大车’和派瑞丝·希尔顿。”

洁琪嘴角露出戏谑的微笑说：“你知道你听起来像谁吗？谢伊。”

“靠，妈的。我要是相信你，我就轰掉自己的脑袋。”

她给了我一个饱受误解的眼神。“我知道你的毛病出在哪里，”她对我说，“你昨天晚上喝到烂酒，把肠子搞坏了。这种事总是让男人心情不好，我说对了没有？”

我的手机又响了：凯文。我说：“妈的拜托。”语气比我想得还恶劣。给他号码当时看来合情合理，但只要给我家人一寸，他们就会要一尺，他们就会搬进你家，开始重新装潢。我连关掉手机都做不到，因为街上随时可能有人需要我。“假如小凯老是这么不识相，交不到女朋友也是再正常不过的事。”

洁琪拍拍我的胳膊安慰我说：“别管他，你就让它响。我晚上再问他有没有什么要紧的事。”

“不用了，谢谢。”

“我猜他只是想知道你们哪时还能再碰面。”

“我不晓得怎么才能让你明白，洁琪，我妈的一点也不在乎凯文想怎样。就算你说得没错，他只是想知道我们哪时碰面，你也可以跟他说这是我说的，用我满满的爱意：永远不见。好吗？”

“哦，弗朗科，住嘴，你知道自己不是这个意思。”

“我是，相信我，洁琪，我真的是这个意思。”

“他是你弟弟。”

“而且就我所知，他是个大好人，一定有许多朋友旧识喜欢他，但我不是。我和凯文唯一的关联是一场自然意外，让我们在一个屋檐下同住了几年。现在我们已经不住在一起，他和我没有丝毫关系，就跟那张长椅上的家伙一样。卡梅尔也是，谢伊也是，老爸和老妈绝对更是。我们彼此不认识，没有半点地方相同，我翻遍神创造的全世界也找不出任何理由告诉我们应该碰面，一起喝茶吃饼干。”

洁琪说：“别这么歇斯底里好不好？你明知道事情没那么简单。”

手机又响了。“才怪，”我说，“就这么简单。”

她用鞋尖戳动落叶，等手机停止嘶吼，接着说：“你昨天怪我们害你被萝西甩掉。”

我深呼吸一口气，语气放缓说：“我不会怪你的，宝贝，你那时还在包尿布呢。”

“所以你才不介意和我见面？”

我说：“我想你甚至不记得那天晚上。”

“我昨天问了卡梅尔，在我们……我只记得一点点。所有往事都会搅在一起，你应该有经验。”

我说：“那回不一样，我记得清清楚楚。”

将近凌晨三点，我朋友威吉在夜店打完工回到停车场，把我该得的钱给我，自己继续当班。我走路回家，路上只剩几个周六醉鬼摇摇晃晃，大声喧哗。我轻声吹着口哨，幻想明天的私奔，为全天下男人感到可怜，可怜他们不是我。我轻飘飘地绕过街角走进忠诚之地，仿佛漫步云中。

我用脚趾头想就知道出事了。街上半数窗户灯火通明，包括我家。只要站在马路尽头竖耳倾听，就能听见屋子里面交头接耳，话语急促，充满兴奋。

我家大门有新的凹痕与刮损，客厅有一张厨房的椅子上下颠倒靠着墙壁，椅脚歪了裂了。卡梅尔穿着褪色花纹睡衣，披着外套，拿着扫帚和畚箕跪在地上清扫破瓷器，但双手抖得非常厉害，碎片扫了又掉出来。

老妈气喘吁吁坐在沙发一角，用湿的洗脸毛巾轻拍破皮的嘴唇。洁琪裹着毯子缩在沙发另一边，嘴里含着拇指。凯文坐在扶手椅上咬指甲，眼神空洞。谢伊手插口袋靠墙站着，双脚踮来踮去，眼睛周围几道亮白圆圈，有如困兽，鼻孔气愤地偾张。他多了一个漂亮的黑眼圈。我听见老爸在厨房喘息咆哮，对着水槽拼命呕吐。

我说："怎么回事？"

所有人吓了一跳，五双眼睛转过来看我，瞪得又圆又大，眨也不眨，完全面无表情。卡梅尔在哭。

谢伊说："你真会挑时间。"其他人都没有开口。过了一会儿，我从卡梅尔手里接过扫帚与畚箕，轻轻带她走向沙发，坐在老妈和洁琪之间，然后开始打扫。许久之后，厨房的嘈杂变成鼾声，谢伊悄悄走进去，将所有的尖刀拿出来。那一晚，我们都没有阖眼。

有人把自己那一周的黑工扔给我老爸：四天的灰泥工，不必让失业救济局知道。他将赚到的钱拿到酒吧，想喝多少酒就喝多少。酒让老爸自怨自艾，而自怨自艾让他毫不留情。他颠颠倒倒走回忠诚之地，闯到戴利家门口大吵大闹，吼着要麦特·戴利出来和他决斗，只是这回他做得更凶，竟然开始撞门。他怎么撞也撞不开，像台破旧没力的老爷车，于是他脱下一只鞋子，开始反复朝戴利家的窗户扔。老妈和谢伊就在这时赶到，开始拉他回家。

通常老爸很了解状况，知道晚上到这里就算结束了。但那天晚上，他却有一肚子的火还没消。满大街的人包括凯文和洁琪都站在窗边，听他大骂我老妈是臭婆娘，谢伊是没用的蠢蛋，还有跑来帮忙的卡梅尔是贱女人。老妈骂他废物、畜生，祈祷他哀号而死，下地狱烂掉。老爸要他们三个立刻放手，否则等他们晚上睡着，他就要拿刀割断他们喉咙。他一边叫嚷，一边用尽全身力气痛打他们三个。

这都不稀奇。差别在于他从前只会在家里发飙，打破这个界限就好像放开煞车，猛踩油门。卡梅尔用铁口直断的漠然语气低声说道："他变得更糟了。"没有人看她。

凯文和洁琪在窗边尖叫，要老爸住手，谢伊咆哮叫他们进去，老妈高声责怪老爸喝酒都是他们的错，老爸大骂等他上楼就要他们好看。后来，有人打电话（整条街就只有哈里森姐妹家有电话）报警。那个年代，报警就跟拿海洛因给小孩子或朝神父骂脏话一样，是天大的禁忌。但我家却把哈里森姐妹逼到极点，非得打电话报警不可。

老妈和卡梅尔哀求警察不要将老爸带走——因为丢脸——他们竟也乐意配合。对当时许多警察来说，家暴就像破坏自己家里的东西，虽然很蠢，但也许称不上犯罪。他们将老爸拖上楼扔进厨房，之后便离开了。

洁琪说："那天是很糟没错。"

我说："我想就是那天让萝西下定决心的。从小到大，她老爸不断警告她，麦奇家是一群卑鄙龌龊的野蛮人，她都不理不睬，还是爱上我，跟自己说我不一样。结果就在她再过几小时就要将一生交到我手中，在她心里所有微小疑虑膨胀成一千倍的时候，麦奇家出场了，亲自向萝西展现她老爸的论点。在所有邻居面前上演一场烂秀，大吼大叫，怒骂咆哮，像一群嗑了天使丸的丑八怪在那里狗咬狗。她一定会想我在家里是什么样子，心底一定会怀疑我是不是也和他们一样，潜藏的性格是不是再过不久就会浮出台面。"

“所以你还是离开了，即使没有她。”

我说：“我想我得自力更生。”

“我曾经想过这点，想你为什么不回家。”

“要是有钱，我早就跳上飞机直奔澳洲，离这里越远越好。”

洁琪问：“你还怪他们吗？或者只是说醉话？我是说昨天晚上。”

“对，”我说，“我还怪他们，所有人。这么做或许不公平，但人生有时候就是像个老贱人一样。”

我手机哔了一声，是短信。嗨，弗朗科，我小凯，不是想烦你，我知道你忙，但有空回电好吗？我们聊聊，谢了。我直接删除。

洁琪说：“可是，假如她并没有甩掉你呢？万一事情不是那样呢？”

我没有答案，甚至连问题都听不大懂，而现在要找答案，感觉也迟了几十年。她见我没有理会，便耸耸肩开始补上唇膏。我望着荷莉随着解开的秋千链子疯狂转圈，小心翼翼让自己脑中只想着她该不该加围巾，她要多久才会气消想吃东西，还有我要什么口味的披萨。

Chapter 10 这辈子最幸福的一天

吃了披萨之后，洁琪去关心加文去了，荷莉求我带她去皇家都柏林学院里的圣诞溜冰场。荷莉溜冰像精灵，我则像神经系统故障的大猩猩。对她来说这样更好，因为这样她就能取笑我撞墙。等我送她回到奥莉薇亚家，我们已经玩得精疲力竭，被流行圣诞歌曲搞得有点亢奋，心情也好转许多。莉儿见到我们满身大汗，蓬头垢面，开心笑着出现在门口，也忍不住露出微笑。

我进城和朋友喝了几杯，然后回家——双峰区从来不曾这么美丽——打开Xbox干掉几窝僵尸，接着上床睡觉。睡前，我想到又能正常上班很是高兴，甚至想明天一早就去亲吻办公室的门。我是对的，正常生活过一天是一天。即使我对天挥拳，发誓再也不要踏进那个鬼地狱一步，我心底也很清楚忠诚之地不会放过我。它不准我离开那间房子，它会亲自找上门来。

星期一午餐时间，我刚搞定毒帮卧底小子的事，介绍新奶奶给他认识，办公室的电话就响了。“我是麦奇。”我说。

组里总机布莱恩说：“找你的私人电话，你要接吗？我不想打扰你，只是听起来……呃，很紧急，这么说还算轻的。”

又是凯文，一定是。这么多年了，依然是个黏人的小混蛋。才跟着我一天，就以为是我最最要好的死党或伙伴，或者什么别的。越早让他死心越好。“他妈的，”我按着突然不停跳动的眉毛说，“接过来。”

“是女士，”布莱恩说，“而且语气不好，可别怪我没有事先警告你。”

是洁琪，哭得非常厉害。“弗朗科，谢天谢地，求求你，你一定要过来。我不懂，我不晓得怎么回事，拜托你……”

她泣不成声，声音又尖又细，完全不在意难堪或自制，我顿时脊背一凉。

“洁琪！”我怒斥道，“告诉我，到底出了什么事？”

我几乎听不懂她的回答：什么荷恩、警察，还有院子。

“洁琪，我知道你很不好受，但我需要你好好讲。深呼吸，然后告诉我怎么回事。”

她上气不接下气。“凯文，弗朗科……弗朗科……天哪……是凯文。”

我又是脊背一抽，这回更强。我说：“他受伤了？”

“他——弗朗科，哦，老天……他死了。他——”

“你在哪里？”

“老妈家。老妈家外头。”

“凯文在那里？”

“对——不是——不在这里，在后面，在院子。他、他……”

她又开始口齿不清，拼命抽泣。我说：“洁琪，你听我说，你需要坐下来喝点东西，确定有人在旁边照顾你。我马上就到。”我的外套已经穿到一半。在卧底组，没有人会问你早上去了哪里。我挂上电话，开始狂奔。

就这样，我又来了，回到忠诚之地，就像我不曾离开。我头一回出走，它等了二十二年才拉紧链条，这一回它只给了我三十六小时。和周六下午一样，街坊邻居又出动了，但这次不同。小孩上学，大人上班，因此只有老人、家庭主妇和无业游民，身上衣服裹得死紧，抵抗刺骨的严寒，没有人大声嚷嚷出门真好。

所有台阶和窗边都挤满茫然观望的脸庞，但街上却是空空荡荡，只有我的警察老友走来走去，仿佛他是教皇的保标。警察这回抢先一步，在骚动之前要大伙儿退开。除了某处婴儿的号哭，四下一片死寂，只有远方车流、怪兽警察的脚步和晨雨从檐槽缓缓滴落的声响。

这回没有鉴证科的厢型车，也没有库柏，却有球王那辆漂亮的银色宝马出现在警车与殡殓车之间。警戒胶带重新围住十六号，一名身穿便服的壮汉（从西装看来是球王的手下）负责看守。我不晓得凯文怎么了，但肯定不是心脏病发作。

怪兽警察对我视而不见，这么做很聪明。洁琪、我老爸和老妈站在八号台阶上，老妈和洁琪彼此搀扶，仿佛只要稍微一动，两人就会摔倒。老爸猛地吸着香烟。

我走上前去，他们的目光缓缓飘向我，却认不出我来，仿佛从来没见过我。“洁琪，出了什么事？”

老爸说：“你回来了。就这么回事。”

洁琪的手像老虎钳一样抓住我的外套，脸庞紧紧贴上我的胳膊。我努力压下推开她的冲动。“洁琪，乖宝，”我柔声说，“我需要你再支撑一会儿，跟我说话。”

她已经在颤抖。“哦，弗朗科，”她用带着一丝诧异的口吻说，“哦，弗朗科，怎么……”

“我知道，乖宝。他在哪里？”

老妈冷冷说道：“十六号后面，院子里。淋雨淋了一早上。”她重重靠着扶手，声音低沉酸楚，仿佛哭了几个小时，但眼睛却干涸而炯炯发亮。

“有谁知道出了什么事吗？”

没有人说话，老妈嗫嚅几声。

“好吧，”我说，“但我们百分之百确定是凯文？”

“对，我们确定，你这白痴，”老妈火了，感觉随时要赏我脸上一拳，“你难道觉得我连自己生的小孩都不认识？你是脑袋流脓啊你？”

我很想将她推下台阶。“好，”我说，“干得好，卡梅尔在路上了吗？”

“卡梅尔要来了，”洁琪说，“谢伊也是，他只是得，他得，他必须……”

她说不出来。老爸说：“他在等老板回来顾店。”说完将烟屁股扔过扶手，看它落在地下室窗边滋滋熄灭。

“很好，”我说。我不可能让洁琪独自面对两个老的，但她和卡梅尔可以互相照顾。“外头冷得要命，你们没必要站在这里等，回屋里去，吃点热的，我去看看能够发现什么。”

没有人动。我扳开洁琪抓着我外套的手指，动作尽量放轻，将三人留在原地。几十双眼睛随我走上马路，回到十六号。

守在警戒线旁的壮汉看了看我的证件，说：“肯耐迪警探在后面，从台阶下楼再推门出去。”显然有人跟壮汉说我会出现。

后门开着，一道阴森的灰濛光线斜斜射进地下室和楼梯。四个人在院子里，有如绘画或幻梦中走出来的人物。身材魁梧的殡葬人员一身雪白，倚着担架耐心等候，四周是长长的野草、破瓶与缆线粗的荨麻。

球王侧着满头油光的脑袋，黑色风衣拍打老旧的砖墙，蹲下身子伸出戴手套的手，身影清晰得超乎真实。还有凯文，他仰躺在地上，头朝屋子，双脚岔成夸张的角度，一手在胸前，另一手弯着压在身下，仿佛被人锁臂似的。他脑袋大幅度后仰，背对着我，周围泥土沾着凹凸不平的黑色团块。球王的白色手指伸进凯文的牛仔裤口袋轻轻摸索，寒风从墙上呼啸而过，发出凄厉的声响。

球王先听见我，或者先感觉到我的到来。他抬头张望，手从凯文身上抽开，起身朝我走来，一边说：“弗朗科，你失去了亲人，我很遗憾。”

他脱下手套，准备和我握手。我说：“我想看看他。”

球王点点头，退后让我过去。我跪在泥土和杂草之间，靠着凯文的尸体。

死亡让他脸庞塌陷，包括颧骨和嘴边，感觉老了四十岁，只是他没机会变老了。脸朝上的部分一片惨白，朝下的部分泛着紫斑，有血聚集，鼻孔下方一道干涸的血痕。他下巴微微耷落，我发现他门牙断了。雨水将头发打湿，显得松垮暗沉。一只眼睛起了翳，被眼皮半盖着，仿佛向人淘气眨眼。我感觉自己仿佛站在汹涌的瀑布底下，无法呼吸。我说："库柏，我们得找库柏过来。"

"他来过了。"

"然后呢？"

短暂的沉默，我看见殡葬人员对望一眼，接着球王开口说："据他表示，你弟弟不是死于头骨碎裂，就是颈部骨折。"

"原因呢？"

球王轻声细语："弗朗科，他们得将他带走了。进去吧，我们到屋里谈，他们会好好照料他的。"

他伸手靠近我的手肘，但晓得最好不要碰我。我最后一次注视凯文的脸，看他茫然的眼神和发黑血痕，还有眉上的细微扭曲。六岁那年，我每天早上醒来在枕头边看到的第一样东西，就是这道细纹。我说："好吧。"我转身离开，接着只听见两个小伙子唰地拉开尸袋，发出撕裂般的声响。

我不记得自己怎么回到屋里，也不记得球王带我上楼，让路给殡葬人员。用手捶墙是年轻人的把戏，根本派不上用场。我气得眼前发白，以为自己瞎了。等我回过神来，已经和球王站在二楼尽头的房间。我和凯文星期六才来这里搜查过，房里比我印象中更亮、更冷；有人将肮脏的上开式窗户推开，射进一道凛冽的光线。球王说："你还好吗？"

我像渴望空气的溺水者，只想听他和我谈公事，像两名警察讨论案情，用平铺直叙的文字将眼前的混乱收藏起来。我开口说话，感觉自己的声音很怪，空洞而遥远："目前有什么发现？"

纵使球王有百般不对，我们还是同一国的。我看出他察觉了这一点。他点点头，背靠墙壁，接受这样的事实。"你弟弟最后被人看见，是昨晚的十一点二十分左右。他、你妹妹洁琪、哥哥谢伊和姐姐卡梅尔一家人依照惯例在你父母家吃晚餐——要是我讲的你都知道，就开口说一声。”

我摇摇头，说：“继续说。”

“八点左右，卡梅尔和先生带小孩子回家，其他人又待了一会儿，看电视聊天。除了你母亲，所有人都喝了几罐酒。不过，大伙儿都认为几个男的喝到有点晕头，但绝没有烂醉如泥，而洁琪只喝了两罐。十一点刚过，凯文、谢伊和洁琪三人一起离开你父母家。谢伊上楼回自己公寓，凯文陪洁琪沿着史密斯路走到新街口，她的车停在那里。洁琪提议载他一程，但凯文说他想走一走醒醒酒。她认为凯文打算沿着原路回去，走史密斯路经过忠诚之地入口，之后切过自由区，沿着运河走回他位于波多贝罗的家，但她显然无法证实这一点。凯文送她上车，两人挥手告别，接着她就驱车离开了。她最后看到凯文的时候，凯文正回头沿着史密斯路走，这是他生前被人目击到的最后行踪。”

昨晚七点，他已经放弃希望，不再打电话给我。我完全不理不睬，让凯文觉得没必要再试一次，只好靠自己的笨脑袋解决，不管是什么事情。“只不过他并没有回家？”我说。

“应该没有。建筑工人今天在隔壁干活，所以这里将近中午才有人来。荷恩家的两个小鬼，杰森和洛根，他们跑到十六号看地下室，结果从楼梯转角窗户瞄出去，发现了意想不到的东西。两人一个十三岁，一个十二岁，至于他们为什么没在学校——”

“坦白讲，”我说，“我很高兴他们没去上学。”十二号和十四号都是空的，没有人会从后窗看到凯文。要不是这两个小鬼，他可能得在院子里待上几个星期。我看过放了那么久的尸体。

球王匆匆瞥我一眼，眼神带着歉意。他太入戏了。“是啊，”他说，“的确。总之，他们跑出屋子去找母亲，她打电话报警，显然也通知了大多数邻居。荷恩女士还认出死者是你弟弟，便向你母亲说了，她确定死者就是凯文。抱歉，我们不得不让你母亲去看。”

我说：“我老妈很坚强的。”说完就听见背后楼下传来一声碰撞，随即是嘀咕与摩擦声，殡葬人员正吃力抬着担架走过狭窄的走道。我没有回头。

“库柏推断死亡时间约在午夜，误差前后两小时。根据你家人的供词，加上他身上的衣服和昨晚一样，我想可以假定他送洁琪回车上之后，就直接返回忠诚之地。”

“然后呢？他到底是怎么把脖子搞断的？”

球王吸了口气。“不晓得为了什么理由，”他说，“总之，你弟弟踏进这栋房子上到这个房间，接着就出事摔出了窗外。库柏分析他几乎是当场死亡，或许你听了会好过一点。”

我眼冒金星，仿佛脑袋被人重捶一拳。

我伸手梳了梳头发：“不对，这不合理，也许他是从院子围墙上摔下来的，从其中一面墙——” 这时，我仿佛见到十六岁的小凯，身手矫捷一路翻过漆黑的后院，追逐琳达·朵耶稚嫩的乳房。“从这里摔出窗外说不过去。”

球王摇摇头说：“两边围墙都有，呃，两百一十公分高，甚至两百四十公分？据库柏的说法，伤势显示坠落高度将近两层楼，而且是垂直坠落。他是从这扇窗子出去的。”

“不可能，凯文不喜欢这个地方，上周日我抓着他的颈背才把他拖过来，他一直抱怨老鼠，说自己毛骨悚然，天花板会掉下来。那还是大白天，我和他都在。三更半夜，他一个人来这里到底想做什么？”

“我们也想知道这一点。我想会不会是他回家前想撒尿，而这里比较隐密，可是干吗老远上楼来？假如他想尿在后院，一楼窗户就可以掏小鸟了。我不晓得你怎样，但我只要喝醉，不是万不得已，否则绝不上楼。”听到这里，我忽然明白窗框上的脏污不是尘垢，而是指纹取样粉，而我刚才见到球王为什么心里一阵嫌恶。我说：“你来这里做什么？”

球王眼皮一跳，答得小心翼翼：“我们起先认为是意外。你弟弟有事上来这里，随后被吸引从窗户探头出去，或许听见后院有声音，或许醉意袭来，让他觉得自己想吐。总之，他探头出去，结果失去平衡，来不及抓稳……”

我喉间一凉，但咬牙忍住。

“可是我做了一点实验，想眼见为凭。哈米尔，就是楼下警戒线旁的家伙？他身高和体重跟你弟弟差不多，我试了快一上午，要他探出窗外，结果完全不行，弗朗科。”

“你是什么意思？”

“以哈米尔的身高，窗台到他这里，”球王用手刀比着自己肋骨说，“要探头出去，他必须弯下膝盖，连带让背部往下，重心完全在房间里。我们换了十几种方式，结果都一样。以凯文的身材，几乎不可能意外摔出那扇窗外。”

我嘴里一阵冰冷。我说：“有人推他。”

球王将外套往上一拉，好让双手插进口袋。他谨慎答道：“我们没有发现打斗痕迹，弗朗科。”

“什么意思？”

“假如凯文被人推出窗外，我想地板应该有拖痕，窗台会被他滑落的身体弄碎，指甲因为猛抓攻击者或窗框而断裂，说不定还有割伤和瘀青，但我们什么都没发现。”

我说：“你想跟我说凯文是自杀的？”

球王避开目光说：“我想跟你说这不是意外，也没有迹象显示有人推他。根据库柏的说法，他身上所有伤势都与坠落吻合。他身材壮硕，就我所知，他昨晚喝醉了，但还不至于腿软，不可能没有抵抗就摔下去。”

我吸了一口气。“好吧，”我说，“有道理，你说得对。不过，你来一下，有样东西我想应该让你瞧瞧。”

我带他走到窗边，他犹疑地看我一眼：“什么东西？”

“你从这个角度仔细看院子，尤其和屋子基底相接的部分。你看了就知道。”

我推他一下，稍微用力了点，让我以为他会摔下去，拉不回来。那一瞬间，我真是他妈的高兴到了极点。

“你干吗！”球王往后一跳，睁大眼睛瞪着我，“你他妈疯了是不是？”

“没有拖痕，球王，窗台没有碎，指甲没断，也没有割伤或瘀青。你个头很大，神志清醒到了极点，就这样不发一声下去了。拜拜，谢谢参加，球王下楼去啰。”

“去你的……”他拉直外套拍去灰尘，动作非常用力。“这一点也不好玩，弗朗科，你把我吓死了。”

“很好。凯文没有自杀倾向，球王，你一定要相信我。他不可能了结自己的性命。”

“好，那你告诉我，是谁找上他？”

“我认识的人没有，但这不说明什么，谁晓得他是不是惹上了西西里黑手党？”

球王嘴巴闭紧，用沉默表示意见。

我说：“没错，我们不是死党，但我不必是他肚子里的蛔虫，也晓得他是身体健康的年轻人，没有心理疾病，没有爱情纠纷，没有金钱问题，日子逍遥得很。这样的人，你要我相信他有一天忽然决定走进废弃房子，然后从窗户跳出去？”

“是有可能。”

“那你找出一项证据证明是这么回事，一项就好。”

球王将头发拍整齐，叹了口气。“好吧，”他说，“但我现在是用同事的身份告诉你这件事，弗朗科，而不是把你当成被害人家属。你走出这个房间就不准透露半个字，你做得到吗？”

“那有什么问题。”我说。

我早就知道事情不妙了。

球王弯腰在那只娘气十足的公文包里翻找，拿出一个透明塑料证物袋。

“别打开。”他说。

袋子里是一小张泛黄的条纹纸，四道清楚的折痕显示折了很长一段时间。我原本以为纸条是空白的，翻过来才发现背面有毕罗圆珠笔的褪色字迹。在我脑袋转过来之前，纸条上的字就像猛虎出闸，撞得我头昏眼花。

亲爱的妈妈、爸爸和诺拉：

你们读到这张字条的时候，我已经和弗朗科出发到英格兰了。我们打算结婚，找一份工厂之外的好差事，一起创造美好的人生。

我真希望不用欺瞒你们，我每天都想看着你们的眼睛，对你们说我要嫁给弗朗科，可是爸爸，我实在不晓得该怎么办。我知道你一定会气炸了，但弗朗科不是败类，也不会伤害我。他让我快乐，今天是我这辈子最幸福的一天。

“档案组的人会做比对，”球王说，“但我敢说之前见过这张字条的另一半。”

窗外天寒地冻，天空灰白一片，寒风从窗户扫了进来，地板卷起一小撮沙尘在微光下闪烁，稍纵即逝。我听见灰泥剥蚀掉落的窸窣声。球王看着我，为了他着想，我希望那不是同情。我说：“你在哪里找到的？”

“在你弟弟外套的内口袋。”

啪啪啪，漂亮的三拳连攻。等我呼吸稍微正常，我说：“光靠这点没办法告诉你纸条从哪里来的，甚至不能证明是他自己放进去的。”

“的确，”球王同意，语气太委婉了点，“是没办法。”

沉默。球王刻意等了一会儿，才伸手要回证物袋。

我说：“你觉得这表示凯文杀了萝西。”

“我什么都没说。目前这个阶段，我只搜集证据。”

他伸手要拿证物袋，我将他的手拍开。“你继续搜集，听到没有？”

“我需要拿回你手上的东西。”

“无罪推定，肯耐迪，单凭这个还远得很，记住这一点。”

“嗯，”球王不置可否，“我还需要另一样东西，就是你别管我的事，弗朗科，我是认真的。”

“真巧，我也是认真的。”

“之前已经够糟了，没想到现在……没什么比这种事更让人情绪激动的了。我知道你很不安，但你插手只会妨碍我办案，我绝不允许。”

我说：“凯文没有杀人。他没自杀，没杀萝西，没杀任何人。你只管继续搜集证据就是了。”

球王目光一闪，避开我的注视。过了一会儿，我将他的宝贝封口袋还给他，随即转身离开。我走到门边，球王说：“嘿，弗朗科？起码我们现在知道她并没有打算离开你。”

我没有回头。我依然感觉她的字句灼穿球王字迹拘谨的标示，袭上我的手，直直烧入我的骨髓。今天是我这辈子最幸福的一天。

她要和我碰面，也差点来成了。我们和我们携手共赴的美丽新世界相隔不到十米。我仿佛坠下深渊，被人推下飞机，感觉地面朝我猛冲而来，却没有降落伞。

Chapter 11 另寻出路

我稍微打开前门，然后重重关上，给球王下马威。我走下后方的楼梯进到后院，翻过围墙。我没时间应付家人，消息在局里传得很快，尤其是这么八卦的事。我关掉手机直奔总部，想趁上级要我休假之前自行请假。

乔治个头很大，接近退休，一张脸松垮疲惫，有如玩具腊肠狗。我们都很爱他，就连嫌犯也常爱上这个不该爱的人。

“唉，”乔治看我出现在门口，便从椅子上起身说，“弗朗科，”他隔着桌子伸出手说，“节哀顺变。”

“我们不是很亲，”我给了他结实一握，说，“不过还是很意外。”

“他们说看起来可能是自杀。”

“嗯，”我附和一声，看他重重坐回位子，两眼闪过一道锐利审视的目光。“他们是这么说，实在很伤脑筋。老大，我积了很多假，要是你不介意，我想动用几天，即刻开始。”

乔治一手抚摸头秃的部分，面露感伤，假装考虑我的请求。“休假不会耽误你手上的案子吧？”

“完全不会，”我说。这点他早就知道了：倒读字母是人生很有用的技巧，他面前的那份档案就是我的。“目前还不到关键阶段，密切观察就够了。我只需要一两个小时处理书面数据，之后随时可以移交。”

“好吧，”乔治叹息一声说，“有何不可？就交给叶慈吧，他在南边的毒品任务需要暂时按兵不动，正好有空档。”

叶慈很好，我们卧底组没有废物。“我会让他尽快进入状况的，”我回答，“谢了，老大。”

“你就休息个几周，让脑袋放空。你打算做什么？陪家人吗？”

意思是，你想在命案现场打转，到处问东问西吗？我说：“我想出城一阵子，或许到威克斯福。我听说那里的海岸这时节很美。”

乔治按摩前额，仿佛皱纹会痛似的，“今天一大早，重案组有个大嘴巴来烦我，跟我抱怨你。肯耐迪、坎尼还是什么的。说你妨碍他办案。”

那个王八乌龟蛋。“他只是月经来了，”我说，“只要送花给他就没事了。”

“送什么随便，只要让他别再打来就好。喝茶之前，我不喜欢大嘴巴来吵我，搞得我肠胃不舒服。”

“我要去威克斯福，老大，还记得吗？就算我想，也没空去找重案组的小姑娘瞎缠。我处理完几件事——”我用拇指比了比我的办公室说，“就拍拍屁股走人，不挡大家的路。”

乔治垂着眼皮打量我，之后挥挥疲惫的大手说：“去吧，慢慢来。”

“谢啦，老大，”我说。所以我们都爱乔治。想成为好上司，其中一个秘诀就是知道什么时候不想知道。“几周后见。”

我正要跨出门口，他喊了一声：“弗朗科。”

“什么事，老大？”

“组里可以捐款给哪里，以你弟弟的名义？例如慈善机构或球队？”

我又中枪了，仿佛被人一拳击中咽喉，顿时哑口无言。虽然我觉得没有，但是我根本不晓得小凯有没有加入体育会。

我想应该有这样的慈善机构，专门针对我眼前的狗屁情况，有一笔基金让年轻人去大堡礁浮潜，到大峡谷玩飞行伞，免得那天是他们生命中的最后一天。

“就捐给凶杀被害人团体吧，”我说，“谢谢你，老大，我很感激，帮我向其他同事道谢。”

所有卧底多少都深信一点，重案组是一群大块头的娘儿们。当然有例外，不过重案组就像职业拳手，他们打得很拼命，但说到底，他们有手套和护齿，想喘口气或需要擦拭伤口的时候，还有裁判敲钟暂停。我们卧底却是赤手空拳在街上干架，打到一方倒下为止。球王想进嫌犯屋里，得先填写一平方英里的公文，等人盖章，还得召集足够人手免得受伤。我呢，我没这套麻烦，只要编个说法闯进去就好。要是嫌犯想痛揍我一顿，我只能自求多福。

我觉得这样很好。球王习惯照规矩办事，以他井底之蛙的程度，自然以为我也一样。他得花上一段时间才会明白，我的规矩和他压根不同。

我将一叠档案摊在桌上，以防有人碰巧经过，希望见到我在忙着交接。接着，我打给纪录组的朋友，请他用电邮将所有侦办萝西·戴利命案的支援警探的个人档案寄来。他嘟囔几句，说这些是机密资料，但他女儿两三年前躲过持有毒品罪嫌，因为某人不小心将三包古柯碱和她的口供归错档案，所以我想他起码欠我两个大的和四个小的人情。而他虽然嘴里嘀咕，却也心知肚明。我听他的声音，感觉他的胃溃疡似乎越来越严重，但我们还没讲完电话，档案就寄来了。

球王找了五名警探支援，为了一个陈年旧案劳师动众，真是出乎我意料之外。我想他和他的八十几趴破案率在重案组显然很吃得开。

我相中第四个，史帝芬·莫兰，二十六岁，家住北墙区，高中毕业成绩出色，直接考进天普墨警校，值勤评鉴非常耀眼，三个月前才脱离警察生涯，转任勤务支援。相片中的他很清瘦，红发蓬乱，一双灰色眼眸机警有神。蓝领出身的都柏林小子，聪明果敢，爬得又快，而且（老天真是眷顾菜鸟）太嫩，重案组前辈说什么，他都不太信服。史帝芬小子和我一定相处愉快。

我将史帝芬的数据塞进口袋，电邮删得干干净净，花两小时整理好手边的案子，准备转交叶慈。我可不想紧要关头接到他的电话，要我解释这个解释那个。我们干净利落办好交接——叶慈很有概念，除了拍拍我肩膀，答应好好照料一切，没有表示什么同情。我收好东西，锁上办公室，朝重案组所在地都柏林堡出发，去找史帝芬·莫兰。

要是承办警探另有其人，史帝芬可能比较难找。他或许六点、七点或八点收工，万一人在外头，说不定就懒得回组里跑公文再下班。但我了解球王这个人。上级只要加班就会兴奋，读到公文就会高潮，因此球王肯定让他的童子军五点准时打卡，下班之前搞定所有公文。我在城堡花园找了张长椅，可以清楚看到门口，又有树丛防止被球王发现。我点根烟开始等待，今天连雨都没下，简直是我的幸运日。

有件事忽然扫过我的心头。凯文身上没有手电筒。有的话球王一定会提，好支持他的自杀说。而凯文除非有天大的好理由，否则从不冒险，“那里才有某种东西”是我和谢伊才会相信的事。就算喝光全都柏林的健力士，他也不会只为了好玩，一个人摸黑到十六号闲晃。

凯文一定是经过时看到或听到了什么，才不得不进去一探究竟（这件事应该急得让他没空求助，又隐密到其他人都没注意）。或者有人从屋里喊他，而这人神奇地知道他会在那个时间经过忠诚之地的尽头。不然就是他欺瞒洁琪，他其实约好要到十六号，去见待在那里等他的人。

夜幕低垂，我脚边也多了一小堆烟蒂。果然五点一到，我就见到球王和他跟班从门口出来，朝停车场走去。球王昂首阔步，公文包前后摇晃，嘴里说了什么让那个白豳脸小子在一旁陪笑。

他们还没消失，我的史帝芬就出现了，手忙脚乱弄着手机、背包、自行车安全帽和一条长围巾。他比我想象的高，声音更低，带着一丝沙哑，让他听起来比实际年轻。他穿着一件灰色风衣，质感非常好，也非常新。他一定砸了大钱，好攀上重案组的水准。

我占了一个便宜。史帝芬或许会在意不该和被害人的兄长闲聊，但我敢说没有人警告他离我远一点。库柏是例外，但球王死也不会让手下的毛头小子发现他竟然怕我这个家伙。球王的阶级观念根深蒂固，反倒帮了我一个忙。在他眼中，基层员警负责跑腿打杂，支持警探听命行事，只有警探值得尊敬。这种态度很糟，不仅可能浪费人才，更让自己弱点百出。而我之前就说了，我天生会挖人弱点。

史帝芬讲完了，将手机塞回口袋。我将烟扔了，走出花园到他面前说：“史帝芬。”

“你是？”

“弗朗科·麦奇，”我伸出一只手说，“卧底组。”

我看见他瞪大眼睛，只有一点点，可能出于尊敬、恐惧或兼而有之。这些年来，我在自己身上加油添醋了不少传奇事迹，有些是真的，有些不是，但都很有用，所以我都留着。不过，史帝芬起码试着克制自己，这点我很欣赏。

“我是史帝芬·莫兰，普通勤务组。”他说着和我握手，力道稍微强了一点，目光交会也久了一些。这小子努力讨好我。“很高兴认识您，长官。”

“叫我弗朗科就好，卧底组不喊‘长官’。我已经观察你一阵子了，史帝芬，很多人大力夸奖你。”

他努力压下脸红与心里的好奇。“这种事听了总是很开心。”我开始喜欢这小子了。

我说：“我们走走吧。”说完便回头走进花园，因为随时会有其他员警或警探从局里出来。“告诉我，史帝芬，你三个月前刚升警探，对吧？”

他走路像青少年一样，仿佛体内有用不完的精力，步伐又大又急。“是的。”

“有你的。也许我错了，但我看你不是那种愿意在一般勤务组窝一辈子的人，永远听重案组警探的吩咐办事。这太大材小用了。你希望有一天能独立办案，对吧？”

“我是这么打算。”

“你想进哪一组？”

这回他压不住了，脸上微微泛起红晕。“重案组或卧底组。”

“选得好，”我咧嘴笑着说，“所以，侦办凶杀案对你来说一定像美梦成真啰？觉得好玩吗？”

史帝芬谨慎回答：“我学到很多。”

我哈哈大笑。“很多才怪，这表示肯耐迪那家伙只把你当成他的啰。他都要你做些什么？泡咖啡吗？帮他拿干洗的衣服？缝破袜子？”

史帝芬忍不住嘴角微微一撇。“将目击者的话打成书面证词。”

“帅啊，你每分钟可以打多少字？”

“无所谓。我是说，我是最菜的，你知道吗？其他人都有几年资历，而总得有人去做——”

他拼命想找出正确的回答。“史帝芬，”我说，“深呼吸，这不是测验。你做文书是浪费。这一点你知我知，要是球王肯花十分钟读过你的档案，他也会知道。”我指着路灯下一张长椅，这样既能看到他的表情，又不会被主要通道的人发现。“坐吧。”

史帝芬将背包和单车头盔放在地上，然后坐了下来。虽然受宠若惊，但他眼神还是小心提防，这样很好。

“我们两个都是大忙人，”我在他身旁坐下，“所以我就长话短说了。我很想听听你对这件案子的看法，以你的观点，不是肯耐迪警探，因为我们都晓得他的看法没什么用处。你想说什么就说什么，不必打官腔，我们的对话会完全保密，只有你和我知道。”

我看得出来他在心里匆匆盘算，但那一张扑克脸摆得很好，我猜不透他倾向哪一边。他说：“你说听听我的看法，这是什么意思？”

“意思是我们偶尔见面，也许我请你喝一两杯，听你说说过去几天做了什么，对侦查有什么意见，还有换成你来办案，你会怎么处理等等，然后我再谈谈我对你做的事情有什么看法，你觉得如何？”

史帝芬从椅子上拾起一片枯叶，仔细沿着叶脉打折。“我可以直说吗？像下班那样，两个男人说话？”

我双手一摊说：“我们是下班啦，史帝芬老弟，你难道没发现？”

“我是说——”

“我懂你的意思。放轻松，兄弟，想说什么就开口吧，直说无妨。”

他目光离开枯叶，一双灰色的慧黠眼眸平视着我：“听说你基于个人因素对这件案子特别感兴趣，本来只有一个理由，现在变两个了。”

“这又不是国家机密，所以呢？”

“听起来，”史帝芬答说，“我感觉你要我当你的眼线，监视案情的进展，然后向你回报。”

我开心地说：“你要这样认为也行。”

“我倒是不怎么生气。”

“有意思，”我掏出香烟，“抽烟吗？”

“不，谢了。”

看来他没有档案里写的那么嫩。这孩子虽然想在我面前得分，想得不得了，但可不会任人宰割。我通常很欣赏这一点，可是在那当下却没心情闲耗，慢慢软化他。我点了根烟，朝路灯的黄浊灯光吐了几个烟圈。“史帝芬，”我说，“你得想得透彻一点，我猜你应该担心三件事：这么做有多费时费力、应不应该，以及可能的后果。不一定按照这个顺序，但我说得对吗？”

“算吧，差不多。”

“那我们就从费力程度说起。我不会要你每天详细报告发生了什么，只会问很特定的问题，不用多少时间和力气就能回答。意思是每周碰面两到三次，假如你有事要忙，每次不会超过十五分钟，外加碰面前大约半个小时做准备。假设是这样，你觉得自己应付得来吗？”

半晌之后，史帝芬点点头："只要没其他事情的话——"

"好人。再来，可能的后果。的确，肯耐迪警探要是发现你和我碰面，很可能会七窍生烟，但我们没有什么理由让他知道。你应该很清楚，我非常懂得守口如瓶。你呢？"

"我不是大嘴巴。"

"我想也是。换句话说，你被肯耐迪警探逮到、打入冷宫的机会微乎其微。还有呢，史帝芬？别忘了这可不是唯一的后果，还有很多事情可能随之而来。"

我等他开口问："例如呢？"

"我说你有潜力不是在拍马屁。别忘了，案子不可能一直办下去，只要结案，你就得归建，你想回去吗？"

他耸耸肩说："只有这样才能升上去，不想做也得做。"

"追查被偷的车子和破窗户，等球王那样的人吹口哨喊你，使唤几个星期，要你天天去买三明治。没错，不想做也得做，但有人只做一年，有人却忙了二十年。假如可以选择，你希望多久就能离开？"

"当然是越快越好。"

"我想也是。我向你保证，就像我刚才说的，我会仔细观察你的表现。每回我们组里有空缺，我最先想到的就是帮过我的人。我不敢保证我朋友球王也是这样。告诉我，就我们两个知道：他知道你姓什么吗？"

史帝芬没有回答。"所以，"我说，"我想可能的后果算是解决了，对吧？那就只剩道德问题。我有要你做任何可能妨碍你处理案子的事吗？"

"目前没有。"

"我也不打算这么做。任何时候，你只要觉得我的存在干扰到你，让你无法专注上级交代的任务，尽管向我开口，我立刻从你眼前消失。我向你保证。"永远记得给他们自由离开的权利，即使他们根本用不到。"够公平了吧？"

他语气不是很确定："嗯。"

"我有要你违抗其他人的命令吗？"

“这是鸡蛋里挑骨头。好吧，肯耐迪警探是没有不准我和你交谈，但那是因为他根本没想到我会这么做。”

“所以呢？球王应该想到才对，假如没有，那是他的问题，不是你的，也不是我的。你不欠他任何东西。”

史帝芬伸手梳拢头发。“但我确实欠他，”他说，“是他找我办这个案子的。他现在是我老板，规矩是我听命于他，而且只听他一个人的命令。”

我下巴差点掉下来。“规矩？搞什么……我还以为你说你想进卧底组。你刚才是在搞我吗？我可不喜欢被男人搞，史帝芬，很不喜欢。”

他立刻坐直身子：“不是，我当然——你在说——我当然想当卧底！”

“你以为卧底有时间成天捧着规矩手册吗？你以为我花三年时间深入贩毒集团，靠的是守规矩吗？跟我说你只是开玩笑，小子，拜托。我千挑万选才拣中你的档案，告诉我不是在浪费时间。”

“我没有要你读我的档案。就我所知，这星期在你想找眼线刺探案情之前，你根本没想到要看我的档案。”

这小子有一套。“史帝芬，我现在给你的机会，局里每一位支援警探，每个和你同期受训或你明天会在组里见到的家伙都梦寐以求，就算要他们把外婆卖了，他们也二话不说。而你现在只因为我不够注意你，就打算将机会扔了？”

史帝芬连雀斑都胀红了，但还是坚守立场。“不是，我只是想做正确的事情。”

天哪，果然是年轻人。“兄弟，你要是到现在还不晓得，最好赶快写下来，牢牢记在心坎里：正确的事和规矩手册吩咐你做的事不一定永远相同。不论动机或目的，我给你的都是一项卧底任务。卧底一定会遇到道德的灰色地带，你要是做不来，最好现在就搞清楚。”

“这不一样，你要我做的卧底是对付自己人。”

“乖宝宝，等你知道这种事有多常发生，肯定会吓死你。我说过了，要是你做不来，不仅你要明白，我也需要知道。我们可能都得重新评估你的生涯规划。”

史帝芬绷起嘴角。“假如我不做，”他说，“就别消想进卧底组了吧？”

“我没有恶意，小子，只是别骗自己。就算是同时搞我姐姐和妹妹，把画面上传到You Tube的家伙，只要我认为他能把事情搞定，我也乐于和他共事。可是假如你让我觉得你显然不适合卧底，那很抱歉，我不会推荐你。你要说我疯了也好，但就是这样。”

“我可以考虑一段时间吗？”

“不行，”我将香烟弹开，说，“你要是无法当机立断，就根本不用考虑了。我还有地方要去，还有人要见，我敢说你也一样。总而言之，史帝芬，未来几周你可以继续当肯耐迪的打字员，也可以成为我的警探。哪一个听起来比较像你想做的事？”

史帝芬咬紧下唇，一手勾着围巾尾端缠呀绕的。“假如我们这么做，”他说，“我说假如，你会想知道哪一方面的事情？只是举例。”

“只是举例。好比指纹鉴定出来了，我会很乐意知道是谁的指纹，比如手提箱上、箱里的东西上、那两张字条或凯文坠楼的窗户上。我也会想知道他的详细验伤数据，最好加上图片与验尸报告。这些应该够我忙上一阵子，说不定最后发现知道这些就够了，谁晓得。我想，检验这两天就会有结果了，不是吗？”

过了半晌，史帝芬长吁一声，在冷空气中拉出一道白雾。他抬头说：“我无意冒犯，但在我将谋杀案的内幕透露给一个完全的陌生人之前，我想先看看证件。”

我哈哈大笑。“史帝芬，”我摸出警员证说，“你真是深得我心。我和你，我们一定会处得很好的。”

“是啊，”史帝芬说，语气有点冷淡，“最好是。”我看他弯下红发蓬乱的脑袋检查证件，那一瞬间，在无比的优越感下（*去你的，球王，他是我的人了*），我对这孩子感到一丝丝亲切。有人站在我这边，感觉真好。

Chapter 12 悼念的歌

我死拖活赖不回家，也只撑了这么久。我试着用牛蒡小馆来激励自己——牛蒡小馆是唯一让我想回自由区的动力——但是再好吃的烟熏鳕鱼加薯条也有它的极限。和绝大多数卧底一样，我不擅长害怕。我曾经和凶神恶煞正面遭遇，那些家伙只想将我大卸八块，漂漂亮亮塞进最近的水泥地下，我连一滴汗珠也没冒。然而，回家却把我吓得屁滚尿流。我用说服史帝芬小子的话提醒自己。就把这件事当成卧底行动，警探英豪弗朗科直捣虎穴，执行最大胆的任务。

我家完全变了一个样。屋子没锁，我一踏进前廊，就被沿着楼梯奔腾而下的浪涛打个正着：热气、声响、丁香和热威士忌味，全都从我家开着的门倾泻出来。客厅暖气全开，挤满了人，落泪的落泪，拥抱的拥抱，脑袋碰着脑袋，一起品尝这一份惊恐。

左邻右舍带着六罐装啤酒、小婴儿或包着保鲜膜的速食三明治登门造访，就连戴利夫妇也来了。戴利先生紧绷着脸，戴利太太像是充满电的开心宝宝。

然而，死亡胜过一切。我立刻自动搜寻老爸的身影，但他和谢伊还有几个家伙在厨房另辟男人特区，抽烟喝酒闲聊。他看来还不错。桌上一颗圣心，周围堆满鲜花、吊唁卡片和电蜡烛，中间插着几张凯文的相片：肥得像红香肠的婴儿凯文、一身“迈阿密风云”帅气雪白西装参加坚信礼的少年凯文，还有和一群晒得棕黑、手拿鲜艳鸡尾酒大吼大叫的家伙在海滩上合照的凯文。

“你来啦，”老妈用手肘顶开某人，气冲冲对我说。她全身穿成熏衣草色，令人瞠目结舌，显然是她最好的行头。她从下午就哭得厉害。“你还真是悠哉游哉啊？”

“我已经尽快赶回来了，你还好吗？”

她的手像龙虾螯子揪住我胳膊松软的地方，那感觉我太熟悉了。“小伙子，你过来。你同事，就是那个下巴突出来的家伙，他说凯文是摔出窗户死的。”

老妈显然将这件事视为奇耻大辱。老妈这个人，你永远搞不懂什么会惹到她。“好像是这样，嗯。”

“我没听过这么白痴的胡扯，你朋友根本用屁眼在说话。你去找他，跟他说我们家的凯文又不是天杀的智障，怎么会从窗子摔下去？”

球王还以为将自杀说成意外就是在帮老朋友的忙呢。我说：“我一定会代你转达。”

“我可不准别人以为我生了一个蠢蛋，连走路都不会。你现在就打电话告诉他。你的手机呢？”

“妈，现在不是上班时间，我打过去吵他只会让他反弹。我明天早上打，如何？”

“你才不会打，你只是嘴巴说说，想哄我闭嘴。你是什么样的人，弗朗科·麦奇，我清楚得很。你是个大骗子，老是自以为比其他人聪明。哼，告诉你，我是你老妈，比聪明你赢不了我。你现在就打电话给那家伙，我要亲眼看你打。”

我想松开我的胳膊，反而让她抓得更紧。“你难道怕你朋友，是不是？

你要是没那个胆子，把手机给我，我自己打给他。快点，拿过来。”

我问：“告诉他什么？”这句话错了：我还没漏风点火，老妈的抓狂指数就已经飘得够快了。“我只是很好奇你到底在想什么？假如凯文不是从窗子摔出去，那他是怎么死的？”

“你少凶我，”老妈火冒三丈。“他当然是被车子撞死的。不晓得哪个混蛋圣诞派对喝得烂醉，开车回家撞倒凯文，结果——你有没有在听我说话——不敢像个男子汉勇于面对，反而将可怜的凯文拖到后院，希望没人发现。”

才和她相处六十秒，我已经开始晕头转向，虽然说到底，对于凯文的死，我多少同意她的看法。

“妈，事情不是这样，他身上的伤没有一个吻合车祸的特征。”

“那就赶紧移动尊驾，查清楚他是怎么死的！这是你的工作，你和你那个装模作样的同事的差事，不是我的。我怎么晓得出了什么事？我看起来像警探吗？”

我瞥见洁琪端了一盘三明治出来，我们目光交会，我发出兄妹紧急救援信号，她立刻将托盘推给旁边一个小伙子，挤过人群朝我们走来。老妈依然骂个没完（“不吻合，你还好意思说，你以为你是谁啊……”），但洁琪一把挽住我，赶忙低声对我们说：“走吧，我答应康塞普塔姑婆，弗朗科一来就带他去找她。假如拖太久，她一定会疯掉，我们最好快点过去。”

做得好：康塞普塔姑婆是老妈的姑姑，心理大乱斗高手，唯一制得住老妈的人。老妈哼了一声，松开鳌手瞪我一眼，告诉我这笔帐还没完。我和洁琪深呼吸一口气，接着钻入人群之中。

那天是我这辈子遇过最诡异的晚上。洁琪带我在屋里打转，介绍我认识侄子侄女、外甥外甥女、凯文的前女友们（琳达·朵耶哭得稀里哗啦，给了我个D罩杯的拥抱）、我老朋友的家人，还有四个住在地下室的中国留学生。那四个家伙满头雾水挤在墙角，手里的健力士原封不动，努力将眼前一

切当成异国文化课。

一个叫威瑟的家伙握着我的手，握了整整五分钟，开心回忆他和凯文当年偷漫画书被逮到的往事。加文笨拙地捶了我手臂一拳，诚心慰问几句。卡梅尔的小孩瞪着我，四双蓝眼睛动也不动，直到老三多娜（所有人都说她很好笑）忽然号啕大哭为止。

这还是好应付的。我从小到大见过的脸庞几乎全到齐了：小时候打过架的对手、一起上学的邻居、被我弄脏干净地板打我小腿肚的女人、给我钱到店里帮他们买几根烟的男人，还有看到我便想起当年的弗朗科·麦奇的人——成天在街上游荡，出言不逊被学校休学，等着瞧吧，他以后一定和他老爸一个样。所有人都不再是从前的模样，个个像是奥斯卡造型师的杰作：双下巴、啤酒肚和后退的发线，难看地叠加在我认识的脸上。洁琪指着他们，低声在我耳边说出他们的名字。她以为我都不记得了。

奇皮·荷恩朝我背上一拍，说我欠他五镑：他真的上了茉拉·凯莉，只不过得先和她结婚就是了。琳达·朵耶的老妈非要我尝尝她特别做的鸡蛋三明治。房里偶尔会飘来异样的眼光，但整体而言，忠诚之地决定张开双臂迎接我回来。

我上周末使出的手段果然奏效，而且丧失亲人一向管用，尤其死法这么耸动。哈里森姐妹的其中一个已经缩成荷莉大小，但还活着，真是奇迹。她揪住我的袖子，踮起双脚，使劲鼓动虚弱的肺部说我长得太英俊了。

我好不容易摆脱所有人，拿了一罐冰凉的啤酒到不显眼的角落，感觉好像经历了一场超现实的心理刑求，目的是让我混淆，终生无法复元。我靠着墙，啤酒罐贴着脖子，尽量回避众人的目光。

房里的气氛开始上扬，守灵就是这样。大伙儿受够了痛苦，需要暂时喘口气，好再度拾起哀伤。交谈声变大，更多人涌进屋里，我旁边的几个家伙忽然爆出笑声："巴士刚开动，对吧，小凯戴着交通锥从上层车窗探头出去，对着警察大吼：'看到神还不赶紧下跪！'……"

有人拉开咖啡桌在壁炉前清出一小块地方，另一个人怂恿莎莉·荷恩唱歌，她客套推辞，但想想也知道，只要有人给她一小口威士忌润嗓，最后的结果是：“三位俏姑娘，来自齐马吉。”房间里一半的人立刻唱和：“来自齐马吉……”

我小时候，每一回派对都是这样，而我、萝西、曼蒂和葛尔会躲到桌子底下，免得被大人叫进不晓得谁的卧房，和其他小孩在一起玩。如今，葛尔已经童山濯濯，都可以用我的刮胡刀剃头了。

我环顾房间，心想有个人在这里。他绝对不会错过，太明显了，而且这家伙非常、非常懂得控制情绪，融入环境。有个人在这个房间喝我们的酒，汲取感伤的回忆，跟着莎莉齐声哼唱。

小凯的朋友还在大笑，其中两个笑得喘不过气来：“……只不过我们笑了十分钟左右才停下来，对吧？还有后来，我们记得我们拼命跑，看到第一辆巴士就跳上去，根本不晓得它要开往哪里……”

“每当有冲突，我都最强硬……”就连沙发上夹在康塞普塔姑婆和恐怖朋友雅苏普塔中间的老妈也跟着唱和：红着眼睛，轻擤鼻子，但还是高举酒杯，有如战士昂然抬着下巴。小孩穿得漂漂亮亮，手里抓着巧克力饼干，在大人的膝盖四周跑来跑去，嘻嘻哈哈，不时偷瞄大人一眼，生怕有人觉得时间晚了。他们都准备好了，随时可以躲到桌子底下。

“所以，我们下了巴士，心想应该在拉特明斯一带，派对在克朗姆林，我们绝对赶不上了。于是小凯就说：‘各位，现在是星期五晚上，这附近都是学生，一定会有派对……’”

房里温度越来越高，味道浓烈、呛辣而熟悉。热威士忌、香烟、特殊场合喷的香水和汗味。歌词唱到一个段落，莎莉撩起裙摆在壁炉前的砖地跳了几步，舞姿依然轻盈。

“酒过三巡，他开始疯了……”那些家伙讲到高潮，“……结果那天晚上，小凯带着酒吧里最漂亮的小妞回家了！”所有人捧腹大笑，又吼又叫，拿起啤酒罐互碰，纪念凯文当年的英勇事迹。

干卧底的都知道，最蠢的就是觉得自己和大家是一伙的。然而，早在我学会这个真理之前，这样的派对就在我生命中了。我开始跟着哼唱：“疯了……”莎莉瞥向这里，我微微举起啤酒罐，眨眼赞许她。

她眨眨眼，接着转开目光继续歌唱，比之前快了半拍：“但他很挺拔，又黑又浪漫，我就是爱他，爱得都不管……”

就我所知，我和荷恩家的人一向处得不坏。我还来不及反应，卡梅尔已经压上了我的肩膀。“你知道吗？”她说，“感觉真好，真的，我死后也要这样的告别式。”

她手里拿着像是冰镇桶或什么恐怖东西的杯子，喝的酒量恰到好处，让她脸上浮现既梦幻又坚决的神情。“这些人，”她用杯子指着他们，“这些人都很关心我们家的小凯，而且我告诉你，我不怪他们，因为他真的很可爱，我说凯文，人见人爱。”

我说：“他向来是个小甜心。”

“而且长得很好，弗朗科，我真希望你能好好认识他，我家的孩子都爱死他了。”

她匆匆看我一眼，我以为她有话要说，但她及时克制自己。我说：“我想也是。”

“戴伦离家出走过一次——就一次，十四岁那年——不用说，我一点也不担心，立刻就知道他去找凯文了。戴伦只是很迷惘。他说凯文是我们之中唯一不疯的，如今再也没有理由留在这个家了。”

戴伦窝在房间的边角，抠着大黑毛衣的袖子，摆出一副专业级的臭脸，看来可怜到了极点，浑然忘了自己出现在这里应该觉得很丢脸。我说：“他现在十八岁，脑袋乱七八糟，发挥不了什么用处，别为了他烦心。”

“唉，我知道他只是很焦虑，可是……”卡梅尔叹了一口气，“你知道吗？有些时候我觉得他是对的。”

"那又怎样？疯狂是我们家的传统，宝贝，等他年纪大了自然会欣赏。"

我是想逗她笑，但她揉了揉鼻子，困惑地看了戴伦一眼。"你觉得我是个坏人吗？弗朗科？"

我哈哈大笑。"你？老天，梅儿，当然不是。虽然我一阵子没有突袭检查，可是除非你把你家那栋漂亮公寓变成妓院，否则没问题的。我这些年遇过不少坏人，相信我，你还差远了。"

"听起来好恐怖，"卡梅尔说。她半信半疑眯起眼睛望着杯子，仿佛不晓得杯子怎么会到她手中。"我不该说的，真的，我知道我不该说。但你是我弟弟，不是吗？兄弟姐妹不就是这么回事吗？"

"当然了，那还用说？你做了什么？需要我逮捕你吗？"

"哎，去你的，我什么都没做，是我心里想的事。你听了别笑我哦。"

"绝对不会，我发誓。"

卡梅尔怀疑地看我一眼，确定我不是开玩笑，但随即叹息一声，小心翼翼喝了口酒——闻起来是人工香料的桃子味。"我很嫉妒他，"她说，"嫉妒凯文，一直都是。"

我没想到她会说这个。我等她继续。

"我也嫉妒洁琪，之前甚至还嫉妒你。"

我说："我感觉你这阵子很幸福，难道我错了？"

"没有，哦，真是，你没错。我是很幸福，日子过得非常好。"

"那有什么好嫉妒的？"

"不是这个，而是……你还记得雷尼·沃克吗，弗朗科？我少女时代和他交往过，在崔弗之前。"

"隐约记得，那个大脸坑坑疤疤的家伙？"

"哦，别这样，那个可怜人只是长粉刺，后来就没了，何况我根本不在乎他的皮肤，只是很高兴交了第一个男朋友。我好想带他回家向你们炫耀，可是你也知道……"

我说：“是啊，我晓得。”我们从来没有带任何人回家过，即使知道老爸那天应该在工作也是。我们都很清楚，千万不能掉以轻心。

卡梅尔匆匆左右张望一眼，确定没有人偷听。“可是，”她说，“有一天晚上，我和雷尼在史密斯路亲亲抱抱，正好被离开酒吧走路回家的老爸撞个正着。老爸气炸了，揍了雷尼一拳，要雷尼滚开，接着抓住我的胳膊开始赏我耳光，破口大骂——我不想重复他说过的话——就这样一路把我拖回家。他警告我要是再干龌龊事，就把我送去坏女人的地方。拜托，弗朗科，我们顶多只是亲吻而已，我和雷尼，我真的不晓得为什么。”

即使事隔多年，她想到还是气得满脸通红。“总之，我们就这样分手了。从此以后，就算我们遇到，雷尼连看都不看我，太难堪了。当然，我不怪他。”

至于谢伊和我的女友，老爸的态度就算帮助不大，起码鼓励多了。我和萝西刚交往的时候，还没被麦特·戴利发现，对她大力施压，老爸的反应是：“戴利家的小姑娘，对吧？干得好，儿子，那小妞真可爱。”外加重重在我背上一拍和狞笑，让我看了咬牙切齿。“尤其那屁股，我的乖乖。说吧，你摸到了没有？”

我说：“他简直是胡来，梅儿，真的是，五星级的。”

卡梅尔深呼吸一口，拍拍脸颊，脸上的红晕开始消退。“唉，你瞧我这副德行，别人一定以为我热潮红了……我不是说我很爱雷尼，也许当时我很快就会和他分手，因为他吻得很糟。而是从那之后，感觉就不一样了。你应该不记得，但我在那之前可不是什么乖乖女——我会和老爸或老妈顶嘴，真的。可是那次之后，我就甩不掉那一分阴影。没错，我和崔弗讨论订婚讨论了快一年才做那档事。他已经存好戒指还有其他东西的钱，但我就是不肯做，因为我晓得非等到订婚不可。两家人在同一个房间里，我简直吓呆了。”

“我不怪你。”我说，心里懊悔当初没对崔弗的贪吃弟弟好一点。

“谢伊也一样。他不是害怕，也不是老爸会阻止他交女孩子，只是……”她目光飘向谢伊，只见谢伊拿着一罐啤酒在厨房里，头凑在琳达·朵耶耳边。“你还记得那一次——你当时应该十三岁——他昏迷的事吗？”

我说：“我尽量不去记得。”那次很有意思，老爸朝老妈挥拳，理由我想不起来，结果被谢伊一把抓住手腕。老爸不怎么喜欢有人挑战他的权威，而他的表达方式就是扣住谢伊的喉咙，将他的脑袋朝墙上狠狠一撞。谢伊晕了过去，可能只有一分钟，但感觉却像一个小时，而且整个晚上都是斗鸡眼。老妈不准我们送他去医院——不晓得她是担心医生、担心邻居，还是两者都有，但她就是彻底发狂了。我一晚上看着谢伊睡觉，不断向凯文保证谢伊不会死，心想妈的要是他死了，我要怎么做。

卡梅尔说：“他之后就不一样了，变得很强悍。”

“他本来就不是什么大棉花糖。”

“我知道你们向来不合，但我敢对天发誓，谢伊很好。我和他之前不时聊得很愉快，而他在学校表现也很棒……在那之后，他什么都藏在心里。”

莎莉唱到精彩结尾——“我们要和我妈同住！”——客厅爆出欢呼和掌声，卡梅尔和我也自动跟着鼓掌。谢伊抬头扫过房间一眼，忽然像是癌症病房出来的患者似的，脸色死灰而疲惫，眼窝深深凹陷，但很快又露出微笑，听琳达·朵耶絮絮叨叨。

我说：“这和凯文有什么关系？”

卡梅尔深深叹息一声，又优雅地啜饮了一口人工香料桃子酒。她肩膀松垮，显示她就要进入多愁善感的情绪。“因为，”她说，“这就是我嫉妒他的原因，凯文和洁琪……他们的日子也不好过，我知道，但他们不曾遇过这样的事，让他们从此变得不一样。我和谢伊想方设法不让这样的事情发生。”

“还有我。”

她沉吟片刻。“是啊，”她承认，“还有你。但我们也试着保护你，唉，真的，弗朗科。我一直相信你也没事，毕竟你有勇气离家出走，而且洁琪老是跟我们说你过得很好……我想这表示你在脑袋毁掉之前顺利逃脱了。”

我说：“我差一点，但只差一点点。”

“我不晓得是这样，直到前晚在酒吧里，当你说出那些话。我们已经尽力保护你了，弗朗科。”

我低头朝她微笑。她前额爬满焦虑的皱纹，一辈子都在担心身边的人是否完好无事的皱纹。“我知道你们有，亲爱的，不可能有谁做得更好了。”

“所以你能了解我为什么嫉妒凯文吗？他和洁琪，他们开心就是真的开心。我小时候也是这样。我不是希望他们遇到什么坏事，我只是看着他，希望自己像他一样。”

我柔声说：“我不认为这会让你变成坏人，梅儿。你又不是把怒气发泄在凯文身上，你这辈子从来没有伤害过他，总是尽力确保他不出事，你是个好姐姐。”

“但我还是犯了罪，”卡梅尔说。她忧伤地望着客厅，踩着高跟鞋的身躯微微摇晃。“嫉妒的罪。光有念头就是犯罪，你应该知道。‘神父，请宽恕我的罪，在我心中与话语间，在我所做与所无能做到的事情里……’现在凯文死了，我该怎么向神告解？我的生命蒙上了耻辱。”

我一手搂着她，在她肩膀轻轻一按，感觉她好柔软，令人放松。“听着，宝贝，我敢向你百分之百保证，你绝不会因为嫉妒兄弟姐妹而下地狱。就算有，也是正好相反，神会给你更多点数，因为你是那么努力克服心里的感受，听懂了吗？”

卡梅尔直觉回答：“我想你说得对。”像她取悦崔弗那样，但语气不是很肯定。我忽然有种感觉，不是很明确，感觉自己让她失望了。这时，她猛然坐直，将我抛在脑后。“我的老天，路意丝手上是不是拿了罐啤酒？路意丝，你过来！”

路意丝睁大眼睛，闪电似的消失在人群里，卡梅尔追了上去。

我靠回角落站着，房间里又开始骚动。霍利·汤米·墨菲唱起《难得老时光》，他的嗓音过去带着泥煤烟蜜的甜味，尽管被岁月磨粗不少，依然令人听得如痴如醉。女人举杯并肩摇晃，孩子靠在爸妈腿边，吮着拇指静静倾听，就连凯文的朋友也压低话说当年的音量。

霍利·汤米阖上眼睛，仰头对着天花板。“英雄在歌曲与故事中长大，诉说都柏林曾有的传奇与荣光……”诺拉靠在窗边聆听，几乎让我心跳停止。她长得好像萝西，有如她的影子幽暗静止，眼神忧伤，却又遥不可及。

我随即将目光从她身上移开。这时，我才瞥见曼蒂的母亲库伦太太站在“耶稣和凯文灵堂”边，和薇若妮卡·克洛帝聊得很起劲，后者依然一副咳不停的样子。我年轻的时候，库伦太太和我处得不错。她喜欢笑，而我总是能逗她笑。但我这会儿看着她，对她微笑，她却像被什么东西咬了似的吓了一跳，抓着薇若妮卡的手肘开始在她耳边窃窃私语，不时鬼鬼祟祟瞄我几眼。库伦家的人向来不擅掩藏，我开始好奇洁琪为何没有在我一来的时候，就带我和他们打招呼。

我去找茱莉·诺兰的弟弟戴斯，他也是我从前的死党，刚才洁琪带我做的打招呼之旅也莫名其妙漏掉了他。他见到我的瞬间，脸上的表情真是值回票价，只可惜我没心情欣赏。他指着一罐明明还没喝完的啤酒胡乱嘀咕几句，就躲到厨房去了。

我在角落找到洁琪，博帝叔叔正在和她咬耳朵。我装出难过得快要崩溃的神情，将她从博帝叔叔的汗湿双手中解脱，带到卧房把门关上。卧房漆成了桃红色，所有空着的表面都摆着陶瓷小玩意儿，显示老妈缺乏远见。房间里飘着咳嗽糖浆和另一种东西的气味，应该是药，而且味道很浓。

洁琪瘫在床上。“呼，”她用手扬了扬，长吁一口气说，“真是谢啦，老天，我知道不应该背后说人坏话，但他是不是从出生之后就没洗过澡？”

“洁琪，”我说，“怎么回事？”

“什么怎么回事？”

“屋子里有一半的人都不跟我说话，甚至连看都不看我一眼，但我没看他们的时候，他们都有很多话好说，这是怎么回事？”

洁琪挤出既无辜又狡黠的神情，有如偷吃巧克力被抓到的小孩。“你离开了那么久，这就是为什么。他们二十年没看到你，只是觉得有点尴尬。”

“骗人，难道因为我现在是警察？”

“哦，不是，也许有一点，可是……你就不能不管吗，弗朗科？你怎么不想或许是你自己疑神疑鬼？”

我说：“我需要知道怎么回事，洁琪，别糊弄我。”

“老天，你放轻松一点，我又不是嫌疑犯，”她摇摇手中的苹果酒罐说，“你知道家里还有这个吗？”

我将健力士递给她——我几乎没碰。“好了，快点。”我说。

洁琪叹了口气，双手转着啤酒罐说：“你也知道忠诚之地这个地方，只要有机会蜚短流长……”

“他们就会像秃鹰一样蜂拥而上，但我怎么会变成他们今天的大餐？”

她不自在地耸耸肩。“萝西在你离开的那天晚上遇害，凯文在你回来之后两天被杀，而你却要戴利家不要报警，有些人……”

她没有往下说。我说：“跟我说你是开玩笑的，洁琪，跟我说忠诚之地没有说我杀了萝西和凯文。”

“不是所有人，只是有些人。我认为——弗朗科，听我说——我认为他们自己也不相信，他们这么说只是为了效果——说你为什么会离开，会当警察等等。别理他们，他们只是喜欢加油添醋，就这样。”

我忽然发觉自己还抓着洁琪的空酒罐，而且捏得不成形状。我不奇怪球王或重案组的其他帅哥这么想，甚至卧底组有人怀疑我也无所谓，但我却惊讶我老家的人也这么想。

洁琪紧张地望着我。“你懂我的意思吗？再说，可能伤害萝西的家伙应该是本地人，大伙儿不希望认为——”

我说：“我也是这里人。”

沉默。洁琪伸手想碰我胳膊，但被我拨开。房里光线不够，角落堆了太多暗影，感觉咄咄逼人。客厅里所有人扯开破嗓，跟着霍利·汤米齐声高唱：“生活使我受苦，漱口让我头昏脑涨，都柏林不断改变，一切似乎都变了模样……”

我说：“他们当着你的面指控我，你竟然还让他们进门？”

“你别笨了，”洁琪火了，“他们一个字都没有跟我说，你以为他们敢吗？说了一定被我剁成碎片。他们只是暗示。诺兰太太对卡梅尔说你很冲动，莎莉·荷恩跟老妈说你向来脾气火爆，她还记得你揍了奇皮的鼻子——”

“那是因为他欺负凯文，妈的，我才会揍奇皮。我们那时才十岁，拜托。”

“我知道。别理他们，弗朗科，别让他们称心如意。他们那群蠢蛋，他们再怎么添油加醋也还是嫌不够。这就是忠诚之地。”

“是啊，”我说，“这就是忠诚之地。”房外更多人唱和，声音越来越大，甚至有人合音：“铃啊铃啊铃，灯光渐渐熄灭，我还记得那古老的都柏林……”

我靠回墙边，双手捂脸，洁琪喝着我的健力士，不时斜眼瞟我。后来，她试探地问：“我们出去吧，好吗？”

我说：“你问过凯文，他那时想跟我说什么吗？”

洁琪的脸垮了下来。“哦，弗朗科，对不起——我本来想问，只是你说——”

“我知道。”

“他最后还是没有跟你联系上？”

“对，”我说，“没有。”

又是短暂的沉默。洁琪再说了一次，“对不起，弗朗科。”

“这不是你的错。”

“其他人一定在找我们了。”

“我知道。再待一分钟，我们就出去。”

洁琪将啤酒罐递给我。“去你的，我需要更棒的东西。”窗台下有一块松脱的地板，我和谢伊从前都将香烟藏在那里，不让凯文发现。当然，老爸也知道。我伸手进去，拿出一瓶半满的伏特加，豪饮一口之后拿给洁琪。

“天哪，”她说，看来真的吓了一跳，“不过，有何不可？”她接过酒瓶，淑女似的喝了一口，揩了揩唇膏。

“好吧，”我说完又灌了一大口，将酒放回原本藏着的小洞。“可以出去面对那一票暴徒了。”

这时，卧房外的声音突然变了。歌声很快停止，交谈也随即消失，一个男的低声忿忿说了什么，一张椅子喀喳撞墙，老妈开始像报噩耗的女妖精和汽车警报器似的尖声叫嚷。

老爸和麦特·戴利对上了，两人下巴抵着下巴，站在客厅中央。老妈的熏衣草衣服不知道泼到什么，整个身上都是，但她还是说个没停（“我就知道，你这混球，我就知道，我只要求你一个晚上……”）。所有人都退到一旁，免得破坏好戏上场。我和谢伊就像两块磁铁，目光立刻射向对方，彼此交换一个眼神，随即各自推开看热闹的邻居，朝客厅中间走去。

麦特·戴利说：“坐下。”

“老爸。”我伸手按着他的肩膀说。

他根本不晓得我在屋里。他对麦特·戴利说：“这是我家，你别想对我下命令。”

谢伊站到他的另一边说：“爸。”

“坐下，”麦特·戴利又说了一次，声音低沉冷酷，“你在胡闹。”

老爸往前猛冲。好用的技巧就是好用：我和谢伊几乎同时扑上去，我的双手依然知道该抓哪里，背部也准备就绪，但老爸却突然停止打斗，膝盖一软。我满脸通红，一路红到发根，心里的羞愧像火在烧。

“把他带走，”老妈啐了一口说。几个女的像咯咯叫的母鸡围着老妈，其中一个拿着面纸擦拭她的上身，但她气得浑然不觉。“走啊，快点出去，回到你该待的阴沟里。我真不该拖你出来——你儿子的守灵式，你这混帐，难道不晓得尊重——”

“贱人！”我们像跳舞一样将老爸拖出房门，他转头咆哮，“蠢妓女！”

“从后面，”谢伊粗声粗气说，“让戴利他们走前门。”

“我操他的麦特·戴利，”下楼时，老爸对我们说，“操他的泰瑞莎·戴利，还有我操你们两个。你们三个只有凯文还像点样子。”

谢伊短促地冷笑一声，看起来累得可怕：“也许你说得没错。”

“家里最好的，”老爸说，“我蓝眼睛的孩子。”说完开始哭泣。

“你不是想知道他过得怎么样吗？”谢伊问。我和他隔着老爸的颈背四目相望，他的眼眸有如本生灯熊熊燃烧。“现在机会来了，好好享受吧。”他一脚将门利落勾开，将老爸扔在台阶上，随即转身上楼。

老爸待在我们扔下他的地方号啕大哭，胡乱抱怨生命残酷，显然享受得很。我靠着墙点了一根烟，昏黄微光不知从何处而来，照得院子有如蒂姆·波顿般的电影阴气森森。过去是厕所的棚屋还在，只是掉了几块木板，倾斜成难以置信的角度。门厅的门在我背后轰然关上：戴利一家人回去了。

不久，老爸的兴致没了，要么就是他屁股冰了，他安静下来，用袖子擦擦脖子，调整姿势让自己在台阶上舒服点，打了个哆嗦说：“拿根烟来。”

“说请。”

“我是你爸，我说拿根烟来。”

“算了，”我说着递了一根烟，“谁叫我心地善良，反正你一定会得肺癌。”

“你这个傲慢的混小子。”老爸接过烟说，“早知道你妈说她有了的时候，我应该一脚将她踹下台阶。”

“说不定你真的踹了。”

“放屁！我从来不随便动手，除非你们自己欠揍。”

他的手抖得厉害，根本点不了烟。我在他身旁坐下，接过打火机替他点烟。他满嘴烟臭和健力士的酒臊味，外加一丝呛鼻的鸡尾酒味。我脊椎里的每条神经依然对他不寒而栗，对话从楼上窗户倾泻而出，虽然零零星星，但交谈再度热闹起来。

我问：“你的背出了什么毛病？”

老爸长长吐一口烟。“关你屁事。”

“只是聊聊。”

“你从来不会光是聊聊，我不是白痴，别耍我。”

“我没把你当过白痴。”我说，而且没说谎。我老爸要是多花点时间受教育，少一点时间喝酒，成就应该不输人。我十二岁左右，学校在教第二次世界大战史，老师是个没见过世面的乡巴佬，觉得我们这些内城小孩蠢得很，学不会什么复杂事，因此连尝试都省了。那个星期，我老爸恰好很清醒，是他用铅笔在桌布上图解，拿凯文的小锡兵当部队，从头到尾叙述一遍，清楚生动得像部电影，我到现在还记得所有细节。但我老爸的悲哀就是他太聪明，太清楚自己一辈子狗屁一样。他要是蠢得像块白板，日子肯定幸福得多。

“你干吗关心我的背怎么样？”

“因为好奇，还有万一有人要我出一部分看护费，我希望早点知道。”

“我才不会要你给我任何东西，也不会进赡养院。谁敢逼我，我先一枪打穿自己脑袋再说。”

“最好是，别拖太久。”

“我绝不让你们称心如意。”

他又深吸一口烟，看着烟圈从自己嘴里袅袅喷出。我说：“楼上刚才是怎么回事？”

“这啊那的，男人的事。”

“那是什么意思？麦特·戴利偷了你的牛吗？”

“他不应该到我们家来，今晚不行，每一晚都不行。”

晚风拂过院子，推挤棚屋墙面。刹那间，我仿佛见到凯文，就像前一天晚上躺在四个院子之外一样浑身是伤，泛紫发白。但我没有生气，只觉得自己仿佛千斤重，要在台阶坐上一整夜，因为我起身离开的机会微乎其微。

过了半晌，老爸说：“你还记得那场雷雨吗？你那时好像，我不晓得，五六岁吧。我带你们出去，你老妈气坏了。”

我说：“嗯，我记得。”事情发生在夏季，那一天晚上就像压力锅，闷得大家喘不过气来，毫无来由想要打架。第一声雷响起的时候，老爸松了口气开始放声大笑，一手挟着谢伊，一手揽住我，不顾老妈在后头气愤咆哮，带我们跑下台阶，高高举起我和谢伊，让我们看闪电划过烟囱上空。老爸要我们别怕打雷，因为那只是闪电加热空气，像爆炸一样，还要我们别怕老妈，不管她探出窗外叫嚣得越来越凶。大雨倾盆落下，他仰头对着紫灰色的天空，抱着我们在空荡的街上不停转圈。我和谢伊像两头野兽般的尖叫大笑，豆大的温热雨滴打在我们脸上，静电在我们发间滋滋作响，雷声震动地面，从老爸的骨头一路传递到我们身上。

“真棒的暴风雨，”老爸说，“那一晚好极了。”

我说：“我还记得那个气息、那个味道。”

“是啊，”他吸了最后一小口烟，将烟屁股扔进小水塘里，“我告诉你那天晚上我想做什么。我想带你们两个离开，到山里住下来。随便抢一顶帐篷和一把枪，靠猎来的动物维生。没有女人唠叨，没有人告诉我们不够好，没有人压迫工人。你们两个小鬼很好，你和凯文，又好又壮，什么事都办得到。我敢说我们一定会过得很棒。”

我说：“那天晚上是我和谢伊。”

“你和凯文。”

“不对，我那时还小，你才抱得动我。这表示凯文就算出生了，也只是婴儿。”

老爸想了一会儿。“去你的，”他对我说，“你到底懂不懂？这是我对我死去的儿子最美的回忆，你这个小混球干吗扫兴？”

我说：“你对凯文其实没什么印象，因为他出生那时，你的脑袋已经是浆糊了。假如你想说一切都是我的错，我洗耳恭听。”

他深吸一口气，准备全力揍我，结果却狂咳不止，差一点从台阶摔下来。我忽然觉得我们两个令人作呕。我花了十分钟，只讨来他想赏我脸庞一拳。我竟然这么久才发现没必要跟一个和我身材相当的人厮混，而我只要在屋里再待三分钟，一定会发疯。

“喏，”我又递了一根烟给他。老爸依然说不出话，但还是伸出颤抖的手接了过去。我说：“好好享受。”说完就不管他了。

楼上，霍利·汤米又开始唱歌，随着夜色渐深，大伙儿从健力士喝到烈酒，开始对抗英国佬。“风笛沉静，也没有战鼓喧腾惊山，但祈祷的钟声飘过丽妃河谷，钟声穿越浓雾……”

谢伊不见了，琳达·朵耶也是。卡梅尔靠在沙发一侧独自哼唱，一手搂着半睡半醒的多娜，一手按在老妈肩上。我凑到她耳边柔声说：“老爸在后院，最好找人看着他。我得走了，”卡梅尔猛然回头，满脸惊诧，但我手指按着嘴唇朝老妈点点头：“嘘，我很快会回来，我保证。”

我在有人要和我说话之前离开了屋子。街上很暗，只剩戴利家和长发学生的宿舍还点着一盏灯。其他人不是睡了，就是在我们家。隔着客厅的大亮窗户，霍利·汤米的歌声流泄而出，声音幽微而久远：“我再次走过峡谷，忧伤的心深深悲痛，因为我和那些勇者分别，再也无法和他们相见……”歌声跟我一路来到忠诚之地的尽头，就算弯进史密斯路，我依然感觉听见他的哼唱，夹杂在车声之间，唱得情意真挚。

Chapter 13 唯一的温暖

我开车到戴齐，夜色很深，街道昏暗，而且静得诡异，所有人都盖着高级棉被，睡得安稳自在。

我将车停在一棵很有气质的树下坐了一会儿，抬头注视荷莉卧房的窗户，想起自己从前深夜下班回家，将车停在车道上，安安静静转开门锁，奥莉薇亚会将东西放在吧台上：创意三明治、小字条和荷莉白天的绘画。我会坐在吧台吃三明治，就着厨房窗外的灯光看画，谛听重重沉静之下的声响：冰箱嗡鸣、微风拂过屋檐和我爱的两个女人的轻柔呼吸。

接着，我会写小字条给荷莉，训练她阅读（哈啰，荷莉，你的老虎画得好棒！你今天可以画一只熊给我吗？很爱你，爸爸。），上床之前给她一个晚安吻。荷莉喜欢趴着睡，位置占得越大越好，莉儿（起码那时候）喜欢蜷起身子，总会预留我的位子。我爬上床，她会轻声呢喃，背靠着我，摸索我的手掌，要我搂着她睡。

我先打奥莉薇亚的手机，免得吵醒荷莉。我打了三次都切到语音信箱，便改打家里的电话。

电话才响第一声，奥莉薇亚就接起来说：“干吗，弗朗科？”

我说：“我弟弟死了。”

沉默。

“我弟弟凯文，今天早上被人发现的。”

不久，她床头灯亮了。“老天，弗朗科，我很难过。到底……他是怎么……”

“我在你家外头，”我说，“可以让我进去吗？”

又是沉默。

“我不晓得能去哪里，莉儿。”

喘息声，但不是叹气。“等我一下。”她挂上电话，身影在卧房窗帘后方移动，手臂伸进袖子，双手梳拢头发。

她来开门，身上披着老旧的白睡袍，底下的蓝色毛织睡衣隐约可见，表示我起码没有将她拖出德莫的热情怀抱。她手指按着嘴唇，想办法用不碰到我的方法将我匆匆拉进厨房。

“怎么回事？”

“我们家那条街的尽头有一栋废弃房子，就是他们发现萝西尸体的地方，”奥莉薇亚拉了一张高脚椅，双手交握放在吧台上准备听我往下说，但我没办法坐，在厨房匆匆走来走去，不晓得该怎么停止。“他们早上在那儿发现凯文，尸体在后院。他从顶楼窗户摔出去，脖子断了。”

我看见奥莉薇亚喉头一动，咽了咽口水。我已经四年没有看她披头散发了——她只有睡觉才会放下头发——我的现实感顿时又被人重重捶了一拳。“他才三十六岁，莉儿，有半打女朋友，因为他还不想定下来，想去看大堡礁。”

“天哪，弗朗科。难道……到底怎么……”

“他摔下去、跳下去或被人推下去，随你挑哪一个。我连他为什么要去那间屋子都不晓得，更别说怎么掉出去的。我不知道该怎么办，莉儿，我不知道该怎么办。”

“你需要做什么吗？难道没有人侦办？”

我笑了。“哦，怎么可能？当然有，重案组在办了——但不表示这是他杀案件，而是因为和萝西的关联：同样的地点，还有时限。现在是球王肯耐迪的案子了。”

奥莉薇亚的脸又垮了一点。她认识球王，不怎么喜欢他，我和他在一起的时候，她也不大喜欢我。她很有礼貌地问：“你满意吗？”

“啧，我不晓得。我起先想，好吧，起码不是最糟的。我知道球王那家伙是个天大的混蛋，莉儿，但他办案锲而不舍，我们很需要这一点。萝西的案子太久了，久得都要发霉了，重案组十个警探有九个会立刻将它扔到地窖里，快得让你头晕，好去办他们觉得有希望的案子。球王不会这么做，我想这是好事。”

“可是现在……”

“现在……那家伙是只蠢牛，莉儿，比他自以为的还要笨上十倍，一有线索就死抓着不放，即使搞错了也不管。现在……”

我必须停止走动。我背靠水槽双手捂脸，张大嘴巴隔着手指深呼吸一口气。环保灯泡发威了，将厨房照得一片亮白，低声哼鸣，感觉咄咄逼人。“莉儿，他们会说是凯文杀了萝西。我看过球王的表情，他没有明讲，但心里就是这么想。他们会说小凯杀了萝西，后来发现我们快追到他了，便决定结束生命。”

奥莉薇亚指尖按着嘴巴说：“天哪，为什么？难道他们……是什么让他们这样想……为什么？”

“萝西留了一张字条，应该说半张，另外半张出现在凯文身上。有可能是将凯文推出窗外的人放的，但球王不这么想。他认为情况很明显，一次干净利落侦破两件案子，任务完成，不需要侦讯，也不需要搜索票或审判之类的大阵仗。何必把事情搞得这么复杂？”我将自己推离水槽，又开始走来走去。“他是重案组的，那里的人全是超级智障，只看得到眼前的直线，只要稍微偏离，即使就那么一次，他们也会茫然若失。让他们进卧底组，半天就会要了他们的命。”

奥莉薇亚拉直一绺暗金色的头发，看它蜷曲收紧。她说：“我觉得，直截了当的解释往往都是正确答案。”

“是啊，没错，很好，我想也是。但这一回，莉儿，这一回大错特错。这一回最直截了当的解释反而是最滑稽的答案。”

奥莉薇亚沉默片刻。我心想她是不是发现了，在凯文有如天鹅纵身一跃之前，谁才是那个最直接的解释。接着，她小心翼翼说：“你已经很久没见到凯文了，你真的百分之百确定……”

“没错没错，我非常确定。我这几天和他在一起，他还是我小时候认识的凯文。发型好看不少，也长高长大了，但还是同一个家伙，不可能搞错。关于他的事情，重要的我都知道。他不是杀人凶手，也不会自杀。”

“你有跟球王说吗？”

“当然说了，但感觉像是对着一面墙说话。那不是他想听的，所以他没听进去。”

“要不要找他上级谈谈？他会听吗？”

“不行，拜托，千万不行，找上级是最糟糕的做法。球王已经警告我别插手，说他会盯着我，绝不让我碰案子。我要是越级处理，让自己卡进去，尤其万一坏了他珍贵的破案率，他只会更坚持己见。所以，我该怎么办，莉儿，我该怎么办？”

奥莉薇亚看着我，沉思的灰色眼眸满是隐密的角落。她柔声说：“也许你最好的做法就是别插手，弗朗科，暂时不要管。现在不管他们说什么都伤不了凯文了，只要尘埃落定——”

“不行，门都没有。我才不要袖手旁观，眼睁睁看他们拿他顶罪，只因为死人没办法回嘴。他也许无法反抗，但他妈的我绝对要挺身而出。”

小小的声音说：“爸爸？”

我们吓了一大跳。荷莉站在门边，穿着一件太大的蒙塔纳睡衣，一手抓着门把，冰冷的磁砖冻得她脚趾缩了起来。

奥莉薇亚匆匆说：“小乖，回去睡觉。妈妈和爸爸只是在聊天。”

“你们说有人死掉，谁死了？”

哦，天哪。“没事的，小乖，”我说，“是我认识的人。”

奥莉薇亚走到她身旁。“现在是半夜，去睡吧，我们明天早上再跟你说。”

她想让荷莉转身走回楼梯，但荷莉抓住门把不放，两只脚踏进厨房。“不要！爸爸，谁死了？”

“上床，现在就去，事情可以明天——”

“不要！我要知道！”

我迟早必须向她解释，幸好她对死亡已经有一点概念（感谢那只金鱼和仓鼠），真是谢天谢地。“洁琪姑姑和我有一个弟弟，”我说——每次透露一位家人，“曾经有，因为他今天早上过世了。”

荷莉瞪着我。“弟弟？”她说，声音有点尖锐，带着颤抖，“也就是我叔叔？”

“没错，宝贝，你叔叔。”

“哪一个？”

“不是你认识的那一个。那些人是你妈妈的兄弟，我说的是凯文叔叔。你没见过他，但我想你们一定会喜欢对方。”

荷莉一双冒火的眼睛陡然睁大，但随即脸蛋一垮，仰头发出痛彻心肺的尖叫：“不要——不要，妈咪，不要，妈咪，不要……”尖叫变成令人肝肠寸断的啜泣，她将脸埋在奥莉薇亚怀里。奥莉薇亚跪在地上，张开双臂搂住荷莉，低声安慰呢喃。

我问：“她为什么哭？”

我真的一头雾水，过去几天让我的脑袋近乎呆滞。奥莉薇亚匆匆抬头看我一眼，目光带着秘密和愧疚，我才明白其中必有蹊跷。

“莉儿，”我说，“她为什么哭？”

“晚点再说。嘘，小宝贝，没事的……”

“才怪！才不是没事！”

这孩子说得对。“没错，现在说，她到底为什么要哭？”

荷莉从她母亲肩头抬起泪湿胀红的脸庞，大声尖叫：“凯文叔叔！他让我玩超级马利兄弟，还要带我和洁琪姑姑去看童话剧！”

她想往下说，却被另一波汹涌而来的泪水打断。我重重坐在高脚椅上，奥莉薇亚避开我的目光，轻轻摇晃荷莉，抚摸她的头。我真希望也有人这样对我，最好是个波霸，还有多得可以包住身体的头发。

后来，荷莉哭累了，开始哽咽颤抖，等莉儿温柔地带她上楼睡觉的时候，她的眼睛已经睁不开了。趁两人在楼上，我从酒架拿了一瓶齐洋提红酒——我离开之后，奥莉薇亚就不放啤酒了——将它打开。接着，我闭上眼睛坐在高脚椅上，仰头靠着厨房墙壁，听奥莉薇亚在楼上安慰荷莉，一边回想自己有没有这么生气过。

“所以，”奥莉薇亚下楼回到厨房，我开心地说。她已经乘机换上亲亲妈咪装、利落牛仔裤、麦芽色克什米尔毛衣和自以为是的表情。我说：“我想有人欠我一个解释，你觉得呢？”

她瞄了我酒杯一眼，眉毛微微上挑。“显然还有一杯酒。”

“哦，错错错，是很多杯，我才刚开始。”

“我想你应该知道，就算你喝醉了无法开车，也不能睡在我家。”

“莉儿，”我说，“平常我会很高兴跟你抬杠，但今天晚上，我想我该警告你，我会抓着我想知道的事情不放。荷莉到底是怎么认识凯文的？”

奥莉薇亚开始抓头发，拿着橡皮筋轻转几圈熟练扎个马尾。她显然打算装酷、装冷静到底。“我认为洁琪可以介绍他们给荷莉认识。”

“哦，相信我，我会找洁琪谈谈。我可以了解你很天真，觉得这个主意不错，但洁琪就没借口了。你们只介绍凯文，还是所有天杀的笨瓜一族？跟我说只有凯文，莉儿，拜托。”

奥莉薇亚交抱双臂，背部平平贴着厨房墙壁。这是她的战斗姿势，我看过太多次了。“她的爷爷奶奶、叔叔姑姑，还有表兄弟姐妹。”

谢伊、我妈、我父亲。我从来没有打过女人，但当我察觉自己双手紧紧抓住脂粉气的高脚椅的边缘，才发觉自己有这个念头。

“洁琪周末晚上会带她去喝茶。她只是见见自己的家人，弗朗科，没什么大不了。”

“你们不能见我家人，这么做是在玩命，得带火焰枪和全套防弹衣。荷莉到底去见了我家人几次？”

微微耸肩。“我没算过。十二次，十五次？说不定二十次？”

“多久以前开始的？”

她睫毛歉疚一眨：“快一年了。”

我说：“你让我女儿骗我一年。”

“我们跟她说——”

“一年，每个周末，整整一年。我每次都问荷莉这星期过得怎么样，原来她一直给我胡诌的回答。”

“我们跟她说需要保密一阵子，因为你和你家人吵架了，就这样。我们本来要——”

“你们可以说是保密，也可以说是说谎，他妈的爱怎么说就怎么说。这种事情我家人最会，个个是天生高手。我希望荷莉离他们越远越好，希望她能打败遗传，长大成为诚实、健康、没有扭曲的人。你觉得这么做太过分吗，奥莉薇亚？你真的觉得我这样要求太多吗？”

“弗朗科，你这样又会把她吵醒，除非——”

“结果呢，你又把她扔回魔掌中。嘿，意外啊意外，等你察觉到，她已经三两下变成他妈的麦奇一族了，说谎就像鸭子游泳一样自然。你这么做是在鼓励她，真是差劲，莉儿，真的很差劲。这是我听过最差劲、最低级、最烂的事情。”

她起码还知道脸红。“我们本来要跟你说，弗朗科。我们想，只要你发现成果这么好——”

我哈哈大笑，让奥莉薇亚身体一缩。“我的老天爷啊，莉儿！你竟然说这个叫成果？我有没有听错？就我所知，事情搞成现在这样鸡飞狗跳，离所谓的成果远得很。”

“拜托，弗朗科，我们怎么知道凯文会——”

“你明知道我不想让她接近他们，光凭这一点就够了，你还需要知道什么？”

奥莉薇亚低头收紧下巴，和荷莉一模一样。我伸手拿酒，发现她目光一闪，但她没有开口，于是我斟了满满一杯，洒了好一些在漂亮的石板吧台上。

“或者你是故意这么做的，因为知道我死命反对？你真的那么气我？说啊，莉儿，我受得了，咱们就打开天窗说亮话吧。你喜欢愚弄我吗？是不是让你开怀大笑？你真的就为了气我，把荷莉扔给那一堆超级疯子？”

最后那句话让她腰杆一挺。“你敢再说一次试试看。你很清楚，我绝对不会做出伤害荷莉的事，绝不。”

“那么是为什么，莉儿？为什么？你到底是哪根筋不对，竟然觉得这是好主意？”

奥莉薇亚鼻子浅浅吸气，整个人恢复镇定，显然有备而来。她冷静回答：“他们也是她的家人，弗朗科。她一直追问，问我为什么其他同学有两个祖母，而她没有，你和洁琪还有没有其他兄弟姐妹，为什么不让她见他们——”

“放屁，我记得这件事她只问过我一次，从小到现在就一次。”

“没错，那是因为你的反应让她知道不要再问。她跑来问我，弗朗科，也问了洁琪，因为她想知道。”

“妈的，谁管她要什么？她今年才九岁，拜托。她也想要一头小狮子，还有用披萨和红色M&M's巧克力做成的减肥餐，你难道也要给她？我们是她的父母亲，莉儿，应该给她好的东西，而不是顺她的意。”

“嘘，弗朗科，这件事对她的影响有这么大吗？关于你家人，你只说你不想再和他们联系，又没有说他们是一群斧头杀手。洁琪很棒，一直对荷莉很好，她说家里其他人也都非常好——”

“所以你就相信她说的？洁琪活在自己的小天地里，莉儿，她认为杰弗里·达莫只是没找到好女孩，才会变成杀人魔。我们什么时候让她来决定怎么养育小孩了？”

莉儿还想反驳，但我不断撂重话，最后她决定放弃，铁着一张脸。“我感觉很恶心，莉儿，真的想吐。我还以为起码在这一点上可以信赖你。你老是觉得我的家人不好，配不上你，怎么会认为他们配得上荷莉？”

奥莉薇亚终于火了。“我什么时候说过那种话，弗朗科？什么时候？”

我看着她。奥莉薇亚气得脸色发白，双手紧压门板，重重呼吸。“假如你认为你家人不够好，觉得他们丢脸，那是你的问题，不是我的，别赖到我身上。我从来没有说过那种话，从来没这么想，一次也没有。”

她转身将门拉开，喀嚏一声关上。要不是为了荷莉，这一关肯定会让整栋屋子摇晃。

我又坐了一会儿，像个白痴怔怔望着厨房的门，感觉脑细胞像碰碰车般的疯狂对撞。接着我抓起酒瓶，拿了另一个杯子去找奥莉薇亚。

她在温室的藤沙发上，双脚蜷在身子底下，手深深缩进袖子里。她没有抬头，但当我将杯子递到她面前，她立即伸手接着。我帮自己和她各倒了一大杯酒，多得可以淹死小动物，在她身旁坐了下来。

雨还在继续，耐心地、不停地下，噗噗拍打玻璃。冷风灌入缝隙，有如烟雾在屋里漫布开来。离婚这么久了，但我发现我依然在心里默默提醒自己，要把缝隙找出来补好。奥莉薇亚啜饮伏特加，我注视窗口上她的倒影，看她的目光被暗影遮盖，凝望只有她才看得见的东西。半晌之后，我说：“你为什么从来不说？”

她没有回头。“说什么？”

“全部，但先从一件事开始，你为什么从来不跟我说你不介意我的家人？”

她耸耸肩说：“你好像很介意谈到他们，而我也不觉得需要特别提，我为什么要介意自己从来没见过的人？”

“莉儿，”我说，“帮我一个忙。别装傻，我已经受够了。你这里是《绝望主妇》的世界——像在温室一样，拜托。我长大的‘温室’可不是这样，我家比较像《天使的小孩》。你家在温室喝意大利红酒，我家则是窝在廉价公寓，拿失业救济金坐公交车。”

她听了双唇微微一撇，几乎难以察觉。“弗朗科，我头一回听你说话，就知道你来自蓝领家庭，你也毫不隐瞒，但我还是跟你约会。”

“是啊，查泰莱夫人爱老粗。”

我语气里的尖酸吓到了我，也吓到了她。奥莉薇亚转头看我，厨房来的微光稀疏滑过她的脸庞，光影狭长、忧伤而美好，有如圣像卡。她说：“你没这么想吧？”

“没有，”我顿了一下说，“应该没有。”

“我想要你，就这么简单。”

“你得将我家人排除在外，事情才会这么简单。你也许要我，但绝对不会要我的博帝叔叔，他最喜欢跟人比赛放屁大声。你也不会要康塞普塔姑婆，她逢人就说她搭巴士坐在一群嬉皮后面，那发型有多惊世骇俗。还有我堂妹娜塔莉，她让七岁儿子坐躺椅领第一次圣餐。我可以了解自己为什么不会让邻居心脏病发，顶多轻微心悸，但我们都晓得其他人肯定会被老爸的高尔夫球杆和老妈的早午餐会搞疯，绝对是You Tube的大热门。”

奥莉薇亚说：“我不想反驳这一点，也不会说我没想到，”她默默转动酒杯，安静了一会儿，“没错，我起初也认为你不和他们联系可能简单一点。这不表示他们不好，只是……比较简单。可是，荷莉出生后……她改变了我看事情的角度，弗朗科，所有事情。我希望她有家人，而他们是她的家人，这比他们有什么怪癖都重要。”

我靠回沙发，又倒了一杯酒，努力在脑中腾出空间容纳她的回答。我不该讶异，起码不该吃惊到这个程度。从我们认识、交往、结婚到现在，奥莉薇亚对我始终是个巨大的谜，尤其在我自以为最了解她的时候。

我们相识当时，她是检察官，打算起诉一个绰号痞子的小号毒贩。痞子在缉毒组一次扫荡行动中被捕，但我想放他一马，因为我过去六周一直努力和他交好，觉得他还有许多“潜能”值得开发。

我亲自造访奥莉薇亚，想当面说服她。我们争论了一小时，我坐在她书桌上浪费她的时间，逗她发笑。后来时间晚了，我邀她共进晚餐，好舒舒服服继续争辩。最后，痞子多了几个月的自由，而我有了第二次约会。

她真是与众不同，衣着光鲜亮丽，细致的眼影，仪态无懈可击，思绪锐利得像是一把剃刀，双腿令人目不转睛，个性果敢坚毅，任谁都能感觉她的积极进取。婚姻和小孩是她最不在乎的事物，却是我认为一段美好感情不可或缺的元素。

不过，我当时才刚摆脱一段感情——第七或第八个吧，我忘了——起初很愉快，但一年后我和她都察觉我无意更进一步，感情便开始乏味发臭。照理说，我和莉儿应该也会这样，可没想到我们竟然在教堂完婚，该有的礼数一样不少，还在乡村别墅旅馆办婚宴，在戴齐拥有一栋房子，并且生了荷莉。

“我没有一秒钟后悔，”我说，“你呢？”

她沉吟片刻，不晓得是在揣摩我的用意或该怎么回答。之后她说：“嗯，我也是。”

她双手搁在腿上，我伸手按着她的手。克什米尔毛衣很软、很旧，我依然记得她手的模样，熟得就像自己的手掌。过了一会儿，我到客厅拿了一条披肩回来，披在她的肩上。

奥莉薇亚没有看我，她说：“她非常想认识你的家人，弗朗科，他们也是她的家人。家人很重要，她有资格知道。”

“我也有资格表示意见，我还是她父亲。”

“我知道。我应该跟你说的，至少尊重你的意愿，可是……”她闭起眼睛，脑袋靠着沙发摇摇头，半明半暗的光线让她眼窝下方的阴影有如瘀青。“我知道只要一提起，我们就会大吵一架，而我实在没力气，所以……”

“我家人已经病入膏肓了，莉儿，”我说，“太多方面都是如此，我不希望荷莉变成他们那样。”

“荷莉是个身心健全的快乐小女孩，你应该晓得。这么做没有任何害处，她喜欢见到他们。这是……没有人料到会是这样。”

我疲惫地想，真的吗？老实说，我一向认为家里迟早有人下场凄凉，但我不会把赌金押在凯文身上。我说：“我一直在想之前问她做什么，她总是像小鸟吱吱喳喳，一点也不慌张，不是说她和莎拉溜直排轮，就是自然课做火山模型。我从来不曾怀疑她有事情瞒我。我想到就痛，莉儿，真的想到就痛。”

奥莉薇亚转头看我。“事情没有你想象的那么糟，弗朗科，真的。她不觉得这是对你说谎。我告诉她必须等一阵子再告诉你，因为你之前和家人大吵一架。她说：‘就像我和克柔依吵架那样，我整个星期都不希望想起她，否则就会哭。’她比你想的还要善体人意。”

“我不需要她呵护我，一辈子都不要。我希望永远呵护她。”

奥莉薇亚脸上闪过一丝不悦，带着几分感伤。她说：“你也知道，荷莉在长大，再过几年就是青春期了，事情会改变的。”

“我知道，”我说，“我知道。”我想到荷莉脸庞挂着两道泪痕，趴在二楼床上沉浸梦乡，又想起我和奥莉薇亚创造她的那一晚：莉儿胜利似的轻声低笑、缠着我手指的秀发，还有她肩头沁出的夏日清清汗水的味道。

几分钟后，奥莉薇亚说：“她明天早上会想谈这件事，我们最好都在。假如你想睡在客房……”

“谢了，”我说，“这样很好。”

她起身抖落披肩，将它折好用前臂挂着。“床已经铺好了。”

我微微倾斜酒杯。“我想把酒喝完，这一杯谢了。”

“好几杯才对。”她话语里带着昔日的笑容，令人感伤。

“一样谢了。”

她走到沙发后方停了下来，指尖按着我的肩头，轻得我几乎没有察觉。她说：“凯文的死，我很遗憾。”

我听见自己开口，声音微微带着沙哑：“他是我弟弟，不管他怎么摔下去，我都应该抓住他。”

莉儿屏住气，似乎急着想说什么，但最后只是叹息一声。她轻轻唤了我的名字，仿佛自言自语：“哦，弗朗科。”她手指从我肩膀滑开，带走了温暖，留下冰冷的小点。我听见门在她身后静静关上。

Chapter 14 你告诉了谁

奥莉薇亚轻敲客房的门，我从沉睡中醒来，即使意识朦胧，沮丧的感觉仍然在我心里一闪而过。打从我和莉儿慢慢发觉她不再认为是我妻子开始，我在这个房间待过太多夜晚，光是闻到那空洞的感觉与优雅的人造茉莉淡香，我就伤心疲惫，仿佛全身关节都被人狠狠重击。

“弗朗科，七点半了，”莉儿隔着房门轻声说道，“我想你或许想和荷莉谈谈，因为她要去上学了。”

我甩动双脚下床，用手搓脸。“谢了，莉儿，我马上来。”我很想问她有什么建议，但还来不及开口，就听见她鞋跟喀喀走下楼去了。她是不会踏进客房的，免得发现我一丝不挂，想引诱她来个速战速决。

我向来喜欢强势的女人。幸好如此，因为过了二十五岁左右就遇不到别种女人了。女人令我迷恋痴狂。同样的经历要是被男人碰上，他们早就挂了，女人却会变得像钢铁般坚强，而且不屈不挠。说自己不爱强势女人的男人都是自欺欺人：谁都喜欢懂得可爱撅嘴、娇声细语、将男人的胆子收进她化妆包里的女人。

但我希望荷莉是例外，希望她拥有一切让我痴恋的女性特质，温柔有如蒲公英，纤弱好比玻璃纤维。我希望我女儿不要成铁成钢。她出生时，我好想上街杀人，让她知道我为了她什么都敢做。然而，我却让她成为我家的一员，相处不到一年，他们就已经教会她说谎，还伤了她的心。

荷莉交叉双腿坐在卧房地板上，面前摆着娃娃屋，背对着我。“嗨，甜心，”我说，“你好吗？”

耸肩。她已经穿好校服，海军蓝外套里的肩膀感觉那么瘦小，仿佛一手就能抓住。

“我可以进去一下下吗？”

又耸肩。我进房将门关上，在她身旁坐下。荷莉的娃娃屋真不是盖的，模仿维多利亚时期的大房子维妙维肖，附上过度繁复的迷你家具、墙上的迷你狩猎图和过度受迫的迷你仆役，绝对是奥莉薇亚父母亲送的礼物。荷莉拿出餐桌，正用似乎咬过的餐巾纸猛力擦拭。

“甜心，”我说，“假如你因为凯文叔叔的事感到不安，那很正常，我也是。”

她头垂得更低了。她自己扎了辫子，几绺金发七零八落散了出来。

“你有问题想问我吗？”

擦拭的动作慢了下来，但只有一点点。“妈咪说他摔出窗户。”她的鼻子还因为哭泣而塞着。

“是啊。”

我看得出来她在心里想象那幅画面，我好想伸手遮住她的脑袋，将画面盖掉。“会很痛吗？”

“不会，小甜心，过程很快，他甚至感觉不到出了什么事。”

“他为什么摔下去？”

奥莉薇亚可能跟她说是意外，但荷莉就像父母离婚、有两个家的小孩一样，喜欢交叉比对。我向来不在乎说谎骗人，但我的良知对荷莉的标准完全不同。“原因目前还不确定，亲爱的。”

她终于抬头看我，两只眼睛肿胀发红，却又像拳头般咄咄逼人。“但你会查出来的，对吧？”

“对，”我说，“我会。”

她又看了我一眼，接着点点头，继续擦她的小餐桌。“他到天堂了吗？”

“对，”我说。我对荷莉的良知也是有极限的。我个人认为所有信仰都是狗屁，但当你的五岁女儿哭着问你，想知道她的仓鼠怎么了，只要能带走她的心碎表情，你什么都会信。“当然啰，他已经在天堂了，坐在一百万公里长的椅子上，喝浴缸那么大的健力士，跟一个漂亮的女孩子打情骂俏。”

荷莉噗哧一声，既像咯咯笑，又像鼻塞啜泣。“爸爸，别闹了，我不是在开玩笑！”

“我没有开玩笑，我敢说他现在一定低着头朝你挥手，要你别掉眼泪。”

她的声音颤抖得更厉害了。“我不想要他死掉。”

“我知道，宝贝，我也不想。”

“康诺·莫维在学校一直拿我的剪刀，凯文叔叔告诉我，他下次再这样做的时候，就跟他说：‘你一定是喜欢我，才会拿我的剪刀。’他一定会满脸通红，不再烦我。我试了，结果真的有用。”

“凯文叔叔真厉害，你有跟他说吗？”

“有啊，他笑了。爸爸，真不公平。”

她眼看又要泪水决堤了，我说：“实在太不公平了，亲爱的。我真希望能够说点什么让事情好转，可惜没办法。有时候，事情就是这么、这么差劲，谁也无能为力。”

“妈咪说再过一阵子，我想起他的时候，就不会难过了。”

“你妈咪说的话通常都是对的，”我说，“希望这一回也是。”

“凯文叔叔有一次跟我说，我是他最喜欢的侄女，因为你是他最喜欢的哥哥。”

哦，天哪。我伸手搂住她的肩膀，但她闪开了，更用力擦拭小餐桌，用指甲将纸卷成僵硬的小滚筒。“你生气是因为我去爷爷奶奶家吗？”

“不是，小可爱，我不是气你。”

“那是气妈咪？”

“只有一点点，我们会和好的。”

荷莉斜眼看我，但只瞄了一下。“你们还会大吼大叫吗？”

我妈从小用黑皮带教训我，想让我道歉认错，但她再怎么努力也比不上荷莉轻轻松松就能做到的万分之一。“我们没有大吼大叫，”我说，“我只是很不安，没有人告诉我到底怎么回事。”

沉默。

“记得我们谈过秘密这件事吗？”

“嗯。”

“记得我们说过你和你朋友可以有秘密，但要是某个秘密让你不舒服，它就是不好的秘密，需要跟我或你妈咪说吗？”

“那不是不好的秘密，他们是我的爷爷、奶奶。”

“我知道，小甜心，我只是想告诉你还有另一种秘密。这种秘密虽然不坏，可是别人有权利知道，”她依然低着头，而且开始收紧下巴。“比方说，我和你妈咪决定搬到澳洲，我们应不应该让你知道？还是半夜直接把你抱上飞机？”

耸肩。“应该。”

“因为这件事也是你的事，你有权利知道。”

“嗯。”

“你开始和我家人往来，这就变成我的事了，保密是不对的。”

她不是很信服。“假如我跟你说，你只会很不高兴。”

“可是现在这样我会更不高兴，还不如直接跟我说。荷莉，小甜心，早点告诉我永远比较好，永远，知道吗？就算我不喜欢的事情也一样，把它当成秘密不说只会让事情更糟。”

荷莉将桌子小心翼翼推回洋娃娃屋的饭厅，用指尖调整位置。我说：“我总是对你说实话，即使事实有一点伤人我也会说，你应该知道才对。你也需要对我说实话，这样才公平，不是吗？”

荷莉声音含在嘴巴里，对着洋娃娃屋说：“爸爸，对不起。”

我说：“我知道，亲爱的，没关系。下一回你有事不想跟我说的时候，记得我们刚才说的话，好吗？”

点头。“很好，”我说，“那你现在可以跟我说你和我家人相处得怎么样了。你奶奶有没有做蛋糕给你吃？”

有点不知所措地松了一口气。“有，她还说我头发很漂亮。”

妈的哩，竟然赞美她。我正打算反驳老妈对荷莉铺天盖地的批评，从她的口音到仪态到袜子的颜色，没想到老妈年纪大了，损人的力道也变弱了。“她说得没错。那你的表兄弟姐妹呢？”

荷莉耸耸肩，将洋娃娃屋客厅里的钢琴拉出来。“他们不错。”

“怎样不错？”

“戴伦和路意丝不怎么跟我说话，因为他们太大了。但我和多娜分别模仿自己班上的老师，结果笑得太大声，奶奶要我们安静，不然就会被警察抓走。”

这才像我认识和避之唯恐不及的老妈。“卡梅尔姑姑和谢伊伯伯呢？”

“他们还好。卡梅尔姑姑有一点无聊，但谢伊伯伯回来以后，他教我写数学作业，因为我跟他说如果答案错了，欧唐娜老师会凶人。”

我很高兴她终于学会除法了。“谢伊伯伯真好。”我说。

“你为什么不和他们见面？”

“说来话长，小乖，一个早上说不完的。”

“你不去他们家，但我还可以去吗？”

我说：“再说啰。”

一切感觉都很完美，但荷莉依然没有正眼看我。除了这些明显的麻烦，还有别的事情困扰着她。要是她看过我老爸发酒疯的样子，恐怕一场大战在所难免，甚至又得来一轮监护权官司。

我问她："那你在烦恼什么呢？他们哪一个人让你生气吗？"

荷莉伸出一根手指，指甲上下敲打琴键。过了一会儿，她说："爷爷、奶奶没有车。"

我没想到会是这个。"没错。"

"为什么？"

"因为他们不需要。"

荷莉一脸茫然。我忽然想起荷莉从小遇到的每个人都有车，不管需不需要。"那他们要去哪里怎么办？"

"他们要么走路，要么搭公交车。他们的朋友几乎都住附近，走路只要一两分钟，商店也都在街角，要车做什么？"

荷莉思考了一分钟。"他们为什么不住独栋房子？"

"他们一直住在原来的地方，你奶奶是在那栋房子出生的，要她搬走很可惜。"

"他们为什么没有电脑，连洗碗机都没有？"

"不是所有人都有这些东西。"

"每个人都有电脑。"

我很不想承认，但心底却慢慢看出奥莉薇亚和洁琪的用意，明白她们为什么想让荷莉知道我的出身。"不对，"我说，"世界上绝大多数的人都买不起计算机，都柏林这里也一样。"

"爸爸，爷爷、奶奶很穷吗？"

荷莉双颊微微泛红，仿佛说了不好的话。"呃，"我说，"这得看你问谁。他们并不认为自己很穷，比起我小时候，他们现在的生活好多了。"

"那他们以前很穷吗？"

"是啊，小甜心，我们虽然没有饿肚子，但确实很穷。"

“例如呢？”

“例如我们没有度假，想看电影必须存钱。还有我穿你谢伊伯伯的旧衣服，凯文叔叔穿我的旧衣服，而不是买新的。又好比我们家没有足够的卧房，所以你爷爷奶奶必须睡在客厅。”

她眼睛睁得好大，仿佛在听童话故事。“真的？”

“没错，以前很多人都是这样，算不上世界末日。”

荷莉说：“可是，”她这会儿已经满脸通红。“克柔依说穷人都是混混。”

这一点也不意外。克柔依一家死板，女儿死板，母亲死板，父亲死板，而且大人小孩心眼都坏。女儿老是傻笑，母亲厌食，只因为比我早一代脱离贫民窟，肥猪丈夫又开美国豪华休旅车，所以跟我讲话总是又吵又慢，而且用字特别浅显。我一直认为应该禁止这家烂人进我们家，但莉儿说荷莉自己会发现克柔依不适合做朋友。看来这一回我是稳赢了。

“嗯，”我说，“克柔依这么说是什么意思呢？”

我不动声色，但荷莉很了解我，斜眼偷偷瞄了我一眼。“那不是脏话。”

“但肯定不是好话，你想那是什么意思？”

荷莉身体一扭耸耸肩。“你知道是什么意思。”

“小乖，你要用这个字的话，起码得知道一点这个字的意思，说吧。”

“混混就像笨蛋，整天穿运动服，因为很懒惰，所以没工作，甚至连话都讲不清楚，他们是穷人。”

我说：“那我呢？你觉得我也很笨、很懒吗？”

“当然不是。”

“可是我全家人都穷得要命耶。”

荷莉慌了。“你们不一样。”

“没错，混蛋可能有钱，也可能没钱，就像好人可以有钱，也可能没有钱一样。钱和人的好坏没有关系。有钱很好，但金钱不能决定你是什么样的人。”

“克柔依说，她妈咪说有钱一定要赶快让别人知道，这一点超级重要，否则就没有人会尊敬你。”

“克柔依他们家，”我的耐性用完了。“粗俗得连打扮花哨的混混都比不上。”

“粗俗是什么意思？”

荷莉放下钢琴，抬头用彻底迷惘的眼神看着我，双眉深锁等我说明一切，厘清所有的头绪。

从她出生到现在，这可能是我头一回不晓得该怎么答复她。面对一个认为人人都有电脑、从小看小甜甜布兰妮的小孩，我不晓得该如何说明物质贫穷与心灵贫穷的差别，也不知道怎么解释粗俗，而事情怎么会变成一团糟。

我好想把奥莉薇亚抓来，要她示范怎么做，只是这再也不关莉儿的事了：我和荷莉的关系是我一个人的问题。于是，我将迷你钢琴从她手里拿出来，放回娃娃屋，拉她坐在我的怀间。

荷莉仰头看着我的脸说：“克柔依很笨，对不对？”

“哦，是啊，当然，”我说，“世界上哪个地方缺笨蛋，只要让克柔依和她爸爸妈妈过去就搞定了。”

荷莉点点头，蜷起身子靠着我的胸膛，我下巴抵着她的小脑袋。过了一会儿，她说：“你可不可以找一天带我去看凯文叔叔摔出去的地方？”

“假如你觉得需要看一眼，”我说，“那没问题，我就带你去。”

“不是今天。”

“我知道，”我说，“我们先好好过完这一天再说。”我抱着荷莉前后摇晃，她若有所思咬着辫子尾巴。我们就这样默默坐在地上，直到奥莉薇亚来说该上学了。

我在戴齐买了特大号咖啡和一个奇形怪状、应该是有机食品的玛芬蛋糕——我感觉奥莉薇亚很怕我误会，以为请我吃早餐就是请我住回去。我坐在墙上享用早餐，注视那些穿着过重西装、开着坦克大车的家伙驶进车阵，发现别人都不让路而火冒三丈。接着我拨了自己的语音信箱。

“嗯，那个，弗朗科……嗨，我是小凯。听着，我知道你说时间不对，可是……我的意思是，不是现在，而是，而是等你有空了，可不可以打个电话给我？比方说今天晚上，就算很晚也行。呃，谢了，拜拜。”

第二通他直接挂断，没有留言，第三通也一样，就是我和荷莉、洁琪嘴里塞满披萨的时候。第四通将近七点，凯文应该在往老爸老妈家的路上。“弗朗科，又是我。听着……我实在得和你谈谈。我知道你可能根本懒得理我，没错，但我对天发誓，我真的没有烦你的意思，只是……你可以回我电话吗？好吧，呃，我想……拜拜。”

从周六晚上我叫他回酒吧到周日下午他不停打电话，有事情不一样了。或许期间出了什么事，可能在酒吧——黑鸟小馆有几名常客，他们到现在还没杀人简直是奇迹——但我觉得不是。早在我们抵达酒吧之前，凯文就很焦虑了。以我对他的了解——我想还有点参考价值——他是个随遇而安的家伙，但从我们去十六号搜查开始，他就一直很古怪。我当时不以为意，觉得一般人想到死人都会不自在，而且我心有旁骛。其实事情没这么简单。

不管凯文在烦恼什么，绝对不是上周末才发生的，而是埋在他心里很久，说不定压了二十二年，直到周六被某件事引了出来，才缓缓（我们家小凯从来不是快动作的人）浮上心头，开始烦他，越来越烦。他花了二十四个小时试着不理它、厘清它或自己想办法解决，之后才找哥哥弗朗科帮忙。当我要他闪一边去，他就成了最惨的人。

他在电话里的声音很好听，即使带着困惑与担忧，依然很悦耳，感觉像个好人，让人想要认识。

接下来该怎么做，我的选择很有限。既然半数邻居认为我是冷血的杀弟凶手，和他们闲磕牙就不是那么有趣了。再说，我也必须远离球王的视线，就算不为别的，也得替乔治的肠胃着想。问题是走来走去，像个花痴盯着手机等史帝芬打电话来，这个主意也不是特别吸引人。就算什么都不做，我也不希望空等。

有东西戳我的颈背，仿佛一根一根拔着我的细毛。我立刻全神贯注，因为之前有许多次忽略它，结果害我差点没命。我一定漏了什么，明明看到、听到却让它溜走。

卧底和重案组小子不一样，无法拍下精彩画面，因此我们的记忆力好得惊人。我调整姿势，在墙上坐得更舒服点，接着点了根烟，开始巨细靡遗回顾自己这几天搜集到的消息。

一件事冒了出来：我还是不晓得手提箱是怎么跑到烟囱里的。根据诺拉的说法，箱子应该是周四下午她向萝西借随身听到周六晚上之间放的。

但根据曼蒂的说法，那两天萝西没有家里钥匙，她家和十六号又隔着许多麻烦的院子围墙，因此多少排除了夜里偷拿箱子出去的可能。此外，麦特·戴利像老鹰一样盯着自己的女儿，要想白天夹带这么大一个东西出门也很困难。而且根据诺拉的说法，萝西周四和周五都和伊美达·提尼一起走路上班。

星期五晚上，诺拉和她朋友去看电影，萝西与伊美达可以在卧房里不受打扰地打包和计划，不会有人在意伊美达的进出，她可以轻轻松松走出萝西家，想拿什么就拿什么出去。

伊美达目前住在哈洛斯巷，离忠诚之地刚好够远，不在球王的雷达范围内。根据曼蒂和我谈话时的眼神，伊美达中午午休的时候应该在家，而她当年和邻居也处得不是很好，应该不难被一个回头的浪子打动。我将剩下冷掉的咖啡倒了，朝车子走去。

我向电信总局的朋友要了伊美达·提尼的电费账单，地址是哈洛斯巷十号三号公寓。房子是出租公寓，屋瓦残缺不全，大门掉漆，窗户脏兮兮的，

纱窗也松脱了。感觉得出来这里的住户很希望房东能找到一两个象样的雅痞房客，不然干脆放把火将房子烧了，换点保险金。我猜得没错，伊美达在家。“弗朗科，”她打开门看到我，语气夹杂着惊讶、高兴与害怕。她说：“天哪！”

过去这二十二年，岁月并没有善待伊美达。她不是仙女下凡，但起码长得够高，双腿和走路姿势也够漂亮，光凭这三点就绝对不会太差。然而，此刻的她却是组里俗称的蛇蝎美人，空有“海滩游侠”的身材，却是“犯罪现场”的长相。

她的体态依旧婀娜多姿，但眼下两个眼袋，脸庞爬满刀疤般的皱纹。她穿着白色运动服，胸前有咖啡渍，衣服漂了不知道多少次。

她一看到我便伸手抚平上衣，仿佛如此就能立刻重回缤纷的年少时光，回到美好的周末夜。这么一个小动作，直直打进我的心底。

我说：“你好啊，小美。”接着露出最灿烂的笑容，提醒她我们是多年的好友。

我一直很喜欢伊美达，聪明、活力无穷，有点情绪又很强悍，全是生活磨练出来的：大伙儿只有一个父亲，她却换过一个又一个，其中几个娶的根本不是她母亲，而这一点在当时非同小可。我们小时候，伊美达的母亲让她饱受责难。我们的日子都不好过，但一个失业的酒鬼父亲再怎么糟，也比不上一个水性杨花的母亲。

伊美达说：“我听说凯文的事了，愿他安息，很遗憾你经历了这种事。”

“愿他安息，”我附和道，“既然回到这一带，我想见见几个老朋友应该不错。”

我待在门口，伊美达匆匆回头瞥了一眼，但我赖着不走，让她别无选择。“我家里有点乱——”

“你以为我会在意吗？你应该看看我家才对。真高兴见到你。”

我话还没说完，就径自走了进去。

公寓里不像狗窝，但伊美达也没说错。只要看一眼曼蒂在家的样子，就知道她很满足，就算不是欢欣雀跃，生活也是她所喜爱的模样。伊美达就不是了。客厅到处都是东西，沙发周围扔着用过的马克杯和中国菜外卖的纸盒，大大小小的女性衣服挂在电热器上烘干，盗版DVD的盒子堆在角落积满灰尘，让房间感觉比实际更小。

暖气开得太强，窗户很久没开，整间屋子弥漫着烟灰、食物与女人的味道。除了超大电视，所有东西都应该丢了换新的。

“你这小窝真不赖。”我说。

伊美达立刻回了一句：“烂毙了。”

“我小时候住的地方更糟。”

她耸耸肩说：“那又怎样？这里烂就是烂。要喝茶吗？”

“好啊，喝一点。你过得怎么样？”

她朝厨房走去。“你用看的就知道了，坐吧。”

我在沙发找了一个没变硬的地方，让自己坐下来。“我听说你生了几个女儿，没错吧？”

厨房的门半开着，我看见伊美达手里拿着热水壶愣了一下。她说：“我听说你当上警察了。”

我已经习惯别人认为我是国家机器的帮凶，对我无来由的愤怒，甚至开始觉得还满有用的。“伊美达，”震惊沉默了几秒，我用愤怒和伤透了心的语气说，“你在开什么玩笑？你难道认为我是来骚扰你孩子的？”

耸耸肩。“我怎么知道，反正她们没做什么。”

“我连她们叫什么都不晓得，我只是问问，他妈的。就算你生了一票黑道家族，我也懒得管。我只是看在往日交情的分上，过来和你打个招呼。你要是对我混饭吃的工作有任何意见，尽管跟我说，我立刻拍拍屁股走人，我向你保证。”

不久，我看见伊美达嘴角不情愿地微微一撇，将热水壶打开。“你还是老样子，弗朗科，脾气依然那么冲。没错，我生了三个，伊莎贝儿、夏妮亚和洁妮维，简直是灾难，这三个十几岁的小女生。你呢？”

没提父亲是哪一位（或哪几位）。“我有一个女儿，”我说，“今年九岁。”

“等着瞧吧，祝你好运。人家常说儿子坏事，女儿烦心，说得真是对极了。”她拿了两个茶包丢进杯里，光看她的动作就让我觉得自己老了。

“你还做裁缝吗？”

哼了一声，可能是浅笑。“天哪，已经好一阵子了。我二十年前就离开成衣厂了，目前东做一点，西做一点，大部分是清洁工，”她挑衅似的斜瞄我一眼，想看我的反应。“东欧人比较便宜，但有些地方还是想找会说英语的人。既然能做，我就做了。”

热水壶滚了，我说：“你听说萝西的事了吧？”

“嗯，听说了，真令人意外。这么多年来……”伊美达一边倒茶一边微微摇头，似乎想甩掉什么念头。“这么多年来，我一直以为她到英国去了，因此听到消息简直不敢相信，完全没办法。不骗你，得知消息的那一天，我跟行尸走肉一样。”

我说：“我也是，那一周很不好过。”

伊美达拿了一罐牛奶和一包糖，在咖啡桌上腾出一点空间。她说：“凯文是个可爱的年轻人，很遗憾发生这样的事，真的很遗憾。那天晚上，我本来要去你们家的，只是……”

她耸耸肩，没有往下说。就算给克柔依和她妈咪一百万年的时间，她们可能也搞不懂伊美达和我们家那一点点阶级差距到底有多大，这让伊美达觉得（而且很可能是对的）我老妈应该不欢迎她出现。

我说：“我一直以为那天会见到你。不过话说回来，现在这样更容易聊天，不是吗？”

伊美达又是似笑非笑，但不再像之前那么勉强。“果然是弗朗科，讲话依然那么有技巧。”

“不过，我头发现在好看多了。”

“唔，那倒是。你那庞克头，还记得吗？”

“那还不是最糟的，先前我还留过奇皮的马桶盖头呢，那更夸张。”

“嗯，别说了，他那鸟窝头。”

伊美达回厨房拿杯子。虽然时间多得是，但坐在这里干聊对我没有半点好处。伊美达比曼蒂难缠多了，尽管猜不透我的来意，起码知道我有所图。她回到客厅，我说：“我可以问你一件事吗？我知道自己喜欢问东问西，但我发誓我有正当的理由。”

伊美达将茶渍斑斑的杯子塞进我手里，在扶手椅坐下，但没有靠着椅背，眼神也依然提防。“问吧。”

“你帮萝西把手提箱拿到十六号，你放在哪里？”

伊美达的目光瞬间空白，半痴半傻，让我忽然意识到自己是谁。就算她直觉反应不是如此，也抹灭不了一个血淋淋的事实，她正在和警察说话。不用想也知道她会怎么回答，她说：“什么手提箱？”

“哎，少来了，伊美达，”我轻松笑着说，只要语气稍有差池，我这一趟就白来了。“我和萝西啊，我们计划了好几个月，你以为她没有跟我说她打算怎么做吗？”

伊美达脸上的茫然缓缓消退了一些，不是全部，但已经够多了。她说：“我不想为了这件事惹麻烦。要是别人问起，我一概不承认。”

“没问题，宝贝，我不会让你搞得一身腥。你帮了我们一个大忙，我很感激，我只是想确定你放了箱子之后有没有其他人动过。你还记得你把提箱放在哪里吗？什么时候放的？”

伊美达眨眨稀疏的睫毛，目光凌厉看着我，想揣摩我的用意。之后，她从口袋里掏出一包烟说：“你们出发前三天萝西才告诉我，之前完全没提。我和曼蒂猜想她有事情瞒着不说，但不清楚内容。你找过曼蒂了吗？”

“找过了，她过得很好。”

“好运的家伙，”伊美达咯嚓点燃打火机说，“抽烟吗？”

“好啊，谢了，我以为你和曼蒂很要好。”

她冷笑一声，将打火机凑到我面前说：“那是过去式了，现在的她不是我这种人高攀得起的。老实说，我不晓得我们是不是真的要好过，我和她只是常常跟萝西在一起，萝西离开之后……”

我说：“你才是萝西最亲的朋友。”

伊美达给了我一个“省省吧，你还差得远呢”的眼神。“我们假如这么亲，她应该会马上跟我说你们的计划，而不是压到最后，不是吗？萝西会跟我说，只不过因为她被老爸盯着，没办法自己动手。我们那阵子一起上下班，边走边聊，讲什么我忘了，反正是女孩子的话题。那天，她说需要我帮她一个忙。”

我说：“你是怎么将手提箱拿出她家的？”

“简单得很。第二天下班之后，也就是星期五，我到戴利家，跟她老爸老妈说我们要到萝西房间听她新买的“舞韵合唱团”专辑，他们只叫我们小声一点。我们把音量稍微调大，正好盖过萝西打包的声音。”伊美达的嘴角扬起一抹浅笑。

她手肘抵着膝盖，一边抽烟一边自顾自笑着，让我仿佛又见到那个行事敏捷、伶牙俐齿的女孩。“你真应该看看她当时的模样，弗朗科。她在房里跳来跳去，对着梳子唱歌，甚至还买了新内裤，不想被你看到旧的脏的。她拿着新内裤在头上挥舞……拉着我一起跳，我们两个看起来就像一对白痴，忘情大笑，但又努力压低音量，免得让她老妈上来看我们在搞什么。我想她是因为瞒了这么久终于能说出来，才会这么高兴，简直像飞上了天一样。”

我将脑海中的画面猛然关掉，晚点再说。“真好，”我说，“听你这么说真好。那她打包完之后呢？”

伊美达笑开了。“我直接拿着箱子走出她家，绝对不骗你。我用外套包着它，但根本唬不了人，多看一眼就会发现。我走出卧房，萝西跟我说再见，故意说得响亮亲切，我大声向戴利先生和戴利太太道别，他们在客厅看电视。我踏出门口的时候，戴利先生转头看了我一眼，但只是想确定萝西没有跟着出门，压根没注意到提箱，我轻轻松松就离开了。”

“真有你们的，”我报以微笑，“之后你直接把手提箱拿到十六号？”

“是啊，那时是冬天，天早就暗了，而且很冷，所有人都窝在家，没有人看见我，”她沉思回想，双眼躲在袅袅香烟里，“我告诉你，弗朗科，走进那间屋子让我怕得要命。我从来没有晚上到过那里，至少不是单枪匹马。最可怕的是楼梯，房间起码还有一点光线从窗户进来，楼梯却是一片漆黑。我是摸着上楼的，弄得全身都是蜘蛛丝，楼梯摇摇晃晃，让我感觉整栋房子就要垮了，而且每个角落都有声音……我发誓我感觉有人在屋里看着我，说不定是游魂，只要有人碰我，我一定会大声尖叫。我把手提箱一放，就像屁股着火似的冲出屋外。”

“你还记得把箱子放在哪里吗？”

“记得啊，我和萝西事前都商量过了。放在二楼前面房间的壁炉后面，你知道，就是那个大房间。万一放不下，就塞到地下室角落那一堆板子和金属底下。但除非必要，我才不想下去，结果壁炉刚刚好。”

“谢了，伊美达，”我说，“谢谢你帮忙。我很久以前就该向你道谢，不过迟说总比没说好。”

伊美达说：“那我可以问你一件事吗？还是只能由你问我问题？”

“你说像盖世太保，我问你答吗？当然不是了，宝贝。做人要公平。你尽管问吧。”

“他们都说萝西和凯文死于非命，是被谋杀的，两个都是。他们只是随便说说，还是真有其事？”

我说：“萝西是被谋杀的没错，凯文目前还不晓得。”

“她怎么死的？”

我摇摇头说：“没有人告诉我。”

“嗯，是啊。”

“伊美达，”我说，“你想把我当成警察对待是你的自由，但我向你保证，目前局里没有半个人这么想。我不负责这个案子，甚至不该靠近。我请了假才来这里，这个星期我不是警察，只是一个爱萝西·戴利爱到不肯放手的蠢蛋。”

伊美达用力咬着下唇，她说：“我也爱她，很爱很爱，爱得要命。”

“我知道，所以我才会来找你。萝西出了什么事，我毫无头绪，也不相信警察会尽力查个水落石出。我需要援手，小美。”

“她不该被杀的，太邪恶了，萝西从来没伤过任何人，她只是希望……”伊美达沉默下来，静静抽烟，手指钻进沙发的破洞，但我感觉得出来她在沉思，所以没有打断。半晌之后，她说：“我以为她是唯一逃过的人。”

我眉毛一挑，露出探询的目光，伊美达饱经风霜的双颊泛起淡淡红晕，仿佛说了什么愚蠢的话。但她继续往下说：“就拿曼蒂来说吧，你看看她，跟她老妈一个样，长大赶快找人嫁了，辞掉工作相夫教子，当个好太太、好妈妈，住原来那间房子，我敢说她连衣服都是穿她老妈的。所有人都知道长大不会改变什么，即使再怎么强调自己会不一样，最后还是变成老爸或老妈。”

她将烟摁熄在满是烟蒂的烟灰缸。“还有，你看看我，看我成了什么德行，”她扬起下巴扫过公寓一圈说：“三个孩子三个爹——曼蒂可能跟你说了，对吧？我二十岁就怀了伊莎贝儿，直接失业，从此再也找不到一个像样的工作。没结婚，男人没有一个留过一年，而且一半是有妇之夫。年轻时，我有几百万个梦想，如今全都烟消云散，而我则是变成了我妈，一个屁也没有，转眼醒来就是这样了。”

我从自己口袋里捞出两根烟，点了一根给伊美达。“谢了，”她转过头，免得烟喷到我脸上。“萝西是唯一没变成她老妈的人，我喜欢想到她。每当我遇到挫折，总喜欢想象她在某个角落，不管是伦敦、纽约或洛杉矶，做我想都没想过的疯狂工作，想象她是那个逃过的人。”

我说：“说起来，我也没变成我老妈或我老爸。”

伊美达没有笑，我读不出她眼神里的意涵，也许是说“当警察能算进步吗”。沉默片刻，她说：“夏妮亚怀孕了，才十七岁，不晓得孩子的老爸是谁。”

这件事连球王也没办法正面思考。我说：“起码她有个好母亲可以帮助她。”

“是啊，”伊美达说，肩膀微微下垂，仿佛希望我有什么良方。“随便吧。”

附近公寓传来五角的说唱音乐，开得震天响，有人大吼叫对方小声一点，然而伊美达似乎毫无所觉。我说：“我得再问你一件事。”

伊美达感觉很敏锐，而我的语气显然触动了她的神经，茫然的表情再度回到她脸上。我说：“你有跟谁说我和萝西要私奔吗？”

“我谁都没说，我又不是大嘴巴。”

她身体坐直，准备反唇相稽。我说：“我当然不认为你会开口，只是要套一个人的话有千百种方式，管他是不是大嘴巴。你当时才，多少——十八、十九岁？把十几岁的孩子灌醉让他说溜嘴很简单，说不定一两杯就够了。”

“我没那么笨。”

“我也是。伊美达，你听我说，那一晚有人在十六号等萝西，在那里见她，将她谋杀弃尸。世界上只有三个人知道萝西会去那里拿手提箱：我、萝西，还有你。但我没有告诉任何人，而你也说了，萝西守口如瓶了几个月。你或许是她最好的朋友，但假如可以，她连你也不会说。你要我相信她会突然找人说出一切，只是为了好玩？胡扯。所以只剩下你。”

我话还没说完，伊美达已经站起来，一把抢走我手里的杯子。“你他妈的混蛋，竟然在我家里说我泄密，我刚才根本不该让你进门。亏你还说来看

老朋友，老朋友个屁，你只是想刺探我知道多少——”

她冲到厨房，将两只杯子重重摔进水槽。只有罪恶感才会让人火力全开。我立刻跟了上去。“亏你还说自己多爱萝西，还希望她是逃过的人，难道你也在放屁？伊美达，是吗？”

“你根本不晓得自己在讲什么。你倒简单，大爷，隔了这么多年到我这里，想来就来，想走就走。但我还得住在这里，我小孩也得住在这里。”

“你觉得我看起来像是要走的样子吗？我来了，伊美达，不管我喜不喜欢，而我哪儿都不会去。”

“错了，你现在就滚出我家。把问题塞回你的屁眼，然后离开。”

“跟我说你告诉谁，我就离开。”

我靠太近了。伊美达背靠炉子，目光扫过厨房，想找逃脱的路线。当她再次望着我，我在她眼里看见不由自主的恐惧。

“伊美达，”我尽可能温柔地对她说，“我不会打你，我只是想问你问题。”

她说：“出去。”

她一手伸到背后抓住了什么，我顿时明白她的恐惧不是出于条件反射，不是之前哪个混球揍她的后遗症。她怕的是我。

我说：“妈的，你到底以为我想对你做什么？”

她低声说：“有人警告过我。”

我还没意会过来，身体已经向前一步。我看见她举起面包刀，张嘴准备尖叫，于是我转身离开。我走到楼梯底下，她才鼓足力气冲到楼梯并对我咆哮，让邻居都能听见：“你别想再踏进我家一步！”说完砰的一声将门用力关上。

Chapter 15　可疑的指纹

我往自由区走，远离城中心。市区挤满了圣诞节的购物人潮，摩肩擦踵，看到什么就拿出信用卡来刷，价格越离谱的越好，迟早会让我想要找人干架。我认识一个好人叫“火柴”丹尼，他曾经说我如果想放火烧了什么，他都可以代劳。我想起忠诚之地，想起库伦太太脸上的贪婪、戴斯·诺兰脸上的犹疑与伊美达脸上的恐惧，忽然很想打电话给丹尼。

我不停地走，直到逢人就想揍的冲动消退殆尽为止。这里的街道巷弄就像来参加凯文守灵式的邻居，都是沧海桑田的似曾相识，有如我不曾参与的笑话：一辆辆全新宝马轿车停在原本是出租公寓的门前，年轻妈妈对着名牌娃娃车大吼，肮脏的杂货店摇身变成光鲜亮丽的连锁店。等我终于停下脚步，已经来到圣派屈克教堂。上班尖峰时间越来越近，车流壅塞，我在教堂庭院稍坐片刻，注视眼前这伫立了八百年的建筑，倾听着居民开车横冲直撞，赶着上路。

我就这样坐着，香烟一根接一根，超出了荷莉的标准。忽然间，手机响了。是乖孩子史帝芬的短信，我敢说他修改了四五次才按发送：*麦奇警探你好，我已拿到你要的信息，跟你报告，祝好。史帝芬·莫兰（警探）。*

好小子。快五点了，我回短信给他：*干得好，柯斯莫见，尽快。*

柯斯莫是一家差劲的小三明治店，隐匿在葛拉夫顿街附近的杂乱小巷里，不过重案组的人打死不来，算是一大好处。此外，柯斯莫也是市区硕果仅存还雇用爱尔兰员工的店家，换句话说，没有店员会纡尊降贵正眼看你。有时候这是好事，我偶尔会和网民约在这里。

我到的时候，那小子已经等在店里，一手拿着咖啡杯，另一手手指在撒出来的糖粉上涂鸦。我在桌边坐下，但他没有抬头。

我说："很高兴又见面了，警探。谢谢你和我联系 。"

史帝芬耸耸肩说："嗯，我说过我会和你联系 。"

"唉，有什么麻烦吗？"

"感觉很不妥当。"

"我保证对你的敬重不减。"

他说："在天普墨的时候，他们说我们已经是警察大家族的一分子了。我听进去了，你知道吗？我很重视这句话。"

"是该重视没错。警察是你的家人，而家人就应该互相帮忙，阳光小子。你难道还没发现？"

"没错，我没发现。"

"唔，算你好运，童年幸福是件美好的事，但不是人人都有那个命。你帮我查到什么资讯？"

史帝芬咬着脸颊内侧，我兴致盎然地看着他，让他自己天人交战。后来，他当然没有抓起背包走人，而是身子凑前，掏出一个薄薄的绿色档案夹。"验尸报告。"他说，一边将档案递给我。

我用拇指翻了翻报告，凯文的伤处特写赫然映入眼帘，还有器官重量和脑挫伤，不是搭配咖啡时光的好读物。"做得好，"我说，"非常感谢。帮我简单做个摘要，时间三十秒左右。"

他吓了一跳。他可能做过通知家属之类的事，但从来没被要求描述细节。他看我眼睛眨也不眨，便说："呃……好吧。他——我是说死者，呃，你弟弟——他从窗户摔出屋外，头下脚上，没有打斗或自卫伤，也没有他人涉入的迹证。坠落高度大约二十五英尺，地表坚硬。死者头侧着地，位置大概在这里。坠落导致头骨碎裂，大脑受伤，颈骨折断，进而造成呼吸瘫痪。上述任何一个伤势都足以致死，而且非常迅速。”

他报告得很好，完全合乎我的要求，但我一看到打扮夸张的女服务生出现，还是立刻爱上了她。我点了咖啡和某一种三明治，她写错两次，证明自己大材小用了。她翻了翻白眼，受不了我的愚蠢，随手抽走菜单，差点将史帝芬的杯子翻倒在他腿间。不过，当她扭腰摆臀走开时，我的下巴起码松了一些。

我说：“这些我都知道。有拿到指纹鉴定吗？”

史帝芬点点头，抽出另一份档案。球王显然对鉴证科施了不少压力，结果才会这么快出来。他想赶紧结案。我说：“告诉我重点就好。”

手提箱表面一团糟，在烟囱里放了这么久，几乎磨光了原有的痕迹。“我们找到建筑工人和死者家属——也就是你家人的指纹，”他窘得低下头去。“还有几枚萝西·戴利的指纹、一枚她妹妹诺拉的指纹和三枚不明指纹——根据位置分析，应该是同一只手同一时间按下的。箱子里也差不多，会留下指纹的东西上头有许多萝西的指纹，随身听有一堆诺拉的指纹，箱子内壳有两枚泰瑞莎·戴利的指纹——这很合理，我是说手提箱之前是她的。还有很多麦奇家的指纹，主要是约瑟芬·麦奇的，她是，呃，你母亲吗？”

“没错，”我说。开箱的人绝对非老妈莫属，我仿佛听见她说：*吉姆·麦奇，把你的脏手从那玩意儿上拿开，里面有内裤，你难道是个变态？*“有不明指纹吗？”

“里面没有。我们还发现，呃，装船票的信封上有几枚你的指纹。”

经过这几天，我以为自己再也不会心痛：二十年前那个天真烂漫的夜晚，我在欧尼尔酒吧留下的指纹依然新鲜，仿佛昨天留下似的，等着鉴证人员把玩。我说：“是吗？应该的，我买票的时候没想到戴手套。还有什么？”

“刚才说的是手提箱，至于字条，看来被擦拭过。第二张，也就是一九八五年发现的那一张，我们找到麦特、泰瑞莎和诺拉·戴利的指纹，还有发现字条交给他们的三名建筑工人和你的指纹，却没有半枚萝西的指纹。第一张，就是凯文口袋里的那一张，上头什么都没有，找不到半点指纹，干净得像张白纸。”

“他摔出去的窗户呢？”

“问题正好相反：太多指纹。鉴证人员很确定上窗和下窗都有凯文的指纹，假如窗户是他开的，自然会有指纹。他探身出去的窗台有掌印，但鉴证人员不敢保证是他的，因为底下叠了太多指纹，盖过了掌印的细节。”

“还有什么是我也许会感兴趣的？”

史帝芬摇摇头说：“没什么特别的。凯文的指纹还出现在两处：前厅大门和他坠楼的房间门上，但没出现在其他可疑的地方。屋子里的东西太多，鉴证科还在搜查。目前追出几个犯过小奸小恶的家伙，但他们都是本地人，很可能只是到屋里鬼混。就我们所知，许多年前是这样。”

“非常好，”我将档案对齐叠好，收进我的数据盒里说。“我会记下这一笔的。现在请你简单叙述肯耐迪警探对案情的看法。”

史帝芬看着我手的动作说：“再跟我说一次，做这件事为什么不违反道德？”

我说：“因为事情搞定了，所以不违反道德，孩子。开始说吧。”

过了一会儿，他抬头望着我的眼睛说：“我不晓得该怎么跟你谈这个案子。”

女侍者将咖啡和我们的三明治扔在桌上，气呼呼走开准备下班，但我们假装没注意。我说：“多谢你忧心，史帝芬，但我现在不需要你多愁善感，而是就事论事。你必须假装这件案子与我无关，我只是路过的家伙，需要一点前情提要。你做得到吗？”

他点点头说：“嗯，有道理。”

我靠回椅背，将餐盘拉到面前。“棒极了，说吧。”

史帝芬不疾不徐，这样很好。他将三明治浸在西红柿酱和蛋黄酱里，挪动薯条的位置，将想法整理就绪，接着才开口说：“好吧，肯耐迪警探的想法是这样的。一九八五年十二月十五日晚间，弗朗科·麦奇和萝西·戴利约在忠诚之地尽头碰面，准备一起私奔。弗朗科的弟弟凯文得知消息——”

“他怎么知道？”我无法想象伊美达会对一个十五岁男孩掏心挖肺。

“这不清楚，但显然有人知道，而凯文是最可能的人选。这一点连同其他因素，支持肯耐迪警探的推论。我们侦讯过的人一致表示，弗朗科和萝西绝口不提私奔的事，没有人知道他们在策划什么。但凯文例外，他有一点优势，就是和弗朗科睡同一个房间，或许看到了什么。”

好女孩曼蒂果然守口如瓶。“应该不可能，房里没什么东西好看。”

史帝芬耸耸肩说：“我来自北墙区，我敢说自由区和我们那里没什么不同，起码以前都一样：大家弱肉强食，东家长西家短，根本没有秘密这种东西。老实说，要是没有半个人知道私奔的事，我才觉得奇怪呢，不可思议。”

我说：“有道理，这部分暂时存疑。之后呢？”

专心报告让他放松了一些，我们再度相安无事。“凯文决定在萝西去找弗朗科之前堵人，也许约她见面或他知道她必须去拿手提箱。总之，他们碰面了，最可能的地点是忠诚之地十六号。两人发生争执，他一怒之下扣住她的咽喉，拿她头部撞墙。根据库柏的说法，这部分不需要多少时间，顶多几秒，等凯文平静下来，已经太迟了。”

“动机呢？他为什么要堵她，更别说和她吵架了？”

“不晓得。大家都说凯文很粘弗朗科，因此或许是他不想让萝西抢走他。也可能是性的嫉妒，凯文正好处在那个年纪。依照各方说法，萝西很漂亮。也许她拒绝凯文的追求，或者他们暗通款曲——”史帝芬忽然想起自己在对谁说话，立刻哑口无言面红耳赤，担忧地看我一眼。

我还记得萝西，凯文说过，那头发和笑容，还有她走路的样子……我说：“两人年龄差距大了点——十五岁和十九岁，记得吗？但他有可能迷恋她，这是没错。继续。”

“嗯，他其实不需要很强的动机，我是说，就我们所知，他并不打算杀她，只是事情就这样发生了。他发现萝西断气之后，便将她拖到地下室——除非他们本来就在那里——放到混凝土板下。以同年纪的少年来说，他算强壮的，那年夏天曾经在建筑工地打工，搬运东西，因此有能力做到。”他又瞄我一眼。我将臼齿边的火腿屑剔出来，表情温和地看着他。

“这段时间，凯文发现萝西写了字条要给家人，他立刻想到可以利用。他撕下第一页自己收着，留下第二页，这样要是弗朗科自行离开，所有人都会以为他们按照计划走了，两人一起私奔，留下字条给她爸妈。要是弗朗科因为萝西没有出现而回家，或离开一段时间之后和家人联系，所有人都会觉得字条是给他的，萝西抛下他一个人走了。”

“二十二年，”我说，“事情真的照这样发展。”

“是啊。后来，萝西的尸体被人发现，我们展开调查，凯文慌了。我们问过的人都说他这两天压力很大，而且越来越糟，最后再也承受不了，便将他不晓得藏在哪里这么多年的字条挖出来，和家人相众最后一晚，回到杀死萝西的地方，然后……嗯。”

“他低头祷告，从顶楼窗户纵身而下，正义终得伸张。”

“差不多吧，我想。”史帝芬端着咖啡偷偷看我，怕我发怒了。

我说：“做得好，警探。清楚、扼要又客观。”史帝芬如释重负，仿佛口试结束似的轻吁一口气，开始进攻三明治。“你想肯耐迪还要多久就会认定自己的推论是真理，两案同时了结？”

他摇摇头说：“可能再几天吧。他还没将档案往上送，我们也还在搜集证据。肯耐迪警探做事很彻底，真的是。我是说，我知道他心里有想法，但他不会拿着想法硬套，赶快把案子解决掉。听他的口气，觉得我们——我和其他支持警探——我们至少会在重案组待到这星期结束。”

换句话说，我大概还有三天。没有人喜欢走回头路，一旦正式结案，除非我生出效力十足的录像画面，拍到凶手另有其人，否则不可能重启调查。“我敢说一定很爽，”我说，“那你自己觉得肯耐迪警探的推论怎么样？”

这个问题杀得他措手不及，好不容易才吞下嘴里的食物。“我？”

“没错，小伙子，就是你。我很清楚球王做事的方法，而我之前跟你说过，我很好奇你除了惊人的打字速度之外，还有什么本事。”

他耸耸肩说：“这不是我份内的——”

“不，你错了。我既然开口问你，就是你份内的事。他的推论你信服吗？”

史帝芬又塞了一口三明治到嘴里，好多争取一点时间。他盯着盘子，不让我看见他的眼神。我说：“好吧，小史，你必须搞清楚一点，我或许满脑子偏见，难过到抓狂，甚至根本疯了，不管是哪一种情形，可能都让我非常不适合分享你心底的想法。尽管如此，我敢说你脑中一定不止一次闪过一个念头，肯耐迪警探也许是错的。”

他说：“我是想过。”

“当然，你要是没想到，那就是白痴了。你其他同事有想到吗？”

“他们没提过。”

“他们不会提的。他们都想过，因为他们也不是白痴，但他们闭住嘴巴，害怕被球王列入黑名单，”我凑到桌上，让他不得不抬头。“所以只剩下你了，莫兰警探，剩下你和我。假如杀害萝西·戴利的凶手依然逍遥法外，只有我们两个会追捕他。你现在看出我们的小把戏为什么不违反道德了吧？”

过了一会儿，史帝芬说：“应该吧。”

“这么做道德得不得了，因为你效力的对象不是肯耐迪警探，也不是我，而是萝西·戴利和凯文·麦奇。我们是他们唯一的依靠，所以，别再像个处女死抓着内裤不放，跟我说你觉得肯耐迪警探的推论怎么样。”

史帝芬只短短回了一句：“我不是很相信。”

“为什么？”

“我不在乎漏洞，例如动机不明或凯文怎么发现私奔的事等等。事隔多年，会有这种漏洞是难免的。真正困扰我的是指纹鉴证报告。”

我一直在猜他会不会发现。“报告怎么了？”

他舔掉拇指上的蛋黄酱，竖起拇指说：“首先是手提箱外壳的不明指纹。那几枚指纹可能无足轻重，但假如我是承办警探，除非查出指纹是谁的，否则我不会结案。”

我很有把握指纹是谁的，但我不想透露。我说：“我也是，还有呢？”

“嗯，还有一点，就是——”他竖起另一根手指，“为什么第一张字条上没有指纹？抹去第二张字条上的指纹很合理，万一有人起疑报警，表示萝西失踪了，凯文不希望警方在她的告别信上发现他的指纹。可是第一张字条呢？他不知从哪里将藏匿多年的字条拿出来，打算当成遗言和自白，却先把字条擦干净，再用手套放进口袋里？难道他还怕人推论凶手是他？”

“关于这点，肯耐迪警探是什么看法？”

“他说这只是小小的出入，没什么大不了，每件案子都这样。凯文那一晚把两张字条都擦了，藏起第一张，之后拿出来没有留下指纹，这种事偶尔会有。这么说是没错，只不过……我们说的是想了结自己的人，打算承认自己杀了人的人。我不管他有多么冷静，肯定他妈的汗如雨下。只要流汗，就会留下指纹。”史帝芬摇头说，“那一张字条上应该要有指纹，就这样。”说完又开始鲸吞三明治。

我说：“出于好玩，让我们假设一件事。假设我老友肯耐迪警探这回砸锅了，凯文·麦奇不是杀死萝西·戴利的凶手，那又怎么样？”

史帝芬盯着我说：“我们假设凯文也是被谋杀的？”

“我怎么知道？”

“假如擦拭字条，放进他口袋里的人不是他，那就是别人干的，我认为是谋杀。”

一股盲目的好感再度猛然涌上心头，让我差一点夹住他的脑袋，搔他头发。“听起来很有道理，”我说，“针对这名凶手，我们知道多少？”

“你认为只有一个人？”

“我衷心希望如此。我老家这一带的人也许有点变态，但我拜托老天爷，千万别夸张到一条街上同时出了两名凶手。”

短短一分钟，从他阐述已见开始，史帝芬就不再那么怕我了。他身体往前，手肘压在桌上，专心得完全忘了手边的三明治，眼神出现从来没有的坚决，超过我对这个脸红小菜鸟的期待。“那么，据库柏的说法，凶手应该是男性，年纪在三十多岁到五十岁之间，也就是他在萝西死亡当时是十几到三十岁，那时和现在体格都相当结实，换句话说，是个肌肉男。”

我说：“萝西是这样，凯文不见得。只要有办法哄他探出窗外——他本来就不是那种疑神疑鬼的人——轻轻一推就够了，不需要什么肌肉。”

“所以，假设凶手攻击萝西当时是十五到五十岁之间，那就表示他现在从三十几岁到七十岁都有可能。”

“那还真糟，有什么别的发现可以缩小范围吗？”

史帝芬说：“他在忠诚之地一带长大，对十六号里里外外了如指掌，因为他发现萝西死了肯定大惊失色，却还是记得地下室有混凝土板。此外，我们问过的人都说，只有青少年时期住在忠诚之地或附近的人才会知道十六号。凶手也许不住在那里了，反正他有很多方法可以知道萝西尸体被人发现，但他当年肯定住在那一带。”

从我干警察以来，这是我头一回稍稍体会重案组的家伙为什么乐在其中。卧底抓人的时候，只要落到陷阱里的都不会放过，而我们的本事就在于知道用什么当诱饵，抓到之后哪些该放，哪些该敲昏带走。

重案组完全不是这样。他们是追踪专家，受命猎捕凶猛的掠食者，眼中只有凶手，就像心里只有爱人一样，专注在茫无头绪的黑暗中追逐那个唯一，对所有其他的身影视若无睹。他们对象专一，关系亲近而强烈。嫌犯就在某处，警探和他都竖耳倾听，等待对方踏错一步。这一晚在伤心咖啡馆，我感觉到一份前所未有的亲近。

我说：“问题不在于他怎么知道萝西被人发现了，就像你说的，所有住过自由区的人可能都会听说。问题是他怎么知道我们家的凯文是个威胁，而且事隔这么多年。据我所知，只有一个人能让他晓得，就是凯文自己。两人不是一直有联系，就是上个周末正巧碰上，或者是凯文主动联系对方。有时间的话，我希望你查出凯文生前最后四十八小时联系了谁，包括手机和家里电话——除非他家里没有——还有他发短信给谁，谁打电话或发短信给他。别告诉我肯耐迪警探还没去要通联纪录。”

“他要了，只是记录还没下来。”

“只要找出凯文周末和谁谈过，凶手就呼之欲出了。”我记得上周六下午，就在我拿手提箱去给球王的时候，凯文突然不晓得怎么回事跑掉了，等我再看到他，已经是在酒吧里了，这中间他大可以和某人联系 。

史帝芬说：“还有一件事：我想这个人可能很暴力，我是说，他当然很暴力，但应该不止这两回。我想他很可能有前科，至少恶名昭彰。”

“有意思，为什么？”

“两件谋杀并不相同，不是吗？第二件绝对是预谋，即使计划是在事发前匆匆决定的也一样，但第一件几乎可以肯定不是预谋。”

“所以呢？他年纪大了，自制力也变强了，懂得三思而行，头一回只是一时冲动。”

“是啊，但我说的就是这个，他会一时冲动，这是不会变的，不管几岁都一样。”

我挑起一边眉毛。我知道他的意思，我只是想听他说。史帝芬笨拙地搔着耳朵，想找出正确的词汇。

“我有两个妹妹，”他说，“其中一个十八岁，只要惹到她，她就开始大吼大叫，连巷子尾都听得见。另一个二十岁，生气起来就会拿东西砸卧室的墙壁，都不是易碎品，只是毕罗圆珠笔之类的东西。她们就这样，从小就是。要是哪一天小妹气起来砸东西，大妹大吼大叫，甚至两个开始动手打人，我才觉得奇怪。人发飙的方式都是固定的。”

我朝他露出称许的微笑（这小子值得拍手赞赏），心里忽然闪过一个念头，开始回想他们是怎么发飙的：谢伊脑袋撞上墙壁发出闷响，喉咙被老爸一双大手扣得嘴巴张开，四肢发软；老妈大喊“混球，看你干了什么好事，快杀死他了”；老爸用粗嘎的嗓音回答“死了最好”；库柏会说：“攻击者扣住她的喉咙，抓她头部反复撞墙。”

我脸上的神情吓到了史帝芬，也许是我一直目不转睛盯着他看的原因。他说：“怎么了？”

“没事，”我将外套一甩穿到身上说。麦特·戴利曾经斩钉截铁、平铺直叙说：人是不会变的。“你做得很好，警探，我是说真的。拿到通联记录之后尽快跟我联系。”

“我会的。呃，事情还——”

我捞出二十镑大钞，放在桌上推到他面前说：“我请客。鉴证科一比对出手提箱上的不明指纹就通知我，万一肯耐迪警探说他准备结案也立刻跟我说。记住，警探，这件案子只剩你和我，就我们两个了。”

我走了。只见史帝芬的脸庞印在咖啡馆窗上水汪汪的，手里拿着那二十镑，目瞪口呆地看我扬长而去。

Chapter 16 我曾有个姐姐 她叫萝西

我又散步散了几个小时，途中切进史密斯路走到忠诚之地入口，和凯文周日晚上陪洁琪回她车子之后的路线相同。其中一大段路，我都清楚看见十六号顶楼的后窗，也就是凯文倒栽葱摔出去的窗子，而从墙顶望去也能约略瞄到一楼的窗户。经过十六号走到忠诚之地尽头，只要转身便能尽览屋子正面。

路上一盏街灯，表示守在屋里的人可以清楚看见我来，而灯光让窗玻璃变成一片晕黄，就算屋里的人打开手电筒或有动静，我也绝对看不见。假如对方想探头喊我，就必须非常大声，很可能让忠诚之地所有人听见。凯文不是因为屋子里有东西发光而被吸引过去，他和人有约。

我走到波多贝罗，在运河边找了一张长椅坐了很久，将验尸报告读完。史帝芬这小子很有摘要的天份。报告没什么新奇，顶多两张相片值得一提，但也不能说是完全在我意料之外。凯文健康得很，起码从库柏的角度看，只要避开高楼肯定长命百岁。死亡方式写着“未定”。就算库柏对你谨慎周到，你也晓得自己麻烦大了。

我回到自由区，在卡波巷兜了两圈找好位置，等八点半一到，所有人忙着享用晚餐、看电视或催孩子上床，我便翻墙跳进朵耶家的后院，再走到戴利家的后院。

我得搞清楚我父亲和麦特·戴利到底有什么恩怨。随便敲门找邻居不是什么好主意，再说只要有选择，我宁可直捣黄龙。我敢说诺拉一直对我有好感，虽然洁琪说她目前住在布兰查斯顿还是哪里，但普通家庭（也就是我家之外的家庭）通常遭逢横逆都会靠得更近，我有把握上周六之后，诺拉一定抛下丈夫，让他和孩子互相照顾，回娘家住个几天。

我从墙上跳下来，踩得碎石窸窣作响，我靠墙不动躲在阴影里，但没有人出来张望。

我的眼睛慢慢习惯黑暗。我从来没有到过这座后院，就像我对凯文说的，因为我很害怕被逮个正着。果然是麦特·戴利家。铺板很多，灌木修剪整齐，注明花卉名称的标签已经插在花床等抽枝发芽，厕所改建成牢固的小棚屋。我在阴暗角落看见一张可爱的铸铁长椅，位置刚好，便将它稍微擦干，坐下开始等待。

一楼窗户有一盏灯光，我看见墙上一排整齐的松木橱柜，是厨房。果不其然，半小时之后，诺拉出现了。她穿着太大的黑色套头衫，头发随便挽一个髻，即使隔这么远，都看得出她一脸苍白而疲惫。她倒了一杯自来水，靠着水槽小口啜饮，两眼茫然望着窗外，一手按摩颈后。过了一会儿，她猛然抬头，转身喊了什么，接着便匆匆将杯子洗好，扔到沥水板上，从橱柜里抓了一样东西便离开厨房。

我只好正襟危坐，哪儿都去不了，连烟都不能抽，怕被人看到火光，直到诺拉·戴利决定该睡觉了。麦特·戴利是那种为了小区安全，会拿着球棒追游荡者的人。我只能呆坐不动，感觉自己好几个月没这样了。

夜里的忠诚之地安静许多，电视照得朵耶家的墙面忽明忽暗，微弱的音乐从某处轻轻飘来，女人甜蜜渴望的歌声在院子回荡。七号窗户挂着五颜六色的圣诞灯饰和胖胖的圣诞老人闪闪烁烁，莎莉·荷恩家一个青少年小孩大吼：“不！我恨你！”接着猛力甩门。五号顶楼的化外之民（那对雅痞夫妇）正在哄孩子上床：爸爸抱着刚洗好澡、穿着白色睡衣的小孩，抓着他在空中摇晃，朝他肚子吹气，妈妈笑着弯身将被子摊开铺平。马路对面，我老爸和老妈应该像两个死人坐在电视前，各自不晓得在想什么，看能不能直到上床之前都不和对方说话。

那天晚上，世界一片肃杀。我平常很喜欢危险，只有危险能让人无比专注，可是那天不同。我感觉地表就像巨大的肌肉在我脚下起伏折曲，让所有人腾空飞起，让我再次看清这场游戏里谁是老大，谁又是微不足道的无名小卒。空气中的诡异颤动提醒我，我所相信的一切都是未知数，所有基本规则随时会变，而且庄家永远会赢。就算七号忽然塌陷，压垮荷恩一家和他们的圣诞老人，五号轰然起火，将雅痞夫妇和小孩烧成灰烬，我也不会意外。

我想到荷莉，想到她在象牙塔中，努力思索世界没了凯文叔叔要怎么继续，还有可爱的史帝芬小子穿着他的全新风衣，努力不去烦恼我在他背后下指导棋。我想到我母亲，想到她在教堂牵起我父亲的手，为他生儿育女，而且相信这么做很好。我想到自己、曼蒂、伊美达和戴利一家人今晚各自默默坐在一个角落，努力揣想没有萝西牵引的这二十二年究竟算是什么。

十八岁那年，萝西头一回对我提起“英格兰”。那天是周六夜，春天，我们在盖立根酒吧。盖立根在我们那个世代家喻户晓，人人都能说出一段往事，没有也会借别人的故事来说。都柏林每一个穿西装打领带的中年人都会兴致勃勃告诉你，当年凌晨三点警方临检酒吧，他是怎么抱头鼠窜，或者他在U2发迹之前请他们喝过酒，或是在那里遇到现在的老婆、狂舞乱跳被人撞掉牙齿，甚至嗑药睡死在洗手间，周末过完才被人发现。

那个地方既像鼠窝，又像火灾必死的巢穴，黑漆斑驳，没有窗户，墙上用范本喷漆画满巴布·马利、切·格瓦拉和其他当红人物的肖像。不过，它深夜还营业——多少算有，因为老板没有贩酒执照，深夜只有两种黏稠的德国酒可供选择，两种都会让人变得有点娘，而且酩酊大醉——现场音乐像抽奖一样，永远不晓得接下来会听到什么。现在的小孩避之唯恐不及，我们当年却爱死这个调调。

那天晚上，我和萝西去听一个新的华丽摇滚乐团“火星唇膏”演唱，她之前听过觉得很棒。还有其他乐团，反正有什么听什么。我们畅饮上等德国白酒，微醺地踩着舞步。我喜欢看萝西跳舞，看她扭腰摆臀，头发飞扬，笑得嘴角弯成弧线。她跳舞总是表情多变，从来不像其他女孩一脸痴呆。

酒吧里的感觉越来越好，乐团当然比不上齐柏林飞艇，但歌词很犀利、鼓手很棒，全团散发着不顾一切的光芒。我们豁出一切，就算这辈子不能飞黄腾达也无所谓，因为在那一刻，唯一能摆脱没有未来、靠政府接济、在套房公寓混吃等死的命运的，就是拥抱音乐。这样的气氛让乐团不一样，给了他们一点魔力。

贝斯手弹断了一根弦，证明自己不是玩票的。趁着换弦的空档，我和萝西走到吧台边买酒。“刚才的酒烂透了。”萝西对酒保说，一边拿着上衣扇风。

“是啊，我知道，我猜是用止咳糖浆做的，在通风的橱柜里摆上几周，就可以拿出来卖了。”酒保喜欢我们两个。

“比平常的还逊，你这批货很差，到底有没有像样一点的酒啊？”

“但很够劲，不是吗？不然干脆甩了男朋友，等我打烊带你去更棒的地方。”

我说：“你想现在就吃我一拳，还是待会儿被自己的女朋友教训？”酒保的女友顶着鸡冠头，手臂爬满刺青，我们和她也处得很好。

“那我选你，因为她比你更厉害。”他朝我们眨了眨眼，就去找零钱给我了。

萝西说：“我有件事要告诉你。”

她一脸严肃，我立刻将酒保抛到脑后，开始暗自疯狂计算日期。“哦，什么事？健力士有人要退休，下个月。我老爸说他抓住机会就向厂里游说，只要我想，那份工作就是我的。”

我松了一口气。“哇，帅呆了。”我说。换成别人，我肯定很难这么开心，尤其又和戴利先生有关，但她是我的萝西。“好棒，真有你的。”

“我不想去。”

酒保从吧台下将零钱塞给我，我接了过来。“什么？为什么？”

她耸耸肩膀。“我不要老爸给我的东西，我宁可自己争取，而且反正——”

鼓手一阵兴奋乱敲，乐团再度开始演奏，盖过了萝西的下半句。她笑了笑，指着酒吧后方，那里通常静得连自己在想什么都听得见。我牵着她的手在前头带路，挤过一群戴着无指手套、眼影涂得像浣熊、蹦蹦跳跳的女孩。她们身旁围了一圈不善言词的家伙，心想只要缠得够久，或许能赢得佳人一吻。

“这里，”萝西说，一边坐到砖块封死的窗户壁架上。“他们还不错，我说台上那些家伙，对吧？”

我说：“他们棒呆了。”那星期我每天在城里走动，四处问人需不需要零工，却几乎只换来讪笑。全世界最脏的餐馆征求厨房工人，让我满怀希望，心想没有正常人会干这种工作，但经理一发现我住哪里就拒绝了，隐隐暗示厨房曾经掉过东西。过去几个月来，谢伊每天都在冷嘲热讽，说家里高材生读了这么多书，竟然连一份养家活口的薪水都挣不到，而酒保才刚收走我最后一张十镑钞票。我管他什么乐团，只要音乐够吵够快，让我脑袋放空，就是好乐团。

“哦，不对，他们还可以，没那么好，而且有一半归功于这个。”萝西举起酒杯指着天花板。盖立根酒吧有五六盏灯，多半是用类似打包绳的绳子捆成的，由一个名叫谢恩的人负责，只要拿酒太靠近操控台，他就会扬言揍人。

“什么？你说灯光？”谢恩不知道怎么弄出迅速移动的银色闪光，将乐团渲染得粗俗狂暴，看来待会儿肯定有人要下台算帐了。

“没错，就是谢恩，他很棒，是他让他们生色的。这个团完全靠气氛，只要拿掉灯光和服装，就只是四个傻蛋。”

我笑了：“哪个乐团不是这样。”

“是啊，算是，可能吧，”萝西隔着杯缘侧头看我一眼，神情近乎羞涩说，“我可以跟你说一件事吗，弗朗科？”

“说吧。”我喜欢萝西的心思，假如能住到她心里，肯定会开心得一辈子不想离开，每天东走西看。

“我想做的就是这个。”

“你说灯光？帮乐团打灯？”

“没错。你也知道音乐会让我变一个人，我从小就想进这个圈子。”我知道，所有人都晓得，忠诚之地只有萝西一个小孩将坚信礼的钱拿去买专辑。但这是她头一回提到想当灯控。“我唱歌五音不全，而且对创作一窍不通，不管写歌或弹吉他，统统不行，但我喜欢这个。”她扬起下巴对着来回移动的灯光说。

“是吗？为什么？”

“因为那家伙让乐团变得更棒，就这么简单。不管他们表演得好或坏，就算听众只有两三只小猫，也不管有没有人注意到他，无论如何，只要他在就会让乐团变得比原来更好。要是他够厉害，本事够高，每次都能让他们好上几百倍。我喜欢那种感觉。”

她眼中的神采令我开心，跳舞过后，她头发乱得狂野，我伸手抚平她的头发。“是很不错，的确。”

“而且只要做得好，结果就会不一样，我很喜欢。我从来没有那种经验。我在纺织厂缝好缝坏根本没有人在乎，只要不出错就好，这是唯一的重点，到健力士工作也不会例外。我希望自己有一技之长，不但做得很棒，而且要有举足轻重的地位。”

我说：“看来我得让你溜进盖提剧院后台玩开关了。”但萝西没有笑。

“天哪，是啊，你想想看。这里只有一些不入流的玩意儿，想想要是拥有货真价实的设备，比方说在大型酒吧里，假如替巡回演出的好团工作，每两天就能摸到不一样的器材……”

我说：“我不要你跟着一票摇滚乐手去巡回，谁晓得你会煞到谁。”

“你可以一起来，管理乐团道具。”

“这我喜欢，到时我会练出一身肌肉，连滚石合唱团都不敢碰我的女人。”我秀了秀手臂上的二头肌。

“你有兴趣吗？”

“我可以‘测试’女歌迷吗？”

“你这个色坯，”萝西开心地说，“不行，除非我先跟摇滚明星上床。说真的，你想做吗？我说乐团道具领班之类的。”

她是认真的，她确实想知道。“想啊，我会做，毫不考虑。听起来很棒，可以旅行，听好音乐，又不会无聊……问题是我不可能有这样的机会。”

“为什么？”

“哎，你少来了，都柏林有多少乐团请得起道具领班？你认为这些家伙行吗？”我朝火星唇膏撇撇头，他们看起来连回程的公车钱都没有，更别说雇帮手了。“我敢打赌他们的道具领班是某人的弟弟，负责将鼓塞进某人老爸的厢型车后座里。”

萝西点点头。“我想灯控也一样，每年就那么几场演唱会，肯定只要有经验的老手。没有课程可以上，也没地方实习，什么都没有，我查过了。”

“我想也是。”

“所以，假设你真的打算跨出去，无论如何都想做的话，你会选择从哪里开始？”

我耸耸肩说：“这里不可能，伦敦才行，利物浦或许可以，总之是英格兰。找个养得起人的乐团边做边学，再慢慢往上爬。”

“我的想法和你一样，”萝西喝一口酒，靠回凹壁看乐团表演，接着平铺直叙地说，“那就去英格兰吧。”

我还以为自己听错了。我看她，发现她眼睛眨也不眨，于是我说：“你是说真的？”

“嗯，没错。”

“老天，”我说，“真的？不是开玩笑？”

“千真万确，为什么不呢？”

萝西的话仿佛在我心里炸开一整座烟火工厂。鼓手猛力敲打歌尾的节奏，有如一连串华丽爆炸撼动我的骨头，让我眼花撩乱。我说（我竟然只挤得出这一句）：“你老爸会气翻了。”

“一定的，那又怎样？反正他发现我们还在一起，还不是会气翻？但起码我们不用在这里听他发飙。这又多了一个理由去英格兰。天高皇帝远。”

“当然，”我说，“没错，老天，我们要怎么……我们没钱，要钱才能买票，还有住的地方，还有……天哪。”

萝西一条腿晃呀晃的，目不转睛看着我，脸上却露出大大的笑容。“我知道，你这个傻瓜蛋，我又不是说今天晚上走。我们必须存钱。”

“那得花上几个月。”

“你还有更好的主意吗？”

也许是酒的缘故，我感觉酒吧裂了，墙壁色彩缤纷，都是我没看过的颜色，地板随着我的心跳上下震荡。乐团来一个花哨收尾，主唱将麦克风扯下额头，听众随之疯狂，我跟着鼓掌。酒吧瑞安静下来，所有人（包括乐团成员）都朝吧台移动。我说：“你是认真的，对吧？”

“我一直这么跟你说啊。”

“萝西，”我放下酒杯，凑到她面前，膝盖贴着膝盖说，“你之前想过吗？彻彻底底想过？”

她又喝了一大口酒，说：“当然，我已经想了几个月了。”

“我一点都不晓得，你完全没说。”

“我要确定才说，现在我确定了。”

“为什么？”

她说：“因为健力士的工作，就是这件事让我下定决心。只要我还待着，我老爸就会千方百计把我弄进去，而我迟早会放弃坚持，顺他的意。因为他说得没错，你知道，弗朗科，这是个大好机会，多少人拼了命想进去。一旦进去，我就出不来了。”

我说：“一旦离开，我们就回不来了，你和我都是。”

“我知道，但重点就在这儿。不然我们要怎么在一起——好好在一起？我不晓得你是怎么想的，我可不希望未来十年还有老爸成天跟在我屁股后头，不放过任何扭断我们脖子的机会，直到终于发现我们很幸福才罢手。我希望我和你有个好的开始：做我们想做的事，两个人一起，没有你或我的家人干涉我们的生活，只有你和我。”

灯光变了，有如深海般迷蒙。我背后传来女孩的歌声，低沉、沙哑而浑厚。缓缓转动的金黄与绿色灯光下，萝西似乎成了美人鱼，仿佛光与颜色织成的幻象。我忽然好想抓住她，紧紧搂在怀里，不让她消失在我手中。她让我屏息。

这个年纪的我们，女孩依然比男孩成熟，男孩唯有靠着实现女孩的渴望才能成为男人。我从很小就知道自己要的不只是老师对我们的评断，不只是工厂和排队领失业救济金，但却从来没有想过真的可以离开，亲手打造我要的一切。

我早就知道自己的家人无药可救，我每回咬紧牙关走进家门，我的心就有一小块被扫射成碎片，但无论我再气、再怒，却从来没有想过自己可以一走了之。直到现在，当萝西需要我赶上她的脚步，我才恍然大悟。

我说：“我们上吧。”

“老天，弗朗科，慢一点！我又没叫你今晚做决定，只是要你想一想。”

“我已经想好了。”

“可是，”萝西顿了一会儿才说，“你的家人，你走得了吗？”

我们从来没有聊过我的家人，她一定知道一点，整个忠诚之地都略知一二，但却从来不曾提起，一次也没有。我很感激。她目不转睛看着我。

那天晚上，我是和谢伊交换才能出来。交换的代价不小，下星期整个周末。我出门的时候，老妈正在臭骂洁琪，说她坏得让老爸受不了，他才会去酒吧。我说：“你现在是我的家人了。”

笑意从遥远的角落回来了，藏在萝西的眼神里。她说：“那当然，走到哪我都会成为你的家人。假如你走不了，那我就在这里成为你的家人。”

“不，不在这里，你说得对极了，所以我们必须离开。”

那美丽的大大的笑容再度缓缓回到萝西脸上。她说：“你这辈子打算做什么？”

我双手顺着她的大腿滑到柔软的臀部，将壁架上的她拉近。她两腿勾着我的腰吻我，喝酒和跳舞的汗水让她的唇又甜又咸。我们嘴贴着嘴，我感觉她脸上依然挂着微笑，直到音乐再度响起，我们吻得更加激烈，笑容才退去。

唯一没有变成老妈的人，黑暗中，伊美达的声音出现在我耳畔，带着一万根烟的沙哑与无止尽的哀伤。*脱逃的人*。我和伊美达从小就会说谎，是天生的骗子，但她对萝西的爱不是虚假，而我说她是萝西最亲近的朋友也不是谎话。伊美达（上天保佑）懂她。

安详的夜灯陪着雅痞宝宝沉入梦乡，他母亲缓缓起身溜出房间。从莎莉·荷恩家的圣诞老人、朵耶家的电视到毛怪学生宿舍歪斜的啤酒商标霓虹灯，忠诚之地的灯光开始一个个熄灭。九号漆黑一片，曼蒂和葛尔早早便相拥而眠，也许因为他得早起干活，帮生意人炸香蕉。我的脚开始发冻，月亮低垂在屋顶之上，隔着云层显得昏黄肮脏。

十一点，一团黑点（麦特·戴利的脑袋）走进厨房。他仔细打量一圈，确定冰箱关好之后便熄灯离开。过了一分钟，顶楼后面房间的灯亮了，是诺拉。她一手解开发圈，一手捂着嘴巴打呵欠，摇摇头将头发甩开，伸手去拉窗帘。

趁她还没换上睡衣，不方便去叫爸爸对付闯入者之前，我拿起一块小石头朝她的窗户扔去。我听见尖锐的喀嚓一声，但没有任何反应。诺拉显然以为是鸟、风或屋子安静下来的声音。我又扔了一块石头，这回用力一点。

房间的灯熄了，窗帘抖动一下，微微开了一道缝。我打开手电筒照自己的脸，朝上头挥手，给她一点时间看清楚我是谁，接着伸出一根手指压着嘴唇，招手要她下来。

不久，灯再度亮起，诺拉扯开窗帘朝我挥手，但我不晓得是“走开”或“等一下”的意思。我又招了一次手，更急切一点，露出微笑要她放心，希望手电筒的光线别让我看起来和杰克·尼克逊一样邪恶。诺拉抓着头发一脸痛苦，接着（果然和她姐姐一样足智多谋）凑向窗台朝玻璃呵气，用手指写了“等等”，而且还记得左右颠倒，让我好读一点，真是好样的。我朝她竖起两根大拇指，关上手电筒静静等待。

我不晓得戴利家上床前的作息是什么，直到将近半夜，我才听见后门打开，诺拉蹑手蹑脚跑进后院。她穿着套头衫和裙子，披了一件羊毛长外套，一手按着胸膛上气不接下气。“老天，那扇门——我拼命拉才拉开，还被它弹回来打在身上，声音像撞车一样，你有没有听到？我差点晕倒——”

我咧嘴微笑，在长椅上稍微让开一点位子。“我什么都没听见，你简直是天生神偷。坐吧。”

她站着不动，一边调节呼吸一边转动眼珠子戒慎地看着我。“我只能待一下子，我只是出来看看……我不晓得，看你怎么样，是不是还好。”

“我看到你就好多了，不过你倒是像心脏病发一样。”

她嘴角抽动，藏不住笑。“我是啊，差点发作了。我感觉老爸随时会出现……自己好像回到十六岁偷爬排水管似的。”

冬夜的后院漆黑泛着蓝光，诺拉一脸素净，头发随意披垂，看起来跟十六岁差不多。我说：“原来你是这么度过青春年少的啊？真是小叛逆鬼。”

“我？天哪，怎么可能？只要有我爸就不可能。我是好女孩，什么刺激的都没遇上，只听朋友说过。”

“这样的话，”我说，“你有资格大玩特玩，趁现在还可以，把从前的份补回来。”我掏出一包香烟，弹开盖子，利落地给她点了一根。“来根癌症吧？”

诺拉露出怀疑的眼神。“我不抽烟。”

“那最好别开始抽。不过，今晚不算。今天晚上你十六岁，是个小叛逆鬼。我真希望你顺便拿了一瓶廉价苹果酒。”

过了一会儿，我看见她嘴角再度上扬。“有何不可。”她说着一屁股在我身旁坐下，将烟接了过去。

“你这女人了不起！”我凑过身子替她点烟，对着她双眸微笑。她抽得太用力，不禁一阵咳嗽。我帮她扇风，两人压低声音咯咯直笑，指着房子互相提醒不要出声，结果笑得更厉害。

“哦，天哪，”诺拉好不容易呼吸恢复正常，抹了抹眼睛说，“我实在学不来。”

“小口吸气就好，”我说，“别吞进去。别忘了你现在是青少年，重点不是尼古丁，而是看起来够酷。瞧我这个专家示范，”我学詹姆士·狄恩无精打采地斜坐在长椅上，塞了一根烟在嘴角，点燃之后扬起下巴，吐了长长一口烟。“像这样，看到没有？”

诺拉又咯咯笑了。“你好像黑道人士。”

“就是要这样。不过假如你喜欢优雅一点的，像明星那样，我也可以做给你看。首先坐直，”她照做了。“双腿交叉，好，收下巴，侧脸看我，嘴巴抿起来，然后……”她轻轻吸气，手腕潇洒一挥，对着天空吐烟。“漂亮，”我说，“你现在是忠诚之地最酷的小孩了，恭喜。”

诺拉笑了，又做了一次。“对吧？我真的是。”

“没错，跟鸭子见到水一样，我早就知道你心里藏了一个坏女孩。”

过了一会儿，她说：“你和萝西以前都在这里约会？”

“没有，我太怕你老爸了。”

她点点头，注视烟头的火光。“我今天晚上想到你了。”

“真的？为什么？”

“萝西，还有凯文。你来这里不也是为了这个？”

“嗯，”我答得小心翼翼，“多少是。我想，要是有人晓得过去这几天来……”

“我很想她，弗朗科，非常想念。”

“我知道，宝贝，我也是。”

“我完全没想到……之前，我偶尔才会想念她，比如我生小孩，她却不在，或者老妈或老爸惹我生气，我很想打电话给萝西诉苦。除此之外，我几乎不会想起她，再也不那么思念了。我还有其他事情要想。然而，当我们得知她的死讯，我却哭了，怎么也停不住。”

“我不是会掉眼泪的人，”我说，“但我知道你的感受。”

诺拉轻弹烟灰，小心对着明天早上应该不会被老爸发现的方向。她用不成声音的痛苦语气说：“我先生不知道，没办法了解我为什么不安。我二十年没见到她，现在这样我心都碎了……他要我冷静一点，免得吓坏宝宝。我老妈在吃镇静药，老爸认为我应该照顾她，因为她失去了一个女儿……我一直想到你，我觉得所有人里头，可能只有你不觉得我很蠢。”

我说：“过去这二十二年，我只见过凯文几小时，但我还是心如刀割。我一点也不认为你蠢。”

“我感觉自己再也不是过去的我了，你明白我的意思吗？从小到大，每次别人问我有没有兄弟姐妹，我都说：有啊有啊，我有个姐姐。现在却得说，没有，就我一个人。好像我是家里唯一的小孩似的。”

“你还是可以跟别人说你有一个姐姐。”

诺拉猛力摇头，摇得头发甩到脸上。“不，我没办法说谎。最糟的就是这个，我其实一直在说谎，自己竟然不晓得。我之前跟别人说自己有一个姐姐，这是错的，我早就是家里唯一的孩子了。”

我想起萝西，想到那天在欧尼尔酒吧，她坚持不愿意假装我们结婚了：不行，我不要假装，重点不在别人怎么想……我柔声说：“我不是要你说谎，我只是说她不必因此消失。你可以说，我曾经有过一个姐姐，她叫萝西，已经过世了。”

诺拉的身子忽然剧烈一抖。我说：“你冷吗？”

她摇摇头，将烟摁熄在一块石头上。“我没事，谢谢。”

“喏，给我，”我接过烟蒂，收进烟盒里说，“一个厉害的叛逆少女是不会留下证据被老爸发现的。”

“无所谓。我不晓得自己在紧张什么，他又不能让我禁足。我已经长大了，想走随时可以离开这间屋子。”

诺拉不再看着我。我快失去她了，她很快就会想起自己是三十岁的良家妇女，有丈夫小孩与不错的品位，和她现在跟一个陌生人坐在后院抽烟的举动格格不入。“这就是家长魔咒，”我说，不忘加上嘲讽的微笑，“只要和他们相处两分钟，就会立刻变回小孩。我老妈到现在还是不停恐吓我，不骗你，甚至准备拿木汤匙揍我，管我是不是大人，她才不在乎。”

不一会儿，诺拉笑了，但笑得有点勉强。“我觉得老爸很可能禁我足。”

“那你就吼回去，要他别把你当小孩子看，跟你还是十六岁似的。我刚才就说了，这是家长魔咒。”

这回她是真的笑了，坐在长椅上的身子再度放松。“我们有一天也会这样对付自己的小孩。”

我可不希望她想起自己的小孩。“说到你父亲，”我说，“很抱歉我老爸前两天那个样子。”

诺拉耸耸肩。“一个巴掌拍不响。”

“你有看到他们是怎么吵起来的吗？我和洁琪聊天错过好戏了。前一秒还正常得很，下一秒就看他们两个摆上《洛基》里准备格斗的架势了。”

诺拉拉了拉外套，让厚领紧紧包住喉咙。她说：“我也没看到。”

“但你知道他们的冲突点，对吧？”

“你也晓得男人几杯黄汤下肚之后是什么德行，再说两人过去几天都不好受……一点小事都能惹火他们。”

我用急躁忧愁的口吻说：“诺拉，我花了半小时才让我老爸冷静下来，再这样下去，我看他迟早会心脏病发。我不晓得他们两人交恶是不是我的错，是不是因为我和萝西交往，惹你爸不高兴。无论是不是这样，我起码想搞清楚，做一点什么，免得我老爸丢了老命。”

“老天，弗朗科，快别这么说！绝不是你的错！”她睁大眼睛，手指捏住我手臂。成功了，刚才那句话里的自责与埋怨融合得恰到好处。“真的不是你的错。他们两个就是处不来，早在我小时候，在你和萝西开始约会之前，我老爸对……”

她像碰到炭火似的突然噤声，手也松开我的胳膊。我说：“他对吉米·麦奇从来没有半句好话，你想说的是这个？”

诺拉说：“前天晚上不是你的错，这就是我要说的。”

“妈的，那么是谁的错？我搞迷糊了，诺拉，我整个人是丈二和尚摸不着头脑，却没有人肯伸出援手。萝西不在了，凯文也走了，忠诚之地有半数居民认为我是凶手。我感觉快疯了。我来找你是因为我觉得只有你懂，知道我的感受和处境。我求求你，诺拉，告诉我到底是怎么回事。”

我懂得一石两鸟。虽然我说这些是为了套话，但不表示我虚情假意。四周几近全黑，诺拉看着我，眼睛又圆又大，满脸烦忧。她说：“我没看见他们两个为什么吵起来，弗朗科，但如果你要我猜，我想应该是你老爸和我老妈说话。”

原来如此。才一转眼，有如齿轮卡入定位，我脑中立刻涌出千丝万缕，在童年回忆的纺车上辘辘旋转，织出清楚的图案。我想过千百种解释，一个比一个夸张、牵连范围更广（麦特·戴利泄漏了我老爸不光明的差事，封建时期饥荒年代谁偷了谁最后一个土豆），却完全忽略了男人最容易冲突的原因，也是最凶狠的一个：女人。我说：“他们有过同一个女朋友。”

我看见诺拉窘得匆匆眨动睫毛，虽然太暗看不清楚，但我敢说她一定脸红了。“我想是吧，没错。没有人当面告诉我，不过……我几乎可以肯定。”

“什么时候？”

“唉，很久的事了，在他们结婚之前——不是滥情，就小孩子胡闹。”

我比大部分人都清楚，这种事，绝对不会善罢甘休。“后来怎么了？”

我以为诺拉会开始描述离谱的暴行，甚至连勒人都有，但她只说：“我不晓得，弗朗科，我真的不晓得。我说了，没人跟我提过，是我自己一点一点拼凑出来的。”

我弯身在石砾上将烟摁熄，收进烟盒。“这个，”我说，“你一定觉得我很蠢，因为我没想到会是这样。”

“为什么……我还以为你不在乎。”

“你的意思是，我二十多年懒得回来，又何必在乎这里发生了什么事？”

她依然困惑而担心地看着我。月亮出来了，后院在冷冷的微光下显得淳朴而不真实，有如对称的郊区地狱外缘。我说：“诺拉，告诉我，你觉得我是杀人凶手吗？”

我发现自己好想听见她说“不”，我吓坏了，我明白自己应该起身就走。我已经问出她能告诉我的一切，多留一秒只会坏事。诺拉只是淡淡说了一句：“不，我完全不觉得。”

我心里一绞，说：“很多人认为我是。”

她摇摇头说：“有一回，我那时还很小，五六岁吧，我带了莎莉·荷恩家的一只猫到街上玩，几个大小孩把它抢走了，想要耍我。他们将猫丢来丢去，我拼命尖叫……结果你出现了，让他们住手，把猫还给我，要我带猫回荷恩家。你一定忘了。”

“我记得，真的，”我说。她眼中无言的哀求：她需要我们共同享有一段回忆，这是我唯一能满足她的，即使这个渴望是那么微不足道。“我当然记得。”

“会做这件事的人，我看不出来他会伤人，至少不会刻意伤人。也许是我自己蠢。”

我心里又是一绞，这回更痛。“你不蠢，”我说，“你很窝心，最窝心了。”

微光下，诺拉仿佛小女孩，状似幽魂，又像令人屏息的黑白萝西从老电影或梦里飘回人间。我知道自己只要一碰她，她就会消失，瞬间变回诺拉，再也不回头。她唇边的微笑几乎将我的心从心房剜出来。

我只用指尖轻触她的头发。她呼吸急促，热气暖暖拂过我手腕。“你去哪里了？”我贴着她嘴边轻声说，“这些年来，你都到哪里去了？”

我们像两个走失的孩子紧紧依偎，既渴望又急切。我双手依然牢记她臀部柔软火辣的曲线，那美妙的轮廓从我心底的幽谷浮现，我还以为它早已消失不见。我不晓得她在寻找谁。她用力吻我，吻得我尝到一丝血腥。她带着香草味。我记得萝西身上是柠檬水果糖、阳光和工厂清除衣物污渍的挥发溶剂味。我手指深深嵌进诺拉玲珑的曲线，感觉她的双乳抵着我胸膛震动，让我以为她在哭泣。

是她将我推开。她满脸胀红，气喘吁吁地拉下套头衫说：“我得进屋里了。”

我说：“留下来。”同时伸手又抓住她。

我发誓，她真的想过留下。接着她摇摇头，手腕挣脱我的双手说：“你今晚来找我，我很开心。”

萝西就会留下，我差点脱口而出。要是我真觉得有那么一点机会，我一定会说。但我只是坐回长椅深呼吸一口气，感觉心跳缓缓变慢。我翻过诺拉的手，亲吻她的掌心。“我也是，”我说，“谢谢你出来见我。快回去吧，免得你让我发狂，祝你好梦。”

诺拉披头散发，亲吻让她的双唇饱满圆嫩。她说：“回家平安，弗朗科。”接着便起身穿越后院，拉紧外套。

她溜进屋里将门关上，一次也没有回头。我坐在长椅上，看她的身影在卧室窗帘后的灯光下移动，直到我双膝不再颤抖才起身离开，翻墙回家。

Chapter 17 那么那么遥远的青春

录音机有一则洁琪的留言，要我回电。“不是什么要紧事，只是……呃，你知道的，拜拜。”我从来没听她语气这么苍老，有气无力。我自己也好不到哪里去，不接凯文电话的结果让我余悸犹存，真的有点担心不该第二天再回电话。但现在三更半夜，时间很不恰当，打过去只会让她和加文心脏病发。

我决定上床睡觉。我脱下套头衫，领口还闻得到诺拉的发香。

第二天是星期三，我睡到很晚才起床，十点左右吧，醒来却比前一晚还累。这样的剧痛已经持续好几年了，心理和身体的痛，我都忘了它有多折腾。我用冷水和黑咖啡冲掉几分晕头晕脑，打电话给洁琪。

“嘿，好啊，弗朗科。”

她的声音依然郁闷，甚至更沉重了。虽然我有时间和力气用荷莉逗她开心，却没心情这么做。“好啊，亲爱的，我刚听到你的留言。”

“哦……对。我后来想想，好像不该……我不想吓到你，让你以为又出事了。我只是……我不晓得，想看你过得怎么样。”

我说：“我知道我星期一晚上很早就走了，我应该多晃一下的。”

“也许吧，嗯，反正事情都过去了。后来也没有什么刺激的，大伙儿多喝几杯，多唱几首歌，然后就回家了。”

电话那头很吵：聊天声、“呛女生合唱团”的歌声，还有吹风机的声音。我说：“你在上班？”

“哦，对啊，当然啰。加文没办法再请假，我也不想一个人在家……而且，要是你和谢伊说得没错，爱尔兰快完蛋了，我最好抓紧老顾客，对吧？”她想开玩笑，却因为无精打采而失去了效果。

“别把自己逼得太紧，亲爱的，假如很累就回家休息。我敢说老顾客不会移情别恋，也不会为钱跑人的。”

“谁晓得，是吧？哦，别担心，我没事，大家都对我很好。他们知道发生了什么事，有的从报纸上知道，有的是因为我昨天没来。他们请我喝茶，让我想抽烟就出去抽，我在这里反而比较好。你在哪里？今天没上班？”

“我休了几天假。”

“那很好，弗朗科，你工作太卖力了。对自己好一点，带荷莉去哪里玩吧。”

我说：“老实讲，我现在有点时间，心里很想找老妈聊聊，和她私底下谈，没有老爸在场。哪个时间比较有机会？比如，他会去店里买东西或去酒吧吗？”

“他差不多每天出门，那是没错，不过……”我听得出她很努力想要专心。

她说：“他昨天背部很不舒服，我猜今天也是，几乎下不了床。只要背部出毛病，他通常都在家睡觉。”翻译：医生开了好药，老爸再用藏在地板下的伏特加加味，肯定昏迷好一段时间。“妈妈整天都会在家，等谢伊回来，免得老爸临时需要什么。你可以打给她，她一定很高兴见到你。”

我说：“我会打电话的，你叫加文好好照顾你，知道吗？”

“他很好，真的，要是没有他，我真不晓得该怎么办……来吧，你今天晚上要不要来我家和我们一起吃晚饭？”

炸鱼和薯条配同情，听起来真可口。“我有别的事，”我说，“但还是谢了，亲亲，或许改天吧。你最好快点回去工作，免得客人的挑染变绿了。”

洁琪想挤出笑声，但声音很干。“也对，我差不多该走了。你自己小心，弗朗科，替我向老妈问好。”说完她就离开了，消失在嘈杂的吹风机、聊天和甜茶之间。

洁琪说对了，我按门铃，是老妈下楼开的门。她也是满脸倦容，从上周六体重就开始变轻，起码肚子没了。

她瞪我一眼，心里盘算该怎么应付，接着气呼呼地说：“你老爸在睡觉，到厨房去，别发出声音。”她转身大步上楼，很痛苦的样子。她的头发该好好整理了。

屋里飘着酒气、空气清净剂与擦银油的味道。凯文的神龛白天看比晚上看更糟，鲜花要死不活，吊唁卡倒了，电蜡烛开始闪烁变暗。微弱满足的鼾声则从卧房门缝传来。

老妈将她所有的银器摆在厨房桌上，刀具、胸针、相框，还有一只疑似装饰用的小马雕像，显然是转送的礼物，传了很久才传到我们家。我想到荷莉，想起她泪水盈眶，疯狂擦拭洋娃娃屋的家具。“来吧，”我拿起擦银布说，“我来帮你。”

“免了，你那双笨手只会帮倒忙。”

“让我试试看嘛，做错了，你可以随时纠正我。”

老妈疑心地瞟我一眼，但她实在难以抗拒我的好意。“说不定你确实有点用处，你需要喝杯茶。”

这不是问句。趁老妈翻箱倒柜，我拉了一张椅子坐下，开始擦拭刀具。我期待的对话是那种母女之间的悄悄话，虽然我没办法变成女的，但做一点家事起码有那个样子。就算不擦银器，我也会找东西来洗、来清。

老妈开炮了：“你星期一晚上没说一声就跑了。”

“我有事必须先走，你们过得怎么样？”

“还能怎样？你想知道就该留下来。”

“真不晓得你怎么面对这一切，”我说，虽然是寒暄，但也可能出于真心。“有什么需要我做的吗？”

她将茶包扔进壶里说：“我们很好，谢谢。邻居非常棒，带来的晚餐够我们吃上两个礼拜，玛莉·朵耶好心地让我把食物放在她家的冷冻柜。我们没有你在都活了这么久，再撑一阵子没问题的。”

“我知道，妈。但你要是想到什么，记得跟我说，好吗？任何需要都好。”

老妈转身拿着茶壶指着我说：“我告诉你能做什么，你可以去找你朋友，那个叫什么名字、拽个二五八万的家伙，叫他送你弟弟回家。我没办法跟葬仪社安排事情，去找文森神父讨论追悼弥撒，连跟别人说我儿子哪时下葬都没办法，只因为那个扑克脸的小伙子不跟我说他什么时候才能运回遗体——运回，他就是这么说的，那混球，好像凯文是他的财产一样。”

“我知道，”我说，“我向你保证我会尽力而为。但他不是要找你麻烦，只是照规矩办事，已经尽量快了。”

“他有规矩是他家的事，跟我无关。要是他让我们再等下去，到时就不能开棺葬了，你想过没有？”

我当然可以回答封棺看来是躲不掉了，但我们已经离题太远。我说：“我听说你见过荷莉了。”

一般女人肯定面有愧色，起码稍纵即逝，但我老妈不是，反而下巴一抬说：“本来就差不多该见面了！不然等你带来，说不定她已经结婚，连曾孙都帮我生好了。你难道想等到我死了才让我们见面？”

我还真的这么想过。“她很喜欢你，”我说，“你觉得她怎么样？”

“和她妈妈一个样，漂漂亮亮的，她们两个，配你这只癞虾蟆。”

“你见过奥莉薇亚？”我在心里向莉儿脱帽致敬，她竟然这么小气，不让我知道。

“只见过两次，载荷莉和洁琪到我们家。怎么，你瞧不起自由区的女孩是吧？”

“老妈，你也知道，我就爱吃天鹅肉。”

“你看结果呢？你们两个究竟是离婚，还是只是分居？”

“离婚，都两年了。”

“哼，”老妈嘴巴用力一抿，“我绝不会和你老爸离婚。”

无论从哪个角度，我都不知道该怎么回答。“那倒是。”我说。

“你再也不能领圣餐了。”

我知道没必要动气，但有时家人就是这么烦。“妈，我不想领圣餐。即使我想，离婚也不是问题。只要我不跟奥莉薇亚以外的女人上床，就算离婚离到不省人事，也不关教会的事，真正麻烦的是我离婚之后搞上的女人。”

“你嘴巴放干净点，”老妈火冒三丈。“我没你那么滑头，也不懂细节，但我起码知道一件事：文森神父绝对不会让你领圣餐。那里是你受洗的教会。”她用手指比着我，耀武扬威，显然觉得自己赢了。

我提醒自己重点是谈话，不是争输赢。我顺从地说：“我想你说得对。”

“当然，那还用说。”

“起码我没把荷莉教成异教徒，她会去望弥撒。”

我以为提起荷莉会让老妈态度软化，没想到火上加油，真是天晓得。“她差点就变成异教徒了，你还好意思说？我错过了她第一次领圣餐！她是我第一个孙女耶！”

“老妈，她是你的第三个孙女，卡梅尔的两个女儿都比她大。”

“第一个内孙女，看来也是最后一个了。我不晓得谢伊到底在搞什么，他也许交往过十几个女孩子，我们没一个晓得，他也从来不带她们回家。我对天发誓，我已经准备彻底放弃他了。你老爸和我以为凯文应该……”

她咬着嘴唇，喀哩哐啷将茶水煮沸，茶杯放到碟子上，饼干倒进盘子里。过了一会儿，她说：“我想我们不会再看到荷莉了。”

“你看，”我举起一根叉子说，“这样够干净吗？”

老妈随便瞄了一眼，说：“不够，叉齿之间也要擦。”她将茶具拿到桌上，帮我倒了一杯，将牛奶和糖推给我。“我打算买圣诞礼物给荷莉，可爱的天鹅绒小洋装，我要买给她。”

“圣诞节还有两个星期，”我说，“到时再说吧。”

老妈斜眼看我，我猜不出她的意思，但她也没多说，径自拿了一块布在我对面坐下，拿起一个很像是瓶塞的银器。“喝茶。”她说。

那茶浓得连茶壶都关不住，味道呛鼻。街上安安静静，所有人都去工作了，只剩单调轻柔的雨点和远方的车声。老妈擦了几个不晓得是什么的银器，我将刀具擦完，开始进攻相框。我不可能清洁到让老妈满意，虽然刻满华丽的花纹，但起码看得出来那是相框。厨房里气氛缓和下来之后，我说：“妈，我问你，老爸和你交往之前，是不是曾经和泰瑞莎·戴利要好过？”

老妈猛然抬头瞪着我，表情毫无变化，但眼神里闪过许多事情。她问：“你是从哪里听来的？”

“那么他们确实曾经在一起了。”

“你老爸是个混蛋，这你已经知道了，你也好不到哪里去。”

“我知道，我只是不晓得他连这方面也这么混帐。”

“她是个大麻烦，那女人，老是招蜂引蝶，在街上扭腰摆臀，和朋友大声嚷嚷，没个样子。”

“但老爸却爱上了。”

“他们都爱上了！男人真蠢，全都为她痴狂。你老爸、麦特·戴利，还有自由区一半的男人成天跟在泰瑞莎·欧伯恩屁股后面打转。她来者不拒，一次勾搭三四个，只要对她稍微不用心，每两周就换一批人，让他们爬着回来求她。”

“我们男人就是不晓得什么对自己好，”我说，“尤其是年轻的时候。老爸当时应该很年轻，对吧？”

老妈哼了一声。“还没年轻到谁对自己好都看不出来。我比她小三岁，连我都能告诉他最后肯定是悲剧收场。”

我说：“你那时就看上他了？”

“没错，是啊，很正确。你一定想不到……”她擦拭银器的手指慢了下来。“你现在一定想不到，但你老爸啊，他当年可是帅得很。那一头鬈发，蓝色的眼睛，还有那副笑容，他笑起来好看极了。”

我们不约而同转向厨房门口，朝卧房瞄了一眼。老妈继续说着，而你听她的语气依然可以感觉到，那个名字对她就像梦幻冰淇淋一样的美好。“吉米·麦奇想要哪一个女人都随他挑。”

我朝她微微一笑。“他没有一开始就追你？”

“我那时还是小孩子，他追泰瑞莎·欧伯恩的时候，我才十五岁，而且不像这年头的小女生，十二岁看起来像二十岁。我没身材、没化妆，什么都不懂……我早上去工作如果遇到他，总会努力吸引他的目光，但他从来没有多看我一眼。你爸被泰瑞莎迷得团团转，而那群男人当中，她最喜欢他。”

我从没听过这些事，我敢说洁琪也不晓得，否则一定会告诉我。老妈不是那种“我们来分享感受吧”的人，要是我早一周或晚一周问她，肯定会碰得一鼻子灰。凯文的死让她心碎，剥开了她的盔甲。眼看机不可失，我问：“那他们为什么分手？”

老妈噘起嘴说：“你要擦就好好擦，缝隙也别漏掉，假如还要我重擦一遍，那又何必叫你擦？”

我说：“对不起，”一边增加手肘摆动的幅度。

过了一会儿，她说：“我没说你爸是圣人，虽然泰瑞莎·欧伯恩没有半点羞耻心，但你爸也不是好东西。”

我手里没停，等她开口。老妈一把将我手腕抓过去，检查相框够不够亮，很不情愿地点点头，放开我的手说：“这还差不多。以前和现在不一样，我们起码还懂得自重，不会学电视演的，到处找人上床。”

我问：“老爸和泰瑞莎·欧伯恩在电视上做了？”

老妈赏了我胳膊一拳：“不是！我不是才说过，你到底有没有在听啊？他们两个本来就疯，凑在一起更是变本加厉。那年夏天，你老爸跟朋友借车，星期日下午载泰瑞莎到鲍尔斯格庄园去看瀑布，结果回程车子抛锚了。”

有可能是老爸编出来的。老妈意味深长地看我一眼。“然后呢？”我问。

“然后他们就留下来了，在那里过夜！那时候还没有手机，没办法打给修车厂，甚至通知别人出事了都做不到。他们步行了一小段，但小路在威克劳的荒郊野外，天色又暗了，他们只好待在车里，第二天遇到农夫经过，才请他帮忙发车。他们回来之前，所有人都以为他们私奔了。”

她斜拿银器，对着光线检查擦得有多完美，顺便拉长停顿的时间——老妈就喜欢吊人胃口。“唔，你老爸坚持他睡前座，泰瑞莎睡后座，我当然不晓得是真是假，但忠诚之地可不是这么想的。”

我说：“想也知道。”

“那时候，女孩不会和男人过夜，贱货才会。我认识的人里头，没有一个敢在结婚前做那档事。”

“经过这件事，我想他们两个非结婚不可了，免得她名节不保。”

老妈把脸凑到我面前，嗤之以鼻说：“我敢说你老爸一定这么想，他那么迷她，那个混球。但欧伯恩家的人瞧不起他，自以为高人一等。泰瑞莎她爸和她几个叔叔把你老爸打得不成人形，我差点认不出来。他们要他别再靠近她，说他害人已经害够了。”

我说：“所以他就乖乖听话了。”这样很好，我喜欢，感觉理所当然。麦特·戴利和他兄弟就算把我打得只剩半条命，我只要一出院，跛着脚也会去找萝西。

老妈一本正经，心满意足说：“他没什么选择。泰瑞莎她爸之前一直放牛吃草，真的是这样，结果你看呢？那次之后，他几乎不准女儿踏出家门半步，连上班也亲自陪她去。我不怪他，所有人都在说闲话。小混混在街上嘲弄她，三姑六婆等着她出糗，朋友有一半被禁止和她说话，免得跟她一样变成妓女，汉拉提神父讲道说不守妇道的女人正让国家走向衰亡，辜负了一九二八年为国捐躯的男性同胞。告诉你，神父从头到尾没有指名道姓，但所有人都知道他在讲谁。泰瑞莎从此再也不敢放肆。”

虽然相隔半个世纪，我依然感觉得到那一股骚动。事情旋涡似的越滚越大，忠诚之地嗅到血腥，肾上腺素立刻加倍分泌，蠢蠢欲动。那几个星期的遭遇很可能在泰瑞莎·戴利心里种下疯狂的种子。“应该是吧，我想。”我说。

“她活该！让她学到教训。她爱跟男人厮混，还希望名声不会臭掉是吧？”老妈身体坐直，一副正气凛然的模样。“后来，她马上开始和麦特·戴利交往。他已经爱慕她很久了，但她从来没注意，直到她发觉可以利用他。麦特这家伙是个老实人，泰瑞莎她爸不介意两人往来，只有这样她才出得了门。”

我说：“所以老爸才会那么讨厌麦特·戴利，因为他抢了他的女人？”

“差不多。当然，他们本来就看对方不顺眼，”老妈将手上的银器和其他三个类似的小玩意儿排在一起，弹掉不知道哪里来的小颗粒，从等待清洁的银器堆里拿了另一个小圣诞装饰。“麦特一直很嫉妒你老爸，你老爸比他帅上一百万倍，我不骗你，而且很受欢迎，不只是女孩子，连男生也觉得他很棒，很有趣……麦特只是个无聊小鬼，死气沉沉的。”

她语气里堆满往事，胜利、苦涩与恶意交织在一起。我说：“所以麦特一旦抢到他的女人，就不断炫耀？”

“不只如此。你老爸那时去应征健力士的驾驶，对方向他保证只要有人退休，这工作就是他的。可是麦特·戴利已经进了酒厂几年，他老爸也是，认识不少人。泰瑞莎的事情之后，麦特跑去找工头，跟他说吉米·麦奇这种人不适合健力士，反正每份工作都有一堆人应征，没必要雇用可能惹麻烦的人。”

“所以老爸最后只能当泥水工。”我不是在开玩笑。

“我叔叔乔伊让他去实习，因为泰瑞莎的事情之后不久，我们就订婚了，你老爸如果要养家，就非得有工作不可。”

我说：“你手脚真快。”

“我只是看到机会就去抓而已。我那时十七岁，已经大得能让男孩子回头了。你老爸他……”老妈的嘴巴不见了，手上的布扭进圣诞装饰的缝隙里扭得更紧。“我知道他还是迷恋泰瑞莎，”她过了好一会儿才说，而她眼中闪过一道倨傲的光芒，让我仿佛见到那个扬起下巴的女孩，从这间厨房的窗子看着狂放不羁的吉米·麦奇，心里想着*他是我的*。“但我不在乎。我想只要抓住他，就能改变他。我向来要得不多，我不是那种自认会成为好莱坞电影明星的人，也没有什么抱负。我只要一栋自己的小房子和几个孩子，还有吉米·麦奇。”

“啧，”我说，“你得到孩子，也得到那家伙了。”

“我最后是得到了没错，不过是泰瑞莎和麦特榨干后的他，他那时已经在喝酒了。”

“但你还是要他。”我让自己的声音保持亲切，不做评判。

“我整颗心都在他身上。我妈妈——愿她灵魂安息——她警告过我，绝对不要和喝酒的人交往，但我什么都不懂。我老爸——你不会记得他了，弗朗科，但他是个很好的人——他滴酒不沾，所以我根本不晓得酒鬼是什么样子。我知道吉米会喝上几杯，问题是哪个男人不是这样？我想事情很简单——而且确实如此，起码在我刚爱上他的时候，直到泰瑞莎·欧伯恩搞坏了他的脑袋。”

我相信她，我很清楚一个女人在某些时候能对男人产生什么影响——这不表示泰瑞莎全身而退，只是某些人就是不该相遇，后果牵连太广、太深、太久。

老妈说：“所有人都说吉米·麦奇注定一事无成。他老爸老妈都是酒鬼，一辈子没有一天工作过。他很小的时候，就会到邻居家问可不可以留下来吃晚餐，因为家里没有东西吃，也时常夜里在街上游荡……到我认识他的时候，大家都斩钉截铁地说他一定会和他老爸老妈一样成为废物。”

她目光飘离擦拭的银器，扫向窗子和飘落的细雨。“但我知道他们错了。他不是坏人，吉米不坏，只是狂放。而且他不笨，他可以做出一点什么。他不需要健力士，他可以自己开业，没必要成天伺候老板，他讨厌那样。他一直很喜欢开车，他可以载货，有自己的厢型车……只要那女人没抢先一步。”

这就是动机，完美得有如系着缎带的礼物，外加明显的犯罪手法。吉米·麦奇前一天还拥有最好的女孩和工作，准备亲手打造缤纷未来，对那些不看好他的混球比中指，下一秒他只是踏错一步，就这么一小步，呆头鹅麦特·戴利就乘隙而入，潇洒地一把抢走吉米的人生。

等他脑袋清醒过来，他已经娶了自己不爱的女人，做着毫无前途、有一搭没一搭的工作，喝了一大堆酒，足以淹死彼得·奥图。二十多年来，吉米看着原本属于他的生活在对街、另一个人家里实现。接着，就在那短短一周，不仅麦特·戴利当着整条街的邻居羞辱他，让他差点被逮捕（在酒鬼的世界里，有错一定是别人的错），他还发现萝西·戴利攫住了他儿子，将他操弄于股掌之间。

也许不只如此，说不定更糟。老爸朝我狞笑眨眼，用言语向我挑衅：“戴利家的小姑娘是吧？那小妞真可爱，尤其那屁股，我的乖乖……”我亲爱的萝西，那令他又爱又恨的泰瑞莎·欧伯恩的翻版。

他一定听见了，听见我蹑手蹑脚穿过客厅。我以为他没有，但他听见了。我看过他假睡，看过不下一百遍。也许他只想要她离他家人远一点，也许他想要更多。但当她出现，甩了他一巴掌，表明她才不在乎他想要什么：难以抗拒却又遥不可及的泰瑞莎化身再度出现，麦特的女儿从他身边夺走他想要的一切。也许他喝醉了，直到他察觉自己做了什么。他很强壮，那时候。

屋里不是只有我们醒着。凯文也起来了，或许想上厕所，发现我们两个不见了。对他来说，这没什么，因为老爸经常几天不见踪影，谢伊和我也偶尔会去打工做大夜班。然而，这个星期当他得知萝西是被人杀害的，他忽然想了起来。

我感觉自己仿佛掌握了所有细节，在我听见答录机传出洁琪声音的一瞬间，来龙去脉便已经在我脑袋的深渊浮现，我感觉肺里涨满污浊冰冷的水。

老妈说："他应该等我长大的。泰瑞莎很漂亮没错，她真的是，但我到了十六岁也有许多小伙子觉得我很美。我知道我还小，但我在长。他要是肯把那双笨眼睛从她身上移开，看我一眼，一眼就好，一切就不会发生。"

她语气里的感叹重得可以压沉几艘船。我忽然明白她认为凯文也是因为喝醉了，和他老爸一样，才会从那扇窗子摔出去。但我还来不及纠正她，老妈已经手指按着嘴唇，看着窗台上的时钟惊声尖叫："老天爷，你看看，已经一点了！我得吃点东西，否则会虚脱的。"她扔开圣诞装饰，将椅子往后一推，"你也来个三明治。"

我说："我拿一个给老爸？"

老妈转头看了卧房一眼，接着说："不管他。"说完便开始从冰箱里拿东西。

三明治是白吐司夹奶油和碎肉火腿，切成三角形，让我一下子回到脚还碰不到地板的童年时光。老妈又泡了杯浓茶，照自己的方法吃起三明治。从她咀嚼的动作看来，应该换了比较好的假牙。小时候，她总说她牙齿没了是我们的错，每生一个孩子就掉一颗，说着说着泪水开始涌上眼眶。她放下杯子，从开襟羊毛衫口袋掏出褪色的蓝色手帕，等泪水干了，接着擤擤鼻子，继续吃三明治。

Chapter 18 支离破碎

我很想和老妈就这么坐着，每小时热一次茶壶，偶尔做点三明治吃。老妈只要闭上嘴巴，其实是个不错的伴。我头一回感觉厨房像避风港，起码比起外头等着我的世界，这一端安稳许多。我一踏出这扇门，就只剩一件事情可做：寻找确切的证据。这不难，我想顶多二十四小时，但接着真正的梦魇才刚开始。一旦找到证据，我就得决定该拿它怎么办。

两点左右，卧房出现动静，床垫弹簧吱嘎作响，清喉咙的哮喘和震动全身抑制不住的干咳。我想差不多该走了，结果引来老妈连珠炮似的追问一堆圣诞晚餐的问题（假如你和荷莉要来，我说假如，她喜欢白肉还是红肉，还是根本不吃？因为她跟我说她妈妈只买自由放养的土鸡肉……）。

我只管低头往外走，踏出门口的时候，她在后面喊：“很高兴见到你，改天见！”老爸含着脓痰的嘶吼，从她背后传来：“乔茜！”

我甚至晓得他怎么知道萝西那天晚上会去哪里。唯一的消息来源是伊美达，而我左思右想，老爸会找她只有一个原因。我以前一直以为他消失两三天是去找酒喝，即使发生那么多事，我也从来没想过他会背着我妈偷情——就算想过，我也觉得酒精让他根本做不了什么，我家还真是惊喜不断。

伊美达得知萝西的计划之后，也许直接告诉她老妈——母女情深、吸引关爱，谁晓得——或者在我老爸面前约略提起，让她觉得自己胜过搞她母亲的家伙。我说过，老爸不是笨蛋，他自己会拼出答案。

我按了伊美达的门铃，这回没有人接。我后退看看窗户，窗幔后面有东西在动。我又按一次，按了整整三分钟，直到她一把抓起对讲机说："干吗？"

"好啊，伊美达，我是弗朗科，意外吧？"

"妈的，滚开。"

"哎呀，小美，别这么凶，我们必须谈一谈。"

"我和你没什么好说的。"

"真狠。我没地方要去，所以我会在马路对面等，待在车里，直到你肯谈为止。一九九九年的银色奔驰。你要是玩腻了就来找我，我们简单聊聊，之后我就再也不烦你。要是我先腻了，我就找邻居问你的事，听到了吗？"

"你滚！"

她挂上对讲机。伊美达这个人很拗，我猜至少要两小时，甚至三小时，她才会受不了来找我。我回到车上，转开音响听奥蒂斯·瑞汀的歌，放下车窗和邻居分享，随他们去猜我是警察、毒贩还是讨债公司。不管猜谁，在他们眼里都不是好东西。

这时候的哈洛斯巷很安静，一个拿着助行器的老头和一个擦着铜器的老太婆絮絮叨叨批评我，两个年轻辣妈购物回来，斜斜瞪我一眼。一个男的穿着闪亮运动服，带着一大堆问题在伊美达屋外东摇西晃了四十分钟，每十秒就用仅存的脑细胞对着顶楼窗户大喊："戴可！"但戴可不理不睬，那男人只好跌跌撞撞走开。三点左右，一个女的走上十号台阶开门进去，显然是夏妮亚。从桀骜不驯的下巴仰角到"操你妈的"昂首阔步，她简直就是八十年代装扮的伊美达，让我不晓得该难过，还是该充满希望。只要肮脏的窗幔一动，我就朝窗子挥手。

一个钟头后不久，天色渐渐变暗，洁妮维回家了，我改听詹姆斯·布朗，前座车窗突然喀喀一响。是球王。

我不该靠近这个案子，我跟伊美达说过，我请了休假才来这里。我真不晓得该恨她告密，还是佩服她足智多谋。我切掉音乐，摇下车窗说：“警探先生，有什么能为您效劳的吗？”

“开门，弗朗科。”

我眉毛一竖，对着他的严厉语气装出惊讶的神情，但还是伸过去将门打开。球王坐上车子，猛力将门一关。“开车。”他说。

“你在逃命吗？是的话可以躲在行李厢。”

“我没心情跟你开玩笑。你吓到那些可怜的女孩子了，我要趁你还没变本加厉之前，将你带离这个地方。”

“我只是坐在车里，球王，看着故乡缅怀时光，这有什么吓人的？”

“开车！”

“你先深呼吸几口我才开，我可没投保第三心脏病发险，行吗？”

“别逼我逮捕你。”

我哈哈大笑。“哦，球王，你真可爱，我差点忘了自己干吗这么喜欢你。怎么样，我们干脆互相逮捕好了？”我将车子开进车阵，顺着车流前进。“好了，告诉我，我吓到谁了？”

“伊美达·提尼和她那几个女儿，你心里清楚得很。提尼女士说你昨天试图强行闯入她家，逼得她只好亮刀才让你知难而退。”

“伊美达？你说的女孩子就是她？她已经四十好几了，球王，对她尊重点。这年头的正式用语是女人。”

“她的女儿是女孩，最小的才十一岁，她们说你在那里坐了一下午，对她们做出猥亵的动作。”

“我都还没那个荣幸认识她们呢。她们是好女孩吗？还是和妈妈一个样？”

“我们上回见面的时候，我是怎么告诉你的？我要你做哪件事？”

“别挡你的路。这话我听到了，清清楚楚，但我没听到谁说你是我老板。我记得上回看到我老板的时候，他比你重多了，而且没你那么帅。”

“妈的，我不需要是你老板才能叫你别碰我的案子。是我在办案，弗朗科，命令由我来下，你完全不当一回事。”

“那就申诉我啊，你需要我的警探号码吗？”

“是啊，弗朗科，你厉害，我知道规矩对你来说是个屁，我知道你自以为百毒不侵。妈的，也许你是对的，我不晓得卧底组是怎么办事的，”震怒不适合球王，让他颚骨胀成平常的两倍大，额头青筋暴露，看起来很吓人。“但也许你该放在心里，我可是尽了力在帮你忙啊，老天爷。我为了你简直鞠躬尽瘁。说真的，这会儿我实在不晓得当初干吗鸟你。你要是再继续扯我后腿，不放过任何机会，别怪我改变心意。”

我不再乱踩煞车，让他脑袋撞上挡风玻璃。“帮忙？到处嚷嚷凯文的死是个意外就是你说的帮忙？”

“不只嚷嚷，死亡证明也会这样写。”

“哦，好吧，那这样呢？哇，我还真感谢你，球王，超级感谢。”

“这不是你一个人的事，弗朗科。你或许根本不在乎自己的弟弟是自杀或意外身亡，但我敢说你家人在乎。”

“不不不，少来这套，你想都别想。兄弟，我家人是什么角色，你根本不晓得。别的不说，你听了可能难以置信，但你别想操控他们的世界，他们只相信自己认定的事，才不会管你或库柏在死亡证明里写了什么。例如我母亲，她就要我转告你，不是跟你吹，她认为是车祸。另外，假如我家人正在气头上，我不会试着灭火，更懒得理他们认为凯文到底出了什么事。”

“难道这年头自杀成了一件圣洁的事？神父在葬礼上讲什么？左邻右舍会怎么说他？被他抛下的人怎么办？别傻了，弗朗科，你躲不了的，操。”

我脾气开始有点上来了。我将车开进两排房子之间的死巷，而且是倒着开进去，这样我将球王推下车的话，才能立刻闪人。头上的阳台漆成蓝色，不晓得是哪位建筑师的俏皮点子，但地中海风格却因为正对着砖墙和一堆铁桶而黯然失色。

“所以，”我说，“凯文的死归结成‘意外’，漂亮。那我问你，萝西的死呢？你又怎么认为？”

“谋杀，那还用说。”

“那还用说。那凶手是谁？一个人还是不止一人？”

球王没有回答，我说：“或者是凯文？”

“呃，情况有一点复杂。”

“情况还能复杂到哪里去？”

“假如嫌犯也死了，事情就有一点棘手，动辄得咎。一方面，我们没有人可以逮捕，因此上面不会多派人手；另一方面……”

“另一方面，你的超高破案率……”

“想笑就笑吧。这种事有差别的，要是我的破案率低到底了，你以为我还能动用这么多人力来办你女朋友的案子吗？这是个循环：我从这个案子挣到更多，下一个案子就能动用更多。抱歉，弗朗科，但我可不想为了你一个人的感觉，糟蹋下一位被害人伸张正义的机会，还有我的名声。”

“我听不懂你在讲什么，球王，萝西的案子你到底打算怎么办？”

“我打算好好办，接下来几天继续搜集证据和比对证词。要是没什么新的发现……”他耸耸肩说，“我之前办过两三件类似的案子，通常我们会尽量宽大为怀，将档案移交给检察署，但是不动声色，不对外公开，尤其他并非职业罪犯。对于没办法挺身自我辩护的人，我们宁可不要破坏他的名声。要是检察署认为证据确凿，我们就通知家属——强调案子不算了结，但起码可以给他们一个交代——就这样。死者家属放下伤痛，凶手家属得到平静，我们宣告结案。正常程序是这样。”

我说：“我怎么有种感觉，你好像在威胁我？”

“哦，拜托，弗朗科，你这么说太夸张了。”

“不然呢？”

“我会说我是在警告你，但你把事情搞得很麻烦。”

“你到底想警告我什么？”

球王叹一口气。“必要的话，”他说，“我只好深入追查凯文的死因，而我敢说媒体会像疹子一样爬满这个案子。不管你对自杀的说法有什么意见，你和我都晓得，有些记者就爱钉条子的小辫子。我想你应该很清楚，要是一个不小心，这整件事会让你的小辫子变得有多大。”

我说：“我觉得听起来非常像威胁。”

“我想我已经说得够明白了，我不想走到那一步。但假如只有这样才能阻止你玩办案过家家……我只是试着提醒你，弗朗科，我实在想不出别的办法。”

我说：“谢了，球王。我们上回见面，我只跟你说了一件事，是什么？”

“你弟弟不是凶手。”

“没错，结果你又花了多少心思在上头？”

球王翻下遮阳板，对着镜子检视刮胡子弄到的伤口。他微微仰头，用拇指抚过下颚。“算起来，”他说，“我应该跟你说一声谢谢。我得承认，要不是你找上她，我实在不晓得自己会不会发现伊美达·提尼这条线索，而且还非常有帮助。”

那个狡猾的贱人。“我想也是，她是顺服型的，或许你知道我的意思。”

“哦，不对，她不只是讨我欢心而已。我的意思是，她提供的证据很有用。”

他没有往下讲，但脸上藏不住的微微冷笑让我猜出个大概。我由他去。“那就说吧，告诉我，她跟你讲了什么？”

球王抿起双唇，假装在考虑。“她说不定是目击证人，弗朗科，但还不确定。假如你打算骚扰她，逼她翻供，我就不能告诉你。我想我们都晓得后果有多严重，是吧？”

我不着急，冷冷瞪了他好一会儿，接着才将头靠回座椅，双手抹脸说：

“你知道吗，球王，这个星期好漫长，从来没这么漫长过。”

“我知道，老家伙，我都听见了。但是为了所有人着想，你得把力气用在更有帮助的地方。”

“你说得对，我不应该去找伊美达的，完全坏了规矩。我只是想……她和萝西很亲，你知道吗？我想所有人里头……”

“你应该让我知道她，我可以帮你和她谈，结果一样，省下这堆麻烦。”

“没错，你说得对，只是……事情一直不明朗，实在很难放得下，你知道吗？我很想知道究竟怎么回事。”

球王冷冷地说：“上回聊天，我听你一副很确定究竟发生什么事的样子。”

“我是那么想的啊，没错。”

“可是现在？”

我说：“我累了，球王，过去一周面对死掉的前女友、死掉的弟弟和要人命的爸妈，我已经不成人形了。也许因为这样，我什么都不确定了，一点也不。”

球王一脸洋洋自得，我知道他又要启发我了，心情肯定会好起来。“弗朗科，”他对我说，“我们迟早会被‘确定’恶整，这就是人生，重点是化恶整为助力，迈向更高的确定，你了解吗？”

这回，我像乖小孩硬是将他的比喻吞了下去。“嗯，我懂。我很不想承认，不管对你或别人，但我需要帮助，带我到更高的确定，我真的需要。老哥，你行行好，伊美达到底讲了什么？”

“你不会为了这个找她麻烦？”

“对我来说，再也不要见到伊美达·提尼最好。”

“我需要你向我保证，弗朗科，绝不耍诈。”

“我保证不会靠近伊美达，不问凯文的事、萝西的事，什么都不问。”

"无论如何。"

"无论如何。"

"相信我，我不想找你麻烦，只要你不找我麻烦，我就不必这么做，所以别逼我。"

"我不会。"

球王抹平头发，将遮阳板啪的一声收回去。"其实，"他说，"你找伊美达是对的，兄弟，用的方法也许很烂，但直觉是完全正确。"

"她有线索。"

"她知道的可多了。老弟，说出来你别意外。我知道你一直认为你和萝西·戴利交往是天大的秘密，可是根据我的经验，女人如果说她一个字也不说，那意思就是她只会告诉她的闺中密友。"

"天哪，"我摇头苦笑，装出一脸难堪，让球王爽一下。"是哦，她……唉，我完全没想到。"

"你那时还是小鬼，搞不懂游戏规则。"

"可是，我还是很难相信自己这么天真。"

"还有一件事，你可能也没发现：伊美达说凯文当时非常迷恋萝西。你不得不承认，这符合你之前对我说的：她是忠诚之地的宝贝，所有男孩的梦中情人。"

"唔，是啊，那是没错。但凯文？他才十五岁。"

"十五岁够大了，连荷尔蒙都开始作祟，不该去的夜总会也去了。有天晚上，伊美达在布鲁塞尔，凯文找上她，说要请她喝酒。两人聊了一会儿，他希望她，其实是求她，希望她向萝西推销他。伊美达哈哈大笑，但凯文似乎很受伤，让她止住了笑，跟他说她没有恶意，只是萝西已经名花有主了。虽然她不想多说，但凯文不停缠她，想知道那人是谁，不停买酒请她喝……"

球王一本正经，其实开心得很。他骨子里还是那个满身体香剂、振臂高呼"得分"的小伙子。"最后，她全都说了。她觉得无伤大雅：她想这个毛头小子这么可爱，而且他知道那人是自己的哥哥之后，应该会知难而退，对吧？错了。凯文完全失控：大吼大叫，用力踹墙、扔杯子……逼得保镖将他架出去。”

这完全不像他——小凯发火的时候，顶多摔门而出——但除此之外，所有叙述都合情合理。我真是越来越佩服伊美达了。她知道天下没有白吃的午餐，因此早在打给球王之前，她就晓得要叫他赶走讨厌鬼，得先满足他作为交换。她或许见了几个老朋友，知道案情的大概，加上重案组的小伙子挨家挨户问人，探询凯文与萝西的关连，事情就更明显。忠诚之地的人最会填填看。我想我算运气好，伊美达人够机灵，知道要做功课，而不是大发雷霆直接把我推出去毙了。

“怎么会，”我双臂往前，整个人瘫在方向盘上，怔怔望着挡风玻璃外巷口的车潮。“天哪，我一点都不晓得。什么时候的事？”

球王说：“萝西遇害前两周。知道变成这样的下场，伊美达很歉疚，于是决定出面。等我这里结束之后，她就要帮我做笔录。”

我想也是。“嗯，”我说，“我想这确实算是证据。”

“很抱歉，弗朗科。”

“我知道，谢了。”

“我知道这不是你希望听到的——”

“那当然。”

“——不过，你也说过，任何确定都好，就算你当下不这么认为，起码是一种结束。等时间一到，你自然能消化这一切。”

“球王，”我说，“我问你一件事。你有去看心理医生吗？”

球王脸上五味杂陈，神情里夹杂着难堪、自我辩驳与好强。“有啊，干吗？要我推荐哪位医生比较好吗？”

“不，谢了，只是好奇问问。”

“那家伙相当不错，帮我觉察了许多事情，例如让外在现实呼应内在现实之类的。”

“听起来很激励人心。”

“是啊，我想他应该能帮你很多。”

“我这人比较老派，还是觉得内在现实应该呼应外在才对。不过，我会记得你的提议。”

“没错，别忘了。”球王动作豪迈地拍拍我的仪表板，仿佛它是受完训的马。“很高兴跟你聊天，弗朗科。我可能该回去磨笔录了，但有需要随时打电话给我，知道吗？”

“没问题。不过，我觉得自己最需要一个人独处，把事情好好想一遍，有很多东西需要消化。”

球王挑眉点头，一副很有深度的样子，我看是学心理医生的。我说：“要不要我顺便载你回局里？”

“不了，谢谢。走路对我有好处，得注意腰线别走样才行。”他拍拍肚子。“你自己保重，弗朗科，我们再聊。”

巷子很窄，他只能将车门打开十五公分硬挤出去，稍稍削弱了他的气势，但他立刻就用重案组的昂首阔步扳回一城。我看他大摇大摆地走在疲惫匆忙的人群之间，带着公文包和使命感，忽然想起几年前我们街头巧遇，发现两人都成了离婚俱乐部的一员。我们连喝了十四小时，最后在布雷一家飞碟主题酒吧巴着两个胸大无脑的辣妹，想让她们相信我们是来买都柏林堡的俄国富豪，却怎么也骗不过对方，最后只好像两个小毛头猛喝闷酒。我发现这二十年来，我还满喜欢球王·甘乃迪这家伙。我以后会想念他的。

别人常看扁我，我也乐在其中，但伊美达还真让我意外，因为她看起来不像是会疏忽人性阴暗面的人。换成是我，我起码会找个凶神恶煞带着武器来家里坐镇几天，但才周四早上，提尼家就似乎已经一切恢复正常。洁妮维啃着奇巧巧克力慢慢出门，伊美达到新街买了两塑料袋东西回来，伊莎贝儿去一个需要头发后梳和雪白衬衫的地方，家里没有保镖（有武器或没武器）的迹象，也没有人察觉我在窥探。

中午左右，两名妙龄少女带着两个宝宝按门铃，夏妮亚下楼和她们一起离开，可能去逛街或到店里偷东西，谁晓得。我一确定她不会再跑回来拿什么东西了，就撬开前门的锁，上楼到伊美达的公寓。伊美达将脱口秀节目开得很大声，来宾咆哮对骂，观众等着看好戏。门有好几道锁，但我从缝隙看去，发现只锁了一个。我花十秒钟将门打开，电视声响盖过了开门声。

伊美达在沙发上包圣诞礼物。只可惜她看那种节目，礼物又几乎都是博柏利的赝品，不然画面还真感人。我将房门关上，朝她背后靠近，忽然见她（看到我的影子或听见脚踩地板的声音）猛然回头。她倒抽一口气准备尖叫，但还来不及大喊，我已经用手捂住她嘴巴，一只手臂压住她两只手腕扣在她腿上。我在沙发扶手坐下，调整姿势让自己舒服一点，接着凑到她耳边说："伊美达啊伊美达，你对我发誓不会告密的，你让我很失望。"

她手肘对准我腹部挥来，我压得更紧，她想咬我的手，我猛力将她头往后按，直到我感觉她脖子疼痛，牙齿咬着下唇为止。我说："在我松手之前，你最好想着两件事。第一，我比谁都靠近你，第二，要是戴可知道楼下住了个告密者会怎么想，他要发现容易得很。你认为他会找你开刀，还是觉得伊莎贝儿更可口？甚至是洁妮维？你说说看，伊美达，我不晓得他喜欢哪一种。"

她眼里闪出熊熊怒火，有如受困的野兽，恨不得咬断我的咽喉。我说："你打算怎么办？大喊救人吗？"

不久，她肌肉缓缓放松，摇了摇头。我放开手，将扶手椅上的一堆博柏利扫到地板，坐了下来。"你瞧，"我说，"这不是很舒服吗？"

伊美达轻轻按揉下颚说："混球。"

"我是情非得已，宝贝，不是吗？我给你两次机会，我们斯斯文文地谈，结果你不要，偏偏喜欢这样。"

“我男人随时会回来，他是警卫，你惹不起的。”

“那就有趣了，因为他昨晚不在家，而房间里根本看不出这个人存在，”我一脚踢开博柏利赝品，将双腿伸直说，“你为什么要扯那样的谎，伊美达？别说你怕我。”

伊美达闷闷坐在沙发一角，紧紧叉着双臂和双脚，听到这话被激怒了。“你想得美，弗朗科·麦奇，我遇过比你凶狠一百倍的人，照样被我打得屁滚尿流。”

“哦，那还用说。万一拼不过人家，还可以找人代打。你向球王·甘乃迪打我小报告——少来，闭上你的鸟嘴，别想再撒谎——让我非常不爽。不过，事情很容易解决。你只要告诉我跟谁说了我和萝西的事，行，咱们的帐就一笔勾销。”

伊美达耸耸肩膀。电视里的那群狒狒抓着椅子互相干架，我弯身向前，一眼紧盯着她以防万一，一手将插头从墙上拽下，接着说：“我没听见。”

她又耸肩。我说：“我想我已经很有耐性了，但这会儿，你看到没有？我的耐心只剩这么一点，甜心，仔细看清楚。我保证接下来更精彩。”

“所以呢？”

“所以我想有人要你提防我。”

我看见她脸上闪过一丝恐惧。我说：“我知道这里的人说什么。你觉得我杀了谁呢，伊美达？萝西还是凯文，还是两个都被我杀了？”

“我没说——”

“让我猜猜，我赌凯文，说对了吗？我认为他杀了萝西，所以将他推出窗外，这就是你的结论？”

伊美达精明得很，知道最好别回答。我嗓门一下拉大，但我不在乎戴可和他的毒虫兄弟会不会听见。这一个礼拜，我早就在等机会大发雷霆了。“告诉我，你到底要多蠢，笨到什么境界，才会觉得自己捉弄得了杀死弟弟的人？我没心情被人胡搞，伊美达，但你昨天下午竟然搞我。你觉得这样做聪明吗？”

“我只是想——”

“这会儿你又来了，重施故技。你真的打算逼我到底吗？要我发飙，是吗？”

“不是——”

我从扶手椅跳起来，双手抓住她头两旁的沙发椅背，将脸凑到她面前，近得都能闻到她嘴里的奶酪洋葱洋芋片味。“让我说清楚一点，伊美达。我会说得非常浅显，让你那颗蠢脑袋听懂。我警告你，接下来十分钟，我问什么，你答什么。我知道你很想搬出你讲给肯耐迪的那套说词，可惜由不得你。你只能选择一件事，就是回答之前要不要先吃几个巴掌。”

她低头想躲，但我一手抓住她的下颚，强迫她看我。“在你选择之前，别忘了想想：我还要多久才会失控，将你的鸡脖子扭断？这里的人都已经认定我是吃人魔汉尼拔医生了，我还有什么好怕的？”她好像决定说了，但我没让她开口。“你朋友肯耐迪警探或许不怎么喜欢我，但毕竟和我一样是警察。万一你被打成人浆或死到没剩，你想他难道不会明哲保身吗？还是你真的认为他更在乎一个性命根本不值五镑的蠢妓女？他绝对马上将你这个破麻袋扔了，伊美达，因为你就是破麻袋。”

我认得她的表情、松垮的下颚与瞪大到眨不动的茫然双眸。我在我老妈脸上看过不下一百次，在她知道快要被打之前。但我不在乎。我想象自己一手撕开伊美达的嘴巴，霎时发现自己真的想动手，差点喘不过气来。“既然别人问话的时候，你不介意打开自己那张脏嘴，现在轮你对我开口。你到底跟谁说了我和萝西的事？谁，伊美达？究竟是谁？你那贱人老妈？你他妈的以为自己……”

我想她随时会像放毒一样朝我吐实，是你酒鬼老爸，那个肮脏龌龊的色胚，而我也做好心理准备，没想到她张开血盆大口，几乎贴着我的脸吼：“我跟你兄弟说了！”

“放屁！你这个撒谎女人。那是你塞给球王·甘乃迪的垃圾，他竟然信了。我看起来有他那么呆吗？有吗？”

“不是凯文，你这个猪头，我告诉凯文做什么？是谢伊，我跟谢伊说了。”

房间霎时沉寂，有如下雪般的无边宁静，仿佛这世间声音从不曾存在过。过了不知多久，我才发现自己已经坐回扶手椅，全身麻木，仿佛血液不再流动。又过一会儿，我发现楼上有人打开洗衣机，伊美达缩进沙发靠垫之间，脸上的惊恐神情说明了我的表情有多骇人。

我说：“你跟他说了什么？”

“弗朗科……对不起，真的，我没想到——”

“你跟他说了什么？伊美达。”

“就……就你和萝西，你们打算私奔。”

“你什么时候跟他说的？”

“星期六晚上，在酒吧里，你们离开的前一晚。我心想，哎，都这个时候了，说出来又何妨？不可能有人来得及阻止你们——”

三个女孩靠着扶手，头发闪亮飞扬有如小马，她们心里满怀企盼，美好的夜晚充满了无限可能。真的什么都有可能。我说：“你敢再瞎扯烂理由，我就一脚踹烂那一台偷来的电视。”

伊美达闭上嘴巴。我说：“你跟他说了我们何时要走？”

她快快点头。

“也告诉他你要把手提箱放在哪里？”

“呃，没说是哪个房间，反正就是……十六号里。”

肮脏的冬日阳光穿透蕾丝窗幔照得她一脸恶相。伊美达瘫在沙发角落里，过热的房间弥漫着油脂、香烟和垃圾的臭味，让她看来像是蜡灰的皮包骨。我想不透她到底贪求什么，值得她拿这一切去换。我说：“为什么，伊美达？他妈的为什么？”

她耸耸肩膀，但答案缓缓浮现在我心中，在她双颊的淡淡红晕里。“不会吧？”我对她说，“你喜欢谢伊？”

她又耸肩，动作更快更不耐烦。三个青春灿烂的女孩打打闹闹，大声尖叫：“曼蒂要你问他想不想去看电影……”

我说：“我以为喜欢他的是曼蒂。”

“她也是，我们都是——除了萝西，一堆女孩都是，随他挑。”

“所以你出卖萝西好换取他的青睐。你之前对我说你爱她，原来是这个意思？”

“你怎么可以这么说？我又没有——”

我抓起烟灰缸朝电视扔去。烟灰缸很重，但我使上全身的力气。屏幕应声而碎，发出惊天动地的声响，喷出一道烟灰，玻璃碎片飞溅四射。伊美达发出像喘息又像犬吠的声音，从我身边躲开，伸出手臂保护脸。房里烟雾弥漫旋转，缓缓落在地板、咖啡桌和她的运动裤上。

“嘿，”我说，“我刚才是怎么警告你的？”

她两眼圆睁，一手压着嘴巴摇头，有人教会了她不要尖叫。

我扫开闪闪发亮的玻璃碴，在咖啡桌上的绿缎带球底下找到伊美达的香烟。“你最好跟我说你对他说了什么，一字不漏，尽可能回想，想到什么都一五一十说出来，记不清楚就老实说，不要瞎掰，听懂没有？”

伊美达一手捂脸用力点头，我点一根烟，靠回扶手椅说：“很好，说吧。”

我自己说也行。酒吧在威克斯福街附近，名字伊美达不记得了。“我们想跳舞，我和曼蒂，但萝西必须早点回家——她老爸已经气呼呼了——所以她不想付钱进舞池，我们就说那先喝点酒吧……”伊美达到吧台买酒，发现谢伊也在，便和他攀谈起来。我能想象她搔首摆臀，百般挑逗的模样。谢伊出于习惯和她调笑，不过他喜欢漂亮一点、温柔一点、话少一点的女孩，因此当酒送来，他便一把抓起所有杯子，准备回角落和死党厮混了。

她试着挽回他的注意。“怎么了，谢伊？难道弗朗科没说错，你比较喜欢男孩子？”

“那小子的话能听吗？”他说，“也不想想他上回交女朋友是哪一年的事了。”说完他又准备离开。

伊美达说：“那是你不知道而已。”

这句话让他停下来了，“是吗？”

“你朋友在等酒呢，快去吧，去啊！”

“我马上回来，你别走开。”

“谁晓得，再说吧。”

她当然没有走开。伊美达匆匆将酒拿给萝西和曼蒂，萝西嘲笑她，曼蒂佯装生气哼了一声（竟然抢走我的男人），但伊美达朝她们一比中指，就急急赶回吧台守着，装作漫不经心啜饮啤酒，一边解开一颗扣子。谢伊回来了，她心跳直飙，他以前从来没有瞧她第二眼。

他低头凑到伊美达面前，用那双无往不利的水蓝眼眸凝望她，慵懒地坐着高脚椅，一脚膝盖伸进她双膝之间，买一杯酒请她，趁着递酒用手指滑过她的指关节。伊美达尽量拖长故事，好留他久一点，最后将所有计划全都说了出去。手提箱、碰面地点、搭船出国、伦敦租屋、替乐团工作、迷你婚礼，所有我和萝西耗费几个月一点一滴策划与保密到家的计谋，就这么摊开在酒吧里。伊美达羞耻到极点，不敢看萝西一眼，看她和曼蒂说说笑笑。二十二年后再度重述，她脸上依然烧着愧疚，但她还是做了。

说起来真可悲，这种事根本没什么，十几岁女孩吵吵闹闹、说完就忘的事，结果却让我们走进了这一个星期，这一个房间。

“告诉我，”我说，“他事后起码有赏你一炮吧？”

伊美达没有看我，但脸上的红晕更深了。“嗯，那就好，要是你拼了老命把我和萝西卖了，结果什么都没捞到，我可是会很难过的。现在虽然死了两个人，一堆人的生活被炸得粉碎，起码你还如愿以偿爽了一次。”

她气若游丝地说：“你的意思是……跟谢伊说，结果害萝西被杀了？”

“你真是他妈的天才。”

“弗朗科，难道……”伊美达浑身颤抖，像是受惊的马儿。“难道谢伊……”

“我说了吗？”

她摇头。

“很好。你听清楚了，伊美达，你要是敢四处张扬，即使只让一个人知道，我包管你后悔一辈子。你已经毁了我弟弟的名声，我不会让你再次得逞。”

“我绝对不向任何人说，我发誓，弗朗科。”

“包括你的女儿，谁晓得你们一家是不是告密成性？”她打了个哆嗦。“你没有告诉谢伊，我也没有来过这里，听到没有？”

“是，弗朗科……对不起，天哪，真的对不起，我根本没想到……”

我说：“看你干的好事！”我只说得出这一句，“老天，伊美达，看你干的好事！”说完我掉头就走，除了烟灰与碎玻璃，我什么都看不见。

Chapter 19 逝

长夜漫漫，我差点打给鉴证组的可爱女士，但我想，床上缠绵的时候没有什么比“枕边人清楚你前女友是怎么死的”更扫兴的事了。我考虑过去酒吧，但除非打算喝个烂醉，否则没必要去那里，而且我觉得喝醉很无聊。我甚至想过给奥莉薇亚打电话，问她能不能让我过夜。但我想这一周来，我已经动用太多运气了。

最后，我跑到欧康纳街的奈德凯利酒吧，和三个英文说得结结巴巴、但懂得心碎男人共通语言的俄国佬打了不晓得几局桌球。酒吧打烊之后，我回家坐在阳台不停抽烟，直到屁股发冷。我回到屋里，看几个神经白人小鬼在现场秀里互比饶舌歌手的手势，看到天色微亮，可以吃早餐为止。每隔几分钟，我就得狠狠地按一次心底的开关，不让自己看见萝西、凯文或谢伊的脸。

在我心里不断浮现的不是长大后的小凯，而是脸蛋黏答答的小不点，和我睡在同一张床上那么多年，我还记得他冬天将脚贴着我小腿取暖的感觉。他是我们兄弟姐妹当中最可爱的，有如麦片粥广告上圆滚滚的金发天使。卡梅尔和她朋友常常带他四处跑，像布娃娃一样帮他换衣服，塞糖到他嘴里，练习当妈妈。他会在洋娃娃推车里开心咧嘴而笑，吸引大家的目光。他还那么小，就已经爱上女孩子了。我真希望有人能通知他所有的女朋友，语气婉

转温柔，解释他为什么不再出现。

当我想到萝西，钻进心里的不是怀着初恋与远大计划的萝西，而是愤怒的她。十七岁那年秋天的某一晚，卡梅尔、谢伊和我坐在台阶抽烟——卡梅尔那时还抽烟，我上学期间没办法工作，买不起烟，都向她讨——空气中飘着泥炭烟、雾气和健力士啤酒的味道，谢伊轻轻吹着口哨《带我去蒙托》，忽然有人咆哮。

是戴利先生，他气炸了。细节我忘了，但大意是家里他最大，要是有人不收敛，小心吃他巴掌，我的五脏六腑瞬间结冻。

谢伊说："我赌一镑，他逮到他家小姑娘和小伙子上床了。"

卡梅尔啧了一声："嘴巴干净点。"

我用稀松平常的语气说："我赌了。"当时我和萝西交往刚满一年，朋友知道，不过我们很低调，强调只是一起说笑打闹，不是认真的，免得事情传太开。但时间越久，我越觉得狗屁不通，可是萝西说她老爸会不高兴，而且看她表情没有骗人。老实说，这一年来我一直暗暗期望有这一天。

"你又没钱。"

"没必要。"

已经有人推窗了——戴利家算是少有争执的，所以绝对是好戏。萝西大吼："你根本搞不清楚！"

我吸了最后一口烟，让火烧到滤嘴。"一镑拿来。"我对谢伊说。

"等我领到薪水再说。"

萝西冲出三号，狠狠将门甩上。探头探脑的长舌妇立刻躲回小窝，独自回味被吓到的快感。萝西朝我们走来，火红头发映着灰沉的秋日天空，仿佛要将空气点燃、将忠诚之地炸入云霄似的。

谢伊说："好呀，萝西，你还是一样漂亮。"

"你也还是一样智障。弗朗科，我可以和你谈一下吗？"

谢伊吹了声口哨，卡梅尔张口结舌。我说："当然，"接着便站起来，

“我们去散个步吧，如何？”我和她弯过街角走进史密斯路，只听见谢伊哈哈大笑，笑声淫秽到了极点。

萝西双手紧插在牛仔裤的口袋里，埋头急步，害我差点追不上。她咬牙低声说：“我老爸发现了。”

我早知道会有这么一天，但一颗心还是沉到脚底。“哦，可恶，我想也是。他怎么会发现？”

“因为尼利酒吧。我早该晓得那里不安全，我堂妹雪莉和她朋友会去那里喝酒，她的嘴巴和教堂的门一样大。那头小母牛看到我们，就告诉她老妈，她老妈跟我老妈说，我老妈竟然告诉我老爸。”

“结果他就抓狂了。”

萝西发飙了：“那个混帐，该死的家伙，下回我见到雪莉，绝对赏她一巴掌。他完全不听我解释，根本就是对牛弹琴——”

“萝西，慢一点——”

“他说我到时怀孕被甩了，别全身是伤哭着回家找他。老天，弗朗科，我真想当场杀死他，我发誓——”

“那你来找我干吗？难道他知道——”

萝西说：“没错，他知道了。他要我来和你分手。”

直到她转身回来看我跑去哪里，我才发现自己站在人行道上不动。“我不干，你这只蠢猪！你真的以为老爸叫我离开你，我就会离开？你疯了是不是？”

“天哪，”我的心缓缓回到原位，我说，“你是想让我心脏病发作吗？我还以为……天哪。”

“弗朗科，”她走回我身边，和我十指交握，用力得让我手掌发痛。“我不会分手，好吗？我只是不晓得该怎么办。”

只要有人愿意提供锦囊妙计，叫我卖肾我都愿意。我搬出屠龙故事里最帅的作法：“那我打电话给你老爸，两个男人好好谈一谈，向他保证我绝对不会辜负你。”

“我已经跟他说了，说了一百多遍。他认为你是花言巧语，只想把手伸进我裤子里，而我竟然全都相信。他连我说的话都不听了，你觉得他会听你的？”

“那我就证明给他看，只要他发现我对你很好——”

“我们没时间了！他说我要么今晚和你分手，要么他就把我赶出家门。他那个人说到做到，真的。我妈很心碎，可是他才不管。他会叫她再也不准见我，而她那个可怜虫一定会乖乖听话。”

在我家生活了十七年，我学到的标准解答就是闭紧嘴巴。我说：“那就跟他说你分手了，已经甩了我，不用让任何人知道我们还在一起。”

萝西愣住不动，我看得出她脑袋飞快运转。过了一会儿，她说：“要多久？”

“到我们想出更好的方法，或你老爸气消了，我不知道。只要我们撑下去，事情一定会改变的。”

“也许吧，”她依然奋力思考，低头注视我们牵着的手说，“你觉得我们办得到吗？这里的人那么大嘴巴……”

我说：“我没说很简单。我们必须跟所有人说我们分手了，让大家信以为真，也永远回不到过去的时光了。从此以后，你都得担心被老爸发现，把你赶出家门。”

“我才不在乎。但你呢？你没必要躲躲藏藏，你老爸又没打算把你变成尼姑，这么做值得吗？”

我说：“你有没有搞错？我爱你。”

我自己也吓了一跳。我从来没说过这句话，以后可能也不会再说。这种事一辈子只能说一次，我却选在秋天一个多雾的傍晚脱口而出。街灯在潮湿的人行道留下晕黄水光，萝西柔软却坚强的手指与我交缠。

萝西张开嘴巴，说了一句：“哦。”伴随一个像是愣笑的声音，美好而无助。

“就这样。”我说。

她说：“呃，所以，”又是差点笑出来的声音，“所以没问题啰，是吗？”

“不是吗？”

“嗯，我也爱你。所以我们会想出办法的，对吧？”

我无言以对，脑中一片空白，只想将她紧紧搂在怀中。一名遛狗老人绕过我们，嘴里不停嘀咕，说什么竟然在街上公然调情，但我想动也动不了。萝西将脸用力贴着我的脖子，我感觉她睫毛眨动拂过我的皮肤，留下几分湿润。

“会的，”我抵着她温暖的头发说。我有把握一定会是这样，因为我们手上握有王牌，可以击败所有人。“我们会想出办法的。”

我们散步聊天，直到累了才各自回家，开始小心翼翼地执行攸关彼此的计划，说服忠诚之地我们已经成为过去。那天深夜，我们按照精心策划的约定苦等良久，总算盼到在十六号见了面，完全不顾那时出门有多危险。我们躺在吱嘎作响的地板上，萝西用她随身带着的蓝色毯子盖着我们。那一晚，萝西从头到尾都没有说“停”。

就是那一晚，还有许多理由，让我始终没有想过萝西可能死了。她那全身燃着怒火的模样，光是碰到她的肌肤就能点起火柴，点亮圣诞树，即使在外太空也能看得到她身上的火光。我怎么也无法想象这一切会平空消失，就此无影无踪。

只要我低声下气，火柴丹尼绝对愿意帮我放火烧了脚踏车店，再用高明的手法嫁祸给谢伊。要么我还认识几个家伙，丹尼和他们相比简直是小儿科，我要他们制造多大的痛苦，他们都有办法做得干净利落，确保谢伊没有半块遗体会被人发现。

问题是我不想要火柴丹尼、冲锋枪部队或任何人，更不需要球王——他那么想让凯文当坏人，那就随他去吧——奥莉薇亚说得对，现在不管谁说什么都再也伤不了小凯，正义已经不可能是我的圣诞礼物。我只要谢伊。我只要望向丽妃河，就会在点点灯火之间看见他站在窗边抽烟，凝视河水，等我找到他。我要他，强烈得超过所有女人，甚至萝西。

周五下午，我发短信给史帝芬：*老时间，老地方*。外头大雨倾盆，夹杂着细雪，不管穿了什么都会淋湿，让人冻到骨头里。柯斯莫挤满又湿又累的行人，他们一边数算手里的购物袋，一边希望只要待久一点，身体就会回暖。我这一回只点了咖啡，因为我确定不会太久。

史帝芬不太懂为什么见面，但客气得不敢问，只说："凯文的通联纪录还没来。"

"我想也是。你知道调查什么时候结束吗？"

"据说是周二。肯耐迪警探说……呃，他觉得我们已经掌握足够证据，可以结案了，接下来只需要跑完行政流程。"

我说："看来你知道伊美达·提尼的事了。"

"嗯，是啊。"

"肯耐迪警探认为她的说法是最后一块拼图，接合得刚刚好，他可以将案子漂漂亮亮包起来，用缎带系好送给检察署了，我说得没错吧？"

"差不多，嗯。"

"那你怎么想？"

史帝芬搔搔头发，弄成一簇簇的。"我想，"他说，"据肯耐迪警探的说法——错了请告诉我——我想伊美达·提尼一定对你很不爽。"

"我目前不是她最喜欢的人，那倒是。"

"你认识她，也许很久以前，但你们认识。她对谁不爽的时候，会不会乱编故事？"

"你要说我偏颇也行，但我得说她一定毫不手软。"

史帝芬摇摇头说："我是很想，但我觉得指纹问题还是没有解决。除非伊美达·提尼能够解释字条上的指纹为什么被抹掉，否则对我来说，指纹问题还是胜过她的说词。人会说谎，证据不会。”

这小子比球王还要值钱十倍，甚至比我出色。我说：“我喜欢你的判断，警探，只是很可惜，我敢说球王、肯耐迪短时间内不会改变想法。”

“除非我们想出另一种可能，确凿得让他无法轻忽。”他说到“我们”的时候，还是微微腼腆不安，就像十几岁小伙子提到初恋女友。“所以我一直朝这方面努力，花了一堆时间在心里回顾整个案子，看是不是漏了什么，结果昨晚我发现一件事。”

“哦，你发现什么？”

“好的，”史帝芬深呼吸一口气：他显然排练过，想让我印象深刻。“目前不论是谁都没注意到一件事，就是萝西的尸体是藏着的。我们想过藏在那里代表什么，却没有想过为什么要藏。我想这一点值得研究。我们都同意萝西遇害不是预谋，对吧？凶手只是一时暴怒。”

“看起来是这样。”

“假如这样，那他发现自己做了什么，脑袋肯定一团混乱。换成我，我一定立刻逃离屋子，但我们的凶手却硬是冷静下来，找好地点，将沉重的尸体藏在沉重的水泥板下……这么做极其需要时间和力气。他需要尸体消失，很需要。但为什么？为什么不干脆抛下她，让其他人明天早上发现尸体？”

他一定会是很好的嫌犯侧写员。我说：“你说呢？”

史帝芬靠在桌上，眼睛盯着我，完全沉浸于推论之中。“因为他知道有人会从萝西或屋子联想到他，而且只有他。假如她的尸体第二天被人发现，绝对有人会说：‘等等，我昨晚看到某某走进十六号。’或‘我记得某某约好要和萝西·戴利见面’之类的。他不能让她被发现。”

“听起来很有道理。”

“因此，我们现在只要做一件事，就是找出关联。我们不相信伊美达的说词，但肯定有人有另外的说法，不过他们的说法是真的。他们也许忘了，因为不晓得事关重大，但我们只要唤醒他们的记忆……我打算开始找萝西最亲近的人谈，例如她妹妹和死党，还有之前住在忠诚之地双数号的人。你在口供里说当时听见有人穿越后院，很可能有人在后窗看见了他。”

沿着这条线索再追查几天，他肯定会有所发现。他看起来满怀希望，我真不想泼这只小可怜虫冷水，感觉就像年轻猎犬叼了它最好的玩具过来，我却踹了它一脚一样。但我非做不可。我说：“干得好，警探，推论得很完美，不过算了。”

史帝芬一脸茫然。“什么？你这话是什么意思？”

“史帝芬，你想今天我干吗发短信给你？我知道你没拿到通联纪录，也知道伊美达·提尼的事，我相信你要是有什么重大进展，早就和我联系了。那我为什么还要见面，你认为呢？”

“我以为……你想知道最新状况。”

“你要这么说也行，最新状况是：从现在起，案子就交给该负责的人负责，我去休我的假，你回去当打字工，好好享受吧。”

史帝芬的咖啡杯砰地敲到桌上。“什么？为什么？”

“你难道没有听你老妈说过‘因为我说了算’？”

“你又不是我妈。你干吗——”他说到一半忽然恍然大悟。“你发现什么了，”他对我说，“对吧？你上次离开之后，其实想到了什么。你追了几天，然后——”

我摇头说：“很不错的理论，可是错了。我也很希望能靠毫无来由的直觉破案，但我不得不跟你说，这种事不像你想的那么常发生。”

“……然后你找到线索，决定一个人独占。拜拜，史帝芬，谢谢合作，回你的办公室去吧。我是不是应该高兴，因为你竟然怕我后来居上？”

我叹息一声，靠回椅子按揉颈背。“孩子，我干这行比你久多了。假如你不介意听听老人言，让我告诉你一个秘密。最简单的解释就是正确的解释，几乎没有例外。没有掩盖、没有阴谋，政府也没有在你耳背植入芯片。

过去两天，我只发现一件事，就是我和你应该放手了。”

史帝芬瞪着我，仿佛我多长了一个脑袋。“等一下，那我们对被害人的责任呢？还有你不是说‘他们只剩你和我，没有别人了’？”

我说：“没用的，孩子，就这样了。球王，肯耐迪是对的，他抓到案情关键，我要是检察署，绝对让他结案。就算大天使加百列下凡告诉他弄错了，他也不会抛弃自己的推论，重起炉灶。凯文的通联记录就更别提了，即使有问题，即使我们认为伊美达的供词有鬼，他也不会管的。从现在到星期二，无论发生什么，这个案子都结束了。”

“你能接受这样吗？”

“不能，小伙子，我无法接受，完全不行。但我是大人了，除非真的有用，否则我才不想挡子弹。我不做注定失败的事，再伟大也不做，因为那是白费力气，就像你被人逮到泄漏没用的消息给我，结果被贬回基层，到穷乡僻壤干一辈子的文书一样，何苦来？”

那小子火冒三丈，一手握拳贴着桌子，恨不得赏在我脸上。“那是我的决定，我已经长大了，可以照顾自己。”

我笑了出来。“你别自作多情了，我才不想保护你。只要有用，我乐得让你把前途糟蹋到二〇一二年或下周二，问题是这么做没用。”

“是你要我加入的，而且是硬逼我的。现在我加入了，你别想叫我离开，别想动不动就改变主意。把棍子捡起来，史帝芬；放下，史帝芬；捡起来，史帝芬……我不是你养的狗，也不是肯耐迪警探的奴才。”

“老实说，”我说，“你就是。我会盯着你，史帝芬小朋友，要是你到不该去的地方四处打探，我就把验尸和指纹鉴定报告拿给肯耐迪警探，跟他说报告是从哪里来的。你就会被他列入黑名单，被我记入黑名单，之后就等着到荒郊野外坐办公桌吧。所以我再说一次，别碰！听懂没有？”

史帝芬太惊讶、太年轻，完全无法控制脸上的表情。他恨恨地看着我，掩不住目光中的愤怒、诧异与厌恶。一切都正如我意，他对我越傲慢无礼，就越不会碰接下来发生的龌龊事，但我心里还是一阵刺痛。“老兄，”他摇摇头说，“我真是搞不懂你，完全不懂。”

我说：“可不是吗？”说完便开始捞钱包。

“我不用你请我喝咖啡，我自己来就好。”

我要是打击他自尊太深，可能反倒让他对案子穷追猛打，好证明自己的价值。“你说了算。”我说，“还有，史帝芬，”他低头不理，继续翻找口袋。“警探，我要你看着我，”我等他放弃挣扎，不情不愿抬头看我之后才说：“你表现得非常好，我知道你和我都不希望这样结束，但我只能告诉你，我会铭记在心。只要有机会帮你，绝对会有，我一定全力以赴。”

“我说了，我可以自己来。”

“我知道你行，但我这个人不喜欢欠债，而我确实亏欠你。和你共事很愉快，警探，希望未来还有机会合作。”

我没有试着握手。史帝芬森然地看我一眼，没有透露半点思绪，啪的一声放了一张十镑钞票在桌上。以菜鸟的薪水来说，这算很大的抗议了。他肩膀一抖披上外套，我留在座位上，让他先走。

就这样，我又回到一周前的起点，车子停在莉儿家门口，等着接荷莉度周末，但感觉却像过了许多年。

奥莉薇亚一身低调的麦芽色，不是上星期的低调黑色小洋装，但那意思是一样的：德莫那个准恋童癖要来了，而且很有机会成为入幕之宾。不过，奥莉薇亚这回没有挡在门口，而是大门一开立刻将我拉进厨房。之前还是夫妻的时候，我最怕她暗示“我们需要谈谈”，现在却欢迎之至，因为这表示“我和你没话好说”的状态可以暂时闪一边去了。

我说：“荷莉还没准备好吗？”

“她在洗澡。今天是莎拉嘻哈舞课的朋友同乐日，她才刚回到家，浑身是汗。几分钟之后就会出来了。”

“她怎么样？”

奥莉薇亚叹了口气，一手轻拂无懈可击的发型。“我想她还好，起码就我们预期来说还好。她昨天晚上做噩梦，这几天也很静，但似乎不……我不清楚。她很喜欢嘻哈课倒是。”

我说：“她吃东西了吗？”我刚搬出去那阵子，荷莉曾经绝食抗议过。

“吃了，但她已经不是五岁小孩了，最近开始不再直话直说，可是并不表示她没感觉。你要不要和她谈谈？说不定你更加能知道她面对得如何。”

“那看来她是闷着不说了，”我可以说得很恶毒，但我没有。“不晓得是从哪里学来的？”

奥莉薇亚嘴角一紧。“我犯了错，错得很严重，我承认，也道过歉了，现在正尽可能弥补。但请你记得一点：不管你说什么，都不会比我伤了她更让我难受。”

我拉了一张高脚椅，一屁股坐下去。不是为了激怒奥莉薇亚，而是我已经心力交瘁，就算只是在洋溢着吐司和草莓果酱香味的房里坐个两分钟，对我也是绝大的享受。“人会彼此伤害，这是难免的。但起码你用意良善，不是所有人都能像你一样。”

这下连肩膀都绷紧了。莉儿说：“人不一定要彼此伤害。”

“你错了，莉儿，他们会。父母、爱人、兄弟姐妹，随便你怎么挑。靠得越近，伤害越深。”

“嗯，有时是这样，当然。但说得像是自然法则一样，那是借口，弗朗科，你也知道。”

“让我浇一盆现实的冷水，让你清醒清醒。大部分人都抢着扭断对方脑袋，至于那群刻意不这么做的极少数变态，世界也不会放过他们，迟早让他们同流合污。”

“有时候，”奥莉薇亚冷冷地说，“我真希望你听听自己说了什么。你有没有发现，你讲话就像青少年一样？听太多莫里西了，只会自怨自艾。”

这是退场信号，她已经一手抓着门把，但我不想让她走开，想留她在温暖的厨房和我斗嘴。我说：“我只是根据经验说话。也许真的有人从来没下过重手，顶多在对方的热可可里加棉花糖，但我一个也没遇过。假如你见过，务必让我知道。我这个人心胸开阔，只要告诉我一个实例，一个就好，是不曾互相伤害的关系。”

其他事情我没有把握，但我永远有办法激她抬杠。“好吧，”她说，“行，就拿那个萝西来说吧。告诉我，她伤害过你吗？不是杀死她的凶手，是她本人，萝西。”

我和莉儿之间还有一个特色，就是最后永远是我不自量力。我说：“我想我这星期谈论萝西·戴利已经谈得够多了。假如你不介意，我们换个例子。”

莉儿说：“她没有离开你，弗朗科，自始至终。你迟早必须面对这一点。”

“让我猜猜，又是洁琪那个大嘴巴？”

“我不需要洁琪也晓得你被某个女人伤害过，起码你一直这么认为。老实说，从我们认识的那一天，我就知道了。”

“我实在不想戳破你的牛皮，莉儿，但你的心电感应今天不怎么牢靠。希望下回灵光点。”

“我也不需要心电感应。你去问问和你交往过的女人，我敢说她们一定知道自己只是第二位的，一个替代品，直到你真正的心上人回来为止。”

她本来想继续说，但硬是把话吞了回去。她眼神充满担忧，甚至惊诧，仿佛忽然发现这件事有多严重。

我说：“继续啊！把心里的话说出来，既然起了头，最好说完它。”

过了半晌，莉儿像是耸肩似的微微一动。“好吧，我当初让你搬走，这是原因之一。”

我哈哈大笑：“哦，是吗，好吧。所以之前那些该死的抱怨，嫌我工作太忙太少在家，那些都是什么，顾左右而言他？想让我自己去猜？”

“你知道我不是这个意思，你也很清楚我恨得要死，不晓得你说的‘八点见’到底是今晚还是下周二八点，还有每一回问你过得怎么样，答案永远是‘工作’，而且——”

“早知道我就在离婚协议里注明，以后再也不要有这种对话，何况萝西·戴利跟这些有什么——”

奥莉薇亚语气平淡，但却暗潮汹涌，猛烈得能将我推下椅子。“关系可大了。我早就知道所有的问题都归结到一点，就因为我不是她，不管这个女人是谁。她要是半夜三点打电话给你，问你怎么还没回家，你一定会接。我想更可能的是，你早就回家了。”

“萝西要是能三点打来，我就能打几百万通热线给我死后的来生，搬去巴贝多了。”

“你很清楚我的意思。你从来没有用过对待她的方式对我。有时候，弗朗科，有时候我觉得你故意排斥我，为了她对你做的事情而惩罚我，因为我不是她。你想逼我离开，这样等她回来，才不会发现有人取而代之，这就是我的感觉。”

我说：“让我换个方式说吧，甩掉我是因为你想。我不说我很意外，也不反驳是我自己活该，但我要说，萝丝·戴利跟这件事一点关系都没有，尤其你根本不晓得她的存在。”

“你错了，弗朗科，有关系，就是有。你和我结婚当时就已经抱定信念，这段婚姻不会维持太久。我过了很久才发现这点。当我一旦明白，结婚就没什么意义了。”

奥莉薇亚看起来那么美，又那么疲惫。她的肌肤开始苍老、变弱，厨房病恹恹的灯光突显了她的鱼尾纹。我想到萝西，想到她浑圆坚实、有如成熟蜜桃般的身体，但她只能拥有这样的完美，永远无法获得其他的美。我希望德莫能够了解，奥莉薇亚的皱纹有多么美丽。

我只想和她拌拌嘴，此刻却是山雨欲来，眼看就要大开杀戒，让我和她以前吵过的架黯然失色，像小孩子玩游戏。我生出的每一分愤怒都被卷入巨大的旋涡，我想到和她好好吵上一架，吵出点有意义的东西来，就觉得没心情。“听着，”我说，“我上楼去接荷莉。我要是再待着，只会继续乱发脾气，让我们大吵一架，破坏了你的心情和约会。我上周已经做过一次了，可不想让你抓到我的习惯。”

奥莉薇亚笑了，有点惊讶、憋不住气的笑。

“意外吧，”我说，“我不是彻头彻尾的混蛋。”

“我知道，我从来不觉得你是，”我怀疑地看她一眼，开始起身踏下高脚椅，但她拦住我说：“我去带她。她洗澡的时候，不想让你敲门。”

“什么？什么时候开始的？”

奥莉薇亚唇边浮起浅浅一笑，带着几分感伤。“她在长大，弗朗科。她现在只要衣服还没穿好，连我都不准进浴室。几周前，我打开房门想拿东西，结果她像女妖精一样大声尖叫，接着气冲冲地训了我一顿，说人需要隐私。你现在要是靠近她，我保证她一定会警告你。”

“我的天！”我说。我还记得荷莉两岁的时候，直接从浴室冲出来跳到我身上，全身光溜溜的和刚出生一样，泼得到处是水，我搔着她小巧的肋骨，逗得她咯咯笑。“赶快接荷莉下来，不然她连腋毛都生出来了。”

莉儿差点又笑了出来。我以前随时都能逗她笑，但以最近的表现来看，一个晚上两次算是纪录了。“我去去就来。”

“不用急，反正我没地方好去。”

离开厨房前，她对我说，语气几乎有点勉强：“咖啡机开着，想喝自己倒，你看起来很累。”说完她将房门关上，发出清脆的叩门声，叫我不要轻举妄动，免得德莫来了，我决定穿着四角内裤出去应门。我滑下高脚椅，弄了一杯双份浓缩咖啡。我很清楚莉儿刚才提出不少有趣的点，有些很重要，有两个非常讽刺，但全都可以等，等我想出该怎么处置天杀的谢伊，并且动手之后再说。

我听见楼上浴缸在放水，荷莉唧唧喳喳的，奥莉薇亚偶尔插上一句。我忽然好想，想得无法呼吸，好想冲上楼张开双臂抱住她们两个，就和从前的星期天下午一样，三个人跌跌撞撞地倒在我和莉儿的双人床上，压着声音偷笑，听德莫疯狂按着门铃，气得没了下巴，看他开着奥迪驶向夕阳，然后点一大堆外送食物，在家里窝掉整个周末，甚至下个礼拜。我差点就这么做了。

荷莉唧唧喳喳说了一会儿，才谈到最近发生的事情。晚餐时，她跟我聊嘻哈课，除了全程示范，还加上一堆兴奋得喘不过气的评论。接着她说起学校的功课，比平常少了很多抱怨，之后在沙发上缩着身子紧紧靠着我看《蒙塔纳》。她嘴里咬着一绺头发，她已经很久没这样做了，我知道她在思考。

我没有催她。一直到她上床盖好被子，我搂着她陪她喝完热牛奶，讲完了床边故事，她才说："爸爸。"

"你在想什么？"

"你要结婚吗？"

这小家伙在想什么？"没有，甜心，不可能。和你妈妈结婚已经够了，你怎么会想到这个？"

"你有女朋友吗？"

老妈，一定是她，可能是离了婚就不能到教堂再婚之类的。"没有，我上星期就跟你说过了，记得吗？"

荷莉想了一下。"那个死掉的萝西，"她说，"就是你在我出生之前认识的女生。"

"她怎么了？"

"她是你女朋友吗？"

"对，她是，我那时还不认识你妈妈。"

"你要和她结婚？"

"本来是这样打算的。"

荷莉眨眨眼。她的眉毛细得有如笔刷，这会儿紧靠在一起。她还在用力思考。"那你为什么没有？"

"我们还来不及走到那一步，萝西就死了。"

“但你说你根本不晓得她死了，最近才知道。”

“是啊，我以为她把我甩了。”

“你为什么不晓得？”

我说：“她有一天就突然消失了，留下一张字条说她要去英格兰。我发现那张字条，心想这表示她甩了我，结果是我搞错了。”

荷莉说：“爸爸。”

“怎么？”

“有人杀了她吗？”

荷莉穿着粉红和白色相间的花纹睡衣，我之前才帮她烫过。荷莉喜欢新烫的衣服。她让克拉拉趴在弯起来的膝盖上。床头灯光晕黄柔和，她看起来有如故事书里的水彩女孩那么永恒完美，但却吓坏我了。我真希望有人告诉我正确答案，甚至不要错得太离谱就好，我愿意牺牲一条手臂来交换。

我说：“应该是吧，因为是很久很久以前的事了，所以很难确定。”

荷莉看着克拉拉的眼睛陷入沉思，一绺头发再度回到她的嘴里。“假如我消失了，”她问，“你会觉得我跑走了吗？”

奥莉薇亚说她会做噩梦。我说：“我怎么想不重要，就算我认为你跳上宇宙飞船跑到别的星球去了，我也会去找你，不停地找，直到找到为止。”

荷莉长吁一声，我感觉她肩膀靠我更近一些，让我以为搞定了。但她说：“要是你和那个萝西结婚了，我不就根本不会出生了？”

我将头发从她嘴里拿出来，放回该在的位置，她的头发飘着婴儿洗发精的香味。“我也不晓得事情是怎么搞的，小乖，神秘得很。我只知道你就是你，而且我想你已经找到一种方式，不管我做什么，你都是你自己。”

荷莉身体更往被子里钻，用准备吵架的语气说：“星期日下午我要去奶奶家。”

她要去奶奶家，我还去和谢伊泡杯好茶开心聊聊呢。“呃，”我小心翼翼说，“这个我们再想想，看会不会影响其他的计划。有什么特别的理由吗？”

“多娜星期天都会去，只要等她老爸打完高尔夫球。她说奶奶会做很棒的晚餐，饭后还有苹果塔和冰淇淋。有时洁琪姑姑会帮小女生做好漂亮的头发，有时大家会一起看DVD。多娜、戴伦、艾舍丽和路意丝轮流挑片子，但卡梅尔姑姑说只要我在，就让我第一个挑。我以前都不能去，因为你不晓得我会去奶奶家，现在你知道了，我就可以去了。”

我心想，老妈是不是和老爸签了周日下午密约，还是直接在他午餐里塞了快乐丸，把他关进房里和地板作伴？“到时候再说吧。”

“有一次，谢伊伯伯带所有人到自行车店，让他们试骑自行车。凯文叔叔有时会带游戏机过去，而且他有很多的遥控器。可是奶奶会生气，因为他们跳来跳去，她说房子都快被他们弄垮了。”

我侧头好正眼看着荷莉，她抱着克拉拉抱得有点紧，但脸上不动声色。“小甜心，”我说，“你知道凯文叔叔星期天不会出现了，对吧？”

荷莉低头贴着克拉拉。“嗯，因为他死掉了。”

“是啊，亲爱的。”

她匆匆地斜瞄我一眼。“但我有时候会忘掉，就像莎拉今天跟我说了一个笑话，我很想告诉他，后来才想起来他已经死了。”

“我知道，我也是这样，你的脑袋需要时间调整，之后就不会了。”

她点点头，用手指梳着克拉拉的鬃毛。我说：“你也知道这个周末到奶奶家，大伙儿心情一定很糟糕，对吧？不会像多娜告诉你那样好玩的。”

“我知道，我想去因为我想在那里。”

“好，小乖，我们再看看。”

沉默。荷莉帮克拉拉的鬃毛扎了一个辫子仔细检查，接着说：“爸爸。”

“怎么？”

“我想起凯文叔叔的时候，偶尔不会哭。”

“没关系，小甜心，这很正常，我也是。”

“假如我很关心他，不是应该哭吗？”

我说：“小甜心，我想遇到这种情况，世界上没有规定一个人该怎么反应，你可能得自己慢慢去发觉。你偶尔会想哭，偶尔不会，偶尔会气他抛下你走了。但无论如何，你都要记得这些感觉很正常，脑袋里会有什么想法也一样很正常。”

“《美国偶像》里面的人讲到死掉的人都会哭。”

“是啊，但你不能忘了那是哪里，小甜心，那是电视节目。”

荷莉用力摇头，头发拂过了双颊。“爸爸，不对，那个不是电视，是真人。他们都会讲自己的故事，比如奶奶人很好，很相信他，但后来死了。他们都会哭，有时候连葆拉也会掉眼泪。”

“我想也是。但这不表示你也应该哭。每个人不一样，而且跟你说一个秘密：那些人常常是假装的，好让更多人投他们的票。”

荷莉仍然半信半疑。我记得自己头一回目睹死亡，是在我七岁的时候，新街有个远房亲戚心脏病发，老妈带着我们几个小鬼去守灵。过程和凯文的守灵式差不多，泪水、笑声、往事、堆积如山的三明治、整夜喝酒、唱歌、跳舞。

有人带了手风琴，还有人带了《马里欧·兰莎全集》。比起葆拉·阿巴杜和《美国偶像》，我得到的丧亲入门教学健康多了。这让我不禁想到，我是不是该带荷莉去参加凯文的守灵式才对，虽然那天有老爸闹场。

我一想到要和谢伊共处一室，却不能剁烂他，我的脑袋就一阵晕眩。我想到自己当年只是一个毛头小子，却为了萝西而光速成长。又想起老爸对我说过，男人应该知道自己愿意为了什么而死。*为你心爱的女人与小孩，做他们要你做的，即使比死还难。*

“这样吧，”我说，“星期天下午，我们一起去奶奶家，就算待一下也好。虽然我们会谈到凯文叔叔，但我向你保证，大家会用自己的方式面对。他们不会一直掉眼泪，要是你都没哭，也不要觉得自己做错了，你觉得这样有帮助吗？”

荷莉马上精神一振，甚至抬头看我，而不是盯着克拉拉。“嗯，可能吧。”

“唔，那么，”我的脊椎仿佛被冰水浇灌，但我必须像大人一样咬牙忍住。“我想就这么办吧。”

“真的吗？一定？”

“嗯，我现在就发短信给洁琪姑姑，要她转告你奶奶，说我们到时过去。”

荷莉说：“好。”接着又长叹一声，但这回我感觉她肩膀放松了。

“另外，假如你现在好好睡一觉，我敢说你醒来感觉会更好，睡觉啰。”

荷莉扭着身体躺好，让克拉拉抵着下巴。“帮我盖被子。”

我帮她盖上被子，刚刚好不会太紧。“今晚别做噩梦了，小乖，好吗？只准作好梦，这是命令。”

“好，”她眼睛已经眯上，缠着克拉拉鬃毛的手指也开始放松。“晚安，爸爸。”

“晚安，小甜心。”

我早该发现的。过去十五年，我和手下小伙子一次次死里逃生，靠的就是我从来不曾错过半点征兆。走进房间闻到刺鼻的烧纸味、电话闲聊对方语气里的兽性。我没注意凯文身上的征兆已经够糟了，疏忽荷莉身上的迹象更是千万个不应该。

我该看到的，看到征兆有如火光在玩偶四周闪烁，有如毒气充满那个舒服的小房间，不停告诉我：*危险！*

然而，我却离开床边，切掉大灯，移开荷莉的袋子免得遮住夜灯。她扬起脸庞，对我低声呢喃。我弯身亲吻她的额头，她更往被子里钻，发出一声满足的轻叹。我看着她看了好久，凝视她的浅发披垂在枕头上，睫毛在双颊留下针状的影子。之后，我轻轻离开卧房，将门关上。

Chapter 20 别再回来了

干过卧底的警察都知道，没有比上工前一天更特别的感觉。我想升空前倒计时的航天员也应该明白此理，还有等着跳伞的伞兵。光线变得耀眼夺目，硬得有如钻石，见到的每张脸都美得令人屏息。你的心灵澄澈如镜，每一秒都像平缓大地开展在你眼前，几个月来困扰着你的事情也豁然开朗。你可以痛饮整天却无比清醒，填字游戏就像小孩子玩的拼图一样简单。那一天感觉就像一百年。

我已经很久没接卧底了，但周六早晨醒来，我立刻认出那种感觉，在卧房天花板上的摇晃暗影中，还有我喝的最后一口咖啡里。当我和荷莉在凤凰公园放风筝，在家陪她写功课，一起用太多奶酪煮了太多通心粉，我心里的想法也徐徐就位，缓慢却沉稳。到了周日午后，我们两个坐上车越过丽妃河，我已经知道该怎么做。

忠诚之地感觉干净、纯洁，仿佛来自梦境，龟裂的圆石路上洋溢着明晰的柠檬光泽。荷莉握紧我的手。“怎么了，小乖？”我说，“你改变心意了？”

她摇摇头，我说：“你可以改变心意的，你知道。你只要开口，我们就立刻去挑一张精灵公主故事的DVD，买一桶比你小脑袋瓜还大的爆米花。”

她没有咯咯笑，甚至没抬头看我，而是将肩上的背包拉紧，扯了扯我的手。我们一起离开路边，迎向那一片诡异的淡金色光晕。

老妈拼了，努力想让那个下午尽善尽美。她狂烤东西，屋里所有表面堆满了方姜饼和水果塔，早早就叫大家全员到齐，还要谢伊、崔弗和加文出去买圣诞树，结果买回来的树太宽了，客厅根本摆不下。我和荷莉到的时候，广播正好在放平克·劳斯贝。卡梅尔的小孩站得整整齐齐，围着圣诞树挂装饰品，所有人分到一杯热腾腾的可可，就连老爸都被请到沙发上，毯子盖住膝盖，看起来好像很清醒，有家长的威严，感觉就像走进上世纪五十年代的广告一样。

然而，这么古怪的装模作样显然失败了。所有人神情疲惫，戴伦斜眼瞪人，我知道他快撑不下去了。但我晓得老妈用心良苦，只可惜她抗拒不了平常的老习惯，马上说我眼睛四周都是皱纹，一张脸像牛肚，顿时让我的感动烟消云散。

我无法不看谢伊，目光一直离不开他。他像轻微发烧似的躁动不安，脸庞泛红，双颊更加凹陷，眼里闪着危险的光芒。但真正吸引我的，是他在做的事。他手脚大开坐在扶手椅上，猛抖一脚膝盖，一边和崔弗聊高尔夫，两人谈得又快又投入。人都会变，但就我所知，谢伊厌恶高尔夫的程度只比他讨厌崔弗少一点，因此他这么做只有一个理由，就是走投无路。他状况很糟，我想这个发现应该会有用处。

我们狼狈地走过老妈的全套圣诞装饰——绝对不要批评妈妈的圣诞品位。我趁电台播放《圣诞宝贝》的时候，悄悄问荷莉："还可以吗？"

她潇洒地说："棒极了！"说完便回到那群表姐弟妹身边，让我没办法多问。这小孩对我们家的规矩倒是学得真快，我开始在心里盘算之后要怎么帮她还原。

等大伙儿的肚子都撑到警戒线，老妈心满意足之后，加文和崔弗便带着孩子去史密斯菲德的圣诞市集。"走点路把姜饼消化掉。"加文拍拍肚子说。

“别赖在姜饼头上，”老妈火了。“盖文·科格，你变胖可不是我的厨艺害的。”加文嘀咕几句，痛苦地看了洁琪一眼。他很有技巧，只是有点大意，他想让我们一家人在这个艰难时刻聚一聚。

卡梅尔帮孩子穿上外套、围巾与毛帽，荷莉直接站在多娜和艾舍丽之间，仿佛她也是卡梅尔的小孩。穿好之后，他们就出门了。我从客厅的窗子看着他们闹哄哄地走在街上，荷莉紧勾着多娜的手臂，两人就像一对连体婴，完全没有回头向我挥手。

家人是团聚了，却不像加文期望的那样。我们全都懒洋洋地坐在电视前，没有人开口，直到老妈从圣诞装饰的闪光中回过神来，将卡梅尔拖到厨房用保鲜膜处理剩下的糕点。我趁洁琪被抓去之前，悄悄跟她说：“出去抽根烟吧。”

她像个知道老妈会趁她落单甩她巴掌的小孩一样，忧心看着我。我说：“宝贝，有点大人的样子好不好？你越早克服……”

屋外寒冷、晴朗而平静，屋顶上的天空刚从浅浅的蓝白变成淡紫，洁琪依照惯例坐在最底下的台阶，两双长腿和紫色皮靴勾成三角形，伸出一只手说：“在你开口之前，先把烟给我，我的烟被加文拿走了。”

我帮她和自己各点了一根烟，接着用悦人的语气对她说：“你和奥莉薇亚到底在想什么？”

洁琪已经收紧下巴准备吵架了，看起来和荷莉一模一样，感觉很怪。“我想认识我们一家人对荷莉很好，我猜奥莉薇亚也这么想，而且我们没想错，不是吗？你难道没有看见她和多娜吗？”

“有，我看到了，她们两个在一起很可爱。我还看到她因为凯文的事伤心欲绝，哭到几乎不能呼吸，这就没那么可爱了。”

洁琪看着手上烟雾缭绕，在台阶飘散。她说：“我们也都心碎了，包括艾舍丽，她才六岁。这就是人生。你不是担心荷莉接触的现实不够多吗？这就是现实。”

这一点或许没错，但只要和荷莉有关，对错就不是重点。我说：“假如我的小孩需要额外的现实，宝贝，我会自己给她。就算有人想要代劳，起码也先知会我，这个要求对你来说不合理吗？”

洁琪说：“我是应该告诉你，这一点我难辞其咎。”

“那你为什么不说？”

“我对天发誓，我一直想说，可是……我起初以为没必要先说，反正不一定会成功。我想先带荷莉到家里一次，之后再告诉你，假如——”

“而我会发现这个主意太棒了，于是抓着两大束花跑回家，一束给老妈，一束给你，全家盛大庆祝，从此过着幸福快乐的生活，是这样吗？”

洁琪耸耸肩，两个肩头都快拱到耳朵了。

“这么做已经够卑鄙了，谁晓得更精彩的还在后头？你为什么改变主意？我光用说的下巴就会掉下来，你为什么继续瞒我，瞒了我整整一年？”

洁琪依然不敢看我，身体动了一下，仿佛被台阶刺到了。“我说出来，你别笑我。”

“相信我，洁琪，我现在没心情开玩笑。”

她说：“因为我很害怕，行了吧？所以我什么都没说。”

我愣了一下才确定她没有唬我。“哦，拜托，你他妈的以为我会怎么做？难不成把你打得要死不活？”

“我不是这个意思——”

“那是什么意思？你不能丢了一枚原子弹，然后躲起来。我这辈子什么时候让你感觉应该怕我？”

“废话，你看你现在的样子！那个表情，讲话像是恨透我一样。我不喜欢别人训我、吼我，对我发飙。从来不喜欢，你清楚得很。”

我来不及反应就脱口而出：“你把我弄得像老爸一样。”

“哦，不是，你理解错了，弗朗科。我知道你不是故意的。”

“最好是。别再挑战我了，洁琪。”

“我没有，我只是——只是没有胆子告诉你。这是我的错，不在你。对不起，真的，我真的很抱歉。”

楼上的窗户唰地打开，只见老妈探头出来：“洁琪·麦奇！你是想象希巴女王一样坐在那里等我和你姐姐是吧？等我们端着金盘子，把晚餐送到你面前是不是？”

我抬头大喊：“老妈，是我的错，是我把她拖到外面聊天的。我们等一下负责洗碗，可以吗？”

“哼，一回来就以为自己是家里的老大是吧？到处发号施令，擦银器、洗碗，连奶油都不会融化在他嘴里……”但她不想太刁难我，免得我抓着荷莉就走。她头缩回去，窗户砰地关上，但我还是可以听见她在碎碎念叨。

夜幕低垂，忠诚之地的灯火开始亮起。不只是我们家拼命装饰，荷恩家看起来就像有人用火箭筒打出来的圣诞世界，天花板挂满亮片、麋鹿和闪灯，墙上每一寸都贴满疯狂小精灵与眼睛水汪汪的天使，窗上用白色喷雾写着“圣诞快乐”。就连雅痞家庭也摆了一株很有格调的浅木圣诞树，加上应该是瑞典制的三个装饰品。

我想象自己每个周日傍晚回到这里，看忠诚之地以熟悉的方式递嬗更叠。春天，初领圣餐的小孩挨家挨户炫耀衣服，比赛谁的战利品多；夏天，风，冰淇淋车的叮当声，所有女孩都让乳沟出来透气；冬天，赞叹荷恩家的新麋鹿，一年又一年。心中的想象让我微微晕眩，仿佛喝得半醉或得了重感冒。老妈应该每周都能生出新的话题骂人。

“弗朗科，”洁琪试探地说，“没事了吗？”

我原本什么狠话都准备好了，但想到自己回到家园的怀抱，顿时失去了骂人的动力。“你走吧，我待会儿要是把他们赶出去，会把你家地址给他们。”

大门开了，是谢伊和卡梅尔。我之前就在心里打赌，谢伊闭上嘴巴能撑多久，更别说不抽烟了。“你们在聊什么？”他一屁股坐在台阶顶端，开口问道。

洁琪说：“荷莉。”

我说：“我刚才在训洁琪，骂她没告诉我就带荷莉过来。”

卡梅尔在我上头重重坐了下来。“哎唷！讨厌，台阶竟然变硬了，幸好我屁股够大，否则就受伤了……好了，弗朗科，别怪洁琪了。她只带荷莉过来一次，见见我们，但我们实在太爱她了，才会叫洁琪再带她来。她真是个小可爱，你一定很骄傲。”

我背靠扶手，顺着台阶伸长双脚，好同时看到他们三个。“我是很骄傲。”

谢伊摸着身体找烟。“我们竟然没有把她变成小野兽，真诡异，对吧？”

我快活地说：“我敢说你们不是没有努力过。”

卡梅尔说：“多娜吓坏了，以为再也见不到荷莉。”但她偷偷斜睨我一眼，让这句话变成了询问。

我说：“她没理由不来。”

“弗朗科！你是说真的？”

“当然，我可没笨到和九岁小女生为敌。”

“哦，那太好了。她们两个很要好，真的，要是荷莉不来，多娜一定会心碎。那么，这就表示……”她笨拙地揉了揉鼻子。我记得这个动作，感觉恍如隔世。“你也会回来啰？还是只让洁琪带荷莉来？”

我说：“我这会儿不是在这里吗？”

“啊，对哦，看到你真好。可是你……你要回家了吗？”

我仰头对她微笑：“我也很高兴见到你，小梅。对，我会待着。”

“我的乖乖，也该是时候了，”洁琪翻了翻白眼说，“你为什么不早个十五年决定，省了我一堆麻烦？”

“哦，太好了，”卡梅尔说，“真的太好了，弗朗科，我以为……”她又难为情地揩揩眼角，“也许是我大惊小怪，但我以为事情结束之后，你又会离开了，永远不再回来。”

我说：“没错，我本来也是这么打算，但我必须承认，撇掉这一切比我想象的还难。我想，就像你说的，回家真好。”

谢伊瞪着蓝色眼眸看着我，又是那专注而讳莫如深的眼神。我立刻回他一眼，露出灿烂的微笑。我不怕谢伊焦躁。他还不是很焦躁，还没，只是多了一点点不安，在这个已经够不自在的夜晚。我现在只想轻轻点他一下，让他心底明白，事情才刚开始而已。

我已经摆脱史帝芬，球王也快了。只要他们目光移向下一个案子，这件事就只剩我和谢伊了。以前如此，现在亦然。我可以像玩溜溜球一样逗他一整年，之后才让他明白我知道，接着再玩他一年，暗示他可能遭遇的各种有趣的下场，我有的是时间。

谢伊就没那么幸运了。人用不着喜欢自己的家人，甚至不必一起相处，也能彻底看穿他们。谢伊从小神经紧张，在这种成长环境成长就连神也会变成废物，又做过一堆让脑袋被梦魇纠缠的勾当，崩溃是迟早的事。许多人说我天赋异禀，擅长把人逼疯，不少人还认为这是赞美。然而，比起伤害家人的能力，伤害陌生人根本不算什么。我几乎敢肯定地说，只要付出时间和毅力，我绝对有办法让谢伊自己套上绳圈，将另一端绑在十六号的楼梯栏杆上，然后一跃而下。

谢伊仰头眯起眼睛，看荷恩一家在圣诞工厂般的公寓里走动。他对我说：“听你说得好像已经回来很久了一样。”

“哦，是吗？”

“听说你前两天去找伊美达·提尼。”

“我也有高档的朋友，和你一样。”

“你找伊美达做什么？聊天还是打炮？”

“哦，拜托，谢伊，少瞧不起我了，不是每个人品味都那么差，你懂我的意思吧？”我说着朝他眨了眨眼睛，只见他心中起疑，眼神闪过锐利的光芒。

“住嘴，你哦！”洁琪对我说，“别胡说。你又不是布拉德·皮特，难道没有人跟你说过？”

“你最近有看过伊美达吗？她本来就不怎么起眼，但现在那个样子，天哪。”

“我有朋友上过她，”谢伊说，“两年前。他跟我说他脱了她的内裤，乖乖，看起来就像现场看着脑袋中枪的ZZTop乐队一样。”

我哈哈大笑，洁琪气得尖声咒骂，但卡梅尔没有反应，我想她根本没有听到我们最后这段话。她手指翻折裙摆，恍神似的低头凝望地上。我说：“小梅，你还好吗？”

她吓了一跳，抬头说：“哦，还好，应该吧。我只是……你们也晓得，感觉很夸张，不是吗？”

我说：“是啊，没错。”

“我一直觉得只要抬头就会看到他，我说凯文。就在那里，谢伊下面。只要没看到，就会想他去哪里了。你们不会吗？”

我伸手摁了摁她的手，谢伊忽然粗鲁地说：“那蠢蛋。”

“你在不爽什么？”洁琪问，但谢伊只是摇摇头，吸了一口烟。

我说：“我也很想知道。”

卡梅尔说：“他没什么意思，对吧，谢伊？”

“你们自己想。”

我说：“你何不假装我们都是笨蛋，开示一下？”

“谁说我需要假装了？”

卡梅尔开始落泪，谢伊说——语气不凶，但听起来像是这星期讲过不知几百次了——“哦，小梅，拜托。”

“我忍不住嘛。我们难道不能好好相处，一次也好？在发生这么多事情之后？可怜的小凯死了，再也不会回来了。我们为什么还在这里相互厮杀？”

洁琪说：“哎，卡梅尔亲亲，我们只是斗嘴，不是认真的。”

“别把我算进去。”谢伊对她说。

我说：“我们是一家人，宝贝，家人都会这样。”

“这白痴说得没错，”谢伊说，“真难得。”

卡梅尔哭得更伤心了。“想想上星期五我们还坐在这里，我们五个……我快乐得都要飞上月球了，真的，完全没想到是最后一次，你们知道吗？我还以为才要开始。”

谢伊说：“我知道，但你可不可以振作一点？就当为了我，好吗？”

卡梅尔用指节揩去一滴泪水，却止不住哭泣。“原谅我，但萝西的事情之后，我就有预感坏事可能发生，你们难道都没感觉？可是我刻意不去想它，结果现在变成这样，你们觉得是报应吗？”

我们异口同声：“卡梅尔，拜托。”卡梅尔还想说什么，却被既像抽泣、又像哽咽的声音打断。

洁琪的下巴也在抽搐，这里眼看就要变成哭泣大会了。我说：“我告诉你们什么让我感觉最差，就是我上周六晚上不在这里，而他……”

我脑袋靠着扶手匆匆摇头，没有把话说完。“那是我们最后的机会，”我对着渐暗的天空说。“我应该来这里的。”

谢伊斜瞄我一眼，目光嘲讽，我知道他没有上当。但两姐妹睁大眼睛，咬着下唇充满同情。卡梅尔掏出手帕，让泪水稍等一会儿，现在有一个男人需要关心。“哦，弗朗科，”洁琪伸手拍拍我膝盖说，“谁晓得会发生这种事？”

“这不是重点，重点是我已经错过了他二十二年，却连最后几小时也没有把握。我只希望……”

我摇头摸出另一根烟，试了几次想把它点着。“算了，”我用力抽了两口烟，让声音平静下来，说，“快点，告诉我，跟我叙述那天晚上，我错过了什么？”

谢伊嗤之以鼻，立刻讨来两姐妹一起瞪他。“等一下，我想想，”洁琪说，“就是个傍晚，你懂我的意思吗？没什么特别的，对吧，卡梅尔？”

两姐妹看着彼此，努力思索。卡梅尔擤了擤鼻子，说：“我想凯文心情有点闷，你们不觉得吗？”

谢伊嫌恶地摇头，肩膀对着她们，让自己置身事外。洁琪说：“我觉得他没事，和加文一起陪孩子踢足球。”

“可是他抽了烟，吃完晚饭之后。凯文只有心情很差才会抽烟。”

果然。只要有老妈在，私下交谈就难上加难（凯文·麦奇，你们两个在嘀咕什么？既然那么有趣，我们也要听……）。凯文想找谢伊谈——被我置之不理之后，那个笨小子一定会这么做，想不出更机灵的点子——就得跟他在台阶抽烟。

小凯肯定手足无措，烟拿不好，结结巴巴说出让他心烦意乱的破碎事实。这一切慌乱只让谢伊好整以暇，哈哈大笑：“老天爷，兄弟，你真的相信是我杀了萝西·戴利？你完全搞错了，你想知道究竟怎么回事的话……”

他抬头匆匆瞄了窗户一眼，将香烟摁熄在台阶上。“但现在不行，没时间。我们晚点碰面，好吗？你得先离开再回来，不能直接到我公寓，否则老妈一定会想知道我们要干吗，酒吧到时也关了，但我可以和你约在十六号。不会很久的，我保证。”

假如我是谢伊，我就会这么做，就这么简单。凯文肯定不会喜欢再去十六号，尤其是深夜，但谢伊比他聪明，也比他急切多了，而凯文一向耳根子软。他绝对想不到应该害怕自己的亲哥哥，而且不是兄弟间的害怕，小凯天真得让我下颚发疼。

洁琪说：“我发誓，弗朗科，那天实在没什么，跟今天差不多，一样踢足球，之后吃晚饭，看一会儿电视……凯文很好，你真的不用自责。”

我问：“他有打电话吗？或者接电话？”

谢伊匆匆瞅我一眼，眯着眼睛打量我，但没有开口。卡梅尔说：“他和一个女孩不停发短信——艾玲，对吧？我叫他不要欺骗对方的感情，但他说我什么也不懂，现在和以前不一样了……他对我很凶，凶得很，我说他很闷就是这个意思。这是我最后一次看到他，结果……”她语气里带着一丝消沉与受伤，眼泪随时又要出来了。

“没别人了？”

两姐妹摇摇头。我说：“嗯。”

洁琪说：“怎么了，弗朗科？有什么差别吗？”

“光头神探出马啦，”谢伊对着金黄色的天空说，“看你怎么办，宝贝。”

我说：“这么说吧，关于萝西出了什么事，凯文又出了什么事，我听到一大堆说法，没有一个让我满意。”

洁琪说：“谁不是呢？”

卡梅尔一边用指甲戳破扶手上的油漆泡泡，一边说：“人生难免有意外，有时候事情就是错得离谱，没有规则也没有理由，你知道吗？”

“不，梅儿，我不知道。对我来说，这就跟别人塞给我的说法一模一样，全是狗臭屁的垃圾，根本配不上萝西或凯文。要我吞下去，我一点兴趣也没有。”

卡梅尔用斩钉截铁的沉重语气说：“什么说法都没用的，弗朗科，我们都心碎了，再好的解释也无法挽回这一点。你就不能放手吗？”

“就算我可以，很多人也不愿意，其中一个热门说法更指控我是头号坏蛋。你认为我应该置之不理吗？是你要我常常回来的，想清楚这代表什么。你要我每个星期天回到一个认为我是杀人凶手的地方？”

洁琪往上坐了一点，说：“我已经跟你说了，那只是闲扯，会过去的。”

我说：“好，假如我不是坏人，小凯也不是，那你告诉我，到底出了什么事？”

我们沉默良久。他们还没出现，我们就听见声音了。孩子闹哄哄地一起说话，低声吱吱喳喳，淹没在马路尽头的耀眼晚霞中。三角形的影子从光里浮现，男人高得像路灯，小孩彼此交融、闪动。荷莉高喊：“爸爸！”虽然我分不清哪个影子是她，依然举手挥舞。他们的影子在他们前方蹦蹦跳跳，在我们脚边留下神秘的图案。

“真好。”卡梅尔喃喃自语，深呼吸一口气，手指压着眼睛下方，让眼泪尽情宣泄。

“真好。”

我说：“下回有机会，你们把剩下的说完，告诉我上周日到底发生了什么。”

谢伊说：“后来没了，老妈、老爸和我上床睡觉，小凯和洁琪各自回家，”他将香烟扔出扶手，站起身来。“就这样。”

我们一回屋里，老妈立刻加强马力，惩罚我们刚才留她一个人操作可怕的机器。她对蔬菜狂下重手，以惊人的速度发号施令：“你，卡梅尔或者洁琪或者卡梅尔，随便，开始弄马铃薯。谢伊，把那个放在那里，不对，你白痴啊，那里。艾舍丽，亲爱的，帮奶奶擦一下桌子。还有弗朗科，你进去和你老爸说话，他回房去了，需要人陪。快去啊！”她用抹布甩了我脑袋一下，要我行动。

老妈说话的时候，荷莉正粘着我，拿着她在圣诞市集买的彩绘瓷器给我看，说她准备送给奥莉薇亚，同时详细描述她怎么遇到圣诞精灵。听见老妈对我下令，她立刻回到其他小孩身边，我感觉她很能审时度势。我也想学她，但老妈就是有办法念个不停，威力惊人，而且抹布已经再度对准我的方向，我只好逃之夭夭。

卧房比屋里其他地方冷，而且很安静。老爸躺在床上竖起枕头靠着，除了倾听房外的声音（或许吧），显然无所事事。他身旁的那一堆轻软的东西，从桃红装潢、须边摆饰到立灯沉抑的灯光，让他看来格格不入，显得更强壮、更野性。

你可以看出女孩子为什么会为他拼命，为了那轻斜的下巴、傲然突出的颧骨和始终闪着蓝光的眼眸。在那不值得信赖的灯光下，他仿佛还是当年的吉米·麦奇。

是他的手泄了底，简直一团糟。手指肿胀内弯，指甲又白又粗，仿佛已经开始腐坏，而且不停在床上扭动，不安地抽拔毛毯松脱的线头。房间弥漫着疾病、药物和脚臭味。

我说："老妈说你想聊聊。"

老爸说："拿烟来。"

他看起来似乎还很清醒，但我老爸一辈子都在努力锻炼自己的耐力，要让他形容憔悴没那么容易。我从老妈的梳妆台抓了椅子到床边，但没有太靠近。"我想老妈不准你在这里抽烟。"

"那个贱人，叫她去死吧。"

"真高兴你们感情还这么好。"

"你也去死吧，拿烟来。"

"不可能。你要气死老妈是你家的事，我可要继续当她的乖宝宝。"

老爸咧嘴笑了，但不是开心。"祝你好运，"他说。忽然间，他似乎完全醒了过来，更用力瞪着我的脸。"为什么？"

"为什么不？"

"你这辈子从来不在乎她开不开心。"

我耸耸肩说："我女儿很迷她奶奶，只要不让荷莉看到我们把对方撕成两半，就算我必须每周找一个下午咬牙巴结老妈，我也愿意。你要是好好求我，我连巴结你都肯，起码荷莉同在这个房间的时候。"

老爸笑了，背靠枕头笑得太用力，结果变成剧烈黏稠的咳嗽。他朝我挥手，气喘吁吁地指着梳妆台上的一盒面纸。我将面纸递给他，他呕了一声，将痰吐进面纸，朝垃圾桶扔去，不过没进。我没有去捡。可以说完话再去，他说："妈的！"

我说："想说明白一点吗？"

"你不会想听的。"

"没关系，死不了的。我什么时候喜欢过你嘴巴里吐出来的东西？"

老爸吃力地伸手到床头柜拿了水或什么的，慢悠悠地喝着。"你刚才说你女儿什么的，"喝完，他抹抹嘴说，"全是狗屁。她好得很，根本不在乎你和你老妈是不是处得来，你心里明白。你讨你老妈欢心是为了自己的理由。"

我说："老爸，人有时会尝试善待对方，不为任何理由。我知道你很难想象，但请你相信我，这是真的。"

老爸摇摇头，脸上又浮现冷笑。"除了你以外。"

"也许是，也许不是。我想你最好记得，你根本一点也不了解我。"

"没必要。我认识他就够了，我晓得你们兄弟俩就像豆荚里的两颗豆子，一模一样。"

我想他说的不是凯文。我说："我看不出来哪里像。"

"像得很，你们两个这辈子做事从来不管理由，除非必要，也从来不告诉别人原因。我根本没办法否认你们两个是我的孩子，完全没办法。"

他很乐。我知道应该闭嘴，然而实在忍不住。我说："我和这一家人没有半点相似，丝毫没有。我离开这个家，免得变成你们这样。我花了一辈子确定这件事。"

老爸眉毛一挑，满脸轻蔑。"你听听，我们现在配不上你了是吧？我们当初可是把你放在这个屋檐下照顾了二十年。"

"我还能说什么？免费虐待没什么好爽的。"

他又笑了，低沉凶恶得近乎咆哮。"是吗？起码我知道自己是混蛋。你觉得你不是？来啊，看着我的眼睛告诉我，说你看到我这样没有在心里暗自雀跃。"

"这不一样，这种事发生在你身上刚好，找不到更合适的人了。"

“看吧？我不成人样，你却幸灾乐祸。血亲就是血亲，小鬼，看得出来的。”

我说：“我这辈子没有打过女人，也没打过小孩。我女儿从来没看我喝醉过。我知道只有变态加混蛋才会觉得这很了不起，但我实在忍不住，因为这每一件事情都证明了我和你一点相似之处都没有。”

老爸看着我说：“所以你觉得你当老爸当得比我好。”

“我不是往脸上贴金，我看过不少流浪狗当老爸都比你当得好。”

“那你只要告诉我一件事就好：你既然那么了不起，而我们糟糕透顶，你干吗用那个孩子当借口，回来这里鬼混？”

我掉头就往门口走，背后传来一声：“给我坐下。”

他的声音又变回了老爸，饱满、有力而年轻。我还来不及反应，就已经被这声音掐住心里那个五岁小孩的咽喉，坐回椅子上，只好假装是我自己选择的。我说：“我以为我们讲得差不多了。”

发号施令让他精疲力竭。他身体前倾抓着被子，气喘如牛，上气不接下气说：“说完我自然会告诉你。”

“别忘了，而且要快。”

老爸将垫在背后的枕头拉高——我没帮忙，想到靠近他的脸就让我全身发麻——呼吸缓缓恢复正常。头上的天花板，有如赛车跑道的裂痕还在。我小时候清晨醒来，常常望着裂痕发呆，听凯文与谢伊呼吸、翻身和说梦话。金黄的夕阳余晖退去了，窗外，天空盘踞在后院上方，颜色转成深海般的冰蓝。

老爸说：“你听我说，我来日无多了。”

“这句话说给老妈听，她比较了解。”打从我有记忆起，老妈不知道在鬼门关前走了几回，几乎都和她胯下的神秘病痛有关。

“她会活得比我们都久，纯粹出于怨恨，我不敢说自己能撑到下回的圣诞。”

他一手按着胸膛往后躺，好博取同情。但从他说话的口吻，我晓得他刚才不只是有感而发。我说："你想怎么死？"

"你干吗在乎？我就算烧死，你也不会撒尿救我。"

"那倒是。我只是好奇，我不晓得做个混蛋原来会致命。"

老爸说："我的背越来越糟，腿有一半时间根本没有感觉。前两天早上，光是穿内裤就摔了两次，双脚完全不听使唤。医生说我夏天之前就得坐轮椅了。"

我说："让我胡乱猜一下，医生会不会正巧也跟你说了，你的'背'可以好转，起码不会变糟，只要你停止喝酒？"

他面目纠结，写满嫌恶。"那个小鬼头只会让人生病。他最好放开老妈的奶头，好好喝上一杯，几杯酒伤不了人的。"

"几杯啤酒，不是伏特加。既然喝酒这么好，那你怎么会死？"

老爸说："残废的男人不值得活。一个人关在家里，让人帮你擦屁股，被人抬进抬出浴室，老子我不搞这套。与其如此，我宁可死了。"

这一回，他的自怜依然藏着几分认真。也许因为赡养院不会有迷你吧，但我同意他的论点，宁可死也不要包尿布。"怎么做？"

"我自有计划。"

我说："有一点我一直搞不懂，你到底求我什么？假如是同情，很抱歉我没有。假如想找人帮你一把，我敢说排队的人多得是。"

"你这个蠢材，我才没有求你什么。我只是跟你说一件重要的事，你要是肯闭上嘴巴听久一点就会明白。还是你太喜欢自己的声音了？"

我承认（这可能是我这辈子承认过最难堪的一件事），那一刻，我内心深处真的以为他或许有话要说。他是我老爸。小时候，在我发现他是世界超级烂货之前，我一直觉得他是世上最聪明的人，什么事都知道，可以一手撂倒绿巨人浩克，一手用二头肌吊起几架平台钢琴，他的微笑可以让人一天心情愉快。假如你要我挑一天洗耳恭听难得的父亲智慧，绝对是那一晚。

我说：“我在听。”

老爸挣扎身子，在床上稍微坐高一点说：“是男人就应该懂得何时放手。”

我等他继续，但他只是专注望着我，仿佛期待我说些什么。看来这就是他想启发我的道理，没别的了。我真想揍自己一拳，竟然傻到这个地步。“很好，”我说，“非常感谢，我会记在心里。”

我又想起身走人，但他伸出变形的手一把攫住我的手腕，动作又快又强，远超过我的想像。碰到他的皮肤让我寒毛直竖。“坐着听好，你这小子。我想说的是，我这辈子遇到一大堆狗屁事情，从来没想过放弃。我不软弱，但只要有人帮我包尿布，我绝对自我了结，因为到了那个地步，反抗也赢不了什么。人要晓得应该反抗什么，不应该反抗什么，你明白我的意思吗？”

我说：“我想问一件事，你干吗突然关心起我的处事态度来了？”

我以为老爸会立刻反击，结果没有。他松开我的手腕，按摩手指关节，仿佛检查别人东西似的看着自己的手。他说：“听不听随便，我又没办法强迫你。假如你问我人生有什么遗憾，那就是太晚发现这一点。要是早点知道，我就不会造成这么多伤害，不管对我自己或身边的人。”

这回轮我哈哈大笑。“啧，奇迹啊，我刚才是不是听到你承认有些事情的责任在你？你果然快死了。”

“他妈的别嘲弄我。你们都长大了，就算人生搞得一场糊涂，那也是你们的错，和我无关。”

“那你到底在说什么？”

“我只是要说，五十年前有些事出了差错，一直缠着我，现在该结束了。我当初要是聪明点，早早将事情放下，一切就会大大不同，变得更好。”

我说：“你是说泰瑞莎·欧伯恩的事？”

“妈的，她不关你的事。还有，泰瑞莎是你叫的吗？我想说的是，没有必要让你老妈再伤心难过一次，你到底听懂没有？”

他的蓝色眼眸燃着急切的火光，塞满我无法揭开的秘密。其中有新的柔情，我这辈子从来不曾见过老爸担心伤了谁，这份温柔告诉我，房里有某样巨大而危险的事物正在蠢动。过了很久，我说：“我不晓得。”

“那就等你确定再说，确定之前别做傻事。我了解我儿子，向来明白。我知道你来一定有你的理由，但在你搞清楚到底想要什么之前，别把那些理由带进这间屋子。”

房外，老妈不知怎么发起火来，洁琪低声安抚她。我说：“我倒是很想知道你脑袋里到底在想什么。”

“我已经快死了，只是想在离开前把一些事做好。我叫你放手，我们不需要你来这里惹麻烦，回去做你本来在做的事，别管我们。”

我忍不住脱口而出：“爸。”

老爸忽然垮了，形容枯槁有如湿掉的纸板。他说：“我已经看够你了，出去跟你老妈说我要喝茶。还有，叫她泡得有味道一点，别像早上那杯，稀得跟尿一样。”

我懒得和他吵。我只想抓着荷莉一块儿离开家里，走得远远的。我们不吃晚饭，老妈肯定会爆掉一根血管，但我已经把谢伊的笼子摇晃一个星期，却严重低估了这一家人的忍耐力。我甚至开始思考，回奥莉薇亚家之前要在哪里稍作停留，填饱荷莉的肚子，望着她的脸庞直到我心跳恢复正常。我站在门口说：“下周见。”

“我说了，回家去，别再来了。”

他没有转头看我离开。我留他一人在房里，靠回枕头凝视变暗的窗户，用变形的手指不时扯动松脱的线头。

老妈在厨房里，拿刀猛戳煮到一半的肉块，对着卡梅尔数落戴伦的打扮（“……穿得像个变态，一辈子也找不到工作。别说我没警告你，你最好带他出去，用力踹他几下屁股，帮他买一条像样的斜纹裤……”）。洁琪、加文和卡梅尔的小孩守在电视机前如痴如醉，看没穿上衣的男人吃着插满天线乱动的东西，看得嘴巴大开。荷莉不在，还有谢伊。

Chapter 21 多少恨，当年事

我说：“荷莉呢？”

几个电视迷完全不管我的语气正不正常，他们连头都没有转，老妈从厨房大喊：“她拉谢伊伯伯上楼教她写数学作业了——你要是上去，弗朗科，跟他们两个说晚餐再半小时会好，不下来就别想吃……卡梅儿·欧瑞利，你给我过来，听到没有！他大白天穿得跟吸血鬼一样，有谁会准他参加毕业考——”

我飞奔上楼，仿佛身体没有重量，感觉却像爬了一百万年。我听见荷莉的声音从高处传来，吱吱喳喳地不晓得在讲什么，语气甜蜜、开心又忘我。我一口气冲上楼梯顶端，跑到谢伊公寓外，正准备用肩膀将门撞开，却听见荷莉说：“萝西很漂亮吗？”

我猛踩煞车，差点像卡通角色一样整张脸撞扁在门上。谢伊说：“她很漂亮。”

“比我妈妈漂亮吗？”

“我不认识你妈妈，记得吗？不过如果跟你比，我会说萝西几乎和你一样漂亮，虽然比不上，但差不多。”

我可以想见荷莉嘴角的微笑。他们两个感觉很轻松，怡然自得，就像伯

伯和他最好的侄女一样。谢伊这个不要脸的混蛋，他似乎真的很平静。

荷莉说：“我爸爸本来要和她结婚。”

“可能吧。”

“他是。”

“可是没有结成。来吧，我们再试一次：塔拉有一百八十五条金鱼，每七只装进一个金鱼缸里，她需要几个金鱼缸？”

“他没有结成，因为萝西死了。她写了字条给她爸爸和妈妈，跟他们说她要跟我爸爸去英格兰，结果有人杀了她。”

“这已经是很久以前的事了。别改变话题，金鱼可不会自己进鱼缸里。”

荷莉咯咯笑，接着安静了很久，专心计算除法，谢伊在一旁胡乱嘀咕鼓励她。我靠着门边的墙，让自己呼吸平复，脑袋恢复运转。

我全身肌肉都想冲进房里，抓住我的女儿。但谢伊没有彻底抓狂（起码现在还没），荷莉没有危险。不只如此，她还试着让谢伊聊起萝西。我知道荷莉只要执著起来，地球上没有几个人比得上她，我就有过惨痛的经验。不管她从谢伊口中套出什么，对我都有用处。

荷莉得意洋洋地说：“二十七个！而且最后一个金鱼缸只有三只鱼。”

“没错，做得好。”

“有人不想让萝西和我爸爸结婚，所以杀了她吗？”

沉默片刻。“他是这么说的吗？”

那个乌龟王八蛋。我一手紧握楼梯扶手，用力得手掌发痛。荷莉用不在乎的语气说：“我没问他。”

“没有人知道萝西·戴利怎么死的，现在再查也太迟了。事情发生了就是发生了。”

荷莉马上用九岁小孩依然有的、令人心疼的绝对信心说：“我爸爸会查出来的。”

谢伊说：“哦，是吗？”

“对，他这么说。”

“呃。”谢伊说（说句公道话，他语气里几乎听不出半点尖酸），“当然，你老爸是警察，一定会这么想。现在来看这一题：戴斯蒙有三百四十二颗糖果，想分给自己和八个朋友，他们每个人可以分到几颗？”

“书上出现‘糖果’的时候，我们就要改成‘水果’，因为糖果对我们不好。我觉得这么做很笨，那些糖果又不是真的。”

“是很笨没错，但总数没有变。那么，每个人分到几个水果？”

铅笔规律地刮擦纸面——竖耳倾听一段时间，我已经听得见公寓里最轻微的声响，甚至听得见他们眨眼。荷莉说：“那凯文叔叔呢？”

谢伊又是沉默片刻才说：“他怎么样？”

“有人杀了他吗？”

谢伊说：“凯文，”语气里夹缠了太多东西，我从来没有听过。“没有，没有人杀了凯文。”

“真的吗？”

“你爸爸怎么说？”

又是不在乎的语气。“我已经跟你说了，我没有问他。他不喜欢聊凯文叔叔，所以我才想问你。”

“凯文，天哪，”谢伊笑了，笑得有点冷酷与失落。他说：“也许你年纪够大，可以听得懂，我不知道，不然只好记下来，到你能懂的时候。凯文是个孩子，从来没有长大过。都三十六岁了，还认为世界会照他想的方式运转，压根没想过世界可能有它自己的规矩，无论他喜不喜欢。所以，凯文有一天晚上晃到废弃的房子，因为他觉得一定不会有事，结果却摔到窗子外面去了，就这么简单。”

我感觉扶手被我握得扭曲断裂，谢伊语气里的决然表示他会终生坚持这个说法，甚至相信这就是事实。虽然我想不至于，但假以时日，或许他有一天真的会这么相信。

“什么是废弃？”

“破坏了，毁损了，很危险。”

荷莉沉吟片刻，说：“他还是不应该死掉。”

“是啊，”谢伊说，但口吻不再热烈，忽然显得精疲力竭。“他不应该死的，没有人希望他死。”

“但有人希望萝西死，对吧？”

“连她也不是，有时事情就是发生了。”

荷莉傲然说：“假如我爸爸和她结婚，就不会和我妈妈结婚，就不会有我，我很高兴她死了。”

走廊灯光的定时器喀嚓一声，大得有如枪响。我根本不记得刚才上楼有按它。我独自站在空荡荡的漆黑里，心跳狂飙。我忽然想到，我没有跟荷莉说过萝西的字条是写给谁的，她一定亲眼看过。

紧接着，我恍然大悟，荷莉明明可以和表兄姐玩，上演可爱感人的亲情戏码，为什么还是带了数学作业来。她需要作业当借口和谢伊独处。

荷莉计划了每一步。她大踏步走进这间屋子，走向我家陷阱处处的秘密与足以致命的狡诈本领。这些都是生来就属于她的东西，而荷莉走了进来，伸手放在上头，将一切据为已有。

血亲就是血亲，我父亲的声音在我耳边淡淡响起，接着是刺耳又幸灾乐祸的：*你以为你当老爸当得比我好？*我发觉自己根本没有资格指责奥莉薇亚和洁琪，说她们把事情搞砸了，还讲得义正词严。她们做什么都没有用，不管在哪一个时间点上，都救不了我们所有人。全是我的错。我真想像狼人一样对月嗥叫，咬破手腕的血管，将血缘所招致的一切从我体内抽干。

谢伊说：“别这么说，她已经离开了。忘了她，让她安息，继续做你的数学作业。”

铅笔轻轻滑过纸面。“四十二？”

“不对，从头开始，你不够专心。”

荷莉说：“谢伊伯伯？”

“嗯？”

“还有那一次呢？我在这里，你电话响了，你走到卧房去接。”

我听得出来她准备让好戏上场了。或许谢伊也是，因为他语气里开始出现一丝提防。“怎么了？”他说。

“我铅笔折断了，但找不到小刀，因为美术课的时候，克柔依借走了。我等了好久，但你一直在讲电话。”

谢伊说，声音非常轻柔：“所以你怎么做？”

“我只好另外找一支铅笔，在那边的柜子。”

漫长的沉默。四周只剩楼下电视里一个女人歇斯底里说个不停，隔着厚墙、厚地毯和高高的天花板含糊不清。谢伊说：“结果你看到了某样东西。”

荷莉低低说，声音几不可闻：“对不起。”

我差一点就破门而入，但有两件事将我拦了下来。首先是荷莉才九岁，她相信世界上有精灵，有没有圣诞老人不是很确定，而几个月前她才跟我说，小时候飞马经常载她从卧房窗户飞出去。她找到的东西要能当成强有力的证据，也就是假如哪一天我希望别人相信她说的话，我必须有所佐证。我必须听谢伊亲口说。其次，眼前也没必要杀进去，为了从大坏蛋手中救出小女孩，弄得子弹齐飞。我看着门底下透出的亮光，仔细谛听，仿佛来自一百万公里之外或一万年以后的世界。我很清楚奥莉薇亚会怎么想，任何正常人会怎么看，但我依然一动不动，让荷莉替我完成最龌龊的任务。我做过许多惊险的事，没有一件让我夜里失眠，只有这件不同。对我来说，假如真有地狱，就是我伫立在漆黑走廊的那一刻。

谢伊仿佛喘不过气来，说：“你有跟任何人说过吗？”

“没有，我根本不晓得它是什么，直到两天前才想出来。”

“荷莉，亲爱的，你听我说，你能保守秘密吗？”

荷莉用听来充满骄傲的语气说："我早就看过它了，好几个月、好几个月以前，可是我什么都没说。"

"没错，你没说，真是好女孩。"

"是吧？"

"嗯，我知道了。那你现在能继续吗？只有自己知道，不告诉别人？"

沉默。

谢伊说："荷莉，假如你跟别人说了，你觉得会发生什么？"

"你会有麻烦。"

"也许吧。我没做什么坏事——你听到了没有？——但很多人不会相信我，我可能会坐牢，你希望那样吗？"

荷莉的声音沉了下去，闷闷朝着地板："不希望。"

"我想也是。即使我没有坐牢，事情又会怎么样？你觉得你爸爸会怎么说？"

不确定的喘息，小女孩迷惑了。"他会很生气？"

"他会大发脾气，气你和气我，因为我们没有跟他说。他再也不会准你来这里，不会再让你看到我们任何人，你奶奶、我，还有多娜。他一定会想尽办法，不会让你妈妈和洁琪姑姑再瞒他一次的。"沉默几秒，让荷莉听进去。"还有呢？"

"奶奶，她会很难过。"

"奶奶，还有你两个姑姑，还有你的表哥、表姐和表妹。他们都会心碎，不知道怎么办。有些人甚至不会相信你，到时就是一场大战。"又是故意沉默。"荷莉，小乖，这是你想要的吗？"

"不是……"

"当然不是，你希望每个星期天都能过来，和我们大家享受美好的下午对吧？你希望奶奶能帮你做海绵蛋糕庆生，就像她替路意丝做的那样，也希望等你手掌够大，戴伦会教你弹吉他，"这段话飘向荷莉心中，轻柔诱人，揽着她将她拉近。“你希望大家团聚在一起，一起去散步、做晚饭、说说笑笑，不是吗？”

“嗯，就像正常的一家人。”

“对啊，而正常的一家人会彼此照顾，家人就应该这样。”

荷莉就像麦奇家的小孩，做了最自然的选择。尽管只是短短一句，话语间却带着新的确定：“我不会告诉任何人。”

“连你爸爸也不说？”

“对，连他也不说。”

“乖女孩，”谢伊说，语气无比温柔舒缓，让我眼前的黑暗火红沸腾。“小乖，你是我最心爱的小侄女了，对吧？”

“嗯。”

“这是我们的特别秘密，你可以向我保证吗？”

我心里想着哪些方法可以杀人不留证据。就在荷莉做下承诺之前，我深呼吸一口气，接着将门推开。

屋子里很动人。谢伊的公寓干净空旷，简直和军营一样整齐。地板老旧，橄榄绿窗帘褪色变淡，家具既不成套，也没有特色，白墙上空无一物。洁琪跟我说他在这里住了十六年，自从费尔兹太太那个疯老太婆死了，公寓空出来之后便住进来，但感觉依然像是暂住而已，两小时之内就可以打包离开，不留下任何痕迹。

他和荷莉坐在小木桌旁，课本摊在两人面前，看起来就像古老画作里的人物。阁楼里一对父女，随便你挑哪一个世纪，两人完全沉浸在神秘故事里。高高的灯洒出一池亮黄，将单调房间里的他们照耀得有如珠宝般璀璨。荷莉金发，穿着红宝石色羊毛衫，谢伊身上是深绿套头衫，头发闪着黑蓝色的光芒。他在桌下放了一张踏脚凳，让荷莉的脚不会悬空，看起来是房里最新的东西。

美好的画面只持续了一秒，接着两人就像偷抽大麻烟被逮到的青少年一样，吓得跳了起来。荷莉和谢伊就像彼此的倒影，两双蓝色眼眸同样闪着惊慌。荷莉说：“我们在算数学！谢伊伯伯在帮我！”

她满脸通红，正常得很，我还以为她已经变成冷血间谍了呢。我说：“嗯，你有跟我说过。做得怎么样？”

“还好。”她匆匆瞄了谢伊一眼，但他紧盯着我，面无表情。

“很好，”我走到他们背后，随意看了几眼。“看起来很不错，很好。你跟伯伯说谢谢了吗？”

“说了，说了好多次。”

我眉毛一挑看着谢伊，他说：“对，她说了。”

“嗯，这样真好，我最喜欢有礼貌的人了。”

荷莉紧张得简直坐不住椅子。“爸爸……”

我说：“荷莉甜心，你下楼到奶奶那儿把数学作业写完。假如奶奶问我和谢伊伯伯跑去哪里，就跟她说我们在楼上聊天，很快就会下去了，好吗？”

“好，”她开始将东西慢慢收进书包，“我不用跟她说其他事情，对吧？”

她可能对着我讲话，也可能是谢伊。我说：“没错，我知道你不会，亲爱的。我和你晚点再聊，现在先下去吧，快。”

荷莉收拾完毕，再次来回看了我和谢伊一眼。她脸上错综复杂的表情，绞尽脑汁想要解决大人都无法解决的难题，让我看得只想打断谢伊的膝盖。她起身离开，从我面前走过，肩膀顶了顶我的身侧。我好想将她紧紧抱在怀里，但我只是伸手摸摸她柔软的头发，轻轻捏她的颈背一下。我们听她快跑下楼，踩着厚地毯有如轻盈的精灵，老妈家里传来热烈迎接她的声音。

我关上房门说：“我还在想她的除法怎么会突飞猛进了呢？很好笑，对吧？”

谢伊说：“她不笨，只是需要有人帮她一把。”

“嗯，我知道，但你却主动帮忙。我想你听了应该很高兴，我真的非常感谢，”我将荷莉之前坐的椅子拉到亮黄的灯光之外，谢伊够不着的地方，然后坐了下来。“你这地方挺不错的。”

“谢了。”

“我记得费尔兹太太在墙上贴满圣比奥的肖像，房里都是丁香精油的臭味。老实说，你随便弄也不可能比之前糟。”

谢伊缓缓靠回椅子，仿佛悠闲自在，但肩膀肌肉却像准备跳跃的老虎紧绷着。“刚才是谁说到礼貌的？我看你需要来杯酒。威士忌，可以吗？”

“有何不可，正好当开胃酒。”

他椅子一斜，伸手到餐具橱里拿了酒和两只酒杯出来。“要冰块吗？”

“拿吧，既然要喝就照规矩来。”

想到放我一个人在房里，他眼中闪过一丝戒慎，但已经骑虎难下。谢伊拿着杯子走进厨房，我听见开冰箱、放入冰块的声音。威士忌是好货，纯麦蒂尔康奈。“你品位不错。”我说。“怎么，你很意外？”谢伊摇着冰块让杯子变凉，一边说，“别跟我说你要加水。”

“少瞧不起我。”

“很好，想加水的人不配喝这种酒，”他倒了两杯酒，各三指高，一杯放在桌上推到我面前，举起另一杯说：“干杯！”

我说：“敬我们。”同时和他互碰酒杯。金黄的威士忌尝起来热辣辣的，带着大麦和蜂蜜味，气愤的感觉瞬间从我体内蒸发。我又变得像平常一样冷静自制、蓄势待发。全世界只剩我们两人，隔着摇晃的桌子彼此对望，耀眼灯光在谢伊脸上留下迷彩般的图案，暗影堆积在每一个角落。感觉非常熟悉，熟悉到令人放松，仿佛我们已经为了此刻排演了一辈子。

“那么，”谢伊说，“回家是什么感觉？”

“棒极了，就算拿全世界来交换，我也不要。”

“告诉我，你是真的打算以后常回来，或只是安抚卡梅尔而已？”

我朝他咧嘴微笑：“我会这么做吗？我当然是认真的。你觉得开心或兴奋吗？”

谢伊扬起一边嘴角说：“卡梅尔和洁琪认为你是因为想家才回来，她们很吃惊，非常意外。”

“我真受伤，你是说我不在乎家人吗？也许对你如此，但我很在乎其他人。”

谢伊对着杯子微笑。“是啊，你回来什么企图都没有。”

“让我告诉你一点：谁做事都会有企图。不过你的小脑袋别担心，不管有没有企图，我都会经常回来，让卡梅尔和洁琪开心。”

“很好，记得提醒我教你怎么陪老爸上厕所。”

我说：“因为你明年不常在家，有自行车店那些事要忙。”

谢伊眼眸深处闪过某种神色。“嗯，是啊。”

我向他举杯：“干得好，我猜你一定迫不及待了。”

“是我挣来的。”

“当然，那还用说。不过有一件事：我会常来，但不表示我会搬回家住。”我朝公寓兴味盎然地打量一圈说，“有些人生活比较精彩，你懂我的意思吧？”

又是眼神一闪，但他依然语气平淡：“我没有要你搬家。”

我耸耸肩说：“唔，总是得有人待在家里。也许你不晓得，但老爸……他不怎么喜欢住赡养院。”

“这我也没问你的意见。”

“当然没有，只是提醒你：老爸跟我说他已经想好应变计划。假如我是你，我会开始算算他手上的药。”

这回他眼里的火光燃起来了。“等等，你现在是交代我对老爸的义务吗？凭你？”

“老天，不是，我只是转告消息。我可不希望到时出了差错，让你悔恨终生。”

“悔恨什么？你想数药丸自己去数，我这辈子都在照顾你们几个，以后再也别说什么轮到我。”

我说：“你知道吗？我劝你最好早点放弃这个想法，别老以为自己是黄金战士，从小到大保护我们。别误会，旁边看是很有趣，但幻觉和妄想只有一线之隔，而你一直在这条线的两端摇摆。”

谢伊摇摇头。“你根本不晓得，”他说，“他妈的一点概念都没有。”

我说：“是吗？我和凯文前两天稍微聊过，聊你怎么照顾我们。结果你猜？我说的是凯文当年的印象，不是我的。他只记得你把我们关在十六号地下室。小凯当时几岁？两岁，还是三岁？二十年后，他还是不喜欢去那里。对啦，他那晚真是被照顾到了。”

谢伊猛然后仰，同时哈哈大笑，椅子颤巍巍地歪斜着。灯光将他的双眼与嘴巴变成奇形怪状的暗影。他说：“那天晚上，老天爷，对哦，你想知道那天晚上发生了什么事吗？”

“凯文尿裤子，差点精神分裂，我拼命扳动窗户的木板想逃出去，双手磨得稀巴烂，这就是那天晚上发生的事。”

谢伊说：“老爸那天被开除了。”

我们小时候，老爸三天两头被开除，后来几乎连雇用他的人都没有。家里没有人喜欢那些日子，尤其当他提前一周拿到工资，表示即将被开除的时候。

谢伊说：“时间晚了，老爸还没回家，所以老妈要我们上床。我们四个那时还都睡后面卧房的床，洁琪出生之后，两个女生才睡到另一间去。老妈破口大骂，说她这回绝对要把门锁了，让他睡臭水沟，那里最适合他。她希望他被人痛打，被车辗过，还被关进牢里。凯文哭着找爸爸，谁晓得为什么，老妈警告他要是再不闭嘴乖乖睡觉，老爸就永远不会回来。我问那我们怎么办，老妈说：‘那你就变成一家之主，必须照顾我们，你最好表现得比那个混球好一点。’小凯当时两岁的话，我是几岁？八岁吗？”

我说：“我怎么晓得你会变成殉道者？”

“说完老妈就走了。‘晚安，孩子们。’到了深夜几点，我不晓得，老爸回家了。他破门而入，我和卡梅尔跑到客厅，发现他正拿着婚礼瓷器往墙上丢，一次砸一个。老妈满脸是血，尖叫要他住手，把世界上所有的脏话骂过一遍。卡梅尔跑去抓住他，被他一掌打到房间对面。他开始大声咆哮，说我们这群天杀的小鬼毁了他一生，他应该像小猫一样把我们淹死，割断我们喉咙，重拾自由之身。相信我，他是认真的。”

谢伊又倒了三公分高的威士忌，朝我挥舞酒瓶。我摇摇头。

“随你吧。他冲到卧房想把我们四个全都宰了，老妈扑上去抓住他，尖叫着要我带小孩离开。我是一家之主，对吧？所以我把你挖起来，说我们得走了。你拼命嘀咕抱怨：‘为什么？我不要，你又不是我老板……’我知道老妈抵挡不了老爸太久，所以只好甩你一巴掌，将小凯挟在腋下，抓着你T恤领口把你拖出家门。你想我能带你们去哪里？最近的警察局吗？”

“我们有邻居，老实说有他们一堆狗屁邻居。”

谢伊整张脸燃起熊熊的厌恶。“是啊，把家务事摊在忠诚之地面前，让邻居有可以讲一辈子的精彩八卦，这就是你会做的事？”他灌了一大口酒，脑袋一颤，脸庞扭曲，将酒气压下去。“说不定你真的会。但是我，我会丢脸一辈子。即使我才八岁，仍然有自尊心。”

“我八岁也和你一样，但我现在长大了，实在看不出来将自己的弟弟关在死亡陷阱里有什么值得骄傲的。”

“那是我能为你们做的最好的选择。你和凯文觉得那天过得很惨？你们只是待在一个地方等老爸昏倒，我来放你们出去。假如可以，我愿意用一切和你们交换，躲在舒服安全的地下室。但没办法，我非得回家不可。”

我说：“那别忘了把你的心理治疗账单寄给我，可以了吧？这就是你要的？”

“妈的，我才不需要你同情。我只是告诉你，别指望我会良心不安，只因为你们以前在漆黑的地方待过几分钟。”

我说：“别跟我说这就是你杀死两个人的理由。”

屋里安静了很久，之后他说：“你在门边听了多久？”

我说：“我根本不需要听。”

过了半晌，他说：“荷莉跟你说了什么？”

我没有回答。

“而你相信她。”

“嘿，她是我女儿，想说我耳根子软随便你。”

他摇头说：“我可没这么说，我只是说她还是个孩子。”

“这不表示她很笨，或者会说谎。”

“当然，但倒是代表她很会幻想。”

我受过各种侮辱，从我的男子气概到我母亲的私处都有，但我从来不为所动，连眼睛都不眨。然而，谢伊暗示我会因为他的话而不相信荷莉，却让我血压再度升高。在他还没发觉这点之前，我说：“别搞错了，我不需要荷莉告诉我任何事。我很清楚你对凯文和萝西干了什么，很久以前就知道了，比你想的早多了。”

过了一会儿，谢伊再度倾斜椅子，伸手到厨具柜里拿了一包烟和一个烟灰缸。他也没让荷莉知道他抽烟。他慢慢拆开包装纸，在桌上轻敲烟尾巴，将烟点上。他在思考，重新整理思绪，在心里退后几步，仔细打量新的态势。

后来，他说：“你有三件不同的东西：你知道的、你认为你知道的和你能利用的。”

“真不是盖的，福尔摩斯。所以呢？”

我看见他下定决心，肩膀颤动变得紧绷。他说：“你搞清楚：我进那间屋子不是为了伤害你的女人，想都没想过，直到事情发生。我知道你希望我是大恶棍，也晓得你始终这么认为。但事情不是那样，根本没那么简单。”

“那就告诉我啊，你去那里到底想做什么？”

谢伊手肘撑着桌子弹掉烟灰，看着橙黄火光闪耀、熄灭。“打从我进自行车行工作的头一天起，”他说，“薪水能存多少就存多少，一分钱也不糟蹋，全装在信封藏在法拉·佛西的海报背面，你还记得那张海报吗？免得被你或凯文甚至老爸偷走。”

我说：“我都把钱藏在背包，塞在内里。”

“嗯，钱不多，扣掉拿给老妈和买酒的钱之后所剩无几，然而这是我不让自己发疯的唯一办法。我每一次数钱都告诉自己，等我有钱支付套房的头期款，你应该已经大得可以照顾两个小不点了。卡梅尔会帮你一把，她是个可靠的女人，我说卡梅尔，她真的是。你们两个一定没问题，到凯文和洁琪能够照顾自己为止。我只希望自己有一个小地方，可以找朋友来，带女朋友回家，好好睡一觉，不需要随时打开一只耳朵注意老爸，享受一点平静。”

要不是我太了解他，那历尽沧桑的渴望语气几乎让我为他难过与遗憾。

“我差一点就实现了，”他说，“那么近，我新年要做的第一件事就是开始找房子……可是卡梅尔订婚了。我知道她想赶快结婚，只要钱从合作社提出来就结。我不怪她，这是她离开的机会，是她应得的，跟我一样，是我和她挣到的。所以，就剩你了。”

他隔着杯缘疲惫又恶毒地看我一眼，完全没有手足亲情，甚至不认得我，仿佛我是巨大沉重的物体，不停在最糟的时间挡在路上，压碎他的小腿。

“只是，”他说，“你不是这么想的，对吧？我马上发现，连你也打算远走高飞，而且去伦敦，那么远。我能到哈内拉就很高兴了。什么家人，操他妈的，对吧？什么轮你担起责任，什么我逃跑的机会，通通操他妈的。我们的弗朗科只在乎有炮可打。”

我说：“我在乎自己和萝西能够幸福，而我们很有机会成为地球上最幸福的两个人，但你就是见不得我们好。”

谢伊笑得鼻子喷烟。“信不信由你，”他说，“我差点就放手了。我本来打算在你走之前狠狠揍你一顿，让你全身瘀青地上船，希望对岸的英国佬看到你的狼狈样，在海关给你麻烦。我确实想放你走。凯文再过两年半就十八岁了，可以照顾老妈和洁琪。我想自己应该可以撑到那时候，只是……”

他目光飘开，移向窗户、漆黑的屋顶和荷恩家闪亮的豪华大餐。“都是老爸害的，”他说，“我发现你和萝西的那一晚，就是他发疯在戴利家外头大闹，搞得警察都来的同一晚……要是他老样子不改，我还可以顶个两年，但他越变越糟，你不在场所以没有看到，但我受够了，那天晚上太超乎我的承受力了。”

我轻飘飘、晕陶陶地回家，忠诚之地灯火通明，邻居窃窃私语，卡梅尔扫破瓷器，谢伊将尖刀藏好，我一直感觉那天很重要。二十二年来，我一直认为就是那天超过了萝西的忍耐极限，却从来没有想过或许有人比她更接近崩溃。

我说：“所以你决定想办法威胁萝西，要她甩了我。”

“不是威胁她，是说服她放手。没错，就是我，我有权这么做。”

“却不是找我谈，你算什么男人，竟然找女孩解决问题？”

谢伊摇摇头：“要不是我觉得没用，我一定会找你——你以为我想要跟一个妓女大吼大叫，说我们的家务事，只因为她扒了你的内裤？但我了解你。你自己根本不会想到伦敦，你还是小鬼，又蠢又笨的小鬼。我知道伦敦一定是你那个萝西的主意。我知道我就算要你留下，说到脸都绿了，你还是会乖乖听她的话，她说去哪里就去哪里。我知道假如没有她，你顶多走到葛拉夫顿街。所以，我就去找她了。”

“而你找到了。”

“那不难，我知道你们那天晚上要离开，也知道她必须到十六号一趟，所以我就保持清醒，看你出门，然后再从后院翻墙过去。”

他吸了一口烟，隔着袅袅烟雾，我看他眯眼回想，目光专注。“我很担心会错过她，但我从顶楼窗户看到你在路灯旁等她，带着背包离家出走，真甜蜜。”

我的脑袋深处又涌起那份冲动，想要一拳打碎他的牙齿、打穿他的喉咙。那天晚上是我们的，我和萝西，我们一起努力了几个月，秘密打造了一个美梦泡泡，即将带我们远航，没想到早就爬满谢伊肮脏的指纹。我感觉他一定看过我亲吻萝西。

他说：“她走的路和我一样，从后院过去。我先躲在角落，然后跟踪她到顶楼，心想应该会吓到她，但她几乎连惊慌都没有。总之，她很有胆，这我承认。”

我说：“是啊，她胆子很大。”

“我没有威胁她，只是好好跟她讲，说你对家庭有责任，不管你知不知道。再过两年凯文长大了，能够接手之后，你们爱去哪就去哪：伦敦、澳洲，我都不在乎。但在那之前，你属于这里。回家吧，我跟她说，假如你不想再等几年，就另外找一个男人，你想去英格兰就自己去，别带走我们的弗朗科。”

我说：“我不认为萝西会让你发号施令。”

谢伊笑了，不屑的轻声哼笑，接着将烟摁熄说：“真不是盖的。你就喜欢伶牙俐齿的女人，是吧？她先是笑我，要我回家睡美容觉，否则女人再也不会喜欢我。但她后来发现我是认真的，她就火大了。幸好她还没忘记压低声音，谢天谢地，不过她是真的生气了。”

萝西之所以压低声音，是因为她知道我就在几米外的墙外等待、谛听。只要她放声尖叫，我一定立刻赶到。但她是萝西，萝西从不会想到开口呼救，而且她对付这个混球一向很有办法。

“只见她站在原地破口大骂：少管闲事，不要惹我，你自己没办法过日子不是我们的问题。你弟弟，你弟弟比你好上十几倍，你这个大白痴，恶恶恶……我是在帮你忙，免得你一辈子恶心死。”

我说：“我一定要写一张感谢卡给你。告诉我：最后到底为什么？”

谢伊没问“为什么怎样？”我们已经过了装傻的阶段。他语气依然残留着过往无助的愤怒，对我说：“我试着和她讲道理，我已经走投无路到那种程度，竟然对她解释起老爸的情况，还有每天回到那样的家里是什么感觉，他做了哪些事情。我只希望她能好好听几分钟，你知道吗？就只是听我说。”

“但她不肯，老天，她真有种。”

“她想丢下我走人，我站在门口，她叫我让开，我抓住她，不过只是想留住她。接着……”他摇摇头，目光扫过天花板，“我没跟女孩子打过架，也从来不想，但她就是他妈的不肯闭嘴，他妈的不肯放弃——她好泼辣，真的，使尽全力，我事后全身都是抓痕和瘀青，那贱人差点用膝盖顶到我的卵蛋。”

那些让我想起萝西、忍不住仰头微笑的规律碰撞与呜咽声。“我只想让她静下来听我说话。我抓住她，将她顶到墙上。她前一秒还在踹我小腿，想剜出我的眼睛……”

谢伊沉默片刻，对着角落逐渐聚拢的暗影说：“我从头到尾都不是有意的。”

“事情就这样发生了。”

“对，事情就这样发生了。等我察觉……”

他脑袋又是一颤，又是片刻的沉默。他说：“之后，等我意会过来，我知道不能留她在那里。”

所以是地下室。谢伊很壮，但萝西一定很重。我想到谢伊拖她下楼，她的身体与骨头重击水泥喀喀出声，心头猛然一痛。手电筒、铁锹、混凝土板，谢伊呼吸狂乱、老鼠在角落好奇骚动，眼珠映着他的身影。萝西的手指弯曲松弛，靠在地板的湿土上。

我说：“字条，你翻过她的口袋？”

他双手摸过她瘫软的身躯，我真想咬断他的咽喉。也许他察觉了。他厌恶地撅起嘴唇：“操，你以为我是什么人？除了搬动她，我碰都没碰。字条在顶楼房间地板上，是她放的。我找上她的时候，她正在放。我读了字条，发现后半张正好可以留着，让好奇她去哪里的人看。感觉就好像……”他轻吐一口气，仿佛低笑，“好像命运，老天，就像预兆一样。”

“你为什么留着前半张？”

他耸耸肩膀。“不然我该怎么办？我收进口袋，想晚点再扔，后来才想到你根本不会晓得，正好对我有利。”

“的确，天哪，可不是吗？你是不是觉得这又是预兆？”

谢伊装作没听到。“你还在路口等，我想你应该会再等一两个小时才放弃，所以我就回家了。”后院那阵长长的沙沙声。我在路口等着，越等越怕。

我有好多事想问他，憋了好多年。她临死之前说了什么？有没有搞清楚状况？有没有害怕、痛苦？最后是不是曾经试着喊我？但就算他可能回答，就算有那么一丝丝机会能够知道，我也问不出口。

我只说：“结果我没有回家，你一定气炸了，我终究走得比葛拉夫顿街远，虽然不到伦敦，但也够远了。意外吧，你低估了我。”

谢伊嘴巴一扭。“应该说高估了才对。我以为你不再被女人迷得团团转之后，会发现家人需要你，”他往前靠着桌子扬起下巴，语气开始紧绷。“而且这是你欠我们的，我、老妈和卡梅尔，我们给你吃、给你穿，让你从小到大平安无事。是我们挡在你和老爸之间，是我和卡梅尔放弃学业，让你可以读书。我们有权要求你，而她，萝西·戴利，她没有资格横加阻拦。”

我说：“所以你有权杀害她。”

谢伊咬着下唇，伸手再去拿烟，语气漠然说：“你爱怎么说随你，反正我知道事情的经过。”

“干得好，那凯文又是怎么回事？你会怎么说？是谋杀吗？”

谢伊脸色遽然一变，仿佛铁门哐啷关上。他说：“我什么都没对凯文做，完全没有，我不会伤害自己的弟弟。”

我哈哈大笑，说：“是啊，那他怎么会跑到窗户外面？”

“他摔出去的。天色昏暗，他喝醉了，那地方很不安全。”

“对极了，那里不安全。凯文清楚得很，那他还去干吗？”

谢伊耸耸肩，蓝色眼眸空空洞洞，喀嚓一声点起打火机。“我哪会知道？我听说有些人认为他良心不安，还有不少人认为他是去见你。至于我嘛，我认为他可能发现某样事情，觉得很困扰，想去搞清楚。”

他太精明，刻意不提字条出现在凯文口袋里，也不让话题走到那里。我越来越想打断他的牙齿，我说：“那是你的说法，你只是咬着不放。”

谢伊说，语气就像关上的门一样决然：“他是摔出去的，这是实情。”

我说：“换我说说我的看法，”我拿了他一根烟，帮自己再倒一杯威士忌，然后退回阴影里。“从前从前有三个小孩，就像童话故事的三兄弟。有一天，最小的弟弟深夜醒来，发现有事情不对劲，卧房只有他一个人，两个哥哥都不见了。这不严重，起码当时如此，但因为很不寻常，所以当第二天早上只有一个哥哥回家，另外一个从此不见踪影——起码消失了二十二年——他立刻想起这件事。”

谢伊脸色不变，身体没有一条肌肉抽动。我说：“离家的哥哥后来回家了，却是来找一个死去的女孩，而且找到了。这时，最小的弟弟忽然回想当年，发现自己记得女孩死去的那天晚上，就是两个哥哥不见的那一晚。其中一个出门是为了爱她，一个出门是为了杀她。”

谢伊说：“我已经跟你说了，我根本不想伤害她。而且你认为凯文有那么聪明，可以自己将事情拼凑起来？别开玩笑了。”

他语气带着强烈的怒意，表示按捺住脾气的不只我一个，这是好事。我说：“这种事不需要天才。小可怜虫想通之后，脑袋肯定快炸了。他不想相信，对吧？他实在不敢相信自己的哥哥杀了一个女孩。我敢说他在这世上的最后一天一定绞尽脑汁，想找出其他解释，想到抓狂。他打了十几通电话给我，希望我能想出答案，起码将这团混乱接手过去。”

“所以重点是这个？你因为没接宝贝弟弟的电话而愧疚，所以想怪到我头上？”

“我听了你的说法，现在让我把我的看法讲完。到了周日傍晚，凯文的脑袋已经一团混乱。你说得对，他向来不是森林里最聪明的小精灵，这个可怜虫，他只想得到最直接的做法，也是最坦诚的做法，找你面对面谈，看你有什么话好说。你跟他约在十六号碰面，那个可怜的小笨蛋立刻上钩了。告诉我，你觉得他是不是领养的？或只是基因突变？”

谢伊说：“他一直被保护着，就这样，从小到大。”

“除了上周日，那天他没有。上周日他大难临头，却觉得像在家里一样安全。你又把那套狗屁，那个什么来着，家庭责任和你要一间套房，跟他义正词严说了一遍，就像刚才对我说的一样。但对凯文一点意义都没有，他只知道一件事，简单明了。你杀了萝西·戴利。他完全无法承受这个事实。凯文到底说了什么让你这么不爽？难道是他只要找到我，就会告诉我真相？还是你根本懒得多想，直接动手杀了他？”

谢伊在椅子上一晃，像是发狂的困兽，但很快克制住。他说：“你根本不懂，是吧？你们两个从头到尾一直搞不懂。”

“那你就直说啊，教教我，让我有点头绪。首先，你怎么让他探头到窗外的？这一招真不赖，我真想听听你是怎么办到的。”

“谁说我有这么做？”

“说吧，谢伊，我快好奇死了。你听见他头骨碎裂之后，是继续待在楼上，还是立刻到后院将字条塞进他口袋？你下去的时候，他是不是还活着？有没有呻吟？他有认出你吗？有没有求你救他？你是不是站在后院眼睁睁看他断气？”

谢伊驼背靠在桌上，缩头拱肩，仿佛在对抗强风。他低声说：“你离开

之后，我花了二十二年才挣回我的机会，他妈的二十二年。你能想象那种日子吗？你们四个各过各的，结婚生子，和正常人一样，快乐得像泥巴里的猪似的。我却留在这里，这里，他妈的这里——”他下颚紧绷，手指不停戳着桌子。“我本来也可以这样，我本来——”

他稍微克制住自己，大口吐纳让呼吸恢复正常，一边狠狠吸烟，双手颤抖。

“现在我的机会又来了，时候还不晚，我还够年轻，可以让自行车店蒸蒸日上，买栋公寓、结婚成家——我还找得到女人。谁都不准拿走这个机会，任何人，这回不行，永远不行。”

我说：“但凯文却打算这么做。”

又是野兽般的嘶声。“我每一回就快离开，近得几乎感觉得到，就有弟弟半途杀出来挡路。我试着跟他说，但他听不懂。天杀的蠢蛋，被宠坏的小鬼，以为什么东西都会为他准备得好好的，根本不晓得——”他没说下去，只是摇摇头，狠狠将烟摁熄。

我说：“所以事情就这样发生了，又一次。你还真倒霉，对吧？”

“人生不如意十常八九。”

“也许吧。我还真想相信你，只可惜有样东西阻止我，就是那张字条。你不是等凯文摔出窗户之后才想到，唉，要是有它就好了，那张我藏了二十二年的字条。你并没有溜回家去拿，免得被人看到你离开或回到十六号。字条早就在你身上，你事前就已经策划好一切。”

谢伊抬头和我四目相望，眼中闪耀蓝光，燃烧着熊熊恨意，几乎将我打垮在椅子上。“你这个死小子，你还真自以为是，你知道吗？他妈的自以为是，把我踩在脚底下，把所有人踩在脚下。”角落的暗影缓缓汇聚成厚实的黑块，谢伊说，“你以为我会忘记吗，只因为那样对你有好处？”

我说：“我不晓得你在说什么。”

“才怪，你晓得。竟然说我是杀人凶手——”

“告诉你一个秘诀，假如你不想被说成杀人凶手，很简单，不要杀人。”

“——你知我知，你也好不到哪里去。长大了，别着警徽回来，一副警察调调，还有一群警察兄弟。你想骗其他人或骗自己都随便，但你骗不了我。你和我没什么不同，我们俩一模一样。”

“错了，不一样，差别在这里：我从来没有杀死任何人。这很难懂吗？”

“因为你为人善良是吧，大圣人？简直放狗屁，真是让我恶心。根本无关道德，无关神圣，你没杀人只有一个理由，因为脑袋被老二牵着走。你要不是女人的奴隶，早就变成杀人凶手了。”

公寓里一阵沉寂，只剩阴影在角落起伏骚动，电视机在楼下无心呓语。谢伊嘴角浮现丑陋的微笑，有如痉挛。我这辈子头一回无言以对。

那年我十八岁，他十九岁。一个周五夜晚，我在黑鸟浪费失业救济金。我其实不想去那里，比较想和萝西去跳舞，但麦特·戴利那时已经对他女儿下了禁令，不准她靠近吉米·麦奇的儿子。

我暗中和萝西交往，但一周周过去，我越来越不想隐忍，有如困兽般不停地用脑袋撞墙，想要做点什么，任何事情都好，我想要改变。夜里要是受不了，就尽可能把自己灌醉，然后找比我壮的男人打架。

一切照旧，我到吧台去买第六或第七杯酒，伸手想拉一张高脚凳过来靠着，好等酒保出现——他正在吧台另一头和客人争论赛马——这时忽然冒出一只手，将高脚椅从我手边抢走。

“走了，”谢伊坐上高脚椅摇晃一只脚说，“回家去。”

“滚开，我昨晚回去了。”

“那又怎样？再回去一次，我上周末两天都回去。”

“轮到你了。”

“他就要回家了，快走。”

“动手啊！”

“这么做只会害我们两个都被赶出去。”谢伊多瞄我一眼，看我是不是认真的，接着嫌恶地瞪着我，滑下高脚椅，仰头又灌了一口酒，恶狠狠地自言自语，“我们两个要是谁够能耐，早就摆脱这种鸟事了……”

我说：“我们会解决他的。”

谢伊正要竖起衣领，忽然停下动作盯着我。“比如赶走他？”

“不是，老妈会马上找他回来，扯一些婚姻神圣之类的狗屁。”

“那是什么？”

“我说了，解决他。”

谢伊沉默片刻，说：“你是认真的。”

我搞不清楚自己说了什么，直到看见他的表情才意会过来。“对，没错。”

酒吧里闹哄哄的，从地板到天花板充斥着噪音、温热气味与男人的号笑声。我们两个却像结冰似的动也不动，我彻底清醒过来。

“你想过动手。”

“别跟我说你没想过。”

谢伊将高脚椅拉回来，重新坐了上去，眼睛一直盯着我。

“怎么做？”

我没有眨眼，只要稍微迟疑，他就会当成小孩胡说八道，掉头就走，顺便带走我们的机会。“他经常气呼呼回家，每星期有多少晚上？楼梯快要塌了，地毯也破了……他早晚会被绊倒，连摔四级楼梯，撞到脑袋。”光听自己大声说出口，我心脏就几乎跳到喉咙。

谢伊喝了一大口酒，认真思考，接着用指关节揩揩嘴巴。“摔倒可能不够，搞不定。”

“也许行，也许不行，但至少能解释他脑袋为什么破一个洞。”

谢伊看着我，眼里除了怀疑，还带着从小到大头一回出现的敬意。“你为什么要告诉我这些？”

“这得两个人做。”

“你的意思是，你一个人没办法搞定。”

“他可能还手，可能需要移动他，可能有人醒来，可能需要不在场证明……一个人动手很可能出什么差错，两个人的话……”

他用脚踝勾了一张高脚椅过来。“坐吧，晚个十分钟回家没区别。”

我拿到酒，我们两人手肘靠着手肘坐在吧台喝酒，大眼瞪小眼。半晌之后，谢伊说，“我试了好几年，想找出办法离开。”

“我知道，我也是。”

“有时候，”他说，“我有时候觉得要是想不到办法，我可能会疯掉。”

从小到大，这是我们最接近兄弟交心的谈话，感觉真是好极了，让我吓一跳。我说：“我已经快疯了，不走可能疯掉，我感觉得出来。”

他点点头，一点也不意外。“是啊，卡梅尔也是。”

“有时他发作之后，洁琪会变得不大对劲，恍恍惚惚。”

“凯文还好。”

“那是现在，就我们所知。”

谢伊说：“这么做不但对我们好，对他们也是最好的事。”

我说：“除非我搞错了，否则这不只是最好的事，也是我们唯一能够为他们做的事，唯一的。”

我和他的目光终于交会。酒吧更吵了，有个家伙兴奋地讲到笑点，角落传来粗鲁淫秽的哄堂大笑声，但我们眼睛眨也不眨。谢伊说：“我想过这么做，想了两三次。”

“我已经想了好几年。想很容易，做起来……”

“是啊，完全不一样的，会很……”谢伊摇摇头，眼睛四周浮现白圈，只要呼吸鼻孔就会张大。

我说：“我们行吗？”

“我不晓得，我不知道。”

又是漫长的沉默，两人各自回忆最喜欢的父子时光。“行吧，”我们同时脱口而出，“应该可以。”

谢伊向我伸出一只手，脸上是红一块白一块。“好吧，”他呼吸急促地说，“好吧，我干了，你呢？”

“我也干了，”我说着和他击掌握手，“我们上吧。”

我和他都拼命用力，仿佛想要弄伤对方似的。我感觉那一刻在膨胀，向外扩张，伸向四面八方，令人晕眩、愉悦而微微不适，有如注射药物，你知道它会让你终生残废，但那感觉实在太美好，你只想让它更深入血管之中。

那年夏天是我和谢伊主动靠近彼此的唯一时光，每隔几天，我们晚上就到黑鸟找一个舒服隐密的角落聊天，反复讨论计划，从各个角度检视、精练，去掉行不通的部分，重新来过。我们依然痛恨对方，但那不再重要。

谢伊每天晚上都去找卡波巷的努雅拉·曼根闲聊，献献殷勤。努雅拉烦人又智障，而她老妈眼神之呆滞，简直是邻里第一。几星期后，谢伊趁努雅拉邀他回家喝茶，从她家浴室柜偷了一大把安眠药。我到伊莱克购物中心的图书馆啃了几小时医学书，想找出需要多少安眠药才能让一个九十公斤的女人和七岁小孩睡得听不见骚动，但必要时又叫得醒。谢伊大老远跑到贝里费莫买漂白水，作为清理现场之用。那里没有人认识他，警察也不会多问。

我突然变得乐于助人，每天晚上都帮老妈做甜点。老爸骂我是玻璃，讲得非常难听，但我们每天都朝目标迈进一步，这些话也就变得更容易忍受。谢伊从工作场所偷了一把铁锹，和香烟一起藏在地板下。我们很擅长这些，我和他，天生就有本事，我们合作无间。

各位说我变态也好，但我真的爱死了做计划的那个月。我偶尔睡不好，不过几乎时时处于亢奋状态，感觉就像建筑师或电影导演，有长远的眼光与计划。这是我从小到大第一次策划如此庞大复杂的计谋，要是做对了，将会非常、非常值得。

忽然间，有人给了老爸两周工作，表示他最后一天一定深夜两点才会回家，血液酒精浓度高得根本不用警察测量，也表示我们不再有理由继续等待。倒计时开始，我们还有两周。

我们不断背诵不在场证明，最后连睡觉都能脱口而出。全家人一起吃饭，饭后吃雪利蛋糕，我爱做家务的成果。雪利酒不仅比水容易溶解安眠药，还能盖过药味，一人一份蛋糕则表示可以按不同剂量下药。到葛洛夫的迪斯科舞厅，在城北，找新的可爱女人搭讪，半夜被赶出来，理由是老套的太吵太闹，带外面的啤酒入场。走路回家，途中在运河边把剩下的啤酒喝完。三点左右到家，安眠药的药效应该开始消退，只见亲爱的父亲躺在楼梯底端的血泊中，我们大吃一惊。接着是人工呼吸，可惜太迟，疯狂敲打哈里森姐妹家的房门，猛打电话叫救护车。这些事除了中途停留，几乎都是真的。

也许我们会被逮到，不管有没有天赋。我们毕竟是业余杀手，遗漏了太多东西，也有太多地方可能出错。就算在当时，我也约略意识到这一点。但我不在乎，我们有机会。

我们准备好了。我心里已经准备好未来每一天记得自己是弑父凶手，但那一天，我和萝西・戴利去盖立根，她对我提到英格兰。

我没有跟谢伊说我为什么抽手。他起初以为我只是跟他开玩笑。但他后来慢慢发现我是说真的，他就越来越急躁。他试着威胁我、恐吓我，甚至哀求我，可是全都没用。于是有一天，他掐住我的脖子，把我抓出黑鸟痛揍一顿。我过了一周才有办法站直走路。我几乎没有还手，因为在我心底深处，我认为他打得有理。我血流满面，看不清他的脸，但我想他可能在哭。

我说：“我们现在不是谈这个。”

谢伊根本没听进去，他说：“我起初以为你只是退却了，事到临头突然没胆。我一直这么认为，直到几个月后我和伊美达・提尼谈过，我才明白是怎么回事。原来根本和胆量无关，而是你只在乎你要的东西。一旦发现更简单的出路，其他就不值半毛钱。不管家人、我、你亏欠的一切或我们做的承诺，你都当成放屁。”

我说："让我搞清楚一点，你怪我没有杀人？"

他满脸厌恶地撅着嘴，我不晓得看过多少次这副表情，小时候我每回想跟上他，他就是这样看我。"别耍小聪明。我怪你是因为你以为光凭这点就比我了不起。听着，你的警察弟兄或许觉得你是好人，甚至你自己也这么认为，可是我清楚得很，我知道你是什么货色。"

我说："老兄，我跟你保证，你根本不了解我是什么样的人。"

"是吗？那起码我知道一点，这就是你干警察的理由，因为我们那年春天差点干下的事情，还有它给你的感觉。"

"你说我突然有股冲动，想弥补罪恶的过去？你多愁善感的样子真可爱，只可惜猜错答案，很抱歉让你失望了。"

谢伊哈哈大笑，龇牙咧嘴的狞笑，让他仿佛变回当年那个不顾一切的年轻人。"弥补你个头。我们家的弗朗科不搞这一套，死也不可能。错了，我是说你一旦有了警徽当靠山，就能为所欲为了。告诉我，警探先生，我实在很想知道，你这一路来躲掉了多少惩罚？"

我说："这种事不需要你这个笨头伤脑筋，什么如果、但是和几乎都是放屁，我什么也没做。我可以走进爱尔兰任何一所警察局，招出那年春天我们计划的每一个细节，但除了浪费警察时间，我什么麻烦都不会惹上。这里又不是教堂，没有人会因为想法邪恶而下地狱。"

"是吗？告诉我那件事没有改变你，我们做计划的那一个月，跟我说你事后觉得自己没变。少来了。"

老爸当年揍下第一拳之前常说，谢伊老是不晓得什么时候住手。我用应该能吓阻他的语调说："我的乖乖，你该不会把你对萝西做的事情怪在我头上吧？"

他嘴唇又是一撅，既像抽搐又像咧嘴咆哮："我只是告诉你，我不想在自己家里看你一副道貌岸然的样子，明明你和我是一丘之貉。"

"是啊，兄弟，我是。我们也许聊过不少有趣的事情，我和你，不过一旦讲到残酷的现实，事实是我没碰过老爸一根指头，事实是你杀了两个人。你可以说我疯了，但我可是看得出来两者不同。”

他下颚再度绷紧。“我对凯文什么都没做，完全没有。”

换言之，交心时间结束了。我沉默片刻，接着说：“是我脑袋不清吗？但我怎么觉得你好像希望我点头微笑，然后离开？你开开恩，告诉我不是这样。”

恨意又从谢伊眼里浮现，有如热闪电般纯粹莽撞。“你自己左右看看，警探，你难道没发现吗？你又回到原点了。你的家人再度需要你，你还是亏欠我们，但这一次你必须回报。不过算你好运，这回假如你还是不想留下尽你的本分，那刚好，我们就是需要你离开。”

我说：“假如你认为我会让你置身事外，那我看你比我想的还要昏头。”

屋里暗影浮动，将他的脸庞变成野兽面具。“是吗？看你怎么证明，蠢猪。凯文这回没办法说我晚上不在，你的荷莉比你懂事多了，不会告家人的密，就算你扭着她的手臂逼她开口，把她的话当成圣经，别人可能不这么认为。滚回你的警察小窝吧，让你那些警察兄弟帮你吹喇叭，吹到你感觉好一点为止。你什么都没有！”

我说：“我不晓得你哪来的想法，竟然认为我想证明什么。”说完我一掀桌子，将它推到谢伊身上。谢伊哀号一声，被桌子压得直往后退，玻璃杯、烟灰缸和威士忌酒瓶砰地弹开。我踹开椅子扑向他，忽然发现自己进来就是为了杀死他。

转眼间，谢伊抓起酒瓶朝我脑袋挥来，我发现他也想杀我。我向旁边一闪，感觉酒瓶划开我的太阳穴，让我眼冒金星。但我乘机攫住他头发，抓着他脑袋猛撞地板，直到他用桌子将我挡开。他和我一样强壮，一样愤怒，一样不肯放开对方。我们脸颊贴着脸颊，像恋人般紧紧交缠。两人这么靠近，其他人在楼下，加上十九年的练习，让我和谢伊静得几乎没有发出声音，只有剧烈喘息与身体撞到东西的声响。我闻到动物愤怒的热气与棕榄香皂味，将我一下子拉回童年。

谢伊用膝盖顶我胯下，挣扎着爬开想站起来，但还来不及做到就被我抢先一步。我用手臂扣住他，将他翻过来，朝他下颚就是一记上钩拳。等他回过神来，我已经用膝盖压着他的胸膛，拔枪抵着他的前额，枪口对准眉间。

谢伊僵住不动，我说："本警察告知嫌犯涉及谋杀，径行将他逮捕。本人引述嫌犯的说法，嫌犯要我'滚开'。本人表示对方如果主动配合，逮捕就能平顺进行，并要求嫌犯伸出手腕以便戴上手铐。嫌犯随即愤怒攻击，击中本人鼻子，请参考附件相片。本人试图离开现场，但嫌犯挡住门口，本人被迫掏出武器，要求对方让开，但遭嫌犯拒绝。"

"我是你的亲哥哥，"谢伊低声说。他刚才咬到舌头，说话时嘴角带着血泡。"你这个龌龊的小杂种。"

"唷，瞧瞧谁在说话呀，"怒火几乎将我抬离地板，我看见谢伊眼中闪过一丝恐惧，这才发现自己差点扣下扳机。感觉就像喝香槟那么痛快。"嫌犯继续攻击本人，并且不停表示'我要杀了你'，以及'我宁可死，也不要进他妈的监狱'。本人试图安抚嫌犯，向他表示事情可以和平解决，并再次要求他和我前往警局，在警方戒护下讨论案情。嫌犯非常激动，似乎没有听进本人的劝说。这时，本人开始怀疑嫌犯可能服用药物，例如海洛因，或罹患心理疾病，因为嫌犯行为极不理性，似乎飘忽不定——"

谢伊下颚紧绷。"别的不说，你还要把我说成疯子，你就是想让别人这样看我。"

"只要能把事情搞定就好。本人多次尝试说服嫌犯坐下，以便稳住场面，但迟迟没有效果。嫌犯越来越激动，开始喃喃自语不停走动，用拳头捶墙和自己的头部。后来，嫌犯抓起……咱们选个比酒瓶严重一点的东西好了，我知道你不想被人当成娘娘腔。你有什么？"我环视房间，可不是嘛，工具箱就收在五斗柜底下。"我敢说里头一定有扳手，对吧？嫌犯从打开的工具箱抓起长扳手，请参考附件相片，不停威胁要杀害本人。本人命令嫌犯放下武器，同时避开对方的攻击范围。但嫌犯不停逼近，朝本人头部挥击。本人闪身避开，朝嫌犯肩部射击一枪示警。别担心，我不会弄脏家具的。本人警告嫌犯，假若他再度攻击，本人就必须开枪——”

“你不会这么做的，难道你要对你的荷莉说，你杀了谢伊伯伯？”

“我什么屁都不会对荷莉说。她唯一需要知道的，就是再也不要靠近这个笨到发臭的家庭。等她长大，几乎不记得你们了，我再向她解释你是个杀人败类，罪有应得。”

鲜血从我太阳穴的伤口滴到他身上，大滴大滴地渗进他的套头衫，溅了他满脸，但我们都不在乎。“嫌犯再度试图用扳手攻击本人，这回成功击中，请参考医疗报告和头部伤口相片。你等着瞧吧，小子，等着看头伤有多好用。攻击让本人直觉地扣下扳机，本人认为，若非受到攻击惊吓，本人应该不至于让嫌犯一枪毙命。然而本人也认为，就当时情况而言，使用武器是唯一的选择，只要延迟开枪，本人就有生命危险。证词签名，巡佐警探弗朗科·麦奇。既然没有人可以否证我这份简洁利落的证词，你想他们会相信吗？”

谢伊的神情不再有丝毫保留。“你真让我想吐，”他说，“你这个叛徒！”说完啐了一口鲜血在我脸上。

强光闪过我眼前，有如阳光打在碎玻璃上，照得我头重脚轻。我知道我开枪了。沉默巨大无比，不停向外蔓延，直到寂静淹没了全世界，不留半点声音，只剩下我规律的喘息。我感觉轻飘飘的像是在飞，飞得又高又远，几乎让我的胸膛炸开。我这辈子再也没有任何时候，比得上当时那一刻。

接着，强光黯淡下来，寂静颤动冷却，裂了开来，填满无止尽的形状与声响。谢伊的脸庞有如拍立得底片从白光中慢慢显现。鼻青脸肿，两眼圆睁，满脸是血，不过依然完好无缺。

他发出难听的声响，或许是笑声。“跟你说过了，”他说，“我跟你说过了。”他伸手颤巍巍地去拿酒瓶，我将枪转过来，用握把重击他的脑袋。

谢伊发出可怕的呕吐声，接着便瘫软在地。我用手铐将他的双手牢牢铐在前方，检查他还有没有呼吸，把他拉到沙发边缘让他斜靠着，免得被自己的血呛到。

接着我收起佩枪，掏出手机。号码很难打，我手上的血沾满按键，太阳穴的血滴到屏幕上，只好不停用衬衫擦拭手机。我竖起一只耳朵留意有没有脚步声上楼，但只听见电视机低低的胡言乱语，盖过了刚才穿透地板的呻吟与碰撞声。我试了两次，总算打通了史帝芬的电话。

他说：“麦奇警探。”语气带着一些提防，可以理解。

“意外吧，史帝芬，我找到你在找的人了。被我逮个正着，铐了手铐，非常不爽。”

沉默。我在公寓里匆匆兜圈，一眼盯着谢伊，一眼留意角落不存在的共犯，而我双脚就是停不下来。“就目前的情况来讲，我最好不要是逮人的警官。所以，我想你刚刚赚到警探生涯第一次的逮捕，假如你要的话。”

这话引起了他的兴趣。“我要。”

“我先提醒你，小子，这可不是圣诞老人放在你袜子里的梦幻礼物，我已经可以想象球王·甘乃迪一定会火冒三丈。你的主要证人包括我、一名九岁女童和一个咬牙切齿的人渣，拒绝承认任何罪行。你逼他自首的几率趋近于零，因此聪明人的做法是向我道谢，请我自行打电给重案组，你继续做原本在做的事。不过，假如乖乖牌不是你的个性，你可以过来这里，完成第一次逮捕，使尽全力搞定案子。因为这个人就是凶手。”

史帝芬想都没想就说：“你在哪里？”

“忠诚之地八号，按最上头的门铃，我就开门。这件事必须极度隐密，不能找支持，也不要声张。假如开车来，就停远一点，别让其他人看到，而且动作要快。”

“我十五分钟就到。谢了，警探，谢谢。”

他就在附近，而且还在工作。球王不可能为了这个案子要求加班，是史帝芬自己决定孤注一掷。“我们会在这里等你。还有，莫兰警探？干得好。”他还来不及意会过来问为什么，我已经挂上电话。

谢伊眼睛睁开了，痛苦地说：“你的新贱人，是吧？”

“他是警方的明日之星，我一向把最好的留给你。”

他想坐起来，但痛得身体一缩，只好靠回沙发。“我早该知道有人在当你的小跟班，因为凯文已经不在了。”

我说：“你是要我和你打得你死我活，你才会比较爽是吧？假如是的话，我会疯掉，但我还以为我们已经过了那个阶段，打不打都没差别了。”

谢伊用铐着的手抹了抹嘴，用陌生疏离的眼光打量手上的血迹，仿佛那是别人的血。他说：“你真的打算这么做。”

楼下一扇门打开了，人声嘈杂，老妈大喊：“谢伊！弗朗科！晚餐已经做好了，立刻给我下来洗手！”我探头朝楼梯问瞄了一眼，另一眼老鹰似的盯着谢伊。我和楼梯保持距离，免得被老妈看见。“我们在聊天，马上下去。”

“你们可以下来聊！难道要大家呆呆地坐在桌子前面，等你们两位大驾光临？”

我压低声音，在语气里加了一丝为难：“我们只是……我们真的需要聊聊，谈谈事情。可以再给我们几分钟吗，老妈？可不可以？”

沉默半晌，接着是她心不甘情不愿的声音：“好吧，我就再给你们十分钟，到时要是还不下来——”

“谢了，老妈，真的，您是大好人。”

“那还用说？有需要的时候，我就是大好人，其他时候……”她的声音消失在屋里，依一然唠叨个没完。

我将门关上，上了锁以防万一，接着拿出手机从不同角度拍了几张我们脸部的照片。谢伊问：“很满意自己的成就吧？”

“帅呆了，我一定要传给你看，你那几张也很不赖。不过，这不是为了放进我个人的剪贴簿，只是预防你开始埋怨警察施暴，中途发神经想找逮捕你的警官麻烦。来吧，笑一个。” 谢伊像要活剥犀牛似的，狠狠地瞪我一眼。

写下大致经过之后，我走到厨房。厨房又小又空，一尘不染地令人沮丧。我拿了一条抹布弄湿，想帮自己和谢伊擦洗，但谢伊撇过头去。“拿开。你既然那么骄傲，就让那些警察弟兄看你干了什么好事。”

我说：“老实讲，亲爱的，我才不在乎。他们看过我下手更狠的。但再过几分钟，他们就要带你走下楼梯，穿越忠诚之地，而我忽然想到，街坊邻居没必要晓得这里发生了什么。我想尽量不要张扬。但假如你不喜欢这个调调，务必告诉我，我会很乐意在你脸上补个一两巴掌，算是加值。”

谢伊没有回答，但却闭起嘴巴乖乖不动，让我擦去他脸上的血。公寓里很安静，只有轻轻的音乐，不晓得来自哪里，还有风儿不停吹过屋檐的声音。我不记得曾经这么近看过谢伊，近得能够看见唯有父母与爱人才看得到的细节。皮肤下线条利落野性的骨骼、新生的胡碴、纹路复杂的鱼尾纹，还有他的睫毛竟然那么浓。血开始在他下巴与嘴边凝固变黑，我忽然发现自己动作轻柔，吓了一跳。

他的黑眼圈和肿胀下颚，我则爱莫能助，但当我清理完毕，他起码稍微能看一点。我将抹布翻过来，然后给我自己擦脸。“怎么样？”

他随便瞄了一眼说：“棒极了。”

“你说了算。反正就像我讲的，忠诚之地看到什么不是我的问题。”

他听了立刻用心打量。过了一会儿，他不大情愿地举起手指，指着自己嘴角对我说：“这里。”

于是我又抹抹脸颊，挑起眉毛看他。他点点头。

“好，”我说。抹布擦得血迹斑斑，血块浸透抹布，被水重新溶解湮开，有如绽放的红花，开始顺着我手掌滴下。“好了，等我一下。”

“说得好像我有得选择似的。”

我在厨房水槽将抹布洗了几次，扔进垃圾桶让搜查小组待会儿有事情做。我用力搓揉双手，之后回到客厅。烟灰缸在椅子底下，撒了一地烟灰，我的烟在角落，谢伊的在我刚才放开他的地方。我在他对面坐下，仿佛派对上的两个小伙子，接着将烟灰缸摆在两人中间。我点了两根烟，塞了一根到他的嘴里。

谢伊闭起眼睛猛力吸烟，脑袋往后靠着沙发。我背靠着墙。半晌之后，他问：“你为什么没把我杀了？”

“你在抱怨吗？”

“妈的，别傻了，我只是问问。”

我把身体抬离墙面，费了不少力气，因为我的肌肉开始僵硬了。我伸手去拿烟灰缸。“我想你说对了，”我说，“我想，说到底，我终究是个警察。”

他点点头，眼睛依然闭着。我们两个默默坐着，倾听彼此呼吸的节奏与不知哪里来的微弱乐声，偶尔弯身向前轻弹烟灰。多年来，这是我们最接近和平共处的一次。门铃响的时候，简直像是冒犯。我立刻应门，免得有人看见史帝芬在外面等。他跑上楼梯，脚步和荷莉刚才下楼一样轻盈。老妈还是在楼下絮絮叨叨。

我说：“谢伊，这位是史帝芬·莫兰警探。警探，这位是我哥哥，谢伊·麦奇。”

那孩子的表情显示他已经料到了。谢伊睁开肿胀的双眼，面无表情地看着史帝芬，没有好奇，除了全然的疲惫，什么都没有。我看得感觉脊椎直往下垂。

“如你所见，”我说，“我们起了一点小争执，你可能得带他去检查脑震荡。我有作记录，以便未来参考，假如你需要相片左证的话。”

史帝芬仔细检视谢伊，从头到脚一寸也不放过。“的确，可能用得到。谢了。你需要立刻拿回去吗？我可以用我的。”他指着我的手铐说道。

我说：“我今晚不打算再逮捕其他人了，你晚点再还我吧。警探，这家伙是你的了。我还没宣读他的权利，这件事就留给你做。还有，你最好小心技术层面不要出错，他比外表看起来聪明得多。”

史帝芬开口了，很努力想说得婉转：“我们现在……我是说……你知道……没有拘票径行逮捕，需要有正当理由。”

“我想最好别在嫌犯面前摊开所有证据，这样结局或许会圆满一点。不过，相信我，警探，这绝对不是兄弟阋墙过了头。我再过一小时左右会给你电话，向你简单交代，但在这之前，你只要知道一件事就好。半小时前，他完全坦承犯下两起谋杀，包括深入交代动机与死因细节，只有凶手才知道的内情。他接下来一定矢口否认到底，但幸好我已经另外准备了许多好料给你，刚才说的只是前菜。目前这样，你觉得够吗？”

史帝芬显然不太相信自首的部分，但很识相地没有多问。“够多了，谢谢，警探。”

楼下老妈大吼：“谢伊！弗朗科！要是我被晚餐烫到，我发誓一定痛扁你们两个一顿！”

我说：“我得闪了。帮我一个忙，在这里多待一会儿，我的小孩在楼下，我不希望让她看到这件事。给我一点时间把她带走，之后你们再离开，好吗？”

我这话是对着他们两人说的。谢伊瞧也不瞧我们两个，兀自点了点头。

史帝芬说：“没问题。我们两个舒服一点，如何？”他朝沙发撇撇头，伸出一只手想拉谢伊站起来。过了一会儿，谢伊抓住他的手。

我说：“祝好运。”说完便拉上外套遮住衬衫的血迹，从挂衣架抓了一顶黑色棒球帽（上面写着：柯纳奇自行车行）戴上，盖住我脑袋上的伤，留下两人走了。

临走前，我越过史帝芬肩头看见谢伊的眼睛。从来没人那样看过我，莉儿没有，萝西也没有。他彷佛彻底看穿了我，完全不费吹灰之力，没有遗漏任何角落，也没有任何问题悬而未决。他一句话都没有说。

Chapter 22 没有团圆的圣诞

老妈已经将所有人从电视机前面拉开，重新恢复了美好圣诞的气氛。厨房挤着女人、热气与声音，男人被使唤拿着防热垫和饭菜来来去去，空气里翻腾着炸肉的吱吱声与烤马铃薯的香味，让我一阵晕眩，感觉恍如隔世。

荷莉跟多娜和艾舍丽一起在摆餐具。她们竟然用印着快乐天使的纸餐巾，一起哼唱“叮叮当、叮叮当，超人真傻瓜”。我静静看了她们几秒，将这幅景象收藏在心里，接着一手放在荷莉肩上，凑到她耳边说：“甜心，我们得走了。”

“走？可是——”

荷莉气得张大嘴巴，吃惊得过了半晌才想到抗议。我用“紧急状态五”的家长目光看她一眼，她立刻像消了气的皮球。“去拿你的东西，”我说，“动作快，去吧。”

荷莉将手里的餐具啪的一声放在桌上，拖拖拉拉地走向大厅，走得越慢越好。艾舍丽和多娜看着我，表情仿佛我咬断一只兔子的头，艾舍丽向后退开。

老妈从厨房探头出来，像是拿着赶牛杆似的挥舞一把大叉子说：“弗朗科！你总算下来了。谢伊和你一起吗？”

“没有。老妈——”

“妈妈，不是老妈。你去叫你哥哥，你们两个还在胡闹，马铃薯都要烤成薯片了，快进去帮爸爸拿出来。快啊！”

“老妈，我和荷莉得走了。”

老妈下巴掉了下来，有几秒钟真的哑口无言，接着就像空袭警报似的开炮了：“弗朗科·约瑟夫·麦奇！你开什么玩笑，你马上告诉我这是开玩笑！”

“抱歉，老妈，我得和谢伊聊聊，错过太多往事了，你应该晓得那种感觉。我们已经迟了，必须快点赶上。”

老妈鼓起下巴、胸部和肚子准备大吵一架。“我才不管错过不错过，晚餐好了，你们吃完之前不准离开半步。给我到桌边坐好，这是命令。”

“没办法，抱歉搞得一团乱。荷莉——”荷莉在大厅，一只手插进外套里，眼睛瞪得大大的。“去拿书包，快。”

老妈拿叉子甩了我手臂一下，力道大得差点害我瘀青。“你他妈别想装作没听见！你想让我心脏病发吗？这就是你回来的目的吗？想看妈妈死在你面前？”

其他人一个个小心翼翼出现在厨房门口，站在老妈背后探头探脑。艾舍丽绕过老妈，躲到卡梅尔裙子里。我说：“我没打算这么做，不过假如你想当成晚上的余兴节目，我也没办法阻止你。荷莉，我说快点！”

“既然你只有这样才会开心，那就滚吧。到时我死了，希望你心满意足。走吧，快点出去。反正你可怜的弟弟已经让我心碎，活下去也没意思了——”

“乔茜！”卧房传来愤怒的咆哮，“外面他妈的到底在搞什么？”接着无可避免又是一阵狂咳。当初我有许多理由不让荷莉靠近这个狗屁家庭，这会儿差不多全看到了，而且理由出现的速度越来越快。

“——还有我，即使发生这么多事，我还是拼了老命准备一个美丽圣诞给你们，从早到晚守在炉子前面——”

“乔茜，操你妈的，别再大吼大叫了！”

“老爸，家里有小孩！”卡梅尔说。她双手捣住艾舍丽的耳朵，一副很想蜷起身子死掉的样子。

老妈已经近乎尖叫，嗓门还不断拉高，我感觉她都快让我得癌症了。“——还有你，你这个不知感激的混球，竟然连坐下来和我们一起吃个晚饭都不肯——”

“拜托，老妈，晚餐当然很吸引人，但这回恐怕不行。荷莉，起来！书包，快点。”这孩子看来快得战斗疲劳症了。我和奥莉薇亚吵得再凶，也绝对、绝对不让荷莉听见我们不留情面的彼此对骂。

“老天原谅我，你们听，听我刚才说了什么，而且当着一群孩子的面——你这下知道我被你气成什么样子了没有？”

叉子又在我臂上一甩。我看着老妈身后的卡梅尔，点点我的手表用急迫的语气悄声对她说：“共同监护协议。”我感觉卡梅尔一定看过不少电影，知道冷酷的前夫如何玩弄协议，藉此摧残勇敢的前妻。她瞪大眼睛，我抓住荷莉的手臂和书包，匆匆将她带走，让卡梅尔和老妈解释什么是共同监护协议。我们急急下楼（“你走，给我滚，要不是你回来搞得大家鸡飞狗跳，你弟弟现在应该还活着……”），我听见楼上传来史帝芬和蔼的说话声，语气冷静平缓，正在和谢伊很文明地聊天。

我们走出八号，踏进夜晚、灯光和寂静里，大门在我们背后砰地关上。

我深呼吸一大口傍晚的湿冷空气。“天哪！”我真想把谁杀了然后抢他一根烟来抽。

荷莉将肩膀从我手里扭开，从我另一只手里抢走书包。

“刚才那里发生的事，我很抱歉，真的很对不起。你没必要经历那些的。”

荷莉懒得回答，连看都不看我。她抿着嘴，抗命似的扬起下巴走过忠诚之地，我知道待会儿两人独处，我就要倒大霉了。我们弯进史密斯路，在离我车子三辆车的地方，我看见史帝芬的车，一辆破丰田，显然是他为了配合这一带特地挑的公用车。他很会选车，要不是前座坐着一个故作轻松的家伙，我根本不会察觉。那家伙懒洋洋地坐着，刻意不往我的方向看。史帝芬就像好童子军，永远做好万全的准备。

荷莉跳上儿童安全椅，重重关上车门，差点把车门撞下来。“我们为什么非走不可？”

她是真的不晓得。她将谢伊的难题交给万能老爸处理，对她来说，这就表示事情已经解决了，一了百了。而我给自己最大的任务，就是不让她发现并非如此，就算不可能一辈子不发现，起码再拖几年。

“甜心，”我没有发动车子，我不晓得自己能不能开车，“听我说。”

“晚餐已经煮好了！我们还摆了盘子，你的和我的！”

“我知道，我也很希望留下来。”

“那你为什么——”

“你刚才有和谢伊伯伯说话吧？就在我上去之前？”

荷莉安静下来，尽管两只手臂依然气鼓鼓抱在胸前，而且面无表情，脑袋却飞快思索到底怎么回事。她说：“应该吧。”

“你觉得你有办法讲讲你们说了什么吗？”

“跟你说吗？”

“不，不是我，是我同事，他叫史帝芬，只比戴伦大两岁，人非常好，”史帝芬提过他有姐妹，我希望他对她们很好。“他真的很需要知道你和谢伊伯伯说了什么。”

荷莉眨眨睫毛，说：“我不记得了。”

“甜心，我知道你答应不会告诉任何人，我都听到了。”

她的蓝色眼眸闪过一丝戒惧：“听到什么？”

“我敢说差不多都听到了。”

“既然你都听到了，就自己去跟那个史帝芬说。”

“没办法，亲爱的，他必须听你亲口说。”

荷莉穿着套头衫，靠在身旁的两手开始握紧。“那就难了，我不能跟他说。”

我说：“荷莉，我需要你看着我。”过了一会儿，她不情愿地缓缓转头，朝我的方向转了三五公分。“记得我们之前说的吗？人有时必须把秘密讲出来，因为别人有权利知道？”

耸耸肩。“所以？”

“所以，现在就是这种情形。史帝芬在查萝西出了什么事，”我没提凯文，我们谈的已经远远超过小孩应该面对的问题了。“那是他的工作。为了完成任务，他需要听听你的说法。”

稍微刻意一点的耸肩。“我不在乎。”

荷莉下巴顽固一抬，让我忽然想起老妈。我正在对抗她的本能，从我血管直接流进她血液里的本能。我说：“你不能不在乎，小甜心。保守秘密很重要，但有时知道真相更重要。有人被杀就是其中一种状况，几乎没有例外。”

“很好，那个史帝芬可以去找别人，不要烦我，因为我根本不认为谢伊伯伯做过任何坏事。”

我看着她，看她像只困在角落的小猫紧张愤怒，浑身带刺。换作几个月前，她应该会乖乖听我的话做，完全不质疑，心里依然相信亲爱的谢伊伯伯是无辜的。我感觉自己每一回看到她，高空绳索就变得更细、更高，而我迟早会踩错一步失去平衡，让我们两个重重摔落。

我保持语气平淡，说：“好吧，小不点，那我问你，你为了今天小心计划了很久，我说得对吗？”

戒惧再度闪过她的蓝色眼眸。“不对。”

“拜托，小乖，你不能和我胡闹。我的工作就是计划这种事情，所以别人做了我绝对看得出来。我和你第一次谈到萝西之后，你就想起自己看过的字条。所以，你找我问萝西的事，问得很随意。当你听说她是我的女朋友，就知道字条一定是她写的。于是你开始好奇，谢伊伯伯怎么会把死掉女孩的字条收在抽屉里。我说到这里有错的话，你可以告诉我。”

没有反应。用证人的方式对待她，让我疲惫得只想滑出座椅，睡在车子地板上。“所以你在我身上下工夫，让我今天带你到奶奶家。你留着一周的数学作业没写，这样才能带来这里，有理由和谢伊伯伯独处。接着你想办法引导他，让他说起那张字条。”

荷莉用力咬着嘴唇内侧，我说：“我不会骂你，你做得很好，令人印象深刻，我只是想确定事情经过。”

她耸耸肩。“所以呢？”

“所以我想问，假如你不认为谢伊伯伯做了坏事，为什么还要做这些？为什么不直接跟我说你找到什么，让我和他谈呢？”

她对着大腿，用几不可闻的声音说：“不关你的事。”

“关我的事，亲爱的，你很清楚。你知道我很关心萝西，知道我是警探，也知道我想查出她发生了什么事。所以，字条和我非常有关。一开始根本没有人要你保守秘密，所以你为什么不告诉我呢？难道你知道其中有什么危险？”

荷莉小心翼翼从羊毛衫袖子抽出一根红羊毛，用手指拉直仔细看着。我还以为她准备回答，没想到她只问我：“萝西是怎么样的女生？”

我说：“她很勇敢，很顽固，很好笑。”我不晓得荷莉为什么问，但她斜着眼睛专心看着我，仿佛这很重要。路灯昏黄，照得她眼眸更深，复杂得难以解读。“她很喜欢音乐与冒险，还有首饰和朋友。她的梦想比谁都大。她只要喜欢一件事，就永远不会放弃，发生什么都不会。你一定会喜欢她。”

“才怪，我不会。”

“信不信由你，小乖，你会的，而她也一定会喜欢你。”

“你爱她比爱妈咪多吗？”

啊！“没有。”我说。我答得简单明了，快得不像是说谎，“我爱她的方式不一样，不是更多，是不一样。”

荷莉望着窗外，手指勾住羊毛缠缠绕绕，全心全意思考着。我不去打扰。街角，一群和她年纪相仿的孩子将墙边推来推去，猴子似的彼此吱喳咆哮。我瞥见香烟的火光和铝罐的反光。

后来，荷莉总算开口了，用紧绷淡漠的语气说：“谢伊伯伯杀了萝西吗？”

我说：“我不知道，这件事不是由我决定，也不是你，要由法官和陪审团决定。”

我想让她好过一点，但她握紧拳头重重捶着膝盖。“爸爸，不对，我不是这个意思。我才不管由谁决定！我是说究竟，是不是他？”

我说：“是，我很确定是他。”

又是一阵沉默，这回更久。墙上那群猴子已经改拿着薯片抹对方的脸，同时大声鼓噪。之后，荷莉说，声音依然紧绷而微弱：“要是我跟史帝芬说，我和谢伊伯伯讲了什么——”

“嗯？”

“那会怎么样？”

我说：“我不晓得，必须看事情如何发展。”

“他会坐牢吗？”

“有可能，要看情况。”

“看我怎么说？”

“嗯，还要看很多人怎么说。”

她声音稍稍颤抖：“但他从来没有对我做过不好的事。他帮忙我写功课，教我和多娜怎么玩手影，还让我尝他的咖啡。”

“我知道，甜心。他是个好伯伯，这很重要。但他还做了其他事情。”

“我不想害他进监牢。”

我试着让她看着我。“甜心，听我说。不管发生什么，都不是你的错。无论谢伊做了什么，都是他的决定，不是你。”

“他还是会生气，还有奶奶，还有多娜和洁琪姑姑，他们都会恨我说了出去。”她的声音颤抖得更厉害了。

我说：“他们是会难过没错，也可能怪在你头上，但只是起初。不过，就算他们真的怪你，感觉也会变淡的。他们会和我一样，晓得这完全不是你的错。”

“你又不能确定，他们可能永远、永远恨我，你没办法保证。”

她眼睛泛起白圈，有如被追捕的小动物充满惧色。我真希望刚才狠狠痛揍谢伊一顿。

“的确，”我说，“我没办法。”

荷莉双脚猛踹前座椅背说：“我不要这样！我要所有人走开，不要管我。我希望自己根本没有看见那张笨字条！”

说完她又猛力一踹，踢得椅背往前。只要能好过一点，她想把车子踹烂都无所谓，但她这么用力会伤了自己。我迅速转身，伸出一只手臂挡在她双脚与椅背之间。荷莉痛苦地低吼一声，气愤扭身想找不会伤到我的地方踢，但我抓住她的脚踝不放。

“我知道，亲爱的，我知道。我也不希望变成这样，可是没办法。我真希望能跟你说，只要你讲实话，一切就会没事。但我说不出口，我甚至无法保证你心情会恢复。也许会，但也可能感觉更糟。我只能告诉你，不管怎么样你都得说，人生有些事是不能选择的。”

荷莉重重靠回儿童安全椅，深吸一口气似乎想说什么，最后只是伸手用力捂住嘴巴，开始哭泣。

我正想下车坐进后座紧紧抱住她，忽然明白一件事。这不是小女孩在号啕大哭，等着爸爸将她抱在怀里，让她心情变好。小女孩已经不在了，被我们留在了忠诚之地。

于是，我伸手握住荷莉空着的手，她像坠地似的紧紧抓着。她头靠车窗，默默用力地抽泣颤抖，我们就这样坐着，坐了很久很久。我听见后方有人粗声交谈，接着是车门砰地关上，史帝芬驾车离开。

我们都不饿，但我还是让荷莉吃了东西。路上某个购物中心买的奶酪牛角面包，感觉很像放射物质。这么做是为了我，不太是为了她。吃完我便载她回奥莉薇亚家。

我将车停在门口，转身看荷莉。她嘴里含着一缕头发，睁着大而朦胧的眼睛默默注视窗外，仿佛疲惫与过度负荷让她出了神。克拉拉在她手上，不晓得什么时候从书包里拿出来的。

我说："你数学作业没写完，欧唐娜老师会发你脾气吗？"

荷莉一时似乎忘了欧唐娜是谁。"哦，我才懒得管她，她是个笨蛋。"

"我敢说一定是。反正，你没必要在这件事听她的笨意见。你的笔记本呢？"

她慢慢掏出笔记本递给我，我翻到空白的地方写下：欧唐娜老师，您好，请原谅荷莉没有完成数学作业。她这周末身体不大舒服。假如您有任何疑问，请打电话与我联系。谢谢。弗朗科·麦奇。我发现背面是荷莉吃力写的、圆滚滚的字迹：戴斯蒙有三百四十二颗水果……

"拿去，"我将笔记本交还给她说，"假如她找你麻烦，你就把我的电话号码给她，叫她滚开，可以吗？"

"嗯，谢谢，爸爸。"

我说："你妈妈需要知道出了什么事，我来和她解释。"

荷莉点点头，将笔记本收好，但没有移动，不停松开、扣上安全带。我说：“什么事让你烦心呢，小乖？”

“你和奶奶都对对方好凶。”

“是啊，没错。”

“为什么？”

“我们不应该这样的，只是有时候，我们就是看对方不顺眼。世界上只有家人能让你这么生气。”

荷莉将克拉拉塞回书包，低头看着它，手指抚摸它脱线的鼻子。“假如我做了不好的事情，”她说，“你会跟警察说谎，让我躲过麻烦吗？”

“会，”我说，“我会。我会跟警察说谎、跟教皇说谎、跟全世界的总统说谎，说到脸色发青，只要能帮助你。这么做是错的，但我还是会做。”

荷莉忽然向前钻到座椅之间，双手揽住我的脖子，脸蛋紧紧贴着我的脸颊，让我吓一大跳。我用力抱着她，直到胸膛感觉她的心跳，有如小野兽一般，跳得又快又轻。我有千百万件事情想和她说，每一件都很重要，却一句话也说不出口。

之后，荷莉大大叹一口气，声音颤抖，松开她的手。她下车将书包背到背上。“假如要跟那个史帝芬说话，”她说，“可以不要星期三吗？因为我要到埃米莉家玩。”

“没问题，甜心。你哪一天想去，就哪一天去。先进去吧，我很快就来。现在得先打个电话。”

荷莉点点头。她肩膀疲惫下垂，但走了几步之后，她轻轻摇头振作起来。等莉儿开门朝她张开双臂，荷莉纤细的脊背已经挺得笔直，坚硬得像钢铁一样。

我待在车上，点了一根烟，一口气吸掉半根。等我确定可以保持声音平静，这才打给史帝芬。他在信号不好的地方，应该是都柏林堡重案组的大杂

院里。我说：“是我，事情进行得怎么样？”

“还不坏。就像你说的，他完全否认，后来甚至懒得回答我，大部分时间都不说话，只问我你的屁眼滋味如何。”

“好样的他。这是家族遗传，小心别被他上了。”

史帝芬笑了：“哦，哎呀，我不在意。他想说什么随他去，反正最后问完了只有我能回家。不过，告诉我：你手上有什么？有没有能让他稍微健谈一点的东西？”

他精神饱满，不管要花多少时间都准备耗下去，语气里也充满前所未有的自信。虽然刻意低调，但这小子这会儿可是兴奋得很。

我将自己知道的一切，以及如何知道的经过，全都一五一十跟他说了，再丑陋的细节也没有遗漏。消息就是弹药，而史帝芬不需要空包弹。最后，我说：“他喜欢自己的姐姐和妹妹，还有我女儿荷莉，就我所知，没其他人了。他恨我入骨，也讨厌凯文，但不大愿意承认。他痛恨自己的人生，妒忌任何不这么想的人，你肯定是其中一个。还有，我想你可能已经发现了，他脾气火爆。”

“好，”史帝芬仿佛喃喃自语，脑子正火力全开，“好，嗯，我可以利用这一点。”

这小子正一步一步成为我欣赏的样子。“是啊，你可以利用这一点。另外，史帝芬，直到今晚之前，他一直认为自己快解脱了，可以买下他工作的自行车店，甩掉我家老妈搬出去，终于拥有值得享受的人生。几小时前，他还不可一世。”

电话那头沉默片刻，我以为史帝芬是不是以为我在等他表示同情，但他说：“我只要能让他聊到这个，他就会说出一切。”

“我是这么感觉。上吧，小伙子，记得告诉我进展。”

史帝芬说：“你还记得，”这时，通讯忽然受到干扰，他的声音变成继续的摩擦声，我听见，“……他们只有……”电话就切断了，只剩毫无意义的嘟嘟声。

我摇下车窗，又抽了一根烟。这一带也开始挂起圣诞装饰了，比如门上的花环，还有斜插在院子里的“圣诞老人来这里”的广告牌。

夜里空气变得又冷又凝滞，总算有了冬天的感觉。我将烟屁股扔了，深呼吸一口气，接着走到奥莉薇亚门前按了门铃。莉儿穿着拖鞋来应门，脸已经洗好准备睡觉了。我说：“我跟荷莉说我会进来跟她说晚安。”

“荷莉睡了，弗朗科，上床不知道多久了。”

“哦，好吧，”我摇摇头，试着让脑袋清醒一点，“我在外头待了多久？”

“久得我都好奇费兹修太太怎么没报警了，这阵子她觉得到处都是跟踪狂。”

不过，她脸上挂着笑，而且不气我在这里出现，让我莫名其妙的心头一暖。“那女人向来是个疯子，还记得我们——”我看见莉儿眼里闪过一丝退却，立刻插话免得错失良机。我说：“听着，我进去几分钟方便吗？喝杯咖啡让脑袋清醒清醒，顺便简单说说荷莉的状况，然后开车回家？我答应不会赖着不走。”

我显然是想（起码看起来是）博取莉儿的同情。过了一会儿，她点点头将门打开。

她带我到温室，窗玻璃边缘已经开始结霜，但暖气开着，感觉温暖而舒适。她到厨房泡咖啡。灯光昏暗，我摘下谢伊的棒球帽，收进外套口袋。我闻到帽子上传来的血腥味。

莉儿用托盘端了咖啡过来，很好的杯子，还不忘拿了一小罐鲜奶油。她坐进椅子说：“看来你周末过得挺累的。”

我办不到。“家里人那点事呗。”我说，“你呢？德莫怎么样？”

沉默。奥莉薇亚搅动咖啡，考虑该怎么回答。最后她叹息一声，让我有点意外的轻声叹息。她说："我跟他说，我想两人最好不要再见面了。"

"啊，"我说着忽然感觉一股甜蜜的愉悦，穿透层层缠裹的黑暗，直达我心房，让我吓了一跳。"有什么特别的原因吗？"

莉儿优雅地微微耸肩，说："我想我和他不大适合。"

"德莫同意吗？"

"他会的，不用太久，只要再约会几次，他就会明白。我只是比他早发觉而已。"

"和以前一样，"我说。我不是嘲讽，莉儿也微微笑了，对着手上的杯子。"很遗憾没有好的结果。"

"呃，唉。有得就有……你呢？你有和谁交往吗？"

"最近没有，有的话你一定会发现，"奥莉薇亚甩掉德莫是老天最近给我最好的礼物——礼物不大，但很完美，而且人不该挑剔——我知道操之过急只会弄巧成拙，但我实在忍不住。"或许我们可以找天晚上，假如你有空，我们可以请保姆，想不想一起吃个晚餐？要我抗拒卡特丽可能不容易，但我应该可以找到比汉堡王更好的地方。"

莉儿扬起眉毛，转头看我。"你是说……你是什么意思？是像，嗯……约会吗？"

"嗯，"我说，"对吧，我想是，就像约会。"

漫长的沉默。莉儿眼中闪过种种思绪。我说："你知道，你前两天讲的话，我真的听进去了，关于两个人逼疯对方的事。我还是不晓得自己同不同意你的看法，但我努力相信你是对的，真的很努力，奥莉薇亚。"

莉儿仰头注视窗外月亮缓缓移动。"你第一次带荷莉度周末，"她说，"我吓坏了，只要她不在，我就完全无法合眼。我知道你一定觉得我对周末有意见是因为讨厌你，其实不是。我只是相信你一定会带她搭上飞机远走高飞，我再也看不到你们两个。"

我说：“我是这么想过。”

我看见她肩头一抖，但她语气依然平稳。“我知道，但你并没有做。我不会傻到相信你不这么做是为了我。离开就得放弃你的工作，这是一个理由，但主要是因为这么做会伤害荷莉，而你绝对不会伤害她，所以你没有走。”

“的确，”我说，“嗯，我尽力而为。”我不像莉儿那么有信心，认为留下来对荷莉最好。这小孩可以在克夫帮我照顾海滩酒吧，晒得全身棕黑，被当地人宠坏，而不是在这里被我的家人搞到脑袋爆炸。

“我前两天说的就是这个意思，人不会只因为相爱就必须伤害对方。你和我会让对方这么悲惨，是因为我们决意如此，而不是无可避免的命运。”

“莉儿，”我说，“有件事我必须告诉你。”

刚才在车上，我一路思考有没有平铺直叙的方法，结果答案是没有。我尽量说得云淡风轻，能不提的部分就不提，但当我说完，奥莉薇亚还是瞪大眼睛望着我，指尖颤抖压着唇边。“我的天哪，”她说，“哦，天哪，荷莉。”

我挤出所有的信心，对她说：“她会没事的。”

“她一个人跟——老天，弗朗科，我们必须——我们怎么——”

莉儿已经很久没有让我见到她优雅自持、浑身是刺以外的模样了。看她卸下武装、颤抖激动，疯狂想保护自己的孩子，我的心整个撕裂开来。我没有笨到伸手抱她，但还是弯身向前，和她十指交握。“嘘，亲爱的，嘘，没事的。”

“他有威胁她吗？有没有吓坏她？”

“没有，亲爱的。他让她担心、迷惑，让她很不自在，但我敢说她从头到尾都不觉得身处险境。我也不认为她遇到了危险。虽然方法烂得离谱，但他是真的喜欢她。”

莉儿的脑袋已经跳向下一步了。“立案的机会多大？她需要作证吗？”

“我不晓得，”我们都晓得案子还有一堆“如果”：如果检察署决定起诉，如果谢伊拒绝认罪，如果法官认为荷莉有能力准确描述事发经过……“但如果要我打赌，那么是的，我敢说她需要作证。”

奥莉薇亚又说了一次：“我的天哪！”

“但那还要好一阵子。”

“重点不是这个。我看过精明的律师怎么对付证人，我自己就做过，我不要荷莉承受那种折磨。”

我柔声说：“你知道我们无能为力，只能相信她会没事。她是个坚强的小孩，一直都是。”我忽然想起春天傍晚坐在这个温室，看一个有力的小家伙在奥莉薇亚肚子里踢来踢去，准备迎向世界。

“是啊，没错，她很坚强，但那没用。这种事，全世界再坚强的小孩也受不了。”

“荷莉会没事的，因为她别无选择。而且，莉儿……你现在也知道案子的经过，但你不能和她讨论。”

奥莉薇亚甩开我的手扬起头来，准备为女儿挺身作战。“她需要找人谈谈，弗朗科，我无法想象她现在是什么感觉，我不要她憋在心里——”

“没错，但她不能找你谈，也不能找我。对法官来说，你就是检察官，就是不中立。只要有任何迹象显示你指点她，案子就会立刻被扔进臭水沟里。”

“我才不在乎什么案子。不找我，她还能找谁谈？你很清楚她不会跟咨商师谈。我们分居那时，她一个字都不肯跟那个女人说——我绝对不让这件事伤害她，绝不。”

她竟然这么乐观，认为伤害还没造成，我想到就胸膛一紧。“嗯，”我说，“我知道你不会坐视不管。这样吧，你觉得她想谈就跟她谈，只要有办法不被别人发现就好，包括我，行吗？”

奥莉薇亚抿起嘴唇，但没说什么。我说：“我知道这么做不完美。”

“我还以为你强烈反对她有秘密藏在心里。”

“我是，但现在说这个有点迟了，已经不是最重要了，所以管它的。”

莉儿说：“我想这表示‘我早就跟你说了吧’。”话中隐含着刺耳的倦怠。

“不，”我说，语气非常认真。她倏地转头看我，显然很意外。“完全没有。这表示我们两个都搞砸了，我和你，而现在能做的就是全力减少伤害。我相信你一定能做得非常好。”

她脸上的表情依然提防而疲惫，等我话锋一转。我说：“放心，我这回没别的意思，我只是很庆幸此时此刻，荷莉有你这个母亲。”

我让莉儿猝不及防。她坐立难安，目光从我身上移开说：“你应该一来就告诉我的，你让我送她上床，好像一切都很正常——”

“我知道，我只是觉得她今晚或许需要一点正常。”

她又猛然一晃。“我得去看看她。”

“她要是醒了，自然会喊我们或自己下来。”

“也可能不会。我上去一下——”

说完她立刻起身离开，匆匆上楼，脚步像猫一样轻盈。说也奇怪，这个小小习惯竟然如此抚慰着我。

荷莉还是小婴儿的时候，这种事每晚经常发生个十几回。只要对讲机发出一点声音，奥莉薇亚就会去看荷莉有没有睡好，不管我向她保证过多少次，这小妞儿肺部强壮得很，需要我们一定有办法让我们知道，她还是照做不误。莉儿从来不怕荷莉猝死、摔下床撞到脑袋或发生家长最怕的恐怖意外，她只担心荷莉半夜醒来觉得孤孤单单。

奥莉薇亚回来说：“她睡得很熟。”

“很好。”

“她看起来很平静，明天早上我再跟她谈，”她沉沉坐回椅子，拨开脸上的头发说，“你还好吗，弗朗科？我竟然忘了问。但老天，今晚对你来说一定——”

我说：“我很好，不过我该走了。谢谢你的咖啡，正好是我需要的。”

莉儿没有多说。她问我：“你够清醒吗？能不能开车回家？”

“没问题，星期五见。”

“明天记得打电话给荷莉。就算你认为不该和她谈……这些，还是打个电话给她。”

“当然，我会打给她，”我将剩下的咖啡一饮而尽，站起来说，“所以，我想约会是不考虑了。”

奥莉薇亚看着我的脸，看了很久很久。她说：“我们得谨慎一点，别让荷莉抱太大的希望。”

“这点我们做得到。”

“因为我看不出来有太大可能，尤其在……老天，在发生这一切之后。”

“我知道，我只是想试试看。”

奥莉薇亚身子一动，脸上的月影摇晃，眼睛消失在阴影里，我只看见她嘴唇优雅骄傲的线条。她说：“这样你才能说自己已经尽力了。试总比不试好，对吧？”

“不，”我说，“因为我真的、真的很想和你约会。”

即使她双眸躲在阴影里，我仍然晓得她在看我。半晌之后，她说：“我也是，谢谢你邀我。”

恍惚间，我差点走上前去，做出……我也不晓得会做什么。抓住她，跪在大理石砖上将她紧紧搂住，将脸埋在她柔软的怀间。我咬紧牙关硬是克制住自己，几乎咬碎我的下颚。等我好不容易能够动弹，便拿着托盘离开厨房。

奥莉薇亚没有动，我独自走出她家。我也许说了晚安，我不记得了。走到车子之前，我感觉她就在我身后，我感觉到她的体温，有如一道白光在黑暗的温室里炽烈闪耀。就是这份温暖，让我有回家的感觉。

Chapter 23 回家的路

从史帝芬处理案子、以两项谋杀罪名起诉谢伊，到高等法院拒绝让谢伊交保，我都晾着家人不管。乔治（老天保佑他的棉袜）二话不说让我回去工作，甚至派给我一个新的复杂到离谱的任务，跟立陶宛、AK-47步枪和几个名叫维陶塔的有趣家伙有关。一旦我干劲十足，我就会一周连续工作个几百小时。

组里传闻球王气得提出申诉，批评我藐视规定。这逼得乔治从平常的半昏迷状态醒来，搬出可以忙上几年的烦琐程序文件来压他，要他提供更多数据，而且全都必须一式三份。

等我觉得家人的情绪不再那么激动时，我挑了一天提早下班，大约十点到家。我把冰箱里剩的东西拿出来，夹在面包里吃了。之后拿着烟和一杯尊美醇威士忌到阳台，打电话给洁琪。

“老天！”她说。她在家，背景传来电视声，语气显然很意外，至于有没有其他意思，我听不出来。她对加文说：“是弗朗科。”

加文模糊地嘀咕几句，洁琪往外走，电视声越来越小。她说：“老天，我以为你不……你还好吗？”

“撑得住。你呢？”

“唉，就那样，你也知道。”

我问：“老妈还好吗？”

她叹一口气：“唉，不太好，弗朗科。”

“怎么了？”

“感觉有点憔悴，而且静得可怕——你也知道，那不像老妈。她要是骂来骂去，我还比较开心。”

“我还以为她会心脏病发呢！”我装出开玩笑的语气，“我就知道她不会让我们称心如意。”

洁琪没有笑。她说：“卡梅尔跟我说她昨晚过去了，她和戴伦。戴伦撞翻了那个陶瓷玩意儿，就是带花的那个，你还记得吗？在客厅的架子上，翻下来砸碎了。戴伦吓死了，但老妈一个字也没说，直接将碎片扫起来，倒进垃圾桶。”

我说：“过段时间她会没事的。老妈很强悍，这种事击不垮她的。”

“的确，她是很强悍。不过还是……嗯……”

“还是……我知道。”

我听见关门声，随即是风吹进话筒的声音。洁琪到屋外讲电话了，比较隐秘。她说：“问题是，老爸也不大好。他一直没下床，自从……”

“操他的，让他烂到死吧！”

“我知道，是啦，但重点不是这个。他现在这样，老妈自己应付不来。我不晓得他们想怎么做。我尽可能经常过去，卡梅尔也是，但她有小孩和崔弗要照顾，我得工作。而且就算我们过去，也没有足够的力气搬动他，只会让他受伤，再说他也不肯让我们女孩子帮他洗澡之类的，以前都是谢伊……”

她没有说下去。我说：“以前都是谢伊做的。”

“对。”

我说：“需要我过去帮忙吗？”

震惊的沉默。“需要你……哦，不用不用，弗朗科，没关系的。”

“假如你觉得不错，我明天就过去一趟。我之前保持距离，是因为我觉得去了有害无益，但要是我想错了……”

“哦，不，我想你说得对。我没有恶意，只是……”

“没关系，我知道，我想也是。”

洁琪说：“我会向他们给你带好的。”

“麻烦你，要是情况好转，记得跟我说，好吗？”

“我会的，嗯，谢谢你提议帮忙。”

我说：“那荷莉呢？”

“什么意思？”

“老妈家现在还欢迎她吗？”

“你希望她去？我敢说……”

“我不晓得，洁琪，我还没想那么远。也许不会，我想。但我确实想知道她在那个家处于什么位置。”

洁琪叹了口气，忧伤不安的小小叹息。“当然，没有人晓得，得等……你知道，得等事情稍微明朗才知道。”

等谢伊无罪开释或定罪判处两项终身监禁再说。而不管哪种结果，都至少得看荷莉作证时的表现而定。我说：“我没办法等那么久，洁琪，也无法忍受你对我语焉不详，现在谈的是我的女儿。”

又是一声叹息。“老实跟你说吧，弗朗科，假如我是你，为了她好，我会让她避开一段时间。现在大伙儿都一团糟，都快爆炸了，迟早会有人说出伤害她感情的话，尽管也许不是故意的，但……现在就先这样吧。你觉得没关系吧？对她来讲会不会太难受？”

我说：“这个我能处理。不过，有一件事，洁琪，荷莉认定谢伊变成这样是她的错。就算不是，她也认为家里的人觉得是她的错。不让荷莉去老妈家——相信我，我很想这么做——只会让她更相信自己的判断。坦白讲，我根本不在乎她想的对不对，也不在乎家里的人是不是觉得她是叛徒，但我希望让她知道你是例外。这孩子心都碎了，已经失去太多可以陪伴她一生的人。我需要她知道你还在她生命里，不打算抛弃她，也没有一秒钟怪她害我们家破人亡。你觉得这么做很为难吗？”

我还没说完，洁琪已经同情地大呼小叫：“哦，可怜的小宝贝，老天慈爱，我怎么会怪她呢——事情开始的时候，她根本还没出生哪！帮我给她一个大大的拥抱，跟她说我只要有空就会去看她。”

“很好，和我想的一样。不过，我跟她说什么不重要，她需要听你亲口说。你可以打电话给她，跟她约一个时间碰面吗？让她心情安稳一些，好吗？”

“当然，我一定会。来，我现在就打，想到她坐在家里担心害怕，我就受不了——”

“洁琪，”我说，“慢一点。”

“怎么？”

我很想拍自己脑袋一下，把话问出来，但我终究还是说了：“既然说到这个，我想问你一件事。我也可以和你保持联系吗？还是只有荷莉？”

停顿只持续不到一秒，但已经够久了。我说：“假如你没这个打算，我也没问题的，宝贝。我知道你的难处在哪，只是想确定一下，因为我觉得这样比较省时间，而且省麻烦。你觉得有没有道理？”

“嗯，有道理。唉，天哪，弗朗科……”她轻抽一口气，仿佛痉挛发作，又像腹部被人揍了一拳。“我当然会和你联系，当然会。只是……我可能需要一段时间。几个星期吧，我想，或者……我不想骗你，我脑袋已经一团糨糊了，完全不晓得该拿自己怎么办。可能得要一阵子才……”

“这很正常，”我说，“相信我，我知道那种感觉。”

“对不起，弗朗科，我真的、真的很抱歉。”

她的声音微弱而绝望，仿佛历经沧桑。我想，恐怕很难找到比我更让她

难过的人了。我说：“人生难免发生鸟事，小姑娘，这不是你的错，就像不是荷莉的错一样。”

“我知道，但还是……假如我一开始没有带她去老妈家……”

“那我也可以说假如我那天没有带她去，甚至更好一点，假如谢伊没有……唉，反正就这样。”没说出的话语遁入我们之间的空无中。“你尽力了，谁来做都一样。别让脑袋糊掉，小姑娘，慢慢来，等你准备好了再打给我。”

“我会的，我对天发誓。还有，弗朗科……你也要好好照顾自己，真的。”

“我会，你也是，小乖。到时见。”

洁琪挂上电话前，我又听见那痛苦而急促的轻喘。我希望她会回屋里让加文抱着她，而不是站在黑暗中独自哭泣。

几天后，我到杰维斯购物中心买了一台巨无霸电视机。这种机型，只有人生没有其他重要存钱目标的人才会买。我想光是电子产品，就算再炫、再高档，也安抚不了伊美达，不让她踹我老二。因此，我决定将车停在哈洛斯巷口，等伊莎贝儿从她去的地方（管他哪里）回家。

天空灰暗阴沉，随时可能降下冻雨或飘雪，路上坑洼覆着薄冰。伊莎贝儿从史密斯路匆匆绕进巷里，低头拉紧单薄的仿冒名牌外套抵御刺骨寒风。我下车走到她面前，她才发现我。

我说：“你是伊莎贝儿，对吧？”

她疑心地看我一眼：“你是谁？”

“我是砸烂你家电视的混蛋，很高兴认识你。”

“滚开，不然我就大叫了。”

这小姑娘简直是某人个的翻版，让我整个人都温暖起来。我说：“小声一点，疯狂女车手[1]，我这回不是来找麻烦的。”

“那你想干吗？”

“我买了一台新的电视机给你们，圣诞快乐。”

她脸上的怀疑更深了，“为什么？”

“你应该听过罪恶感这种东西吧？”

伊莎贝儿交叉双臂，对我破口大骂。近看之下，她和伊美达确实有几分神似，但不很明显，不过倒是有着荷恩家的小圆下巴。“我们不需要你的电视，”她说，“但还是谢谢你。”

我说：“你也许不需要，但你老妈或妹妹可能需要，你为什么不拿回去试试？”

“对，是啊，但谁晓得这玩意儿是不是两天前被人偷的？而我们拿了之后，你会不会下午又来把我们抓走？”

“你太高估我的脑力了。”

伊莎贝儿挑起一边眉毛，“也许是你低估我了，因为我还没笨到拿一个对我老妈不爽的警察的东西。”

“我没有对她不爽，我们只是有点意见不同而已。事情已经解决，她再也不用担心我了。”

“最好是，我老妈一点也不怕你。”

“很好。信不信由你，我很喜欢她，我们是一起长大的。”

伊莎贝儿想了一下。“那你干吗砸了我们家的电视？”她质疑道。

“你老妈怎么说？”

“她什么都没讲。”

“那我也不讲，好男人绝不泄漏女人的秘密。”

---

① Peneope Pitstop，出自美国一九六九年的卡通“Wacky Races”与“The Periels of Penelope Pitstop”，金发女主角总是一身粉红，开着快车去解决任务。——译者注

她给了我一个白眼，表示她对花言巧语没兴趣，但这个年纪的女孩子对我讲的任何事都不会感兴趣。我试着想象看到自己的女儿有胸部、有眼影，还有法定权利能搭飞机到她想去的地方，我想象自己看到这样的荷莉是什么感觉。

“这玩意儿是不是用来交换她在法庭上说正确的话？因为她已经对警察作过笔录了，就是那个年轻小伙子，那个叫什么的红毛怪。”

正式开庭之前，她的证词还可以变个几十次，而且我想肯定会变。但假如我真的要巴结伊美达·提尼，这会儿根本不用砸钱，买两条约翰玩家蓝烟就行了。不过，我想这一点还是别让伊莎贝儿知道得好。我说：“那跟我完全无关。让我把话说清楚，我跟案子一点关系也没有，还有那个年轻小伙子，我也不想要你老妈的任何东西，好吗？”

“不要才怪。既然你说不要，那我可以走了吗？”

哈洛斯巷没有一丁点动静——没有老太婆出来擦拭铜器，也没有年轻辣妈推着婴儿车抢路，所有门窗都紧紧关着抵挡寒冬。但我可以感觉一双双眼睛躲在蕾丝窗帘后窥探着。我说：“我可以问你一件事吗？”

“随便。”

“你这阵子在做什么？”

“关你什么事？”

“我这人就喜欢问东问西。怎么，难道是机密？”

伊莎贝儿翻了翻白眼，说：“我在修课，准备当法律事务秘书，这样你满意了吧？”

我说：“真棒，好厉害。”

“谢谢，你觉得我会管你怎么想吗？”

“我说过，我很关心你妈，很久以前，所以希望她有个令人骄傲的女儿，会照顾她。现在就是你表现的机会了，把这台天杀的电视机送给她。”

我打开行李厢，伊莎贝儿绕到车子后面，但还是保持距离，以防我把她推进去，卖给别人当奴隶。她看了一眼说：“不错嘛。”

“这是现代科技的结晶。你要我帮你搬到家里，还是想找朋友帮忙？”

伊莎贝儿说：“我们不要这玩意儿，你究竟哪里听不懂？”

“听着，”我说，“这东西花了我一大笔钱，不是偷的，没有传染病毒，政府也不会从屏幕监控你们。所以，到底有什么问题？警察恐惧症吗？”

伊莎贝儿看着我，好像不懂我怎么会把内裤穿反了似的。她说：“你把自己的哥哥交给警察。”

原来如此。我又要了一次白痴，以为这件事不会公诸世。就算谢伊不说，左邻右舍也有心电感应；就算心电感应失灵，也还有球王，谁也挡不了他在事后侦讯期间漏点口风。提尼家会开心搬走卡车掉下来的电视机，甚至从戴可家搬一台，只要她们认定这是戴可欠她们的，却绝对不想和我这种人扯上关系。即使我想澄清，对伊莎贝儿·提尼、看好戏的邻居和自由区所有人来说，我讲什么都没有任何差别。就算我将谢伊打成重伤，甚至送他进葛拉斯奈文墓园，邻居也会点头赞许和拍背安慰我。但不管他做了什么，你都没有理由出卖自己的哥哥。

伊莎贝儿左右环视一眼，确定有人在附近，随时能挺身而出之后才扯开嗓子，用他们都听得见的音量大声说：“把电视拿走，塞进你屁眼吧。”

她往后一弹，动作像猫一样灵巧，提防我扑向她，接着朝我比了中指，确定所有人都看到她表态，之后便踩着细高跟鞋大步走开。我看她捞出钥匙，消失在有如蜂窝般的砖房、蕾丝窗帘和窥视的眼睛之间，将门大力关上。

那一晚开始下雪。我将电视机留在哈洛斯巷口，让戴可的下一个客户去偷，接着开车回家，出门散步。我走到凯尔曼汉大牢，第一波大雪迎面而来，雪花寂静而完美。大雪下个不停，几乎触地就融，都柏林可能好几年才出现这么一次降雪。詹姆士医院外头，大雪让一大群学生开心莫名。他们打起雪仗，从停在红绿灯前的车上挖雪，躲在无辜的路人背后，红着鼻子嘻嘻笑笑，完全不管西装笔挺、气呼呼的回家上班族。不久，情侣也浪漫起来，手插在对方口袋彼此依偎，抬头注视雪花翩翩飘下。更晚一点，客人醉醺醺从酒吧出来，加倍小心走路回家。

那天深夜，我来到忠诚之地。灯光都熄灭了，只剩一枚伯利恒之星在莎莉·荷恩家的前窗闪烁。我站在当年等待萝西的阴影中，双手插在口袋看着晚风将雪花吹出优雅的弧线，划过路灯射出的昏黄光圈。忠诚之地感觉舒服安详，有如圣诞卡的场景伫立在寒冬之中，期盼雪橇铃声与热可可。街上听不见半点声响，只有大雪飒飒打在墙面和教堂渐渐逝去的报时钟声。

三号客厅灯光一闪，窗帘被人拉开。麦特·戴利穿着睡衣，背对着桌灯的微光显得黝黑模糊。他双手扶着窗台凝视雪花落在圆石路上，看了很久。之后他深呼吸一口，肩膀随之耸起、垂下。他将窗帘拉上，过了不久，桌灯熄了。

即使没有他看着，我也没办法走进忠诚之地。我翻过尾墙，跳进十六号的后院。

这里是凯文死去的地方，结冻的杂草依然抓着土壤不放。我双脚踩着碎石和杂草沙沙作响，八号谢伊的窗子漆黑空洞，没有人想到把窗帘拉上。

黑暗中，十六号的后门被风吹开，不停摆动吱嘎作响。我站在门口，看着幽暗的森蓝光线从楼梯撒下，我的呼息在冷空气中飘浮。幸好我不相信鬼魂，否则这里简直令人失望透顶。屋内应该到处都是游魂，挤满墙里和空中，在高高的角落飘荡哀号，但我从来没见过这么空荡的场所，空得足以将人的呼吸抽光。不管我来这里要找什么——球王，愿神保守他容易被人猜透的心灵，他应该会叫我了结过去或那一类的蠢事——它都不在这里了。雪花从我背后扫了进来，在地板上停留片刻，随即融化无踪。

我想拿走并留下什么，没有理由，就是想这么做，但我没有值得留下来的东西，也没有我想带走的物品。我发现杂草间有一个空的薯片包装袋，便将它折起来塞住门，将门关好，接着翻出墙外，继续前进。

十六岁那年，就在顶楼那个房间，我第一次摸了萝西·戴利。夏天的周五傍晚，我们一群人带着两大瓶廉价苹果酒、二十罐超王啤酒和一包草莓糖果，我们当时就是那么年轻。放假期间，我们在工地干了几天的活，我、奇皮·荷恩、戴斯·诺兰和葛尔·布洛菲，四个人肌肉结实，晒得棕黑，口袋里有几个钱。我们越笑越大声、越放肆，刻意展现刚有的男子气概，加油添醋吹嘘工作的事，好吸引女孩子。女孩子有曼蒂·库伦、伊美达·提尼和戴斯的妹妹茱莉，还有萝西。

那几个月，萝西慢慢变成我一个人的秘密磁北极。每天夜里躺在床上，我都感觉她在拉着我，穿越砖墙和圆石路，牵引我到她更叠如浪的睡梦中。此刻，我们如此接近，吸力更是强得让我难以喘息。我和她靠墙坐着，我双腿伸直，和她的腿只有几公分的距离，只要稍微移动就会小腿相贴。我不需要看她就能感觉她的一举一动，知道她将头发撩到耳后，移动背部让阳光打在她脸上。当我转头看她，脑袋霎时完全空白。

葛尔趴在地上，用夸张的姿势表演给女孩们看，他如何一手抓住从三楼砸向伙伴脑袋的钢梁。我们喝酒抽烟，有朋友陪伴，全都微醺半醉。我们从包着尿布就彼此认识，但一直到那年夏天，事情才急速转变，快得我们跟不上时间的步伐。茱莉圆润的双颊多了腮红，萝西多了一条银坠子，在夏日阳光下闪闪发亮，奇皮的破嗓子终于变声完毕，所有人都开始喷体香剂。

“——后来你男人跟我说：‘兄弟，幸好有你，否则老子我今天就走不出这里了——’”

“你知道我的看法吗？”伊美达没有对着谁说，“老二啊，超级胡诌。”

“是老二你怎么可能认不出来？”奇皮咧嘴笑着对她说。

“做你的大头梦，我要是看到你的老二，绝对当场自杀。”

“不是老二，也不是胡诌，”我对她说，“我就站在旁边，亲眼目睹整件事。我告诉你们，这家伙真的是英雄。”

“英雄个屁！”茱莉用手肘轻推曼蒂说，“凭他那副德行，连接足球的力气都没有，怎么可能抓得住钢梁？”

葛尔秀出二头肌。“你敢走过来说说看。”

“还不错，”伊美达挑起一边眉毛，将烟灰弹进空罐里说，“现在换胸肌了。”

曼蒂尖叫一声：“你这个色女！”

“你才是色女呢，”萝西答道，“胸肌不过就是胸膛而已，你以为是什么？”

“你是从哪里学到这些词汇的？”戴斯问，“我怎么之前从来没听过？”

“修女那里，”萝西答道，“她们会拿图片给我们看，生物学，懂了吧？”

戴斯愣了一秒才意会过来，扔了一颗糖果给萝西。她漂亮接住扔进嘴巴，朝他微笑。我很想揍他，却找不到借口。

伊美达朝葛尔暧昧地一笑，说：“所以到底给不给看？”

“你这是在挑衅吗？”

“没错，来啊！”

葛尔朝我们眨了眨眼睛，接着站起身来，对着四个女孩挤眉弄眼，一边羞怯地将T恤缓缓从腹部往上拉，在脖子转一圈，脱下来扔给女孩子，比出健美先生的姿势。

女孩们笑得没办法拍手，四个人倒在角落，头靠着彼此肩膀，捧腹大笑。伊美达伸手抹掉眼泪说：“你这只性感野兽，你——”

“哦，天哪，我肚子快笑破了——”萝西说。

“那才不是胸肌！”曼蒂喘着气说，“是奶奶！”

“这很棒，”葛尔满脸挫折，收起姿势低头看着胸膛。“才不是奶奶，我说兄弟们，这是奶奶吗？”

“你胸部棒极了，”我对他说，“过来这里让我量一量，帮你订做一副新的胸罩。”

“操你妈的。”

“我要是有你这样的胸部，绝对足不出户。”

“操你妈的去死啦，我胸部哪里不对了？”

“男生的胸部都这么蓬软吗？”茱莉很想知道。

“把衣服还我，”葛尔朝曼蒂挥手，要她把T恤还来，“既然你们不懂得欣赏，我就收起来。”

曼蒂一根手指勾着T恤晃呀晃的，眯着眼睛看他说：“可以当纪念品哦。”

“拜托，你闻那味道，”伊美达伸手将T恤从她面前拨开说，“我警告你，光是碰到这玩意儿，你就可能会怀孕。”

曼蒂尖叫一声，将T恤扔向茱莉，茱莉抓住T恤，叫得更大声。葛尔想去抢，但茱莉从他手臂底下闪过，跳起来说：“小美，抓着！”伊美达一边起身，一边抓住T恤，身子一扭闪过伸手逮人的奇皮，长腿长发转眼奔到门外，把T恤当成标语挥舞。

葛尔大步追了出去，戴斯跟着往外跑，一边伸手想拉我起来。但萝西依然靠墙大笑，除非她走，否则我根本不想离开。茱莉边走边将长裙拉好，曼蒂回过头不怀好意看了萝西一眼，接着大喊：“等一等，你们几个，等等我！”房间里忽然安静下来，只剩我和萝西。隔着撒出来的糖果、快空的苹果酒瓶与缭绕的残烟，我和她相视微笑。

我心跳快得像在跑步。我不记得上一回和她独处是什么时候，只在心里模糊感觉应该让她知道我不打算挑逗她。我说：“我们要追出去吗？”

萝西说：“我觉得这里很好，除非你想……”

“哦，不不不，我不碰葛尔·布洛菲的T恤不会死。”

“他如果拿得回来，算他好运，反正一定会被撕碎。”

“他没问题的，可以一路秀胸肌回家，”我轻敲其中一个苹果酒瓶，里头还剩几口，“想再来一点吗？”

萝西伸出一只手，我将酒瓶放到她手上，手指几乎相碰，接着我拿起另一个瓶子说：“干杯。”

“干杯。”

夏天的长昼进驻了傍晚，已经七点多，天空还是柔和的湛蓝，浅金色的光线从开着的窗户洒了进来。忠诚之地有如蜂窝闹哄哄的，几百个故事同时展开。疯子强尼·马龙有如五音不全的男中音，在隔壁自哼自唱：“草莓田绵延到河边，你轻吻我的眉间，吻去了我的烦忧……”曼蒂在楼下开心尖叫，接着是砰砰几声重击和哄笑。更远一点在地下室，有人痛苦哀号，谢伊和他死党狎亵狞笑。

街上，荷恩家的小鬼拿着偷来的脚踏车学骑车，两人不停斗嘴。“不对，蠢猪，你要骑快点才不会摔倒，管他会不会撞到东西？”

还有人吹着口哨下班回家，用了一堆华丽快乐的颤音。炸鱼薯条的味道从窗外飘来，屋顶上一只鸫鸟大言不惭，女人们在后院收衣服，顺便交换白天听到的八卦。

我认得每一个声音，每一道门响，甚至听得出玛莉·贺利专心刷洗前门台阶的规律淅涮声。只要用心听，我可以认出这个夏日傍晚的每一个人，说出他们每个人的故事。

萝西说：“我问你，葛尔和钢梁到底是怎么回事？”

我笑着说：“不告诉你。”

“反正他说这些不是为了追我，而是茱莉和曼蒂，我不会拆穿他的。”

“你发誓？”

她咧嘴微笑，手指在心头画十，就在她衬衫敞开露出白嫩皮肤的地方。“我发誓。”

“他真的抓住掉下来的钢梁，要是没抓住，钢梁就会打到佩帝·费隆，那佩帝今晚就走不出工地了。”

“可是……”

“可是钢梁只是从钢梁堆滑到空地上，被葛尔在它砸到佩帝脚趾之前及时抓住。”

萝西哈哈大笑。“这个贼鬼。但他就是这样，你知道吧？我们小时候，八九岁吧，葛尔让我们一堆人相信他得了糖尿病，假如不把学校午餐的饼干给他，他就会死掉。这小子完全没变，对吧？”

茱莉在楼下大叫：“放我下来！”但不像是认真的。我说：“只不过他现在要的不是饼干了。”

萝西举起酒瓶说：“算他厉害。”

我问：“他为什么不对你耍帅？就像对她们一样？”

萝西耸耸肩，脸颊泛起浅浅的红晕。“可能因为知道我根本不会放在眼里吧。”

“是吗？我以为女生都很迷恋葛尔。”

她又耸耸肩膀。“他不是我喜欢的型，我对金发猛男没兴趣。”

我心跳又加快一级。我很想发出紧急脑波，叫葛尔（他其实欠我一份人情）不要放下茱莉，免得大伙儿回到楼上来，起码再撑一两个小时，不要回来更好。过了一会儿，我说：“那条项链配你很漂亮。”

萝西说：“我才刚买的，是一只鸟，你看。”

她放下酒瓶，将双脚收到身子底下跪坐起来，拈住坠子拿给我看。地板上一道道狭长的阳光，我走过地板跪在她面前。我们已经好几年不曾这么靠近。

坠子是一只银鸟，张开双翼，鲍鱼壳做的小巧羽毛光彩夺目。我低头靠近坠子，身体忍不住颤抖。我不是没和女孩子搭讪过，面对她们，我总是舌灿莲花，潇洒得很，一点也不紧张。但那一刻，我却张口结舌。我真想出卖灵魂，交换一句动听的话，但我只说：“真漂亮。”像个白痴一样。我伸手去摸坠子，碰到了萝西的手指。

我们都僵住了。我离她好近好近，看得见她脖子根的白嫩皮肤随着心跳颤动。我好想将脸埋在她的颈间，咬她一口。我不知道自己想做什么，但我晓得如果不做，我体内每一根血管都会炸开。我闻得到她的发香，轻盈的柠檬芬芳，令人心醉神驰。

是她心跳的速度给了我勇气，让我抬头望着萝西。她大大的眼眸，漆黑瞳孔绕着一圈翠绿。双唇微开，仿佛被我吓到了。她松开坠子任其滑落，我们都无法动弹，也无法呼吸。

自行车铃声响起，女孩呵呵轻笑，疯子强尼还在唱歌：“我今朝爱你好多，明日爱你更深……”所有声音都溶解了，融入夏日的黄昏，化成一串甜蜜的铃声。“萝西，萝西。”我伸出双手，她温暖的手掌贴着我的，我们十指交握，我将她拉入怀中。我不敢相信，我不敢相信自己如此幸运。

我关上屋门，告别空荡荡的十六号，开始寻找城市的遗迹。一整夜，我走过街名来自中世纪的街道。卡波巷、费许安柏街和埋葬瘟疫死者的布雷克彼特区。我寻找磨平的圆石路与生锈变细的铁栏杆，双手抚过三一学院的冰凉石墙。我经过都柏林九百年前初次从派屈克井取水进城的地点，街上的解说牌依然如此表示，只是隐藏在从来没人会读的爱尔兰语里。

我懒得注意粗糙的新公寓小区与霓虹灯，这些恶心的幻影已经像腐烂的水果，变成一团棕黑的污泥。它们什么都不是，它们不是真的，一百年后都会消失无踪，被取代和遗忘。这就是废墟的宿命。只要重创城市够深，七拼八凑的垃圾就会蜂拥出现，比弹指还快。只有老东西，留存下来的东西，才能让城市得以延续。

我走到葛拉夫顿街，抬头望着连锁商店和快餐店楼上的雕梁画栋与栏杆。我双手扶着哈盘尼桥，在从前居民花费半便士横越丽妃河的地方，眺望海关大楼、流动的光影与大雪之下徐徐流过的黑色河水，心里暗自向神祈求，不管用什么方式，所有人都能及时找到回家的路。